『ガリヴァー旅行記』徹底注釈

本文篇

『ガリヴァー旅行記』徹底注釈

本文篇

スウィフト／富山太佳夫 訳

TRAVELS
INTO SEVERAL
Remote Nations
OF THE
WORLD

岩波書店

凡　例

一、本書には「本文篇」のほかに「注釈篇」がある。

二、「本文篇」の富山太佳夫訳『ガリヴァー旅行記』は、二〇〇二年三月、「ユートピア旅行記叢書」第6巻「18世紀イギリス1　ガリヴァー旅行記」として岩波書店より刊行された。翻訳の底本は、Jonathan Swift, *Gulliver's Travels*, ed. Paul Turner (Oxford: Oxford University Press, 1971)である。

三、本文の上欄にある▼印は、その箇所に「注釈篇」で注釈がほどこされていることを示す。

本文篇・目　次

スウィフト

ガリヴァー旅行記

富山太佳夫訳

CAPTAIN LEMUEL GULLIVER OF REDRIFF ÆTAT. SUAE LVIII
Sturter. Sheppard Sc.
Compositum jus, fasque animi, sanctosque recessus
Mentis, et incoctum generoso pectus honesto.

元船医、元船長
レミュエル・ガリヴァー著

諸国渡航記

全四篇

一七二六年刊

版元　ベンジャミン・モット
フリート街ミドル・テンプル＝ゲイト

告

本書にはシンプソン氏のガリヴァー船長宛の書簡が収録してあるので、長々しい広告などは蛇足であろう。船長が非難している挿入部分の責任を負うべき人物はすでに故人であるが、出版する側はこの人物の判断力を信頼して、必要な変更を託した。しかし当該人物は、原作者の構想を正しく把握しなかったばかりか、その平易簡潔なる文体を模倣する力に欠け、数多の改変、挿入をなすうちに、今は亡き女王陛下を讃えんとするあまり、陛下は宰相の援けなきままに統治されたと書いてしまったのである。確言できるのは、ロンドンの書籍販売人の手元に届けられたのは原稿を筆写したものであり、その原稿はロンドン在住の高邁なるジェントルマンにして、原作者たちの刎頸の友でもある人物の手中にあるということ。氏は製本前のものを入手され、原稿と照合の上、白紙を挟んで、そこに訂正を記入されたが、本書ではそれを採用した。その訂正箇処の転写を御許可戴いた氏に、深甚の感謝を捧げたい。

ガリヴァー船長から従兄シンプソンへの手紙

未だ散漫で不正確なままであった私の旅行記を、かつて従兄ダンピアが私の忠告を容れて『世界周航記』の出版に踏み切ったときのように、オックスフォードかケンブリッジかいずれかの大学の若いジェントルマンに頼んで原稿の整理と文体の手直しを行ない、出版してはどうかと貴方が幾度も慫慂して下さったということは、必要とあれば、いつ公表なさっても構いません。しかしながら、いずれかの内容の省略、ましてや挿入に同意する権限を貴方に認めた記憶はありませんし、とりわけ今も敬虔なる記憶の中に燦然と耀く故アン女王陛下に関わる一節は、私の敬慕と崇敬の念が他の誰に対するよりも強いとしても、いっさい私の関知するところではありません。我が主フウイヌムを前にして我等の如き動物を誉めるなど、私の本意でないばかりか、不穏当であることを、貴方にせよ、挿入者にせよ、勘案してしかるべきでしたし、しかも、事実が間違っている。陛下の治世のある期間は私もイングランドにおりましたが、その私の知るかぎりでは、陛下の治世には宰相がおられました、一人どころか、続けて二人も、つまり最初がゴドルフィン卿で、次がオックスフォード卿であり、従って貴方は私にありもしないことを言わせたことになる。ベンチャー事業研究究の説明や、我が主フウイヌムにした話の何箇処かについても同断で、重要な事柄の削除、分断、改変がなされており、もはや自分のものと思えないくらいになっている。先般も書簡をもってこのことを正式に申し上げましたところ、騒ぎを起こすのが怖い、当局が出版物に厳しく眼を光らせており、あてこすり(この言葉を使われたはず)らしきものを片っ端から深読みして処罰する動きがあるとの御返事でした。しかし、何年も前に、五千リーグ以上も離れた場所で、しかも前の御代に私の語ったことが、今や畜類を支配するまでになったと言われるヤフーに、一体どうして当て嵌るのでしょうか。そもそもあのときは、不幸にしてまたヤフーの下で暮らすことになろうとは思ってもいなかったし、そんな不安もありませんでした。むしろ私には、ヤフーどもが車に乗ってフウイヌムに引かせ、かたや理性ある生き物、かたや獣という顔をしているのを見て憤懣やるかたない思いをする理由が十二分にありはしませんか。他でもありません、かかる怪異なおぞましい光景を眼にしたくないということこそ、私が当地に隠棲した最大の動機でした。

以上、貴方に対して、また貴方に寄せた信頼について、一言申しておくべきであると考えました。

次に、貴男方何人かの懇望と屁理屈にのせられて、我が意にあらず旅行記の出版を応諾してしまったことについては、我が浅慮の極みを嘆くのみであります。貴方が公益のためを力説されたとき、私は何度も何度もヤフーには教訓、手本の類で向上する能力が皆無であることを念頭におくべきであると申し上げたことを、今一度想起していただきたい。その通りではありませんでしたか。せめてこの小さな島の中ではいっさいの悪弊、腐敗に終止符が打たれるかと期待したのですが、ご覧の通り、警告を発してすでに六ケ月余、我が一書が狙い通りの効果をひとつとして生んだ例はありません。書簡にて御教示あれとお願いした筈でした、党派、派閥が解消されたら、裁判官が学識と廉直を具えたら、弁護士が正直で謙虚になり、多少の常識を身につけたら、スミスフィールドで山と積まれた法律書の焼かれる日が来たら、貴族の子弟の教育が一変したら、医者どもが追放されたら、牝のヤフーが美徳、貞操、真実、良識に富むようになったら、宮廷や有力大臣の接見の場から雑草が一掃されたら、知恵と才幹と学問が正しく評価されるようになったら、散文や詩を書き散らして文筆を汚す者が紙を喰い、そのインクで渇きをいやす罰を受ける日が来たら。貴方からの激励もあって、これらを含む数多の改革がなるものと私は強く期待していましたし、拙著で述べた教訓からそれくらいのことは簡単に引き出せるはずであり、もしヤフーの本性中にわずかでも美徳と知恵にひかれる力があるならば、彼らが今身につけている悪徳と愚行を是正するのに七ケ月というのは十分な時間であると言わざるを得ないにもかかわらず、貴方からの手紙には私の期待に答えるようなものは何ひとつなく、それどころか、貴方が毎週のように配達人に託されるのは中傷、解説、非難、そして私の関知しない回想や続篇といった類で、そこでの私は国の重臣を非難した、人間性を貶めた(よくぞ自信満々とこんな言葉を使えるものですが)、女性を侮辱したといって糾弾されている。しかも、そうした文書をデッチあげた連中の間でも意見が割れていて、ある者は私をこの旅行記の筆者と認めまいとし、別のある者は私を縁もゆかりもない書物の筆者に仕立て上げようとする。

それだけでなく、印刷屋は注意が行き届かないとみえて、日附けを混同し、私の何度かの航海と帰国の日時を間違えて、正しい年、正しい月日を示していない、挙句の果てに、本が出たあと原稿を破棄してしまったと仄聞します。私の手許にも写しはありませんが、ともかく訂正表をすでに送りましたので、再版の機会には挿入して戴きたく、今のところは公明正大なる読者諸賢に事をゆだねて、然るべき調整をお願いするしかありません。

聞くところでは、海洋性のヤフーの中に、私の海事用語に適切を欠くものが多々ある、廃語が含まれていると難癖をつける者があるとか。やむを得ません。初めて航海に出たときには私はまだ若輩で、最古参の船乗りたちからあれこれ教わり、その言い回しを覚えたのです。海洋性のヤフーも陸生のヤフーと同じで新造語に飛びつくものであることは後に知りましたが、陸生ヤフーの言葉は年々歳々改まるようで、祖国に戻ってくる毎に昔日の言葉にはその面影もなくなっており、新しい言葉にはついてゆけなかったのを記憶しています。好奇心旺盛なヤフーがロンドンから拙宅を訪ねてくれることもありますが、お互いに話が通じるように想いを言い表わすことも儘なりません。ヤフーたちの批難に憮然とすることがあるとすれば、この旅行記は私の頭の中から紡ぎ出されたフィクションに過ぎないと断じ、フウイヌムもヤフーも、ユートピアの住民と同じで、何処にも実在するわけがないと臭わせる者までいるということで、これには大いに文句を言いたくなる。

正直な話、リリパット、ブロブディンラグ（これが正しい名称で、ブロブディンナグは誤植です）、ラピュタの人々については、その存在もしくは私の語った事実に疑念を呈するほどに思い上がったヤフーがいるという話を聞きませんが、それはその真実がただちにすべての読者を納得させるからです。それなのに、フウイヌムとヤフーの説明がなぜ信じてもらえないのでしょうか？　後者については疑う余地などありません、現にこのシティには何千という数がいますし、わけの分からない言葉を喋り、裸ではないという以外にフウイヌム国の同輩の獣とどこも違いはしません。彼らに誉めてもらう必要はない、彼らを矯正するために私はこれを書いたのです。ヤフー全種の賞讃の合唱も、私にとっては、我が馬小屋にいる二頭の退化したフウイヌムの嘶きほどの価値もありません、なぜならば私はこの二頭を手本として――たとえ退化はしていても――悪徳のいっさい混じらない美徳を幾つか今も学んでいるからです。

この哀れな動物どもは、私が退化を極めて、みずから語った真実を弁明するような挙に出るとでも思っているのでしょうか。なるほど私もヤフーには違いありませんが、かの名高き主人の教示と垂範によって、我が種全体の、とりわけヨーロッパ種の魂の奥に巣喰う虚言、虚偽、欺瞞、瞞着の悪習を二年の内に除去し得たということは（多大なる困難を伴ったことは確かですが）、フウイヌム国全土に周知のことです。

苛立ちを吐露すべきこの機会に言っておくべきことはまだまだあるのですが、みずからを悩ませ、貴方を悩ませるのはもう止めにします。ただひとつ、正直に申し上げますと、先般の帰国以来、貴方の種の少数の者と、とりわけ我が家族の者と万やむを得ず交流するうちに、ヤフー的性格につきものの腐敗が多少ぶり返してしまいました。そうでなければ、この王国のヤフー族を改良しようなどという馬鹿げた計画にどうして手などつけましょうか。しかし、そんな夢幻とはもう永久に訣別です。

一七二七年四月二日

刊行の言葉

この旅行記の作者レミュエル・ガリヴァー氏は私の年来の親友であり、また母方の親戚にあたる人物でもあります。三年ほど前でしたか、ガリヴァー氏はしきりと冒険話を聞きたがってレッドリフの住まいに押し寄せる輩に嫌気がさして、郷里ノッティンガムシャのニューアークの近くに小さな土地と手頃な家を購入し、爾来そこでの隠遁生活を始められ、大いに周囲の尊敬を集めておられます。

ガリヴァー氏は父君の在住されたノッティンガムシャの生まれですが、本人の口からもともとはオックスフォードシャ出身の家柄であるとの話を聞いたことがあり、実際に足を運んでみますと、そこのバンベリーの教会墓地にガリヴァー家の墓石が確認できました。

氏はレッドリフを引き払われる前に本書の原稿を私に託され、その扱いは一任するとのことでありました。私は丹念に三度眼を通しましたが、文体は平明にして簡潔、唯一の瑕瑾と言えば、旅行家の常として、多少まわりくどすぎるところでしょうか。しかし、全体としては真実味にあふれ、また作者本人もきわめて正直な人柄で、レッドリフ近辺では、何かを確言するときには、ガリヴァー氏の言の如しと言うのが何か諺のようになっておりました。

作者の了解を得て、何人かの識者の方に原稿をご覧戴き、かつ助言を戴いて、この書を世に送り出すことになりましたが、少なくとも当分は、巷にあふれる政治政党絡みの雑文よりも興味深い、若い貴族層の読み物になるものと期待しております。

▼

本書の場合、それぞれの航海のさいの風向きや潮流、偏差や方角についての夥しい記述のほか、船乗り用語で書かれた暴風時の船の操作の細かな解説、さらには経度、緯度の説明などを思い切って削除しないことにすると、少なくともこの二倍の長さになってしまったでしょう。この点については、ガリヴァー氏の側には多少の不満があるかもしれませんが、私としましては、一般の読者の理解力になるたけ近づけたいと考えた次第です。しかしながら、私自身海の上でのことを知りませんので、そのために多少の誤謬を犯しているかもしれませんが、その責任はかかって私一人に帰されるべきものであります。筆者の原稿をそっくりそのままの形で見たいという旅行家の方には、喜んでその御要望にお答えするつもりであります。

筆者についての更なる仔細をという読者には、本書の最初の数頁によって御満足いただけるものと信じております。

編者リチャード・シンプソン

第一篇　リリパット渡航記

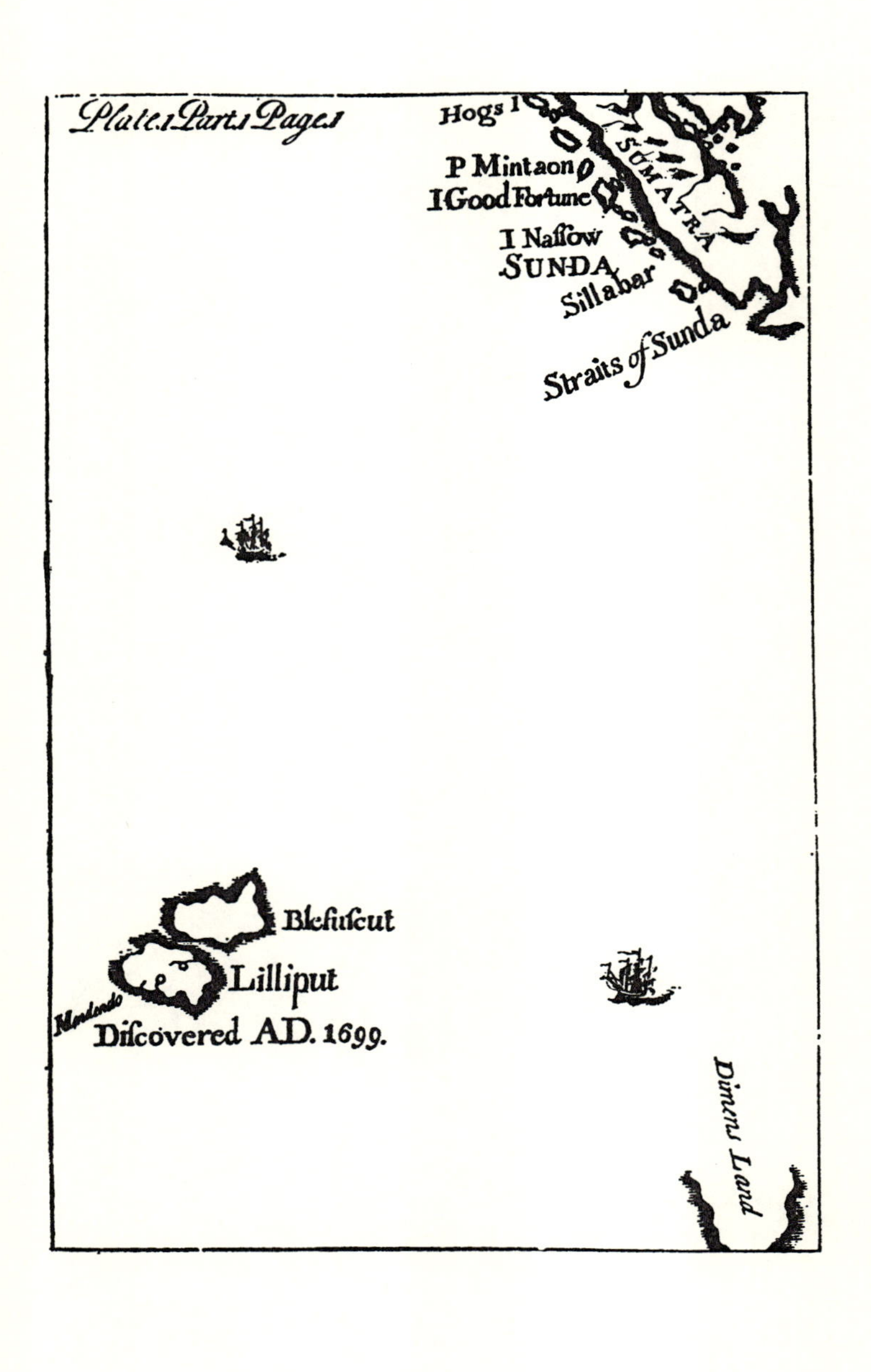
Plate.1 Part.1 Page.1
Hogs I
P Mintaon
I Good Fortune
I Nassow
SUNDA
Sillabar
SUMATRA
Straits of Sunda
Blefuscu
Lilliput
Discovered A.D. 1699.
Dimens Land

第一章

筆者のこと、家柄のこと。そもそも航海を思い立つにいたった理由。難船と命賭けの脱出。リリパット国の海岸に生きて辿り着いたものの、囚われて、首都に護送される。

父はノッティンガムシャにわずかの土地を持っていて、私は五人兄弟の三番目。十四のときにケンブリッジのエマニュエル・コレッジにやられて、学寮暮らしをしながら三年間勉学に精を出したのだが、なにしろ貧しい身代には学費の負担が大きすぎて(なけなしの仕送りしかなかったにもかかわらず)、ロンドンの有名な医者ジェイムズ・ベイツ氏のところで四年間弟子として働くことになりはしたものの、ときおり父が多少の送金をしてくれるので、それを使って、将来旅に出るときに役立つはずの航海術やその他いろいろの数学を学ぶことにした、いつかは旅に出るのが自分の運命だと思っていたからだ。ベイツ氏のもとでの修業が終わると、私は一度実家に戻り、父とジョン伯父他の親戚の支援をうけて四十ポンドをかき集め、さらに年三十ポンドの生活費を送るという約束を取りつけて、ライデンに向った。そしてそこで、長い航海に出たときに役立つはずの医学を二年と七ケ月の間勉強した。

ライデンから戻ってほどなく、恩師ベイツ先生の推薦で、エイブラハム・パネル中佐が船長をつとめるスワロー号の船医となり、この船長のもとに三年半とどまって、レヴァント他の地へ一、二度航海することになった。そのあとベイツ先生の勧めもあってロンドンに腰を落ち着ける気になり、先生からは何人かの患者まで紹介していただいた。私はオールド・ジュリーの小さな家を間借りし、暮らし向きを変えてはどうかという話も出たので、ニューゲイト街のメリヤス商人エドモンド・バートンの次女メアリ・バートンを貰うことになった、そのときの持参金は四百ポンド。

　ところがその二年後にベイツ先生が亡くなられ、しかも友人がほとんどないということで、仕事がつまずきだした。私としては、良心のあるかぎりは、同業者が軒並やっているイカサマの真似はしたくない。そこで家内や二、三の知人とも相談して、もう一度海に出る決心をした。私は続けて二つの船の船医となり、六年間で東インド、西インドに数回航海し、おかげで財産も多少は増えることになった。船には相当数の書物がおいてあったので、暇なときには古今の大作家のものを読めたし、陸に上ったときには土地の風俗、人情を観察し、そこの言葉を覚えようとしたが、我ながら記憶力は良いらしく、これという苦労はしなかった。

　こうした航海も最後には運に見離されたようで、私の方も海が嫌になり、妻子のもとにとどまる腹づもりになった。そこでオールド・ジュリーからフェター横町に引越し、さらにウォピングに移って、船乗りに狙いをつけたのだが、どうもはかばかしくなかった。三年間事態の好転を待ったものの、つまるところ、南海に出かけるというアンテロープ号のウイリアム・プリチャード船長の好条件の話に乗ることになった。ブリストルを出港したのは一六九九年五月四日、初めのうちはまったく上首尾の航海であった。

　この段階での出来事をこと細かに話して読者をうんざりさせるのは、考えてみれば、よけいなことだろう。さしあたり、そこから東インドに向う途中で、猛烈な暴風のためにヴァン・ディーメンズ・ランドの北西にまで流されたとだけ言っておこう。観測の結果では、われわれは南緯三〇度二分にいた。過重労働と栄養不良で命を落とした者十二名、他の船員も極度の衰弱状態にあった。十一月五日――その海域では夏の初めにあたる――ひどい濃霧の中、船から半ケーブルも離れていないところに船員が岩礁を認めたが、あまりの暴風のために船は真正面から激突、一瞬にして真二つになってしまった。私も含めて六人の船員がボートを海に降ろし、必死の思いで船と岩礁から離れようとした。私の計算では、三リーグほどは全力で漕いだのだが、すでに船上での悪戦苦闘で憔悴しきっていたわれわれにはもうそれ以上の余力は残っていなかった。それから先は運を波まかせにするしかなかったが、ものの半時間もすると、いきなり北からの突風でボートは転覆。ボートの仲間がどうなってしまったのか、岩礁に脱出した者は、船に取り残された者はどうなったのか、それは分からないが、全員が絶望だろうと思う。私自身はどうかと言えば、運命に導かれるままに手足をバタつかせ、風と潮流とに押し流されていた。何度も足を下ろしてみるものの、それが底につくわけではなく、万事休す、もう力が出ないと思い定めた瞬間に、なんと背が立った。しかも、このときには暴風雨もすっかり静かになっていた。ずっと遠浅が続いていたので、岸に着くまでに一マイル近くも歩くことになってしまったが、辿りついたのは夜の八時頃だったろう。それからさらに〇・五マイルほど前進してみたが、家ひとつ、人影ひとつ発見できはしない、ともかく衰弱しきっていて眼にとまらなかったことは間違いなかった。疲労は極に達し、おまけに暑い、しかも船を離れる前に半パイントのブランデーを流し込んだこともあって、ひどい睡魔に襲われた。それで、短かく柔い草の上に横になり、我が人生でも記憶のないくらいにぐっすりと眠り込んでしまったのである。恐らく九時間を越えていただろう、眼が開いたときには明るくなっていたから。ところが起きあがろうとするのに、体が動かない。私は仰むけになっていたらしいが、両手両足とも左右の大地にしっかりと固定され、長くふさふさとした髪までが同じようにつなぎ留められていたのだ。体の方も腋の下から太股にかけて細い紐が何本もかけてあった。これでは空を見上げているしかなく、太陽が暑くなりだして、その光で眼が痛んだ。まわりで何やらガヤガヤ騒ぐ声がするものの、なにしろこの格好では空しか見上げようがない。じきに左の足の上で何やらモゾモゾ動くのが感じられたが、それがそろそろと胸を這いあがって、顎のすぐそばまで来た。ぎりぎりまで下眼使いにしてみると、六インチもない人の形をした生き物だ、しかも手には弓と矢、背中には箙。そのうちに同類が少なくとも四十は（それくらいの数はいただろう）、そのあとに続いてきた。仰天した私がワッと喚いたものだから、全員が腰を抜かして敗走し、あとで聞いた話では、脇腹から地面に跳びおりて怪我をした者もあったという。それでも彼らはじきに戻って来て、そのうちの一人が私の顔全体が見渡せるところまでくると、さも感嘆おくあたわずといった雰囲気で両手、両眼をあげ、金切声で、ヘキナー・ディーガルとやり、他の連中も同じ言葉を何度か繰返したが、もちろんその時はその意味など分からなかった。読者の御想像の通り、私はこの間ずっと実に気味の悪い思いをしていたが、自由になろうと体を動かすと、運よく紐が切れて、左手を地面に縛りつけていた杭がポンと抜けてくれた。左手を顔に近づけてみると、どういう縛り方をしているのか分かったので、激痛などものともせずにすぐさまグイッと引っぱって、左側の髪の毛を縛っていた紐を少しゆるめ、やっと二インチほど首が回るようにすることができた。もっともこの生き物たちはとっ摑まえる前にまた逃げ出してしまい、異常な金切声で大喚声をあげ、それが止むと、そのうちの一人がトルゴ・フォナックと叫んだ途端に、百本を越える矢が私の左手にふりそそぎ、まるで針かなにかのようにチクチク刺した。おまけに、ヨーロッパなら爆弾を発射するところだろうが、また矢を空に放つ。その多くは私の体の上に落ちてくるだろうし（別に痛くはないが）、なかには顔にあたるのもあるだろうから、私は咄嗟に左手で顔を蔽った。この矢の雨が止むと、私は哀しいのと痛いので思わず唸き声をあげてしまったが、もう一度体を自由にしようとすると、前にもまさる矢の豪雨となり、なかには槍で脇腹を突こうとする奴までいたのだが、運がいいのか、革製のジャケットを着ていたのでそうは問屋がおろさなかった。私はこのまま横になっているのが一番賢明な策だと考え直した。夜になるまでこのままでいよう、夜になれば、左手はもう外れているのだからわけなく自由になれる、住民たちにしたところで、すでに目撃したのとみんな同じ大きさなら、たとえどんな大軍隊を動員してこようとも相手にできるはずであった。しかし、私の思惑通りには事が運ばなかった。私が大人しくなったのを見てとると、彼らの弓矢攻撃は止まったものの、騒々しさが増したことからすると、その人数もふえたらしく、右の耳から四ヤードくらい離れたところで、一時間以上も人が働いているようなコンコンという音がしたので、杭と紐の許すかぎりでその方向へ顔を向けてみると、地面から一フィート半くらいの高さの舞台が出来ていて、二、三本の梯子で住民が四人はそこに乗れるようになっており、そこから身分の高そうな男が長々と演説を始めたが、これがまったくのチンプンカンプンだ。ただし、中心となる人物がその口上を始める前に、三度、ラングロ・デフル・サンと叫んだことは言っておかねばならない(この言葉も、先ほどの言葉も、またあとで何度も聞くことになり、その意味も教えてもらった)。すると、すぐさま五十人ほどの住民が近寄って来て、頭の左側を縛りつけていた紐を切ってくれたので、右を向いて、話をしようとしている男の人物と身振りを観察することができた。年格好は中年というところだろうか、ただし付添いの三人よりは上背があり、三人のうちのひとりは小姓で、その裾を持つ役だが、私の中指よりも少し長いくらいの背丈、あとの二人は左右の介添え役である。中心の人物はまさしく雄弁家になりきっていて、威嚇、約束、憐憫、慈愛の文句を連発した。こちらとしては答えるといっても二言か三言しかないので、腰をぎりぎり低くして、両眼で太陽をにらみ、左の手をあげて、大日輪よ照覧あれよかしとやってはみたものの、船を離れる寸前からこの数時間まったく何も口にしていないのだから餓死寸前で、とても自然の要求に抗しきれるものではない、我慢しきれなくなってしまって（ひょっとすると、礼儀に背くことになったかもしれないが）、指でしきりと口元をつついて、食べる物がほしいということを伝えようとした。ハーゴ（あとで知ったことだが、これが高官の呼び名である）にはそれで十分通じたらしく、舞台から降りると、私の両脇に何本も梯子をかけろと命令してくれたようで、百人を越える住民がそれを登って、私に関する第一報が届いた直後に出された国王の勅命によって調達された超大盛りの肉籠を私の口元に運んでくれたのである。肉は何種類かあったが、その味で何であるかをあてることはできなかった。肩肉、脚肉、腰肉らしきものは形は羊のそれに似ていて、抜群の味つけがしてあるものの、何しろ雲雀の翼ほどの大きさもないのだ。私はそれを一口で二つか三つはたいらげるし、パンはマスケット銃の弾くらいの大きさだから一度に三塊はほおばってしまった。彼らは私の図体と食欲にすっかり驚倒しながらも、せっせと運び続けてくれた。私の方は、その次に、飲む物がほしいという合図をした。彼らも私の食べっぷりからして多少の量では間に合うまいと判断し、もともと大変聡明なこともあるのだろうが、大樽中の大樽をひとつ実に巧みに吊り上げると、それをこちらにゴロゴロと転がしてきて、その蓋を割ってくれたので、私はそれを一気に飲み干してしまった、それも道理で、容量と言っても半パイントもないのだから。味は薄口のバーガンディ酒の如くであるが、はるかにおいしい。すると二つ目の大樽が出てきたので、これも同じ要領で飲み干して、もっとと合図をすると、もうないとのことであった。私がこういう驚異の芸をやってみせると、彼らは歓声をあげて私の胸の上をはねまわり、初めと同じようにヘキナー・ディーガルと叫ぶのだった。彼らは私にその空の大樽を二つ下に投げ降ろしてくれという合図をしたが、まず初めにボラック・ミヴォラと叫んで、下にいる連中にどくように警告し、いざ大樽が宙に舞うと、ヘキナー・ディーガルとそこいらじゅうが大歓声であった。今だから言えるのだが、彼らが私の体の上をウロチョロし始めたときには、最初に手の届くところに来たのを四、五十鷲摑みにして地面に叩きつけてやろうかと何度も思ったものである。しかし、先ほど来のことを思い返してみると、もっとひどい目にあわされないともかぎらないし、名誉をかけた約束をした手前——腰を低くするとはそういうことなのだと私は考えていた——そうした想像は捨てるしかなかった。しかも、これだけの費用をかけて盛大に歓迎してくれた人々に対してはそれだけの恩義があるだろうとも考えた。それにしても、私はこの小さな人間たちにとって途轍もなく巨大な生き物と映っているはずなのに、身じろぎひとつすることもなく、私の片手が自由に動くことを承知の上で堂々と体の上によじ登って歩きまわる、その大胆不敵さには舌を巻くしかなかった。しばらくして、私がもう肉を要求しなくなったのを確認すると、皇帝陛下から派遣された高官らしき人物が私の前に姿をみせた。この閣下は私の右足首の細くなっているところから上陸なさって、十人ほどの御供を連れて顔のあたりまで進み出て、玉璽付きの信任状を取り出して私の眼の前につきつけ、別に怒っているわけではないようだが、決然たる様子で何やら十分ほど喋り続け、途中で何度も前方を指さした。あとで知ったことだが、それは半マイルほど先に首都のある方角で、御前会議の結果、私をそこへ移すことになっていたのである。こちらも二言、三言答えはしたものの、まったくどうにもならないので、自由がきく方の手でもう一方の手に触れて(もちろん閣下の頭越しにである、そうでないと、閣下も御供も怪我をしてしまう)、それから頭と体にも触れて自由になりたいという合図を送った。それは十分に分かったようであったが、それはならぬとばかりに首を横に振り、手で、捕囚として輸送するということを示す動作をした。その一方で、食事は十分に与える、大いに優遇するということを伝えようとする手真似もしてみせた。それを眼にすると、また縛めを断ち切ってやろうかという気になったが、わが顔と手に降りそそいで、腫れあとを残したままの矢の痛みを思い出し、しかもまだ刺さったままのがたくさんあるし、敵方の数も増加する一方なので、どうでも好きなようにしたらよかろうという意味の合図をするにとどめた。すると、ハーゴならびにその御供はいやに慇懃に、しかも喜色満面、お引き上げになった。しばらくすると大歓声がとどろいて、ペプロム・セランという言葉がやたらと繰り返され、左側にいた多勢の者が紐をいくらかゆるめにかかってくれたので、こちらとしても体を右に向けて、やっと小便をすることができたのだが、なにしろタップリやったもので、住民の皆さんもびっくり仰天なさったようで、私の体の動きで何が来るのか見当がついたのか、我が体内より発する怒濤の瀑布を回避すべく、間髪を入れずに左右に跳びのいてしまわれた。もっともその前に、私の顔と両手にとてもよい香りのする香油のようなものを塗ってくれて、ものの数分で例の矢の痛みが消えてしまっていた。こうしたことがあり、しかも栄養満点の食べ物、飲み物で元気が盛り返したせいなのか、なんだか眠くなってしまった。あとで聞いた話では八時間近くも眠ったということであるが、むべなるかな、皇帝の命令で医者どもが葡萄酒の大樽に眠り薬を混ぜておいたのである。

どうも上陸後に地面にころがって眠り込んでしまったのを発見された直後に、急使が飛んで皇帝に報告を入れ、御前会議の場で、先ほど述べたように私を縛り（夜、私が眠っているうちにやってしまった）、飲食物をどんどん送り、ついでに私を首都に移送するための機械をこしらえることが決定されていたらしい。

このような決断は危険な勇み足すれすれとも見えるし、ヨーロッパの君主が似たような状況で真似したりすることは絶対にあるまいが、考えてみれば、きわめて賢明かつ寛大な措置でもあったと思われる。なぜならば、もしここの人々が眠っている私を槍と矢で殺害しようとしたとすると、私は痛いと感じた瞬間に眼をさまし、怒りまかせに自分を縛っている紐を断ち切ってしまい、そうなると彼らとしては抵抗するだけの力もなく、私のなすがままになるしかなかったろうからである。

ここの連中は数学の力がずば抜けているうえに、学問の庇護者として名高い皇帝の援助と奨励をうけて、その機械学は完成の域に達している。この皇帝のもとには、樹木などの重量のあるものを運搬するために車輪をつけた機械が何台かある。大木の茂る森の中で、ときには長さが九フィートもあるような巨大な軍艦を建造させて、それをこの機械で海まで三、四百ヤード運ぶことも珍しくないのだ。五百人の大工と技師が動員されて、彼らとしては史上最大の機械をすぐさま用意することになった。長さ七フィート、幅四フィートの木の台車を地面から三インチ持ち上げ、二十二個の車輪で動かそうというのである。私が耳にした喚声というのは、私の上陸から四時間後には出発したらしいこの機械の到着を告げるものであったのだ。それが、寝ている私のそばに横付けになった。しかし最大の難問はどのようにして私を起こして、この乗り物に載せるかということであった。そのために高さ一フィートの柱をまず八十本立て、次に私の首、両手、胴体、両足に職人たちがぐるぐる巻きつけた何本もの布に、荷造り紐くらいの太さのやたらと頑丈な紐を鉤を使って結びつけた。それから屈強そのものの男を九百人集め、柱に縛りつけた滑車の助けを借りてその紐を引っ張らせたのである。かくして、三時間を待たずしてわが体は吊り上げられ、台車の上にどさりと落とされて、また縛られた。以上は、すべてあとで聞かされた話。なにしろこの作業の間中、私は例の酒に混入された催眠薬のおかげをもって泥酔していたわけだから。前にも述べたように、半マイル先にある首都に私を引っぱってゆくために使われたのは、背丈が四インチ半はあろうかという皇帝の最大の馬軍団で、その数は一千五百騎。

動き出してから四時間ほどして、私は実にバカバカしい事件で眼をさまされることになった、というのは、どこかの故障を直すために車がしばらく止まったところ、二、三人の若い連中が私の寝顔を見てやれと思ったらしく、機械によじ登って、私の顔の方へそろそろとにじり寄るうちに、そのうちの一人、近衛兵らしいのが短槍の先を私の左の鼻孔の奥深くグイッと突っ込んでしまって、こちらとしては藁でくすぐられたようなものだから、眼一杯くしゃみをしてしまったのだが、三人はうまく逃げおおせたのだという。突然眼の覚めた理由を私が知ったのは、それから三週間後のことである。その日はそのあとも長々と行進を続け、いざ夜営となったときには左右に五百の見張りが立ち、半分は松明を持ち、半分は弓矢を手にして、ちょっとでも身動きしようものなら射たんかなの構えであった。翌朝は日の出とともに行進が始まり、正午頃には市の城門から二百ヤードないところまで辿りついた。皇帝の他、全宮廷が私を迎えに出てきたが、私の体に登ってみようとする皇帝陛下を、高官たちは、身に危険がと慮って、何としても認めようとはしなかった。

▼

車の停まったところに王国最大とされる古い神殿があったが、何年か前におぞましい殺人があって汚れたとかで、この国の敬虔な人々からは不浄の場とされてしまい、装飾も調度の品もことごとく運び出されて、今は俗用にのみ利用されていた。この建物に私を仮住まいさせようということになっていた。北向きの大門は高さが四フィートほど、幅が大体二フィートあって、それをくぐるのは何でもなかった。その門の左右には、地面から六インチはないところに小さな窓があって、その左側の窓から宮廷の鍛冶たちが、ヨーロッパでは婦人用の時計についているのに似た、大きさも同じくらいの鎖を九十一本も運び入れ、三十六個の錠前を使って私の左足に縛りつけてくれた。二十フィートをへだてて、大通りの反対の側には、この神殿に向いあうかたちで、高さが低くても五フィートはある塔が立っていた。皇帝は宮廷の主要な高官を多数ひきつれて、私を眺めるために、ここに登られたそうである——これもあとから聞いた話で、こちらからは見えなかった。推計によると、同一目的で町からぞろぞろ出て来た住民は十万を越えたとか、番兵が立っていたにもかかわらず、梯子を使って私の体に何度もよじ登った連中の数にしても一万は下らなかったであろう。しかし、それを禁ずる布告がほどなく出されて、違反者は死刑ということになった。私にもう逃げ出す力がないことを見てとると、職人たちが私を縛っていた紐を残らず切ってくれたので、すぐさま立ち上ってみはしたものの、わが人生であれほど憂鬱な気分になったことはついぞない。しかし、私が立ち上って歩くのを眼にした人々の大騒ぎと驚愕ぶりもまた説明のしようがない。私の左足につながれた鎖は二ヤードほどの長さがあったので、半円の内側ならば往きつ戻りつする自由はあったし、その鎖が門から四インチほどのところに結わえてあったので、神殿の中へもぐり込んで長々と寝そべることもできた。

第二章

リリパットの皇帝、数人の貴族を引きつれて、拘禁中の筆者の見物にお出ましとなる。その皇帝の容貌と衣裳の説明。筆者にこの国の言語を教える学者数名の任命。筆者の性格は穏やかということで、好意をもたれる。ポケットをさぐられ、剣とピストルを没収される。

▼立ちあがってあたりを見回してみると、正直なところ、何とも面白い光景であった。まわりの国全体がひと続きの庭園のようなもので、囲い込みのしてある畑はおおむね四十フィート四方、まるで花壇だ。そうした畑の間に半スタングくらいの広さの森が点在しているが、一番高い樹でも七フィートくらいだろうか。左手に見える町など、芝居の中に出てくる市の一場面のような色合いであった。

もっとも私の方はこの数時間というもの、自然の要求に攻められっぱなしであったが、それも当然で、この前体を軽くしてからほぼ二日は経過していた。我慢できない、恥しいの板挟みで、まさしく進退きわまれりの状態ではあった。思いつく最善の策は我が家にもぐり込むということであったので、その通りにして、すぐに門を閉め、鎖の伸びきるところまで行って、この待ったなしの荷物を降ろした。ただし、私がこのように不潔な所行に及んだのはこのときかぎりで、公平なる読者諸賢にはこのおりの我が苦境を大所高所よりよろしく考慮されて、多少は眼をつぶっていただくようにお願いするしかない。このとき以降、私はいつも起きるとすぐに鎖の届くところまで外に出て処理をすることにしたのだが、毎朝人が集まってくる前に、特に任命された二人の召使が手押車でこの鼻の曲がりそうな物体▼を処分してしまう手筈も整えられた。この清潔さに関して、世の人々に我が人格を弁明しておく必要がないのなら、こんな一見下らないと見えかねないことを長々と云々することもないのだが、聞くところによれば、私に対して含むところのある連中が何かにつけてこの点を衝くということなので。

この難儀に結着をつけると、私は新鮮な空気が吸いたくて、もう一度家の外に出た。皇帝はすでに塔から降りて、馬でこちらに向かっておられたが、あわや一大事となりかねない事件が起きてしまった。というのは、この馬は調教は十分にされてはいたものの、眼の前であたかも山が動くかのような光景に接したことがなく、後足で立ち上ってしまったのだが、そこは皇帝も馬の達人で、鞍にしがみつかれ、そこへ従者がかけ寄って手綱をおさえ、皇帝にそろそろと降りていただくということになったのである。足が地につくと、皇帝は私を周囲から御覧になってしきりと感嘆しておられたが、あくまでも鎖の届く外でのことであった。そのあと、待機していた料理人と配膳係に飲食物を用意せよとの命令があり、何か車のついた箱状のもので、それが私の手の届くところまで運ばれて来た。私はその箱状のものを手でつかんで、すぐに中味を空っぽにしてしまったが、肉が二十台分、飲料が十台分、そして肉は一台で二口、三口、飲料の方は陶製の瓶に詰めたのが一台につき十個載っていたのを箱にあけて、次々に、一気に飲み干していった。御妃ならびに王子、王女は数多の侍女を従えて、少し離れたところの輿に坐っておられたが、皇帝の馬が見舞われた事故を目のあたりになさると、その輿から降りて皇帝のそばに寄って来られたので、ここでその容貌について説明しておくことにしよう。皇帝は宮廷の他の誰よりも私の爪の幅くらい背が高く、それだけで見る者に畏怖の念をかきたてる。その顔立ちは彫りが深くて男らしく、オーストリアの王家風に下唇が厚く、鷲鼻、顔色はオリーヴ色、背筋が伸び、胴体と手、足の均整がよくとれて、身のこなしは悉く優雅そのもの、威風堂々たる押し出しだ。齢は二十八歳と九ケ月で、血気盛んな時は過ぎたとはいうものの、その治世はすでに七年に及び、国は治まって武運また良しというところであった。その姿をよく見ようと思って体を横向きにすると、わずか三ヤードの距離をおいて顔と顔がちょうど向い合うことになってしまったが、ともかくその後も幾度となくこの掌にお乗せ申し上げたので、見誤りはないと思う。その服装はきわめて質素かつ簡略なもので、アジア風ともヨーロッパ風ともつかず、宝石をちりばめて、前立てには羽飾りという、黄金の軽目の冠が頭にのっていた。万一私が鎖を切りでもしたら身を護らねばということなのか、抜き身の剣を手にしておられるが、その長さは約三インチ、柄と鞘はやはり黄金でできており、ダイヤモンドがちりばめてある。声は甲高いが、とてもはっきりとしていて、こちらが立ち上っていても明瞭に聞きとれた。女官、廷臣はいずれも豪華絢爛たる衣裳で、彼らのいる場所は金銀の絵柄を刺繍したペティコートをぱっと地面に拡げたかの如くであった。皇帝陛下からは何度も御言葉をいただき、こちらもひとまず返事はするのだが、お互いに全然通じない。その場には神官と法官も何人か居あわせて（服装からしてそうだろうと判断したのだが）、私と話をするように命令が降りたようなので、私の方も高地ドイツ語、低地ドイツ語、ラテン語、フランス語、スペイン語、イタリア語、リングア・フランカなどこちらが少しでも分かる語を総動員して話しかけてはみたものの、まったく駄目であった。二時間ほどすると宮廷の面々は引き上げてしまい、あとには厳重な警備隊が残ったが、おそらくその目的というのは、ぎりぎり近くまで押し寄せようとする群衆の狼藉、暴行を封じ込めるということであっただろうが、中には、戸口の脇の地面に坐っている私に向けてなんと矢を射てくる連中もいて、あやうく一本が左の眼にあたりそうになったこともあった。しかし隊長はすぐさま首謀者らしきのを六名逮捕するように命令し、ここはその連中を縛って私に渡すのが妥当な処罰だと考えたのだろう、兵隊の何人かが手槍の石突きでつつきながら、彼らを私の手の届くところまで連れて来た。私は全員を右手で摑み上げ、五人を上着のポケットに入れ、六人目には生きたまま喰ってやるという顔をしてみせた。可哀いそうにその男は物凄い悲鳴をあげ、私がポケットからペンナイフを取り出すにおよんで、隊長も部下の士官たちもゾッとしたようだが、なるたけ穏やかな顔をして、彼を縛っていた紐をその場で切り、そっと地面に降ろしてやると、まあ、その逃げ足の速かったこと、兵隊たちも安堵の胸をなでおろしたようであった。他の者に対しても同じことで、ポケットから一人ずつ出してやったが、兵隊も野次馬もこの寛容な扱いにはいたく感激したようで、宮廷にも非常に好意的な話が伝わることになったのである。

夜になると何とか我が家なるものにもぐり込み、床に体を横たえる生活が二週間ほど続いたが、その間に、私用のベッドを用意するようにという命令が皇帝から出た。まず車で運び込まれたのが普通の大きさの敷き布団六百人分で、それを改造することになり、それを縦横に百五十枚縫い合わせ、四枚重ねにするというわけだが、それでもなめらかな石の床の硬さを忘れさせてくれるには程遠かった。同じ要領でシーツと毛布と掛け布団を提供されたが、長いこと辛酸をなめてきた私のような者には、それで十分に我慢できた。

私が到着したという知らせがこの王国をかけめぐると、おびただしい数の金持ち、暇人、物好きが見物に出かけて来て、村という村から人気が消えてしまったので、皇帝陛下がこのような不届き至極の事態を禁ずる布告、訓令を出されなかったら、耕作、家事の放置が重大な結果につながっていただろう。その命令とは、見物し終えた者は帰郷せよ、宮廷の許可を得ずして家から五十ヤード以内に近づくべからずという内容であった(大臣たちはこれに乗じて手数料を稼ぎまくった)。

▼その間にも、皇帝は頻繁に御前会議を招集されて、私をどう処置すべきか協議されたのだが、とても身分の高い、誰よりも機密に通じているある友人に後日聞いたところでは、宮廷には私のことで難問が山積していたという。私が鎖を切りはしないか、食費がかさみ過ぎはしないか、飢饉につながりはしないかという心配だ。餓死させるか、せめて両手と顔を毒矢で射て、さっさと殺してしまおうという案も出たりしたが、あんな巨大な死骸の放つ悪臭で首都に悪疫が生じ、それが王国全体に蔓延したらどうなるかということで、考え直しとなった。こうした協議の行なわれている最中に、軍の士官数人が御前会議の開かれている部屋まで出頭し、二人が中に入れられて、例の六人の悪党に対する私の行動を報告したところ、陛下は胸中いたく感動され、居ならぶ他の面々も同様で、いっきに私に好意的な雰

囲気となって、首都周辺九百ヤード以内の全村に、毎朝牛六頭、羊四十頭他の食料、ならびにそれに見合うパン、葡萄酒他の飲料を私のために供出せよ、その経費については国庫より支給するという主旨の陛下の勅令が出された。このような手続きになったのは、この皇帝が御料地からの収入でおおむね生活を支えておられ、いざ戦争となれば自腹を切ってつき従うしかない臣民には、よほどのことでもなければ特別税を課されることがなかったからである。その次には、六百人からなる私の召使の組織が作られ、彼らには生活のための手当ても出たし、我が家の戸口の左右に便利なテントまで設営された。仕立て屋を三百人雇って、この国の流儀の服を作らせること、皇帝お抱えの碩学六人を使って私に言語を教えること、皇帝の御料馬、貴族の馬、近衛騎馬隊は私の大きさに馴れさせるために私の前で訓練することなどについても同じく命令が出た。こうした命令はすべて粛々と実行に移され、三週間もすると私の語学力は長足の進歩をとげることになったが、その間にも皇帝は幾度も親しく御訪問下さり、かたじけなくも教師たちの手助けをなさるのであった。われわれもすでにその頃には多少なりとも話ができるようになっていたが、最初に私が覚えたのは、どうか自由の身にしていただきたいという希望を述べる言葉で、毎日跪いてこの言葉を繰返した。陛下の返事は、こちらの理解できるかぎりでは、それは時間のかかることで、御前会議の勧告なくしては如何ともしがたい、その前にまずルーモス・ケルミン・ペソ・デズマー・ロン・エンポソ、つまり、皇帝及び王国に親睦を誓わなくてはならないということであった。もっとも、十二分に厚遇はするから、よく忍んで慎重に行動し、彼ならびに臣民の好意をひきつけるようにとの忠告もいただいた。さらに、しかるべき係官に命じて身体検査をさせるが、気分を悪くしないように、もしおまえが武器を持っていて、それがその途方もない体格に相応するものだとしたら危険きわまりないはずだから、ということであった。私は、陛下さえおよろしければ、この場で服を脱いで、ポケットを裏返してご

▼覧にいれましょうと申し上げた。言葉半分、手真似半分で。それへの返事は、この国の法律の定めるところによって二人の係官に身体検査をさせる、ただし、それにはおまえの同意と協力が必要だ、おまえの寛容さと正義心を十分に承知しているので係官をおまえの手にゆだねる、係官が押収したものは、おまえがこの国を退去するおりに返却する、もしくは言い値で買い上げるというものであった。私は二人の係官を両手に載せて、まず上着のポケットに入れてやり、そのあと次々に他のポケットにも入れてやったが、二つの時計隠しともうひとつの秘密のポケットは別で、私にしか意味のない必要品が入れてあったので、とても探させる気にはなれなかったのだ。その時計隠しの一方には銀時計が、もう一方には金貨の少し入った財布が入っていた。この二人のジェントルマンはペンとインクと紙を用意していて、見たものすべての精確な目録を作成し、それが終わると、その目録を皇帝に届けたいから下に降ろしてくれと言う。この目録なるものを私はあとになって英語に訳してみたが、逐語的にやってみると、次のようになる。

▼まず第一に、大人間山(クインバス・フレストリンを訳すと、そうなる)の上着右ポケット中に、厳密なる探査ののち、陛下の大広間の絨毯大の粗布を一枚発見致しました。左側ポケット中の巨大なる銀の箱には同じく銀の蓋がつき、検査官両名の力では開けること不能。その開放を求めたのち、一名がその中に踏み込みますと、脛の半ばあたりまで塵芥状のものに没し、しかも一部は両名の顔面に舞い上り、数回のくしゃみを誘発致しました。胴着の右ポケット中には白く薄い物の巨大な束があり、それを何重にも重ねて人間三人分の厚さとし、頑丈な針金で綴じ、しかも黒い文様が刻印されているのは何かの書き物と推測されますが、その文字は我々の掌の約半分の大きさ。左ポケット中に発見された器具状のものは、背部から二十本の柱が突出して、宮殿前の柵に類似、これをもって人間山はその頭髪を梳

るものと推察されます。意を通ずること甚だ困難にして、質疑を重ねること不能。中着（ランフ＝ロの訳であるが、要するにズボンのこと）右側の大ポケット中には人の背丈ほどの中空の鉄柱があり、それより大なる硬い木材に固定され、その鉄柱の片側より奇怪な形状の鉄片が突出、その何たるか、了解不能。左ポケット中にも同一の器具を確認。右側面の小ポケット中には大きさの異なる白、赤の円盤形の金属を確認、白味を帯びたるは銀と覚しく、巨大にして重量あり、両名の力では持ち上げ不能。左ポケット中には形状いびつなる黒色の柱を二本発見、我等はポケットの底部に位置したためよじ登ること至難、柱の一本は被いに包まれ、全体は同材質かと思われるものの、他方の柱の上端には我等の頭の約二倍大の白色球状のものが付着。その両者の内部に巨大なる鉄板を発見、危険物の惧れありと判断して、その呈示を命じました。それらを容器より取り出しての説明によれば、祖国ではその一方で髯を剃り、他方をもって肉を切るとか。他にも、検分不能のポケットが二箇所あり、通称は小袋、中着の上部につけた大きな裂け目というに等しく、腹の圧力をもってぴったり閉じるもの。その右の小袋より銀の鎖を垂らし、その先には驚異の器具が付着するとのこと。その鎖の末端に付着するものの提示を求めたところ、半分は銀、半分は透明な金属よりなる円球状の物体で、その透明な側には奇妙な文様が円形に配されており、触知を試みるも、指はその透明なる物質に阻止されて、不能。この器具を耳元につきつけられてみるに、絶え間なく水車の如き音が致しました。推察致しますに、未知の動物か、もしくは彼の拝む神か。これに相談せずしては何事もなさずという人間山の確言からすれば（その表現が甚だつたなきため、我等の理解も覚束なし）、我等としてはむしろ後者の見解をとるべきか。彼はそれを自らの神託と呼び、生活上の行動すべての時を指示するものと申しております。彼が左の小袋より取り出した網状のものは漁夫も利用できるほどの大きさで、財布の如くに開閉し、げんにそのように使用するとのこと、その中に確認できる黄色の大なる金属片数枚は、もし本物の金であるとするならば、その価値は莫大なものとなりましょう。

陛下の命により全ポケットをくまなく探索致しましたのち、腰に巻かれた巨大動物の皮革製の腰帯に着目、その左側には人間五人分の長さの剣が、その右側には陛下の臣民三名を収容可能な房二つよりなる袋状のものがかかるのを視認。一方の房の中には、我等の頭大のきわめて重い金属の球体が数個、他方には大きさ、重量はさほどではない黒色の粒が多数含まれ、我等の掌にも五十粒ほど載せることが可能。

以上、人間山の身体の検査において発見できたものの精確な目録でありますが、その間、その協力姿勢はきわめて慇懃にして、陛下の勅命にも十分なる敬意を示しました。御世の第八十九月四日、署名及び捺印、

クレフレン・フレロック、マーシ・フレロック

この目録が皇帝の前で読み上げられると、皇帝から幾つかの物件を提出せよとの命令があった。最初に求められたのは偃月刀(えんげつとう)で、私は鞘ごと差し出した。その間、身辺警護の精鋭三千騎には私を遠巻きにして弓矢を構えよとの命令が下りていたようだが、私の眼は陛下の姿に釘づけになっていたので、そんなことには気がつかなかった。皇帝はその剣を抜いてみよと要望されたが、海水で多少錆びついてはいるものの、大抵の部分はキラキラと輝いていた。私が刀を抜いた瞬間に、騎兵たちは恐怖とも驚愕ともつかない悲鳴をあげた、手にした刀を左右に振りまわすと、眩しい太陽の光がそこに反射して眼がくらんだのである。皇帝御本人はなかなかどうして雅量のある御方で、思ったほどには狼狽されることもなく、もとの鞘に収めて、私をつないでいる鎖から六フィートほどのところにそろっと投げよと命令された。次に要求されたのは中空の鉄の柱、要するにピストルであった。私はそれを取り出して、要望に応じて

なるたけ分かりやすくその使い方を説明し、袋がしっかりと閉まっていたおかげで海水に濡れずにすんだ火薬だけをつめて(まともな船乗りならば水濡れには特別に用心するものだ)、まず皇帝に心配無用と御注意申しあげたあとで、空に向けてズドンとやった。その驚愕たるや、偃月刀の比ではなかった。何百人かがあたかも落雷死したかの如くに倒れ、皇帝御本人もその場でもちこたえはされたものの、落着きの恢復に多少の時間を要した。結局、偃月刀の場合と同じで、このピストル二丁を引き渡し、火薬袋と弾丸も引き渡したが、火薬はほんの小さな火花に触れただけで引火して、宮殿を吹き飛ばしてしまうから火気を近づけないようにとお願いした。時計も引き渡したが、これには皇帝も興味津々で、近衛兵のうちいちばん上背のある二人に命じて、棒で肩にかつがせられた、イングランドの荷車ひきがビールの樽をかつぐ、あれである。皇帝はそれが休みなく音をたてるのと、われわれよりもはるかに眼がいいせいか、分針の動きがわけなく見えるのとで、仰天され、まわりの学者先生方にこれは何ぞやと御下問があったが、そのやりとりの内実などあまりよくは分からないものの、その意見が四分五裂の有様であったことは、私があえて繰返すまでもなく、容易に読者の想像のつくことであろう。そのあと、銀貨も銅貨も、大型の金貨九枚と小型数枚の入った財布、ナイフと剃刀、櫛と銀の嗅ぎ煙草入れ、ハンカチと日記帳も提出した。偃月刀とピストルと火薬袋は車で皇帝の倉庫に運ばれたが、それ以外の物は戻って来た。

前にも述べたように、彼らの検索を逃れた秘密のポケットがもうひとつあって、眼鏡と(私は眼が悪いので、ときどきお世話になる)、懐中望遠鏡と、その他役に立ちそうなものが幾つか入っていたが、皇帝には無用のもののはずだから、わざわざ出して見せるほどのこともあるまい、下手に手放してしまおうものなら紛失や破損の恐れもある、と私は判断した。

第三章

筆者、皇帝ならびに貴族方、その御婦人方を大いに奇抜な方法で楽しませる。リリパットの宮廷の楽しみの説明。条件つきながら、筆者、自由を認められる。

私の大人しさ、行儀の良さは皇帝や宮廷の人々のみならず、軍隊や民衆一般の人々の心もとらえたようで、この調子でゆくと近々自由になれそうな希望がでてきた。この好意的な流れを生かすべく、私はあらゆる手を打つことにした。土地の者たちは次第に私を危険物扱いしなくなった。ときたま横になって、五、六人を手の上で踊らせてやることもあった。しまいには、男の子や女の子がやって来て、髪の中で隠れん坊をするまでになった。彼らの言葉を理解したり、喋ったりする私の力も相当に伸びていた。そんなある日のこと、皇帝はこの国の見せ物を幾つか見せて楽しませてやろうと思し召しになった(その芸の巧みさ、スケールの大きさにかけてははるかに他国を凌ぐ)。ことに面白かったのは綱渡りで、床から十二インチの高さに長さ二フィートほどの細い白糸を張って、その上でやる。ここは読者にご辛抱をいただくことにして、少し詳しく説明してみたい。

この気晴らし芸を許されるのは、皇帝の寵愛と宮廷での高位を志願できる者に限られる。この芸の訓練はまだ若い頃から始まるが、貴族の出自と高い教育の有無は必須の条件ではない。重要な地位が、死もしくは失寵(これがよく起こる)によって空席になってしまうと、五、六人の候補者が綱渡りの芸をもって皇帝ならびに宮廷の方々にお楽しみいただきたいと申し出、綱の上で最高点までピョンと跳び上り、しかも下に墜落しない者がその地位を我が手にするというわけである。大臣たちが皇帝の御前でその技を披露して、能力が錆ついていないことを証明してみせるように命じられることもよくある。大蔵大臣のフリムナップなどは細い綱の上で、帝国中の他のどの貴族よりも少なくとも一インチは高く跳びはねることができるとされる。私もこの眼で彼が、イングランドで言えば荷造り用の細紐くらいの太さの綱の上に皿を置いて、その上でトンボ返りをうつのを何度か目撃したことがある。依怙贔屓をするわけではないが、私見によれば、この大蔵大臣につぐのが私の友人で宮内大臣のレルドレサル、他の高官たちはどんぐりの背くらべというところか。

この気晴らし芸には命にかかわる事故がつきもので、記録にも多々残っている。私が見ていたときも、手足を骨折した志願者が二、三あった。しかし、大臣たちに腕前披露の命令が出た場合、昔よりもうまく、同僚よりもうまくと力むあまり、一度は墜落しない者はまずいないし、二度、三度という者もいて、危険ははるかに増大する。私が到着する一、二年前の話らしいが、フリムナップが墜落したことがあって、もし国王のクッションのひとつが床にあり、その衝撃を弱めるということがなかったら、間違いなく頸の骨を折っていただろうとのことであった。

もうひとつ、特別の場合に限って、皇帝、皇妃、宰相の前でのみ演じられる気晴らし芸がある。まず皇帝が六インチの長さの絹の細糸を三本、テーブルの上に置かれる。その色は青、赤、緑。これらの糸は、皇帝が特別に引き立ててやろうと思し召された者へのご褒美なのである。この儀式は宮廷の大広間で行なわれ、志願者は前に説明したのとはまったく違う腕前の試験を受けることになるのだが、新旧世界のどの国でもこれに似たものを眼にしたことがない。皇帝が両手で一本の棒を、両端が床と平行になるように握られ、志願者の方は一人ずつ前に進み出て、棒の上下に合わせて何度かそれを跳び越えたり、前後にくぐったりするのである。皇帝が棒の一方の端を持ち、宰相がもう一方の端をということもあるし、宰相ひとりでということもある。それを演ずるにあたって最も身のこなしが軽やかで、跳びともぐりに一番長く持ちこたえた者が青色の絹糸を授与され、赤色が次の者に、緑色が第三位の者に与えられ、貰った側はみなこれを腰のまわりに巻きつける。この宮廷の高官で、いずれかの帯を巻きつけていない者はいない。

軍の馬も王室の厩舎の馬も毎日私の前に引き出されるものだから、もう怖じ気づかなくなり、平然と足許まで寄って来るようになった。地面に手をおくと、それを跳び越えてみせる騎手も現われたし、皇帝の狩猟官の一人にいたっては堂々たる駿馬にまたがって、私の足の靴の上を跳んでみせたが、これは見事なものであった。ある日のこと私はとんでもない方法で皇帝に気晴らしをしていただく幸運に恵まれた。私の方から長さが二フィートで、普通の杖くらいの太さの棒を何本か用意していただきたいとお願いすると、陛下は森林長官にそのように指示しろとお命じになり、翌朝には六人の森林官が六台の車を各々八頭の馬にひかせてやって来た。私はまず九本の棒をとって、二フィート半四方の正方形状に地面にしっかりと固定し、次の四本を地面から二フィートの高さに水平に置いて、四隅をゆわえ、そのあと直立している九本の棒にハンカチを結びつけ、太鼓の皮のようにまんべんなくピンと張ると、その四本の水平な棒がハンカチよりも五インチほど高い位置に来て、四方の横柵の代用となった。この作業が終了したところで、陛下に精鋭二十四騎をこの平原上で演習させる御許しをいただきたいと申し上げた。陛下からはよかろうとの御言葉があったので、私は武装して乗馬したままの騎兵をひとりずつ手で上にあげてやり、指揮をとる士官たちもあげてやった。整列が終わると、彼らはすぐさま二手に分かれて模擬戦を始め、先をなまくらにした矢を放ち、剣を抜き、追う、逃げる、攻める、退却する、要するに、かつて眼にしたことのない見事な演習を見せてくれたのである。水平棒が人と馬が舞台から落ちてしまうのを防いでいた。皇帝は大いに御満悦で、数日にわたってこの催し物の続行を指示され、一度などは朕を上へとお命じになって、欣然と号令を発され、しまいには、すったもんだの挙句に皇妃に向かって、輿ごと持ちあげさせて舞台から二ヤードくらいのところまで行ってみろ、演習全体がくまなく見えるぞと説得を始められる始末であった。こうした余興の最中にひどい事故が起きなかったのはまことに倖いであったが、一度だけ、ある隊長を乗せていた悍馬が蹄で地面を引っかきすぎてハンカチに穴をあけ、足を滑らせて、乗り手もろとも倒れてしまったので、私は咄嗟にその穴を片手で塞ぎ、もう一方の手で、兵隊たちを上にあげたときと同じ要領で下に降ろしてやった。倒れた馬は左の肩を脱臼していたが、乗り手には怪我ひとつなく、私の方はハンカチをなるたけ繕うようにはしたものの、心もとなくて、二度とこんな危険な芸当をする気にはなれなかった。

自由にしてもらえる二、三日前のことであったか、こうした芸を披露して宮廷を楽しませているところへ急使が到着して、陛下に、私が最初につかまった場所の近くを馬で通りかかった臣民数名が、地面に大きな黒い物が横たわっているのを発見した、その形がなんとも奇妙で、縁のところは丸くて、大きさは皇帝の寝所くらい、しかも中央は人間の背丈くらい、最初は生き物かと思ったが、草の上でじっとしたまま動かないし、何人かでまわりを数回歩いてみたが、どうもそうではないようだ、互いに肩車をして上にあがってみると一面に平べったくなっていて、足でどんどん踏んでみると、内部は中空になっている、どうもこれは人間山の所持品かと思われるが、もし陛下の御許しがあれば馬五頭ほどで運んで参りますが、というような報告をした。何の話なのか私はすぐに見当がついて、内心これは有難いと思った。船の難破後なんとか陸に辿りついたとき、頭がすっかり混乱していたので、最初に眠り込んだ場所に来るまえに、ボートを漕いでいるうちは紐で頭にゆわえてあり、泳いでいるうちもずっとそこにあったはずの帽子が上陸後に落ちたものらしいが、私の方は、何かのはずみで紐が切れて、海に流されてしまったのだろうと思い込んでいたのである。私は皇帝陛下にすみやかなる運搬命令を出して下さるようにお願いし、その用途と性格を御説明申し上げた。すると翌日には数人の馬車ひきがそれを運んで来てくれたが、あまりよい状態と言えなかったのは、鍔の縁から一インチ半ほど内側に二つの穴をあけ、そこに二つの鉤をかけ、それを長い綱で馬車につないで、イングランド風に言うと半マイル以上ずるずると引きずったからであるが、しかしこの国の地面はとても平たく滑らかなので、心配していたほどの傷はついていなかった。

▼

この事件の二日後、皇帝は何かとんでもない気晴らしを思いつかれたのか、首都の内外に駐屯している軍隊の一部に出動命令を出された。私には巨人像コロッサスの如くになるたけ大きく股を開いて立ってくれとの仰せである。そして将軍には(この人は老練の指揮官で、私の大恩人でもあった)、密集隊形を組ませ、股の下を行進させよとの命がおり、歩兵は横二十四名の列をなし、騎兵は十六名の列をなし、太鼓を響かせ、旗をなびかせ、槍をかかげて行進した。その総数、歩兵三千、騎兵一千。陛下は行進に際しては私に対して堅く礼節を守るべきことを厳命され、違反者は死罪に処すとされたにもかかわらず、若手の士官のうちには股間をくぐるときに眼を上に向ける奴がいた。正直なところ、その当時はズボンがひどい状態になっていたので、吹きだす奴、ほっほおと驚嘆する奴、いろいろいたということである。

自由にしてほしい旨の請願や嘆願を何度も出しているうちに、陛下はとうとうこの問題をまず閣議にかけ、次に枢

▼密院の総会にかけて下さったが、それに反対したのは、これといういわれもないのに私の仇敵に回ることになったスカイレッシュ・ボルゴラム一人であった。しかし全員が彼の意見をしりぞけ、皇帝も裁可された。この大臣はガルベット、つまり海軍提督で、陛下の信任も篤く、諸事万般に通じてはいたが、なにしろ性格が陰気かつ険悪であった。

▼しまいには周りに説得されて賛成することにはなったのだが、私を自由にするための誓約条項ならびに条件の案文は自分に作らせろと言って、押し通してしまった。しかもこの条項をスカイレッシュ・ボルゴラム本人が、次官二名、高官数名をひき連れて、私のところへ持って来た。それを読み上げると、まず私の国のやり方で、それから彼らの法の定める方式でその遵守を誓えという要求だが、そのやり方とは左手で右の足首をつかみ、右手の中指を頭のてっぺんに置き、拇指で右の耳朶にさわるというもの。ひょっとすると、私が自由を取り戻したときの条件を知りたい、この国の連中に特有の言葉遣いや文体はどうなのかと好奇心をお持ちになる読者もあるかもしれないから、この文書の全文を私の力の許すかぎり逐語訳してみた。以下、それを読者のご高覧に供する。

リリパット国最高帝ゴルバスト・モマレン・エヴレイム・グルディロ・シェフィン・ムリ・ウリ・ギュー、大宇宙の歓喜畏怖の源、その版図、地球の涯五千ブルストラグ(周囲約十二マイル)に及び、諸王の王、万人を抜いてその足地核を圧し、その頭天日を撃つ、ひとたび首をゆすれば地上の諸王の膝がくがく、春の如く軽快、夏の如く快適、秋の如く豊満、冬の如く峻厳。崇高無双の皇帝、過日その楽土に到りし人間山に以下の条項を提示す、誓約を以て果たすべし。

一、人間山は我が国璽を印したる許可状なくして我が領土を去るべからず。
二、人間山は我が特命なくして首都に入るべからず、またその時住民は二時間前に外出禁止の警告を受くべきものとす。
三、人間山の往来は主要道に限るものとし、牧地もしくは畑地の往来、そこにおける横臥を禁ず。
四、前記の道路を往来する時、我が臣民、馬、車を踏まざるよう万全の注意を払い、臣民の同意なくして掌中にすべからず。
五、至急の特派を要する時、人間山に毎月一回、六日を限りて、特使ならびに馬をポケットにて運搬し、（必要あるときは）当該特使を無事皇帝御前に返還するを求む。
六、人間山は我等と共にブレフスキュ島の仇敵にあたり、侵略を目論むその艦隊の壊滅に総力を投ずるものとす。
七、人間山はその閑暇において我が労務者の援助をし、大庭園ならびに王室建造物の石壁造営のため巨石を立つる助けをなすものとす。
八、人間山は二ケ月を以て、海岸を歩測、我が領土全周の精確なる計測値を提出するものとす。
九、上記諸項の遵守を誓約するときに限り、臣民一七二八名分相当の食料ならびに飲料を日々人間山に支給するものとし、併せて皇帝への自由近接権ならびに諸々の特典を認めるものとす。

我が治世第九十一月十二日、ベルファボラック宮殿にて起章私は大いに納得して欣然とこれらの諸項を誓約して、署名したものの、中に幾つかあまりうれしくないものが混じっていたのは、まったく提督スカイレッシュ・ボルゴラムの悪意のなせる業であるが、ともかくこれを機にすぐさま鎖が解かれ、私は完全に自由の身となった。この儀式の間ずっと皇帝の御臨席を仰ぐことができた。こちらも陛下の足元にひれ伏して感謝の気持ちを表わしたが、立つようにとの御指示があり、数多の有難い御言葉をいただいたのだが、それをここで繰返すと虚栄の誇りを免れまいから、心して仕えるように、過去、未来の寵に十分に答えるようにとの御言葉もあったことのみを追記しておく。

読者はすでにお気づきであろうが、私の自由を回復するための最後の条項に、皇帝はリリパット人一七二八名を養うに足る量の食料ならびに飲料を支給すると明記しておられる。しばらくしてから、宮廷内のある友人に、どうしてあれだけ具体的な数字が出てきたのかと訊いてみると、御用数学者たちが四分儀の助けを貸りて私の身長を測定し、彼らとの比が十二対一であることをつきとめ、さらに身体が似ていることからして私の容量は少なくとも彼らの一七二八人分に違いない、従ってその数のリリパット人を養うのに必要な食物を要するであろうと結論したとのこと。このことからしても、この国の人々の利発さ、さらにはこの偉大な君主の経済運営の慎重さ、細かさを、読者にも多少は分かっていただけるだろう。

第四章

リリパットの首都ミルデンドならびに宮殿の説明。この帝国の諸般の問題をめぐる筆者と宰相の対話。筆者、戦争のおりには皇帝につくことを申し出る。

▼自由を得たあと最初に要望したのは、首都ミルデンドを見物する許可がほしいということで、皇帝からはわけなく御許しが降りたが、ただし住民とその家屋を損傷しないようにとの厳命つきであった。人々には、私が町を訪問する旨の布告が出た。町を囲む城壁は高さが二フィート半、幅も狭いところで十一インチはあるから馬車でも悠々と一周できるほどであるが、十フィート間隔で強固な側塔がしつらえてある。私は西の大門を跨いで、二つの大通りを横向きにそろりそろりと歩いたが、上着の裾で家の屋根や軒先を壊してはまずいので、短い胴着姿になっていた。重大なる危険あり、全員屋内に止まるべしという厳しい御達示が出ているとは言っても、まだ道をウロチョロしている連中がいるかもしれないし、それを踏み潰してはまずいので、慎重には慎重を期して歩くことになった。屋根裏の窓といわず、その上の屋根といわず、まさしく見物人の鈴なりで、旅先でもこれほどすし詰めの所は見たことがなかった。▼市は正確に正方形で、城壁の一辺は五百フィート。それを四等分している二つの大通りは、幅が五フィートある。路

地や横町には当然入れず、通りすがりに上から見ただけであるが、その道幅は十二から十八インチ。町全体では五十万人の収容能力がある。家屋は三階から五階建て。商店も市場も品揃えは十分だ。

皇帝の宮殿は二つの大通りが交叉する市の中央部に位置する。周りには高さ二フィートの城壁をめぐらし、宮殿の本体からは二十フィートの距離がとってある。この城壁を跨いでよいという許可を陛下からもらっていたし、それと宮殿との間には十分な空間があったので、それを四方から観察するのは少しもむずかしいことではなかった。外苑は四十フィート平方の方形で、その内側に内苑がさらに二つあり、いちばん奥のところに御座所があるので、ぜひとも一見したかったのだが、外から内へ入る門が、大門とは言っても、いずれも高さ十八インチ、幅七インチしかないのだから、とても無理な話であった。しかも外苑の建物というのが最低でも五フィートの高さがあるから、私が跨いで越えられるはずもなく、そんなことをすれば、壁は切り出した石を使って四インチの厚さにがっちり作ってあるとは言っても、とんでもない被害が出るだろう。ところが皇帝の方は宮殿の豪華絢爛ぶりを見せたくて仕方がない。それが実現したのは三日後のことで、その間に私は首都から百ヤードほどのところにある御苑の中でも一番大きい樹を何本か切ることになった。その樹を使って私が作ったのは、高さ三フィートで、私の体重に耐えられるくらい頑丈な踏み台二つである。そこでもう一度布告が出され、その二つの踏み台を手にした私が再度市街を抜けて宮殿に向うことになった。外苑のそばまで来たところで、私は踏み台のひとつにのって、もうひとつを屋根越しに、外と内の間の幅八フィートの空間にそうっとおろした。それから建物をうまく跨ぎ越してその踏み台に乗り移り、鉤つきの棒で最初のやつを釣り上げた。こういった工夫をして一番奥の苑まで辿りつき、体を横にして、真ん中あたりの階の、わざと開けてある窓に顔を寄せてみると、まさしく想像を絶する見事な御座所であった。そこには皇妃と若い皇子たちが、主だった侍従を従えて、それぞれの部屋におさまっている姿があった。皇妃はこちらに向かって婉然と微笑みかけられ、窓越しに片手をさしのべて接吻を許された。

しかし、読者の前でこの手の話を続けるのはやめにしよう、というのは、この手の話はまもなく印刷にまわすもっと大部の書物に入れることになっており、この帝国の建国以来の歴代の君主の概観、その戦争、政治、法律、学問、宗教、その動植物と独特の風俗習慣、その他珍しい有益なことなどの具体的な説明はそちらにまわし、ここではこの帝国に九ケ月ほど滞在するうちにそこの人々、あるいは自分に降りかかった事件、事柄の説明に限ることにする。

自由になってから二週間ほどたったある朝のこと、宮内大臣(という肩書きの)レルドレサルが、召使を一人だけ連れて我が家にやって来た。その彼が馬車を離れたところに待たせておいて、一時間ほど話をさせてほしいというので、その地位の高さ、人柄を考えて、さらには宮廷に嘆願を出しているときに大いに助けてもらったこともあり、こちらはすぐに応諾した。私の耳元に口が届きやすいように横になりましょうかと言うと、いや、掌に載せてもらって話をする方がいいと言う。そしてまず、私が自由の身になったことを大いに喜び、自分も多少は尽力できたと思うとしたあとで、もっとも、宮廷内の今の事情がなかったならこんなに手早くはいかなかったろうとつけ加えた。彼の説明によれば、外国の方の眼にはこの国は繁栄をきわめているように見えるかもしれませんが、我々は目下二つの巨悪の下で呻吟しております。そのひとつは国内の熾烈な派閥争い、もうひとつは強大な敵による侵略の危険性です。第一の点については、この七十ケ月以上にわたってこの帝国では、区別のために踵の高い靴をはくか、低い靴をはくかでトラメクサンとスラメクサンという名前の二派に分かれて抗争を続けてまいりました。

我が国の古来の制度によれば高踵派の方が断然よく合うとされているのですが、それはさておくとして、現陛下は、あなたも御存知のように、政府の機関ならびに勅任の官職に低踵の者ばかりを重用なさり、皇帝陛下みずから宮廷中の誰よりも少なくとも一ドラー低い踵の靴を愛用しておられます(一ドラーは一インチの約十四分の一にあたる)。この両派の敵愾心たるや、それは大変なもので、飲食、談話で同席することなどはありえません。計算してみますと、数の上ではトラメクサン、高踵派の方が優勢なのですが、権力を握っているのは我々の側です。ところが皇位を継承される皇太子殿下が高踵派寄りではないかとの不安がありまして、殿下の一方の踵がもう一方よりも高く、そのために歩き方がぎこちないのは、少なくともこれは周知の事実。ところがこうした国内のゴタゴタの最中に、領土、国力いずれの点でも我が国にひけをとらない、この宇宙のもうひとつの強大な帝国ブレフスキュの島からの侵略の脅威が出てきたのです。あなたの主張では、あなたと同じ大きさの人間なるものが住む王国、国家が世界には他にもあるということですが、我が国の哲学者たちはそれには大きな疑問を抱いていて、あなたは月か星から降って来たのだろうと推測しております、あなたのような図体の者が百人もいたら、陛下の領土の全作物、全家畜があっと言うまに喰い潰されてしまいますからね。それに、六千月の永きを誇る我が国の歴史のどこにもリリパット、ブレフスキュ以外の大帝国とは違う地域の話は出てこない。いや、私が申し上げようとしていたのは、この二つの強大国がすでに三十六ケ月の間戦争を続けていて、互いに一歩も引かないということです。事の起こりはこういうことでした。卵を食するにあたっては大きい方の端を割るというのが太古からの習慣であったことは衆目の一致するところなのですが、現陛下の祖父君がまだ幼少の頃、卵を食すべく古来の慣行通りに割ろうとなされたときに、誤まって一本の指を切ってしまわれた。それをうけて、父君である時の皇帝は、臣民たる者、卵は小端より割るべし、これに違う者は厳罰に処すとの勅令を出された。民衆はこの法に憤激し、史書の教えるところによれば、そのために六度の叛乱が起き、一人の皇帝は命を落とされ、もう一人の皇帝は王冠を失われたと言います。こうした内乱は必ずブレフスキュの君主の煽るところとなり、それが鎮圧されると、つねにこの帝国に亡命者が流出したのです。数度の内乱を経て、卵を小端より割る屈辱に耐えるよりも、むしろ死を選んだ者の数は一万一千とされております。この論争をめぐってはすでに数百巻に及ぶ大部の書物が刊行されていますが、大端派の書物は発禁となって久しく、またこの派の人々は法によって公職に就くことを禁じられています。こうした紛争を睨みながら代々のブレフスキュの皇帝は、頻繁に大使を派遣して苦言を呈し、そちらのやっていることはブランドレカル(つまり、彼らのコーラン)の第五十四章に述べられている偉大な予言者ラストログの根本教義に背いて宗教分裂をもたらすものだと批難してきました。しかし、これは聖句をねじ曲げるものにすぎないと思います。なぜなら、問題の言葉は、すべて正しき信仰を持てる者、その卵を便宜よき端より割るべし、というもので、私見によりますと、いずれが便宜よき端にあたるかは各人の良心にゆだねるべきこと、もしくはせめて最高権力者の裁量にゆだねるべきことでしょう。いずれにしても、大端派の亡命者たちはブレフスキュの皇帝の宮廷で大いに信任を得、この国に残っている仲間からもひそかに支援と激励を受けているために、二つの帝国の間ですでに三十六ケ月、一進一退の激戦が続いており、その間の我々の損失は四十隻の主力艦、それを遥かに上回る数の小型艦、海陸の精鋭三万に及びますが、敵方の損害はこれよりもまだ甚大と思われます。ところが彼らはここにいたって多数の艦船の装備を整え、こちらに襲いかかろうとしております。そこで、あなたの勇気と剛力とに絶大の信頼をおかれている皇帝陛下から、この私にあなたのもとに赴いて事態を説明するようにとの御下命があった次第です。

私の方から大臣には、陛下の仰せに従いたい、異国の者の身で党派の問題に干渉するのは身の程知らずと思えるが、一命を賭して侵略者の手から陛下とこの国を守護するつもりである旨伝えてほしいと頼んだ。

第五章

筆者、途方もない奇策で侵略を喰い止める。名誉の称号を授かる。ブレフスキュ皇帝の大使一行到着、和睦を乞う。皇妃の御座所より失火し、筆者、宮殿の他の部分への延焼を防ぐのに尽力。

ブレフスキュ帝国はリリパットの北北東に位置する島国で、両国をへだてるのは幅八百ヤードの海峡ひとつにすぎない。私はまだその島を見たことがなく、この侵略作戦の話を聞いて以来、私のことをまったく知らないはずの敵船に発見されるのを恐れて、そちら側の海岸に出るのをひかえていたが、戦争中の両帝国間の交流は死をもっていっさい禁じられていたし、あらゆる船舶に皇帝の出港停止の命令が出ていた。偵察隊からの情報によると、敵方の全艦隊は準備を万端整えて港で順風待ちをしているということなので、それをそっくり捕まえてしまう作戦を、私は皇帝に伝えた。まず老練な船乗りに海峡の水深について訊いてみると、すでに何度も測定したことがあるとかで、中央部が満潮時に七十グラムグラフ(ヨーロッパ風に言えば、約六フィート)、それ以外の地点はせいぜい五十グラムグラフだと教えてくれた。ブレフスキュをにらむ北東部の海岸に出かけて、小山のかげに身を隠し、小型の懐中望遠鏡を取り出して、碇泊している敵の艦隊を観察してみると、軍艦約五十隻、輸送船多数ということが判明したので、すぐに我が家にとって返し、なるたけ強靱な綱と鉄棒を多量に調達するように命じた(そうする権限をもらっていた)。用意された綱は荷造り紐の太さだし、鉄棒とは言っても、その長さ太さは編み物針のようなもの。綱は三重にして補強し、鉄棒も同じ理由から三本をひねり合わせて、先端を鉤状に曲げた。そのあと、この五十の鉤を五十本の綱にゆわえつけ、北東部の海岸に引き返し、上着、靴、靴下を脱ぎすてて、革のチョッキのまま、満潮半時間ほど前の海に踏み込んだ。そしてバシャバシャと全力で歩き、中央部の三十ヤードを泳いで、海底に足が届くようになり、三十分弱で艦隊のところに辿りついた。私を見た瞬間、敵はさぞかし怖かったに違いない、次から次に船から海へ飛び込んで、岸に向かって泳ぎだした、その数三万は下るまい。私は索具を取り出して、一隻一隻の舳の穴に鉤をかけ、他方の綱の端をひとつに結んだ。この作業をしている間中敵は何千本かの矢を放ち、その多くが顔と両手に刺さるので痛くてたまらないうえに、仕事の邪魔になってしかたがなかった。いちばん心配したのは眼であるが、咄嗟の策を思いつかなかったら間違いなく失明していただろう。前にも説明した通り、皇帝の検査官にも見つからなかった例の秘密のポケットに、他のこまごまとした必要品と一緒に、眼鏡を隠してあったのだ。私はこれを取り出してしっかりと鼻にかけ、敵の矢の雨などものともせずに平然と仕事を続け、眼鏡のガラスにあたる矢も多かったが、少し揺れる程度でそれ以上の実害はなかった。ところが、すべての鉤を掛けおえ、綱の結び目をつかんで引っぱろうとすると、これがびくともしない。すべての船が錨でしっかりと底に止めてあるのだ。我が事業の最難関が残っていたのだ。私はいったん綱を離し、鉤は船にかけたままにして、錨とつながる綱をナイフで決然と切ってまわったが、その間に顔と両手に受けた矢は二百本以上、ともかく鉤にゆわえた綱の端をもう一度つかんで、今度は敵側の巨艦五十隻をこともなく引いて帰ったのである。

　私が何をするつもりなのかまるで想像すらつかないブレフスキュ人は、初めは仰天して茫然自失の有様であった。私が綱を切り始めるのを眼にしたときには、船を流してしまうか、互いに衝突させるかだろうと思っていたところが、ごっそり全艦隊が整然と動きだし、しかも先頭では私が引っ張っているのを眼にするに及んで、さすがに彼らも想像を越える、筆舌に尽しがたしとでも言うしかない悲鳴と絶望の声をあげ始めた。私の方は危険を脱したところで一休みし、顔と両手に刺さった矢を抜き、前にも話に出た例の、この島に着いたときにもらった軟膏を塗った。それから眼鏡を外し、一時間ほどして少し潮が引いてから、荷物を引いて中央部を渉り、無事に王立リリパット港に帰還したのである。

　この大冒険の結末を見届けんものと、皇帝以下、宮廷全員が海岸に出ていた。彼らには大きな半円を描いて近づいて来る船団は見えても、胸のところまで海につかっている私は識別できなかった。海峡の中央まで来ると、なにしろ首しか出ていないのだから、一同いっそう胸苦しくなった。皇帝は、私が溺れてしまった、あれは敵の艦隊の来襲だと早合点されたのだが、しかしその不安はすぐに消えることになった。というのは、海峡は一歩毎に浅くなり、じきに声の届くところまで来たので、艦隊につないである綱の端をかかげて、大音声で、天下無敵リリパット皇帝万歳とやったからである。この偉大なる君主は上陸した私に雨霰と讃辞を浴びせ、その場でナーダックに叙して下さった。この国では最高の爵位である。

　陛下はまた、いつか別の機会でいいから敵方の残りの船を全部こちらの港に曳航せよとの要望も口にされた。まことに君主の野望たるや限りのないもので、ブレフスキュ帝国全体を一属領として、総督をもって治めさせ、大端派の亡命者を死罪とし、彼の国の人民に卵の小端を割らせる、そうすることで全世界の唯一の君主となるということしか陛下の頭にはなかったようである。しかし私は正義と政策の一般論をふまえて論を立て、この野心を忘れていただくように努力し、自由かつ勇敢な国民を奴隷状態におくための道具にはなりたくありませんとはっきりと断言したが、この問題が会議の場で議論されたときには、閣僚中の賢明な人々も私と同意見であったという。

私のこの大胆卒直な発言は皇帝陛下の計画ならびにその政治にまったくそぐわないものであったから、その立腹はおさまらず、会議の席でも陰に陽にそのことをほのめかされたようであるが、聞くところでは、賢明派は少なくとも沈黙を守って私の意見に賛同したのに対して、ひそかに私を敵視していた連中はそれとなく私を非難するような言葉を口にしたようだ。そしてこのときから皇帝と、私に悪意をもつ一部閣僚の間の謀議がスタートしたようで、二ケ月もしないうちにそれが表明化して、ひとつ間違えば私は命を落とすところであった。いかに君主に忠勤を尽そうとも、ひとたびその欲望を拒絶しようものならば、ほとんど何の意味もないということだ。

この手柄をあげてから三週間ほどして、ブレフスキュから正式の使節団が来訪して和睦を乞うということになり、我が皇帝にきわめて有利な条件でそれが成立したのだが、そのことで読者を煩わすまでもあるまい。使節団は大使が六名、随員約五百名、その入城のさまは彼らの主君の威厳と使命の重要性にふさわしい威風堂々たるものであった。私も宮廷での信用を利用して、少なくともそれらしきものを利用して多少なりとも尽力するところのあった条約の締結が終了すると、私が味方であることをひそかに聞き知っておられた大使団の側から、私のところへ正式の訪問があった。彼らはまず私の勇気と寛大さを惜しみなく称え、主君たる皇帝の名において国への招待を伝え、驚異の誉れ高いあなたの超怪力を是非とも私どもにも御披露いただきたいという話なので、私もその場で承諾してしまったが、細かなことを説明して話の腰を折るのはやめにしよう。

この使節たちをしばらくもてなして大いに満足させ仰天させたあとで、皇帝陛下にわたくしの表敬の意を御伝えいただきたい、その明徳の評判は世の隅々にまで届いて讃仰の的となっております、祖国への帰還前に是非とも拝謁の栄に浴せるように願っておりますと伝えた。そういう経緯があったものだから、その次に我等が皇帝にお目にかかる機会が回って来たおりに、ブレフスキュの君主のもとに伺候する御許可をと申し上げると、許しが降りるには降りたものの、はっきりそれと分かるくらい冷淡をきわめる御様子であったが、ある人物から、フリムナップとボルゴラムが結託して、私と大使たちの接触を離反のしるしだと讒言したのだと耳打ちしてもらうまで、その理由が分からなかった。私には、そんな気持ちはさらさらなかったのだから。廷臣や大臣に対する思いが多少ともゆらぎ出したのは、そのときが初めてである。

ここで一言断っておくならば、大使たちと私が通訳を介して話をする破目になったのは、この二つの帝国の言語がヨーロッパの場合と同じように相互にまったく違っており、しかも両国ともおのが言葉の古さ、美しさ、力強さを誇りとし、相手方のそれを公然と軽蔑しあっているところにもってきて、こちらの皇帝が敵の艦隊の拿捕をかさにきて、リリパット語で信任状を出せ、リリパット語を喋れと要求したからである。もうひとつ申し添えるならば、両地域の間には貿易取引が盛んに行なわれ、相互に絶えず亡命者が流れ込み、さらに貴族や富裕なジェントリー層の子弟を、世の見聞を広め、人情風俗を知って教養をつけさせると称しては互いの国にやる習慣があったので、海岸地帯に住む名望家、商人、船乗りでこの二つの言葉の喋れないという者はまずいないということを、数週間後、ブレフスキュの皇帝のもとに伺候したおりに知ることになったのだが、敵の一味の悪巧みのために辛酸をなめている最中であったので、それは実に楽しい経験であった。この話はまたあとですることにしよう。

　読者は覚えておられるだろうか、私が自由を取り戻すための条項に署名したときに、あまりにも屈辱的な内容で腹にすえかねたものの、万やむを得ず承諾したものがあったことを。しかし、この帝国でも最高位のナーダックとなった今では、そこに謳われていた仕事は私の威厳を損うものであるし、皇帝もその話を持ち出されることはなかった（その点では、立派なものである）。ところが、それからまもなく、陛下のために大変な働きをする機会がめぐってきた、少なくともそのときは、そう思った。ある真夜中のこと、我が家の戸口のところで何百人かが騒ぐような声がするので、こちらも不意に眼が覚めてしまって、いささか恐怖を覚えた。ひっきりなしにバーグラム、バーグラムという声が聞こえ、宮廷から何人かの者が群衆をかき分けて来て、すぐ宮殿に来て下さい、皇妃の御座所が炎上中です、女官のひとりがロマンスを読んでいるうちに眠り込んでしまったための失火のようですと言う。こちらは跳び起きた。そして、道をあけろという命令が出され、月夜でもあったので、一人も踏み潰さずになんとか宮殿に到着した。御座所の壁にはすでに梯子が立てかけてあり、バケツの準備も十分に出来ているのだが、水までは少し距離があった。このバケツというのは大きめの指貫くらいのもので、人々が必死にそれを私のところに運んで来るのだが、なにしろ猛烈な火勢でほとんど役に立たない。私の上着をかぶせればわけなく鎮火となるところだが、生憎と急いだあまり置いてきて、革のチョッキ一枚であった。まったくお手上げの絶望状態で、この壮麗なる宮殿も、私としては異例なほどの平常心のおかげである名案が浮かばなかったら、間違いなく焼け落ちてしまっていただろう。実は前の晩、グリミグリムという極上の葡萄酒をたらふく飲んでいて（ブレフスキュ人はこれをフルネックと呼んでいるが、この国のものの方が上質とされる）、これがひどく利尿性をもっているのだ。それにまた何という幸運か、それをまだチョロリとも排出していなかった。燃える炎のすぐそばまで近寄って消火作業をやったために体温上昇、それが葡萄酒をして尿への働きかけを促進せしめることとなり、こちらはしかるべき場所に狙いを定めて一挙にジョビジョビと大量放出したものだから、三分後には完全鎮火、その建造に幾星霜を要した立派な建物の他の部分は燃えずに残った。

この頃にはもう夜も明けていて、私は皇帝に御祝いを申しあげるのも気がひけて、そのまま我が家に引き上げてしまった。と言うのは、私の働きはまことに大なるものであるにしても、この国の基本法によれば、いかに高位の者であっても宮殿内で放尿に及べば死罪ということなので、陛下が私のやり方にどこまで憤激されたのか分からなかったからである。しかし、私に正式な特赦状を出すよう大法官に命ずるつもりだという陛下の伝言が届いたので、こちらも少しは安堵したものの、結局私の手には届かなかった。しかもある裏情報によれば、皇妃は私のやったことに激怒されて、問題の建て物を修復するには及ばないとし、宮殿内のそこから一番遠い方に移ってしまわれ、腹心の者の前で、復讐せずにおくものかと仰せになったそうである。

第六章

リリパットの住民、その学問、法、習俗について。子どもの教育法。この国での筆者の暮らし方。貴婦人擁護の論。

この帝国のくわしい説明は別の論文にゆだねることにして、興味を抱かれた読者のために、とりあえず一般的な問題点をいくつか話してみることにしよう。住民の平均的な大きさは六インチ以下とみてよく、他の動物、草木の類もことごとくこの比率でできている。例えば一番大きい牛や馬でも四、五インチの間の高さ、羊は一インチ半を多少出るか出ないか、鵞鳥は雀くらいの大きさといった調子でどんどん小さくなって、最小のものまでくると、私の眼にはほとんど見えなくなってしまうのだが、自然はリリパット人の眼を見るべき対象にふさわしいように調整していて、あまり遠くないところなら実に精確に見えるのだ。近くにある物を見る眼の鋭さを示す例として、私は料理人が普通の蝿ほどの大きさもない雲雀の毛をむしったり、若い娘が私には見えない針に見えない絹の糸を通すのを観察して大いに感心したことがある。一番高い樹でも七フィート位だろうか、御苑にある樹木の何本かがそれにあたり、私が拳を固めてもなんとかそのてっぺんに届くのだ。他の植物にしても同じ比率だが、それについては読者の想像にまかせることにしよう。

▼彼らの学問についてはここでは最小限にとどめるが、すべての分野にわたって長年栄えてきたものの、ただその字の書き方が独特で、ヨーロッパ人のように左から右へ書くのでも、アラビア人のように右から左へ書くのでも、中国人のように上から下へ書くのでも、カスカジア人のように下から上へ式でもなく、紙の隅から隅へ向けて斜めに書くのだ、イングランドの女のようなものである。

▼死者の埋葬は頭を下にして逆さにするが、一万一千月たつと死者はすべて蘇り、その間にこの大地が(彼らは平たいと考えている)上下逆転し、そのために復活した死者はちゃんと両足で立てるだろうという理屈である。学識のある者たちはこの教義を愚とするのだが、俗徒に合わせて今もこの慣行が続いている。

▼この帝国の法と習俗にはきわめて特異なものがいくつかあって、我が愛する祖国のそれと極端に矛盾するのでなければ多少なりとも弁護してよいかと思うのだが、惜しむらくは、その実施が同じようにうまくはいっていない。まず第一にあげたいのは告発者に関わること。ここでは国家に対する犯罪は極刑をもって罰されるが、告発された人物が審理の場で身の潔白を明らかにできたなら、告発者本人が即刻不名誉な死罪を申し渡され、その財産及び土地から、無実であった人物に対して時間の無駄、身にうけた危険、投獄中の苦痛、弁護に要した全費用の賠償をするために、その四倍の額を払わねばならない。それが足りないときには、王室資金が思いっきり使われる。同時に皇帝からはその無辜の人物に何らかの公けの寵愛のしるしが授与され、全市中にその潔白が布告される。

彼らは盗みよりも詐欺を重い犯罪とみなし、まず間違いなく死罪をもってそれを罰する。彼らの考え方では、ごく普通の頭のある者が注意、気配りをおこたらなければ盗っ人に物をとられることはないのに対して、正直ひとつではすれっからしの奸智は防げない、しかも売買の交渉や信用取引は絶えず行なわざるを得ないのだから、ひとたび詐欺を容認、黙認してしまい、それを罰する法が存在しないとなると、正直な商人はやられっぱなし、悪党万歳ということになってしまう。あるとき私は、為替で受け取った主人の大金を持ち逃げした罪人を国王にとりなそうとして、その罪状軽減のため、信用を裏切ったというだけのことですからと申し上げたところ、皇帝は罪をいやますようなことを弁護の口実にするとは何と奇怪千万のことかと言われ、正直な話、私としては、国が変われば習俗も変わりますからという月並みな返事をするしかなかった。今だから言えるが、真底、恥しかった。

▼われわれはよく賞罰こそすべての政治の二つの蝶番だという言い方をするものの、この格言が実際に行なわれている国はリリパット以外に見たことがない。この国では、国の諸法を七十三ケ月にわたって遵守したという証拠を提出できれば、誰でもその身分と地位に応じて何らかの特権を要求し、そのために用意してある基金から相当の額をもらえるし、おまけに自分の名前につけるスニルポール（遵法の人）なる称号も手に入るが、ただしこれは世襲ではない。わが国の法律は刑罰によって強制されるのみで、報酬の規定はないと話すと、彼らはそれは政治上のゆゆしき欠陥であると考えた。この国の裁判所にある正義の女神像には眼が六つ、前に二つ、後に二つ、左右にひとつずつあって、▼それがすべての方向への監視を意味し、右手に口の開いた金貨袋、左手には鞘におさめた剣を持っているのは、刑罰よりも報償をということを示していて、それはこのような考え方に基くのである。

人材の登用にあたっては、彼らは能力の大きさよりも徳性を考慮する。そうするのは、政治が人間にとって不可欠のものである以上、並の理解力さえあれば必ず何らかの地位にはつけるはずだ、公務の遂行をひとつの時代に三人とは生まれない崇高なる天才を有する者にしか把握できないような秘事とするのが神の御意ではあるまいと考えるからだが、真実、正義、中庸といったものは万人の手の届くものであり、経験と善意の助けを借りてこれらの諸徳を実践すれば誰しも、一連の勉学を要する場合は別として、国のために働く資格はあるとみるのである。その一方で彼らは、徳義の欠如はとても知力の優秀さによって補えるものではなく、それしか能のない人間の手に公職をゆだねることはできない、少なくとも、徳義のある者が知識不足から犯した過ちというのは、もともと腐敗に走りやすい性格をもち、しかもその腐敗を隠し、増やし、弁明する能力に恵まれている男のやることほど、社会全般の幸福に致命傷となるものではないだろうと考える。

同じように、神の摂理を信じないのであれば公職につくことはできない。国王自身が神の代理人であることを公言している以上、その王の行ないを律する権威を否認する者を採用するにまさる不条理はあるまいと、リリパット人は考えるからである。

こうした法制度、ならびに以下のような法制度を説明するにあたっては、話はあくまでも本来の制度のことであって、人間の堕落した本性ゆえにこの国の人々が陥ってしまった呆れはてた腐敗状態の話ではないことを断っておきたい。綱渡りをやって高位にありつくとか、棒跳び、棒くぐりをやって勲章を手にするとかいった悪習は、読者にしっかりと銘記していただきたい点であるが、現皇帝の祖父の代に初めて導入され、派閥対立の激化にともなって今日の事態にたちいたったものである。

彼らの間では忘恩は極悪の罪である。他の国でもそうだという話を何かで読むこともあるが、彼らの説明によれば、恩人に仇をかえすような輩は他の人間にとっても共通の敵であり(さしあたり、他の人間への恩義はないとしても)、従ってそういう者は生きるに値しないというわけである。

親子の義務についての考え方はわれわれとは極端に違う。なぜかと言えば、リリパットの人々にとって男女の結合は種の維持増殖を期して自然の大法に基いて営まれるものであるから、男女は他の動物と同じく性欲によって結ばれ、子どもに対するやさしさも同じ自然の原理に発しなくてはならない。そのために彼らは、子どもは、種つけをしてくれた父親、この世に産みおとしてくれた母親に恩義があるとは認めない、人生の悲惨を考えるなら、生まれてくること自体は何の得にもならないし、抱き合っている親の心はよそにあって、そんなことなど思ってもいないからだ。そのために、まあ、他にも理由はあるが、両親になぞ子どもの教育をまかせられるものではないという意見になる。その結果として、どの町にも公営の託児所があり、男の子も女の子も二十ケ月に達すると(この時期になると多少とも言うことを聞くようになるとみなすのだ)、小百姓と労務者以外は、子どもをそこに送って養育と教育をまかせなくてはならない。こうした学校は、地位と性別に応じて何種類かある。そこには両親の身分と子ども本人の能力、性向にふさわしい人生の下準備をしてくれる腕ききの教授が何人か待ち構えている。まず男の子の託児所の話から始めて、次に女の子の託児所の話に移ることにしよう。

名家名門の男児を収容する託児所には謹厳かつ篤学の教授とその補佐がいる。子どもの着るもの、食べるものは質素である。彼らは名誉、正義、勇気、謙譲、寛容、信仰、祖国愛などをたたき込まれ、きわめて短い食事と睡眠の時間と、ともかく体を動かす気晴らしの二時間を除けば、たえず何かをさせられている。彼らは四歳になるまでは下僕に服を着せてもらうが、そのあとは、たとえどんなに身分が高くても自分で着なくてはならず、われわれの国で言えば五十位の歳格好の下婢がしてくれるのはごく賤しい用事だけである。召使と口をきくことは許されず、気晴らしをするときは、数の多少はあるものの、必ず何人かで一緒にやり、必ず教授か補佐がひとりつき、それによって、われわれの子どものように早くから愚行と悪業の感化をうけるのを避けようとする。両親が面会を許されるのはわずか年に二度、それも一回に一時間を越えてはならず、顔を会わせたときと別れるときにだけ接吻することが許され、立会いの教授は親が何かを囁いたり、やさしい言葉をかけたり、玩具や菓子の類をお土産に持ってくるのすら容認しない。子どもの教育と遊びの経費として各家から納めるべき費用が退納ということになると、皇帝の官吏が徴収してまわる。

一般のジェントルマン、商人、職人の子弟のための託児所もほぼ同じように運営されていて、商売につくという者だけが七歳になると徒弟奉公に出され、身分のある家の子どもは十五になるまで勉学を続けるが(われわれの国の二十一歳にあたる)、最後の三年間については束縛も次第にゆるくなってくる。

女の子の託児所では、良家の子女が男の子と大体同じ教育を受けるが、ただ服を着せるのは普通の女の召使で、五歳になって自分で服が着られるようになるまでは必ず教授かその補佐がそばにつく。かりにもこの保母が、われわれの国の小間使がやるように恐い話や馬鹿話をして、あるいは何か馬鹿なことをして子どもを喜ばせようとしたことがバレたら、その女は市中で三度鞭打たれ、一年投獄されて、この国で最も荒蕪の地に終身追放ということになる。要するにこの国の女の子たちは、男の子と同じように、臆病者、馬鹿者になることを恥とし、清楚清潔の枠を越えた装身具を軽蔑するのだが、女の子の運動の方はあまり激しいものではなく、家庭生活についての指示が幾つか与えられる、勉強の幅がそれほど広くないということを別にすれば、性の違いのために教育の仕方に違いがあるということは認められなかった。それというのも、身分の高い人々の間に、妻たる者常には若からず、常に理知的、快適の伴侶たるべしという処世訓があるからなのだ。女の子が十二歳になると、もはや結婚可能な年齢ということで、両親もしくは後見人が引き取りにやって来て、教授たちに深甚の感謝を表し、そのかたわらで当の本人と友達はたいてい涙、涙の別れとなる。

それよりも身分が低い家の女の子を預かる託児所では、女にふさわしい、それぞれの地位にふさわしい仕事が教えられ、奉公見習に出るものは九つで出されるが、それ以外のものは十三まで置いてもらえる。

こうした託児所に子どもを預けている身分の低い家庭は、なるたけ低くおさえてある年毎の納入金の他に、その収入のわずかの部分を毎月託児所の経理に渡さねばならないが、それはのちに子どもの取り分となるわけで、言ってみれば、法律によって親の金使いが制限されているということだ。リリパットの人間は、人たるもの、その欲望に縛られて子どもを世に送り出しておきながら、その養育の負担を社会にまかせるのは実にけしからんと考えるのである。身分の高い人々の場合、子どもひとりについて幾らと決められた額をそれぞれの事情に応じて醵出し、その基金をぬかりなく、きわめて公正に管理する。

小百姓や労務者は土地を耕作するだけの仕事であるから、子どもを家に置いておくので、その教育は社会全体の問題とはならないが、老人と病人は施薬所で面倒をみてもらう。この帝国には乞食という商売はない。

ここで読者の気分転換もかねて、九ケ月と十三日にわたるこの国での滞在中の私の暮らしぶりと召使たちのことを話してみよう。もともと頭が工作向きにできているのと、必要上ということもあって、私は御苑のいちばん大きな樹を使って自分用の手頃なテーブルと椅子をこしらえた。私のシャツとベッド掛け、テーブル掛けを作るときに針子二百人の動員ということになり、なるたけ頑丈な粗布を使ったものの、いちばん厚いものでも薄手の亜麻布よりももっと薄いのだから、何重にも縫い合わせるしかなかった。彼らのリネン布というのは大体幅三インチ、長さ三フィートで一枚になっている。針子たちは私を地面に寝かせておいて寸法を測るのだが、ひとりが首のところに、もうひとりがふくら脛のところに立ち、丈夫な綱をピンと伸ばしてその両端を握り、三番目の針子が一インチ物差でその長さを測ってゆくのである。彼はその次に右手の拇指を計って、これでいいと言う。数学的に計算すると、拇指の太さの二倍が手首の太さに相当し、首周り、腰周りもこれに準ずるのだとか。型がとれるように地面に私の古シャツを広げると、それを使って、ピッタリのものを仕立ててくれた。服を作るときには三百人の仕立屋が動員されたが、このときの寸法の測り方には別の工夫があった。まず私が跪くと、地面から首のところへ梯子をかけ、ひとりがその梯子をトントンと登ったかと思うと、襟首のところから床まで錘糸をつるし、それがちょうど上着の丈にあたるというのだ。腰と腕については自分で測った。私の服が仕上ってみると(とは言っても、その作業はすべて私の家でやった、彼らの家ではとても大きさが間に合わなかった)、イングランドの女たちがこしらえるパッチワークのような代物だが、色はすべて一色であった。

私の食事の準備は料理人三百人がかりで、その彼らが私の家のまわりに小さな家を建ててもらって、家族と一緒に暮らしながら、各々二皿ずつ用意してくれるのだ。掌に二十人の給仕をのせてテーブルの上に移してやると、地面にはさらに百人が肉の皿や葡萄酒の樽や他の酒の樽を肩にかついで待機していて、私が欲しいと言うと、上の給仕たちが、ちょうどヨーロッパで井戸からバケツを引き上げるときのように、じつに見事に綱でそれを引き上げる。その肉一皿がちょうどひと口分、酒一樽がまあひと口飲む分にあたる。羊の肉はわが国のものに劣るが、牛肉は極上。三口分にもなる大きなサーロインが出てきたこともあるが、これは稀れ。私がそれを骨ごと食べるのを見て、われわれの国だと雲雀の脚を食べる程度のことなのだが、召使たちは仰天していた。鵞鳥や七面鳥は大体一口だが、正直なところ、わが国のものをはるかに凌ぐ。小型の鳥になると、ナイフの先に二、三十羽は軽くのる。

ある日のこと、陛下は私の暮らしぶりをお聞きになり、皇妃、皇子、皇女をずらりと伴なって会食する幸福を持ちたいと(これが陛下の御言葉であった)仰せになった。その言葉の通りお運びになったときには、御一同をテーブル上の私の真向いの賓席にお坐りいただき、その周りに警護の者が居ならぶことになった。大蔵大臣フリムナップも白い杖を握ってそばに控え、渋い顔でしきりとこちらを睨んでいたが、私のほうは知らんふりをして、親愛なる我が祖国のために、かつは宮廷人を驚愕させんがために、いつも以上にほおばり込んだ。この陛下の訪問が私のことを誹謗する機会をフリムナップに与えてしまったらしい。そう信ずる理由がいくつかある。この大臣というのは、根が気難しいにもかかわらず、うわべは愛想よくしてくれていたが、ずっと私の敵であった男である。彼は皇帝に国庫の窮状を訴え、思い切り割引きをしなければ資金の借入れもままならないこと、大蔵証券も額面の九％割引きでないと流通しないこと、私のためにすでに百五十万スプラグの浪費になっていること(スプラグはこの国最大の金貨で、大体スパンコール位の大きさ)、なるたけ早い機会に追放するのが皇帝にとっては得策であることなどを訴えていたのである。

ここで、私のために罪もないのに気の毒な目にあったある立派な女性の名誉のためにも言っておかねばならないことがある。何人かの口さがない連中が大蔵大臣に、奥方が私にぞっこんであると告げ口をし、なんと大臣が自分の奥方に嫉妬してしまい、おまけに奥方が一度ひそかにわが家を訪ねたという醜聞まで宮廷に流れたのである。これなどは、奥方が何の悪気も気がねもなく、ひとりの友達として私を遇して下さったという以外にいかなる根拠もない、実に悪辣な嘘であると断言しておきたい。たしかに奥方はわが家によくみえたが、いつも公の訪問であり、いつもならその妹と娘、それからとくに親しい誰かの計三人が同じ馬車でみえたが、これは宮廷の貴婦人の多くにとってはよくあることであった。わが家の戸口に、中に誰が乗っているのか分からない馬車が停まっていたことがあるかどうか、なんなら私の周囲にいた召使たちに訊いてもらえばよい。召使が知らせにやってくると私に直ちに戸口に行き、しかるべき挨拶をすませたのち、馬車と馬二頭を(六頭立の場合、四頭については御者が必ず輓具をはずす)両手で大いに慎重にテーブルの上に載せ、事故を防ぐために周りはあらかじめ高さ五インチの移動枠で囲っておいた。こうして客人で一杯の馬車を同時に四台もテーブルに載せ、私のほうは椅子にすわってそちらに顔をかしげることがよくあったが、私が一組と話をしていると、他の御者はテーブルの上をそろそろと廻っている。そうして話をしながらとても楽しく午後を過ごしたことが何度もあった。しかしともかく私は大蔵大臣とその二人の密偵クラストリルとドランロウに抗議する(実名を挙げておく、あとは彼らの責任だ)、前にも触れたように、陛下の特命で宮内大臣レルドレサルが来た以外に、私のところへこっそりと隠れてやって来た者が誰かあるというのか。私自身のこともちろんあるが、ある貴婦人の名誉が深く関わっているということがなければ、こんなことに長々とこだわることもなかったろうが、私としては大蔵大臣すら持っていないナーダックの称号を頂戴しており、ちょうどイングランドの侯爵が公爵の下に来るように、彼はひとつ下の爵位クラムグラムでしかないのは周知のことであった(ただし官職上はむこうの方が上である)。ここで敢えて書くまでもない偶然の事情から、これはあとになって知ったことであるが、こうした偽りの密告のために大蔵大臣は一時期奥方をいじめたということであるし、私に対してはもっとひどかった。奥方の件は結局誤解が溶けて和解にいたったようであるが、私の方はすっかり信用を失ってしまい、この寵臣に振り回されすぎの皇帝の関心も急速に色あせてしまうことになった。

第七章

筆者を大逆罪に問おうとする計画を察知し、ブレフスキュに脱出する。そこでの歓待。

▼ この王国からの脱出劇の話にゆくまえに、この二ケ月来くすぶっていた私に対する陰謀のことを読者に説明しておくのが筋であろう。

私はそれまで宮廷のことなどまったく知らなかったが、身分が低いのでそんな機会はなかったのである。もちろん君主や大臣の性格についてはあれこれの話を聞き、かつ読みはしていたものの、ヨーロッパとはまるで違う発想で動いていると思ったこんな遠い国でその恐るべき影響をつぶさに見ることになろうとは思いもしなかった。

ちょうどブレフスキュの皇帝のもとに伺候する準備をしていたところ、宮廷の高位の人物が(かつて彼が陛下のひどい不興を買っていたときに、私が大いに助けになってやった人物)、垂れをおろした輿で夜陰にまぎれてわが家を訪れ、名前も告げずに会いたいというので、まず私は輿かつぎの者をさがらせて、その御主人の乗った輿をそのまま上着のポケットに入れ、信頼できる召使には気分が悪くて休んだということにするように申し渡して、それから家の戸口を閉め、いつものようにテーブルの上に輿を出し、そのわきに坐った。型通りの挨拶が終わったところで、相手の顔色が心配一色なのを眼にしてその理由をたずねると、私の名誉と生命にかかわる重大事なのでどうか落ち着いて聞いてほしいと言う。彼が引きあげるとすぐにメモを作ったのだが、その話の内容とは次のようなものであった。

あなたのことについて最近極秘の調査委員会が数回開かれて、つい二日前に陛下も最後の腹をお決めになりました。

あなたもよくご存知のように、スカイリス・ボルゴラム(ガルベット、つまり海軍提督)は、あなたの漂着以来、まさに敵意の権化と化しています。もともとの理由は分かりませんが、対ブレフスキュの大勝利以降、提督としての栄光に翳りがでたせいか、その憎悪に拍車がかかってしまいました。この人物と大蔵大臣のフリムナップ(奥方の一件での敵意は評判です)、陸軍大将リムトック、侍従長ラルコン、高等法院長バルマフ、こういうところが手を組んで、大逆罪等の重罪であなたを弾劾する文をでっちあげたのです。

私としては自分の功績と潔白を承知しているものだから、この前置きに苛々して口をはさもうとすると、彼はまあ黙って聞いてほしいと言って、話を先に進めた。

あなたから受けた御恩に感謝して、この経過全般についての情報と弾劾文の写しを手に入れました、この首をかけての行動でした。

クインバス・フレストリン（人間山）に対する弾劾

第一項

カリン・デファー・プルーン陛下の御世に制定されたる法令により、宮殿内におきて放尿せる者、大逆罪に処すべしとあるを、前記クインバス・フレストリンこの法に背きて、皇妃陛下御座所出火のおり、火焔消火の名を借りて宮殿内に位置せる御座所より出火の焔を放尿を以て鎮めしこと、非道逆道悪道、以て当該法令並びに義務に違背致せしものなり。

第二項

クインバス・フレストリン、ブレフスキュ帝国艦隊を我国の軍港に拉致し来り、しかるのちブレフスキュ帝国の残余の全艦船を拿捕致し、その帝国を一属領たらしめ、本国総督の統治下に置き、亡命せる太端派並びに太端派の邪宗を直ちに捨てざる民を悉く死に至らしめよとの勅命下りたるに、フレストリン、畏れ多くも皇帝陛下に叛逆する如く、無辜なる民の生命自由を破壊し、その良心を圧するを欲せずとして、任を解かるることを願い出でたり。

第三項

ブレフスキュ宮廷より特命大使数名来たりて、陛下に和睦を求めしおりに、フレストリン、叛逆者の如き振舞いありて、彼等、近きまで陛下の公然の怨敵たり、公然の闘いを挑みたる王の臣下たるを心得つつ、これを幇助、教唆、慰労、饗応したるものなり。

第四項

▼クインバス・フレストリン、陛下より口諾ありしにこと寄せ、忠臣の教えに背きてブレフスキュ帝国宮廷への渡航を工作致し、その許諾を以て、近きまで我等が怨敵、陛下に公然闘いを挑みたるブレフスキュ皇帝を帮助、慰撫、教唆せんとするものなり。

他にもまだ数項あるのですが、最も重大なのは以上の通りで、その抜粋を読みあげたのです。

▼この弾劾文をめぐる幾度もの討議の中で、たしかに陛下は何度も寛大な態度を示され、あなたの功績を幾度も力説なさり、罪を軽減なさろうとされました。大蔵大臣と提督は、夜陰にまぎれてあなたの家に火を放ち、屈辱の悶死にいたらしめるべきだ、陸軍大将は毒矢を備えた部下二万を従えて陣取り、手といわず顔といわず射させようとの主張でした。あなたの召使のある者にひそかに命じてシャツやシーツに毒液をまかせておこう、それならすぐに我が肉をかきむしって悶絶死にいたるだろう、と。陸軍大将もこの意見に同調して、しばらくはあなたに不利な意見が大勢を占めました。しかし陛下は、できればあなたの命を救いたいと思し召されて、結局侍従長を説得なさいました。

このような成行きをうけて、つねにあなたの味方であった宮内大臣のレルドレザルに皇帝から意見を述べてみよとの仰せがあり、彼はそれに従ったのですが、なるほどあなたがあの方を買っておられる理由が分かりました。あの方はあなたの罪は大きいと認めた上で、しかしまだ慈悲の余地はございましょう、それこそ王たる者の第一の徳、しかも陛下はその誉れが高く、とやったのです。彼の者と私の友情は天下周知のことでありますから、評議の方々も私の意見には偏りがあるとお考えになるかもしれない、しかし勅命である以上、それに従って忌憚なく私の気持ちを申しあげます、とあの方は切り出されました。陛下には、彼の人物の勲功を御考慮いただき、かつ陛下の慈悲の御心にもかないますよう、命には手をつけぬことにして、両眼を潰すという勅命に止めていただきとうございます。この方策によりますれば、正義もなにがしかは行なわれ、世の人々は陛下の寛容なる御心を称え、あわせて、重臣たる名誉に浴する方々の公平かつ寛大なる処置も称えましょう。両眼を失っても体力に差し障りはなく、依然として陛下の御役に立てましょう。盲目は危険を見えなくし、逆に勇気をますものであり、敵の艦隊を拉致するおりに最大の障害となりましたのは眼の不安でありまして、代わりに大臣の皆様の眼で見ていただけば十分でございましょう。偉大なる王にして、みずからの眼に頼る方は、もうございません。

この提案は評議の場にいた全員から猛烈な反対をくらいました。ボルゴラム提督などは堪忍袋の緒が切れたのでしょう、憤然として椅子をけると、大臣たる者が裏切者の命を助けてやれなどとよくも言えるものだ、あれしきの勲功など真の国家政策の見地からするならば罪の大なる上塗りにすぎん、妃殿下の御座所の火事を放尿で消してしまう男だ(彼は、あな恐ろしやという顔をしたそうです)、ひとたび事が起これば同じ手段で宮殿全体を大洪水下に沈めるやもしれん、敵の艦隊を引っ張ってきたあの力で、いったん不満が起これば、その艦隊を元に戻してしまうかもしれん、その上に、あの男は心は大端派だと信ずる十分な理由がある、叛逆なるものははっきりと行動に出る前に心の中で始まる、そうだとすればあの男は裏切り者、死刑に処すべきである、とやったそうです。

大蔵大臣も同じ意見でした。それによれば、彼の人物を扶養せんがために国の財源の減少ははなはだしく、じきに限界、大臣は両眼をえぐるの策を出されたが、とてもこの悪への対処とはなりがたい、いな、むしろ助長するのみであろう、ある種の鳥の場合、その眼を潰すということをよくやるものの、そのあとよけいにガツガツ喰ってブクブク太るではないか、陛下も、審判たる評議の面々も、その良心に照らして彼の者の有罪を確信しておられる、厳正なる法の文言の要求する正式の証拠などなくとも死刑に処す十分な論拠ではないか、ということでした。

しかし陛下はあくまでも極刑にはしたくないと決意しておられて、評議の面々は両眼損傷は軽すぎる刑と考えておるようだから、いずれ何か他の手を考えればよかろうとの御言葉になりました。すると、あなたの味方の大臣が、あなたの扶養のために手痛い出費になるという大蔵大臣の反対論に対してひと言申し述べたいと切り出して、閣下こそ国家財源の使途については全権を握っておられる、彼の者のための経費を漸次縮減してゆけば、この悪に対処することなど造作もないはず、そうすれば、食事の不足から彼の者は弱々しくなり、食欲を失い、その結果数ケ月で衰弱死してしまうであろう、あの体も半分以下の大きさになってしまえば死骸から発する悪臭もさほど危険なものではなくなり、しかも死後すぐさま陛下の臣民五、六千を動員して、二、三日のうちに骨から肉を切り取り、荷車で搬出して、どこか遠いところに埋めてしまい、疫病の伝染を防ぐ、それから骸骨は驚嘆すべき記念碑として後世に残す、と提案なさいました。

▼以上のような次第で、大臣の暖かい御配慮によって一件落着となりました。漸次餓死に至らしめるという計画は秘密にするよう厳命されましたが、両眼損傷という判決の方は議事録に残され、それに反対されたのは提督ボルゴラムだけでしたが、あの方はなにしろ妃殿下の一党で、あなたの死刑を要求するように四六時中つつかれておられたのです。妃殿下は御座所の火事の消し方が違法かつ悪辣であるとして、あなたに消しがたい怨嗟を抱いておられますから。

三日後にはあなたの味方である大臣が、命令に従ってこの家を訪れ、あなたの面前で弾劾文を読み上げ、陛下と評議の面々の絶大なる好意と寛大さを言い、両眼の損失のみの罰であると説明するでしょう。陛下は、あなたが喜んでこの罰を甘受なさることをいささかも疑っておられません。地面に寝かされたあなたの左右の眼球に思いきり先をとがらせた矢を射込む作業がとどこおりなく行なわれるのを見守るために、陛下の外科医が二十人立ち会います。どういう手を打たれるのか、それはあなたの判断にまかせますが、嫌疑を避けるためにも、私は伺ったときと同じように人目につかないように、すぐに戻らなくてはなりません。

高官はそう言って帰ってしまい、あとにひとり残された私は疑念と困惑に包まれてしまった。

国王の憤怒もしくは寵臣の私怨をはらすために御前会議の場で残酷な処刑が決定すると、皇帝がその評議に加わった全員の前で必ず演説をして、その寛容仁愛は天下周知の徳なればとやるというのが、現王と大臣たちによって導入された慣例ということであった(あとで教えてもらったところでは、昔の習慣とは全然違うそうだ)。この演説はただちに王国中に流されるが、陛下の慈悲礼讃ほど国民を戦慄させるものはない、というのも、問題の刑罰が残忍の度を増し、受難者の無実が明らかなほど、その讃辞が大袈裟で執拗なものとなるからである。ところがこの私は、忌憚のない話、生まれからしても、受けた教育からしても、廷臣になる柄ではないし、事態を判断する力も覚束ないので、この宣告のどこが寛容で、どこが好意なのか見当がつかないし、(ひょっとすると誤解かもしれないが)穏便どころか苛酷だと思ってしまった。審判に出てみようかと思うこともあったのは、弾劾文の幾項かで言われている事実には否定しがたいところもあるものの、多少の軽減は望めるのではないかと考えたからである。しかし、これまでにも国の裁判をあれこれ読んできて、それが必ず裁判官たちの思惑通りに終るのを知っていたので、これほど危機的な局面で、

▼これほど強力な敵を相手にして、これほど危険な賭けに出る気にはなれなかった。一度は抵抗に強く気持ちが揺れたこともある。というのは、まだ自分の手足の自由がきくかぎり、この帝国が総力をふるっても私を押さえられるはずがないし、石でこの首都を叩き潰すくらいのことは何でもないが、皇帝にした誓約のこと、また受けた恩義の数々、授かったナーダックという高い称号のことを思い出すと、慄然としてこの計画を放棄するしかなかったのである。かといって、陛下から今になってこんな苛酷な仕打ちを受けるのならもういっさいの恩義は帳消しだと納得してしまうところまで廷臣の仁義に染まってしまったわけでもなかった。

最後に辿りついた結論については、恐らく多少の非難を浴びるかもしれないし、それも故無しとはしない。というのも、正直な話、今でもこうして眼が見え、かつ自由でいられるのはやたらとせっかちで、しかも経験不足であったおかげなのである。かりにあのとき君主や大臣の何たるかを知っていたら(のちに諸国の宮廷で見聞することになった)、私ほどには気分を害さない罪人を彼らがどう扱うかを知っていたら、恐らく私は一気呵成にその軽い罰を甘受していただろう。しかし、若気の勢いがあまってというのか、ブレフスキュの皇帝伺候の勅許も得ていることなので、私はこの機会をとらえて、三日と経たないうちに、わが友なる大臣殿に書状を送り、勅許に従ってその日の朝ブレフスキュに出発する決意を伝え、返事など待つこともなく、島のわれらの艦隊が碇泊している側に向かった。そしてまず大型の軍艦をひとつ摑み、舳に綱をつけ、錨を引き上げ、裸になって、着ていたものを(脇に抱えてきた掛け布団ともども)その船に載せると、それを引いて歩き、泳ぎ出し、人々が首を長くして待つブレフスキュの王立港に到着した。同名の首都までは案内人を二人つけてもらえたが、その二人を両手に載せて市内から二百ヤードのところまで来たところで、誰か大臣に私の到着を伝達し、陛下の命令を待っていると知らせてほしいと頼んだ。一時間ほどすると、陛下自ら、皇族と宮廷の重臣たちを伴ってお出ましになるとの回答。私がさらに百ヤード進み出ると、皇帝とその一行は馬から、皇妃と女官たちは馬車からお降りになったが、いずれにも不安や恐れの気配は認められなかった。私は地面に伏して、陛下と皇后陛下の手に接吻した。そして陛下に、御約束申し上げました通り、また我が皇帝の勅許も得て、大帝に拝謁するの名誉に浴し、我が主君への勤めにかなうよう微力ながらも御奉公致すべく参上致しましたと申しあげたものの、失脚については触れなかった、というのは、私としてはまだ正式の通告は受けていないわけで、そんな計画などまったく存じませんというふりをしていいはずだし、皇帝側が、私が勢力外にいるうちに、そんな秘密を暴露されようとはとても考えられなかったからであるが、私の見込み違いであったことがほどなく明らかになった。

この大いなる君主の度量にふさわしい宮廷での歓待ぶりの詳細、家と寝台がないために、持参した掛け布団にくるまって大地に横たわるしかなかった不便などは、もはや読者を煩わすほどのことでもあるまい。

第八章

筆者、幸運に恵まれてブレフスキュを脱出する手段をみつけ、多少の苦労ののち、無事祖国に戻る。

到着してから三日後のこと、興味半分に島の北東の海岸に足を運んでみると、半リーグほどの沖合に何か転覆したボートのようなものが見えるので、靴と靴下を脱いで、二、三百ヤードほどざぶざぶと歩いてみると、その何かは潮の勢いでこちらに接近してくるようにみえたが、間違いない、本物のボートだ、嵐か何かで本船から流出してしまったのだろう。そう判ると、私はすぐさま首都にとって返し、皇帝陛下に、例の艦隊損失後に残っている最大級の船二十と副提督指揮下の水兵三千を拝借したいと要望した。艦隊がぐるりと回って来る間に、近道をして、ボートを発見した海岸に戻ってみると、潮のおかげでもっと近くまで辿り着いていた。水兵にはあらかじめ撚り合わせて十分に強くした綱をもたせてあった。艦隊が到着したところで私は裸になって、ボートから百ヤードとないところまで歩いたが、そこからは目標まで泳ぐしかなかった。水兵たちが投げてくれた綱の端をボートの前の部分の穴にゆわえつけ、もう一方の端を軍艦にということになりはしたものの、なにしろ背が立たず、動きがとれないものだから、私の努力も水泡に帰しかけた。この切羽詰まった状況では、ボートの後にまわって、泳ぎながら片手でなるたけグイグイ押すしかなかったが、潮に助けられて、海底に足をついてやっと顎が出るところまでは進むことができた。そこで二、三分休んでまたボートを押す、それを繰返しているうちに腋の下くらいの深さのところまで辿り着いた。そうなると、いちばん厄介なところは終わったので、船のひとつに積んであった綱を取り出して、まずボートに、それから随行している九隻にゆわえると、風は助ける、水兵は引っぱる、私は後を押すで、岸から四十ヤードないところまで来た。潮が引くまで待ってボートのそばまで歩いてゆき、二千人の助けを借りて、綱と機械でやっとボートを仰向けにしてみると、何と傷みらしいものはほとんどなかった。

十日がかりでこしらえた櫂の助けを借りてブレフスキュの王立港にボートを持ってゆくまでの苦労については、読者を煩すまでもあるまいが、私が到着したときには大変な人出で、この途方もなく大きな船を眼のあたりにして仰天することしきりであった。皇帝陛下に、幸運にもこのボートが現われました、何処か祖国に帰れるようなところまでこれで行けとのことでしょう、準備に必要な材料の入手を認める旨の陛下の御命令と出国許可をいただきとうございますとお願いすると、親切な諫め言葉があったあとで、快諾が下りた。

それにしてもこの間ずっと、私のことで件の皇帝からブレフスキュの宮廷に急使が来たという話を聞かなかったのは奇妙至極であった。しかし、あとから裏で教えてもらったところによると、件の皇帝陛下は私が計画に勘づいたなどとはつゆ思わず、約束を履行するために、宮廷では周知の勅許に基いてブレフスキュに赴いただけである、儀式がすめば数日で戻ってくるであろうと信じておられたとか。しかし、私がずっと戻らないのにとうとうしびれを切らして、大蔵大臣や他の大臣と協議の結果、私への弾劾文をたずさえた高官が派遣されることになった。この使節はブレフスキュの国王に、私の両眼の損傷という罰のみで満足なさろうという主君の寛容なる姿勢を説明し、私は正義の裁きから逃れたのであり、二時間以内に帰国しなければナーダックの称号を剝奪し、叛逆者と宣告する旨を通告するように訓令を受けていた。使節はさらに、両帝国間の平和友好の維持のため、ブレフスキュの王たる者、彼の者の手足を縛ってリリパットに送還し、叛逆者として刑に服さしめる命を下されんことを我が主君は期待しておられる、と補足した。

ブレフスキュの皇帝は三日にわたる協議のあと、慇懃と弁解だらけの返答をされることになった。捕縛、送還については、それをなしがたきことを御存知のはず、彼の者のために艦隊を失うことになりはしたものの、講和のおりには多大なる尽力を得て大いに恩義を感じている。しかしながら、我等の憂いはじきに消えるはず、彼の者はすでに海を渡るに十分の巨大な船を発見しており、その助力と指導をうけて艤装するよう指示も出してあることなので、この二、三週間のうちには両帝国とも耐えがたい重荷の厄介払いができるはず、云々と。

使節がこの返書を携えてリリパットに帰ってしまうと、ブレフスキュの国王は一部始終を話して下さり、それと同時に、(絶対に内密だという条件つきで)、もしこのまま奉公を続ける気があれば保護しようと言って下さった、その言葉に偽りはなかったろうが、私としては、できることなら、もう君主や大臣などは信用しないと意を固めていたので、その好意にはしかるべく感謝したものの、どうか御容謝いただきたいと申し上た。幸運なのか不運なのか、こうして船が眼の前に出現した以上、両君主の間にあって不和の因となるよりも、あえて大海に身を任せる決断を致しましたと説明した。皇帝は決して不機嫌ではなかったし、ある事件から知ったところでは、私の決断がたいそうお気に召したようで、大方の大臣方も同じであった。

こうした事情も考えて出発を予定よりも多少早めることになったが、宮廷側もともかく私に出ていってほしいわけだから、大乗り気で協力してくれた。雇われた五百人の職人が、私の指図に従って、とびきり丈夫なリネンを十三枚縫い合わせたボートの帆を二枚作る。綱索はこの国でとびきり太くて強いのを十本、二十本、三十本と縒り合わせて作るのだが、これは自分でやった。錨の代わりは、海岸をさんざん探しまわってやっと見つけた大きな石。ボートに塗ったり、その他あれやこれやで牛三百頭分の牛脂を使った。オールとマスト用の巨木を何本か切り倒すのは信じがたい難事業だったが、私が粗削りしたあとは陛下御用の船大工たちが大いに助けてくれて、なめらかに仕上げる仕事は任せておけばよかった。

一月ほどで準備は完了、ひとをやって陛下の命令を聞き、いよいよ出国という段取りになった。皇帝と皇族が宮殿からお出ましになり、陛下が差しのべられた御手に接吻するために私は顔を地面にこすりつける姿勢をとった。皇妃、皇子についても同じこと。陛下には二百スプラグずつ入った財布を五十と、全身の肖像画を賜ったが、傷をつけたくないのですぐに片方の手袋にしまった。出発の折りの式典はその数が多すぎて、とても今読者に説明する気にならない。

ボートに積み込んだのは牛百頭、羊三百頭分の肉、それに見合うパンと飲料、それから四百人の料理人が目一杯調理してくれた肉。生きた牝牛六頭と雄牛二頭、同数の牝羊と雄羊を載せたのは、国へ連れて帰って繁殖させようと思ったからである。船上での飼料として乾草の大きな束ひとつと麦一袋。できればこの国の住人も十人くらい載せたかったのだが、これについてはどうしても陛下の許可が降りず、私のありとあらゆるポケットを入念に調べた上に、たとえ本人の同意と希望があったとしても臣民を一人たりとも連れて出ないと名誉にかけて誓約せよとの仰せであった。

かくのごとく万事怠りなく準備して、ついに一七〇一年九月二十四日朝六時に帆をあげ、南東の風にのって北へ六リーグほど進んだとき、ちょうど夕方の六時、北西の方角約半リーグのところに小さな島影を認めた。さらに接近して、島の風下側に投錨、どうやら無人島らしかった。それから軽く食事をとって、体を休めた。熟睡すること少なくとも六時間、というのは、眼がさめて二時間もすると夜が明けたからである。夜空が澄みわたっていた。陽が昇る前に朝食をすませ、錨をあげ、風もよかったので、懐中羅針盤を手がかりに前日と同じコースを進んだ。私が考えたのは、ヴァン・ディーメンズ・ランドの確か北東に位置するはずの群島のひとつに、できれば辿りつくということであった。その日は丸一日何も発見できなかったが、その翌日の午後三時頃、計算上はブレフスキュから二十四リーグの地点で、南東方向に向かっている帆船を一隻認めた。わが針路は東であった。それで大声を張り上げたのだが、応答はない。だが、距離は縮っていた、風が凪ぎ状態になったのだ。こちらが目一杯帆をはると、半時間ほどで相手もそれに気がついて、まず旗を出し、号砲を轟かせた。思いがけず、もう一度愛する祖国を見られる、そこに残してきた愛児たちに会えるという希望が湧いてきたときのあの喜びを言葉にするのは容易ではない。船は帆をゆるめ、夕方の五時から六時の間には追いつくことができたが(九月二十六日)、イングランドの国旗を眼にしたときには胸が躍った。私は牛と羊を上着のポケットに入れ、小さな食料の荷物をひとつ残らず抱えて船に乗り移った。それは北海と南海経由で日本から帰航する途中のイングランドの商船で、船長のジョン・ビデル氏はデットフォード生まれの礼儀正しい人物で、立派な海の男であった。このときの船の位置は南緯三十度。乗組員の数はほぼ五十名で、その中にピーター・ウイリアムズという昔の仲間がいて、対船長の保証人となってくれた。このジェントルマンは私にとても親切で、何処から来たのか、何処へ行く予定なのか教えてほしいということなので、手短かに説明したものの、気がふれている、惨々な危険をくぐり抜けて頭が混乱していると思ったらしいから、ポケットから黒い牛と羊を出してみせるとビックリ仰天して、私の話は嘘ではないと信じてくれた。次には、ブレフスキュの皇帝にもらった金貨や、皇帝の全身の肖像画、その他あの国の珍奇な品々も見てもらった。それから二百スプラグ入りの財布を二つ譲り、イングランドに到着したあかつきには、仔をはらんだ牛と羊を一頭ずつプレゼントしたいと約束した。

この航海の具体的な内容については読者を煩わすほどのこともあるまい、おおむね順調至極であった。われわれは一七〇二年四月十三日、ダウンズに到着した。途中の不運といえば、船中の鼠が羊を一頭さらってしまい、肉をきれいに喰いちぎられたあとの骨が穴の中に見つかったことくらいか。残りの家畜は無事に上陸させて、グリニッジのボーリング用芝生に放してやると、こちらの不安とは裏腹に、その細い草を心ゆくまで食べていた。それにしてもなにしろ長い航海であったから、船長に最上のビスケットを少し分けてもらい、それを粉にして水で練り常食として与えていなかったら、とてもああはもたなかっただろう。イングランドに腰を落着けていた期間は短かかったが、その間に私はこの家畜を地位のある人々などにたくさん見せてかなりの収益をあげ、二度目の航海に出る前に六百ポンドで売り渡した。この間帰国したときには、それが、とくに羊がかなり繁殖していたので、その羊毛の質の良さからしても、将来羊毛加工業に大いに資するのではないかと期待している。

妻子と一緒にいたのはほんの二ケ月であった。異国を見たいというやみがたい欲望がそれ以上の逗留を許してくれなかったのだ。妻には千五百ポンドの金を渡し、レッドリフに立派な家も用意してやった。その残りは、さらに一財産をと考えて、一部は現金、一部は現物のかたちで持ってゆくことにした。それに一番上の伯父ジョンが、エッピングの近くに年に三十ポンドはあがる土地を残してくれていたし、フェター横町の黒牛亭の長期の賃貸契約からも同額が見込めたから、まちがっても家族を教区の貧民救済にゆだねてしまう心配はなかった。息子のジョニーは(この名前は伯父譲り)グラマー・スクールに通っていて、将来性のある子だった。娘のベティは(今では立派に結婚していて、子どもも何人かいる)、当時は針仕事をしていた。私は妻、息子、娘とお互いに涙を流しながら別れて、リヴァプールのジョン・ニコラスが船長として指揮をとる、スーラト行きの三百トンの商船アドヴェンチャー号に乗り組んだ。しかし、この航海の話は私の旅行記の第二篇に譲るしかない。

第二篇　ブロブディンナグ渡航記

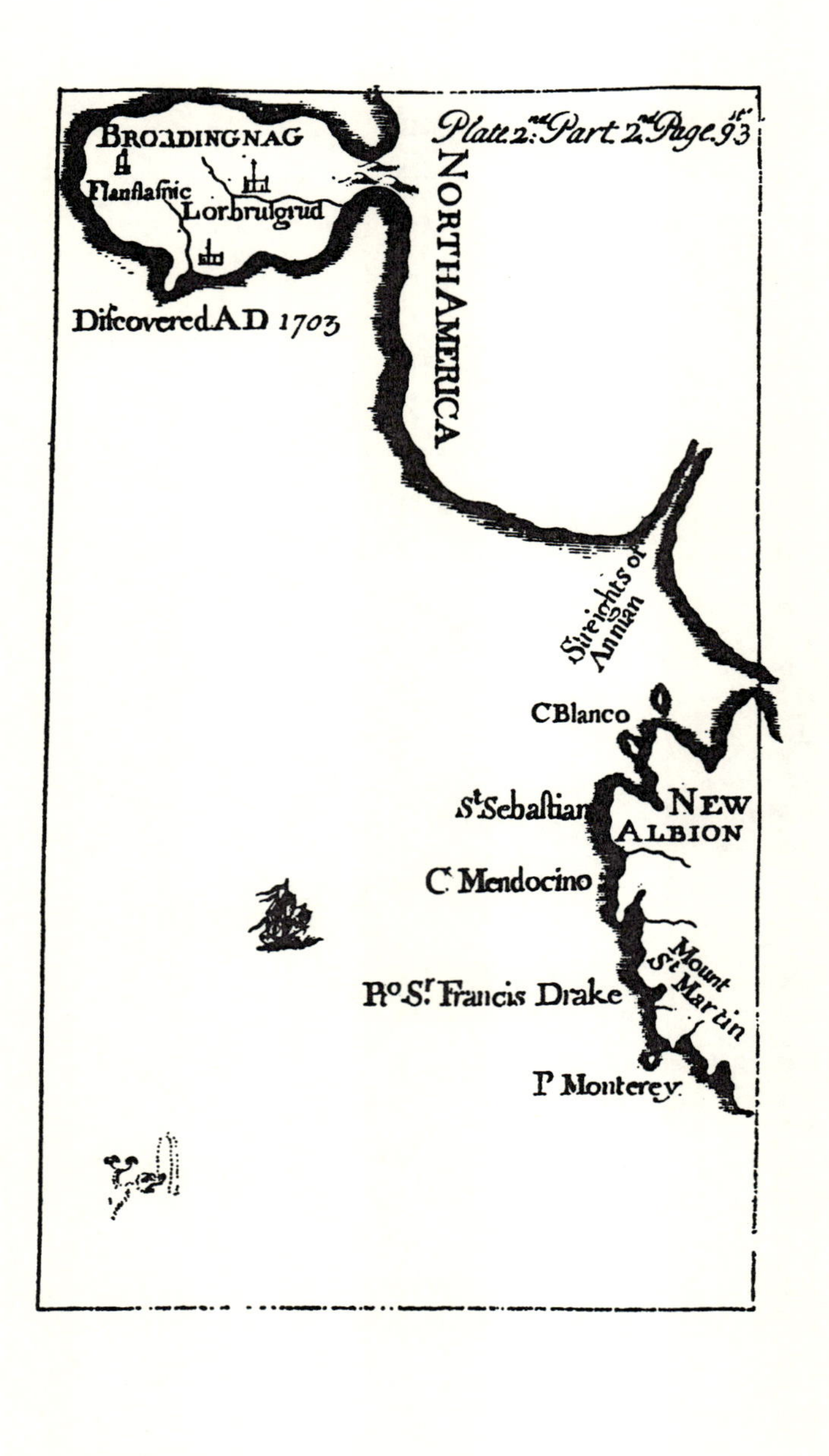
Plate 2nd Part 2nd Page 93
BROBDINGNAG
Flanflasnic
Lorbrulgrud
Discovered A.D. 1703
NORTH AMERICA
Streights of Annian
C Blanco
St Sebastian
NEW ALBION
C Mendocino
Mount St Martin
Po. Sr Francis Drake
P Monterey

第一章

大暴風雨の描写。水の補給のために長艇を出し、同行した筆者がこの国を発見する。筆者、海岸に取り残され、土地の住人にとらわれて、農家に連れてゆかれる。そこでの歓待と、そこで起こった幾つかの事件。住民たちの描写。

生まれついての性格と運命のいたずらで一所不在に動きまわる人生となってしまったのか、戻って二ケ月もするとまたしても祖国を出て、一七〇二年六月二十日には、コーンウォール出身のジョン・ニコラスが船長をつとめる、スーラト行きのアドヴェンチャー号にダウンズから乗り込むことになった。喜望峰に着くまではすこぶるつきの順風で、そこで給水のために上陸したのだが、なんと船の水漏れが見つかってしまい、積荷を降ろして、冬を越すことになってしまった。船長が瘧(おこり)にかかってしまって、三月の末になるまでそこを離れられなかったのである。ともかく出帆ということになって、マダガスカル海峡を通過するまでは快調な航海であったが、この島の北側に出て、南緯五度あたりに達すると、この海域では十二月の初旬から五月の初旬にかけて絶えず一定の強さで吹いている北西風が、四月の十九日に普段よりも西寄りのいつにない暴風と化して、そのまま二十日間荒れ続け、五月二日の船長の観測で分かっ

▼たかぎりでは、われわれはその間にモルッカ諸島のやや東、赤道の北三度あたりの位置まで流されてしまい、この時点で風がやみ、完全な凪ぎとなって、私としては少なからず嬉しかった。ところが船長はこのあたりの海の航海経験が十分あるものだから、全員暴風雨の警戒をしろと言い、翌日その通りになった。南のモンスーンと呼ばれる南風が吹き出したのだ。

▼大荒れになりそうなので、われわれは斜檣帆を取り込み、前檣帆もたためるように待機したが、天候はどんどん悪化するので、まず大砲を全部縛って固定し、後檣帆もたたんだ。船は岸からずっと離れていたので、停止もしくは漂流させるよりも、そのまま走らせるほうが得策だと判断した。それから前檣帆を巻きとめ、その帆脚索を船尾にたぐり込み、上手舵を一杯にした。船は派手に廻ってしまった。次に前檣おろし索を索留めに巻いてはみたが、帆が裂けてしまい、帆桁をおろして帆は船の中にしまい込み、縛ってあったものを全部解いた。狂暴をきわめる嵐で、海は大荒れ、危険そのものであった。われわれは舵柄の締索を引っぱって、舵手を助けようとした。中檣を倒すのはやめてそのままということにしたのは、ともかくそれでよく走ったし、中檣のあるほうが船は安全で、操船の余地があるかぎりはうまく進んだからである。嵐がすぎ去ると、前檣帆と主檣帆を張って停船させた。そうしておいて、後檣帆、大檣中檣帆、前檣中檣帆を張り直した。われわれの進路は東北東、風は南西。われわれは右舷の帆脚索をたぐり込み、風上の転桁索と吊り索を放し、風下の転桁索を固定し、風上の孕み索で前に進み、それを強く引き、巻きとめ、後檣帆の脚索を風上にたぐったりして、ともかく水平に詰め開きで船を走らせた。

この嵐とそれに続く西南西の強い風のために、私の計算では五百リーグほども東側に流されてしまい、最古参の水夫でさえ皆目位置の見当がつかなくなってしまった。食料はまだ十分にあったし、船は頑丈、乗組員は残らず元気というのに、こと水に関しては困りはててしまった。しかし、ここでもっと北寄りに進むとなると大韃靼の北西地域にぶつかって、果ては氷の海へということになりかねないから、そのまま同じ航路を行くのが最善という判断になった。

一七〇三年六月十六日、中檣に昇っていた少年が陸地を発見した。翌十七日になると大きな島もしくは大陸（どちらだか判断がつかなかった）がよく見えるようになり、その南側には小さい首のような陸地が海に突き出していて、百トンを越える船にはきつい浅い入江ができていた。この入江から一リーグもないところに投錨すると、船長は十分に武装した男を十人ほど、もしやの場合にそなえて、水桶を持たせて長艇で送りだした。私も一緒に行かせてほしい、この国を見てみたいし、どんな発見があるかもしれないと許可を求めた。ところが上陸してみると、川もなければ泉もないし、住民の姿ひとつない。それでも水夫たちは海の近くに真水がみつかりはしないかと海岸をうろうろし、私は私で反対の方角に一マイルほど歩いてみたが、見るからに岩だらけの不毛の国だ。さすがに疲れてきたし、これといって興味を引くものも眼に入らないので、ゆっくりと入江のほうに降り始め、海がよく見えるところまで来ると、水夫たちはすでにボートに乗り込んで、命からがら本船めざして漕いでいるではないか。まず駄目とは思ったものの、ともかく大声で呼ぼうとしたそのとき、何か巨大な生き物が猛然とそれを追いかけてゆくのが眼にとまった。膝のあたりまでしかない海水を、途轍もない歩幅でバシャバシャやってゆく。水夫たちは半リーグほど先に進んでいて、しかもそのあたりの海は鋭くとがった岩だらけ、怪物もボートに追いつくことはできなかった。もっともそれはあとで聞いた話であって、そのときの私は事の結末など見ておれず、最初に辿った道を全速力で走り抜き、ともかく国全体が見渡せる急な丘に這いあがった。なんと、見事に耕作してある。しかし、最初にビックリしたのは草の長さで、干草用の土地なのだろうが、二十フィートは越えていた。

私は公道に出た、というか、そう思ったのだが、住民たちにとっては大麦畑を走る畔道にすぎなかった。しばらくそこを歩いてみたが、右にも左にも何も見えやしないのは、収穫が近づいて、麦が少なくとも四十フィートには達していたからだ。一時間歩き続けてやっと畑の端に辿りつくと、少なくとも百二十フィートはある生垣だ、樹木などあまり大きすぎて高さの見当もつかなかった。隣りの畑に越える踏段は四段になっていて、いちばん上のところで石を跨ぐようになっている。この踏段を登るのは無理だった、なにしろ一段が四フィートはあるし、上の石など二十フィートを越えるのだから。生垣の何処かに隙間はないものかと探していると、隣りの畑にいた住民のひとりが踏段の方へやって来る、海の中でボートを追いかけた奴と同じ大きさだ。背丈は並の尖塔くらい、目測では歩幅が大体十ヤードか。仰天して身のすくんだ私は麦の間に走り込んで身を隠し、踏段の上にあがった奴を見ていると、右隣りの畑を振りかえって、メガホンの何倍もあろうかという声で何やら怒鳴っていたが、なにしろ空の彼方の轟音なので初めは雷かと思ってしまった。すると、似たような怪物が七人、普通の鎌の六倍くらいはある刈取り鎌を手にして登場した。この連中は最初の奴ほどちゃんとした身なりではないから、召使か手伝いの人夫らしい。最初の奴が何やら言うと、私が隠れている畑の麦を刈りだした。私はなるたけ連中から遠く離れようとするのだが、麦の茎と茎の間がどうかすると一フィートもなくて、体をねじ込むのも大変なありさまだから、逃げまわるのも四苦八苦であった。それでもなんとか進んでいるうちに、雨風で麦が倒れてしまっている場所に出て、もう一歩も前進できなくなってしまった、茎が絡まりあってすり抜けがきかないし、倒れた穂の芒（のぎ）が硬くてとがっているものだから、着ているものを貫いて体の肉にささる。そのとき刈り手どもは百ヤードとないところまで迫っている気配であった。この苦闘で気力も失せ、悲しみと絶望に打ちひしがれた私は、畝と畝の間にのびてしまって、これでおしまいにしてくれよと真底願った。女房はさぞかし淋しかろう、親なし子は哀れだなと嘆くとともに、友達や親戚の反対をおして二度目の航海に出た俺はなんと愚かで身勝手かと後悔もした。かくも心が乱れる中で、私はリリパットのことを思い出さずにはいられなかった。あそこの住民たちは俺のことを世にも稀れなる驚異とみなし、俺だって片手で帝国艦隊を引きずりまわせたし、あの帝国の年代記に名をとどめる技もやってみせられた、たとえ後世が信じなくても、何百万の証言がある。リリパット人を一人だけわれわれのところに連れて来るようなもの、この国で自分がどんなにちっぽけに見えるかを考えるだけで屈辱であった。しかし、考えてみれば、それなど俺の不運の序の口だろう。そもそも人間なんてのは図体の大きさに応じて野蛮、残忍になるものだから、この馬鹿デカい野蛮人どもの中で最初に俺をつかまえた奴がパクリとやってしまうだけではないか？　森羅万象、その大小はひとり比較によるのみという哲学者たちの言は確かに正しくて、運命の女神も興がのれば、リリパットの人々に、俺に対する彼らのようにちっぽけな民衆の住む国を発見させるのではないか。それにこの途方もない種族にしたところで、まだ発見されていない世界の果ての何処かに行ってみれば、同じ具合に凌駕されてしまうのではないか？

恐いのと気が動転したのと両方ではあったものの、こうしたことを考えないではいられなかったが、刈り手のひとりが私の寝ている畝から十ヤードもないところまで迫って来て、次の一歩で踏み潰すか、刈取り鎌で真っ二つかという瀬戸際となった。そこで相手が次の動きを始めた途端に、私はそれこそ必死の悲鳴をあげた。するとこの巨大な生き物はピタリと動きを止め、しばらくあたりをキョロキョロしていたが、しまいには地面に伏している私を発見した。私自身イングランドで鼬（いたち）を摑まえるときにやったことがあるが、相手はひっかかれたり嚙まれたりしないで危険な小動物を摑まえようとするときのように、しばらく慎重に観察していた。それでもとうとう、人差指と拇指で私の背中の真ん中あたりをつまむと、形をもっとよく観察しようとするつもりなのか、眼の先三ヤードほどのところに持って来た。腹の内は読めた。運が良かったというのか、私の頭はいたって冷静で、指の間からずり落ちてはまずいと言わんばかりに両脇をぎゅうぎゅう締めつけられても、地上六十フィートを越えるところに吊されているわけだから、絶対にもがくまいと意を固めていた。ただ両眼を太陽の方に向け、両手を合わせて哀願のポーズをとり、そのときの自分の状況にふさわしい、哀れっぽいおすがり調で二言、三言、言ってみただけである。今にも地面に叩きつけられやしないかと、そればかりが心配だったからである(われわれは嫌な生き物を殺そうとすると、よくそうする)。だが私は善き星にめぐまれていたらしい、相手は私の声と動作がお気に召したらしく、意味不明とは言っても、ちゃんとした言葉を喋るのを聞いてすっかり仰天し、私を物珍しげに見つめだした。その間にもたまらずに私は呻き、落涙し、頭で脇腹をさして、拇指と人差指の力で締めつけられて痛くてたまらんということを伝えようとした。相手はこちらの意味を了解したようで、上着の垂れをあげて私をそっとそこにのせ、即座に主人の方へかけ出したが、その主人というのは裕福な農家で、私が最初に畑で見かけたのと同一人物であった。

この農家の主は(話し振りから想像するに)、召使からいちおう私の話を聞いた上で、ステッキくらいの大きさのある小さな藁を一本つまむと、それで私の上着の垂れをめくりあげたが、それを自然の恵みの外皮か何かと思ったらしい。髪をぷうと吹き分けて、顔をもっとよく見ようともした。仕事をしていた者たちを呼び集めて、今まで畑でこれに似た生き物を見たことがあるかどうか訊いたりした(これもあとで知ったこと)。それから地面にそっと四つん這いに降ろしてくれたが、こちらはすぐさま二本足で立ちあがってそろそろと前後に歩いてみせ、この連中に逃げる意志のないことを伝えようとした。全員が私のまわりに車座になって、動きをじっと観察し始めた。私はまず帽子を取って農家の主に一礼し、それから跪いて、両手を高くかかげて天を仰ぎ、大声を張り上げて何語か発し、ポケットから金貨の入った財布を取りだして恭しく献上した。彼はそれを掌で受けとり、眼の近くにもって行ってその正体を確認しようとし、次には袖口から抜いたピンの先で何度かひっくり返してみたものの、結局分からなかったようだ。そこで私は、地面に手をおいてほしいという合図をし、それから財布を開けて、掌に金貨を注いだ。四ピストールのスペイン金貨が四枚と、あとは小さな貨幣が二、三十あった。彼は小指の先を舌で濡らして、大きい金貨をひとつ、またひとつと取りあげたが、それが何であるのか皆目見当がつかなかったらしい。それを財布に戻して、財布をポケットに戻せという合図をするので、何度か献呈しようとはしてみたものの、それに従っておくのが最善と私は判断した。

　農家の主はこのときまでには、私が理性をもつ生き物に違いないと確信していた。彼は何度も話しかけてきたが、その音量たるやわが耳をつんざく水車の如くではあるものの、言葉自体ははっきりとしていた。こちらは幾つかの国語で大音声に答えてみる、相手も繰返し二ヤードのところまで耳を近づけてくれるが、まったく駄目、お互いにからきし通じないのだ。彼は召使たちを仕事にゆかせ、そしてポケットからハンカチを取り出すと、二つに折って手の上にひろげ、掌を上にしてその手を地面にぴったりつけて、それに乗れと合図をしてきたが、べつに厚さが一フィートを越えるわけでもないので、これは造作もないことであった。これには従うにしくはないと思ったが、落ちると恐いからハンカチの上に体を一杯に伸ばしたところ、彼は用心には用心をと私の頭のところまですっぽりとくるんでしまい、この格好で家まで連れて帰った。家につくと奥さんを呼んでご開陳となったが、この奥さん、キャーと叫んで跳びのいた、蟇蛙や蜘蛛を見たときのイングランドの女どもと変わりはない。それでも、しばらく私の動きを観察して、亭主の合図にいちいち従うのを見てとると、次第に慣れてきたらしく、だんだんとやけにやさしくなりだした。

▼正午頃であったので召使が食事を運んできた。とは言っても、直径二十四フィートの大皿に肉を盛っただけの料理である（農民の質素な生活には十分だ）。農家の主とその奥さん、子ども三人、祖母一人、それで全部であったが、皆が坐ると、主は床から三十フィートはあるテーブルの少し離れたところに私を置いた。身がすくんだ、落ちるのが恐いから、できるだけ縁には近寄らないようにした。奥さんが肉を小さく刻み、パンを木皿で潰して、私に出してくれた。その奥さんに深々と一礼をして、自分のナイフとフォークを取り出して食べにかかると、これがいやにうけた。奥方は下女に小さなコップを取りにゆかせ（とは言っても、容量は約二ガロンはある）、それになみなみとついでくれたので、両手でやっとそれを抱え上げ、力一杯声をはりあげて英語で恭しく奥様に乾杯とやったところが、それがお▼かしいと言って一同爆笑、その騒音であやうく耳をやられかけた。この酒は弱い林檎酒のような味で、まずくはなかった。その次には主が木皿の方へ来いと合図をするのでテーブルの上を歩きだしたのだが、なにしろおっかなビックリである、どうか寛大なる読者の御了察、御寛恕をいただきたいところであるが、パンのへたにけつまずいて、顔からバタンといってしまった（但し、無傷）。私は即座に起きあがり、この善き人々が大いに心配しているのを見てとると、帽子を手に取って（礼儀上、脇に抱えていた）、頭上に振って万歳三唱、倒れて怪我なしというところを見せよう▼とした。ところが、わが主（以降、こう呼ぶことにする）の隣りに坐っていた末の男の子が、この十歳くらいの悪ガキがいきなり私の両足を持って宙吊りにしてくれたので、こちらは体中ふるえてしまったが、父親はとっさに私を奪い返し、同時に、ヨーロッパの騎兵中隊を地面に叩きつけるくらいの迫力で左の耳にガツンと一発くらわせて、向うへ連れて行けと命じた。しかし、この少年が私に怨みを持っては困るし、われわれの国でも子どもというのは生まれつき雀や兎や仔猫や仔犬をいじめにかかるのをよく承知していたので、私は両膝をついて、男の子を指さしながら、息

子さんを許してやってほしいとわが主に精一杯頼んでみた。父親も折れて、少年が席に戻ったので、私がそちらに回って彼の手に接吻すると、わが主はその手を取って私をやさしく撫でさせた。

▼食事の最中に奥さんに可愛いがられている猫が、その膝に跳び上がった。後方で十人ほどの靴下職人が仕事をしているような物音がしたので、振り返ってみると、奥さんに餌をもらって撫でてもらっているこの動物の頭の大きさ、前足の片方の大きさから計算するに牡牛の三倍はあろうかという奴が咽喉を鳴らしているのだ。私は五十フィートも離れたテーブルの反対の端にいるし、飛びついて爪をかけても困るというので奥さんがしっかり押さえてはいるものの、この生き物の顔つきの獰猛さには胆を潰してしまった。しかし、まあ、危険はないようだった、わが主が私を鼻先三ヤードもないところに置いても、こちらには見向きもしなかったから。それに、いつも話に聞かされ、また旅の経験からも分かっていたことだが、猛獣は逃げたり恐がったりすると、逆に必ず追いかけてくるか、襲ってくるから、

▼この危険な状況では知らんふりを決め込むことに意を固めた。こちらとしては蛮勇をふるってこの猫の鼻先を五、六度も行きつ戻りつし、半ヤード以内まで接近してみたが、そうすると、こちらが恐いと言わんばかりに身を引いたりした。農家ではよくあることで、犬が三、四頭部屋の中に入って来たが、犬はそれほど恐いとは思わないにしても、そのうちの一頭は象四頭分の大きさのマスティフ種、グレイハウンド種はもっと上背があるものの、それほどの図体ではなかった。

食事が終わりかけた頃、乳母が一歳くらいの赤ん坊を両腕に抱えて入って来たが、私の姿が見えたとたんにその子

▼は赤ん坊特有の声を張りあげて、あれを玩具に取ってくれとでもいうのか、ロンドン橋からチェルシーまで届きそうな泣き声を発してくれた。母親は甘やかすにもほどがあるが、私を摑んで子どもの方に押したものだから、こいつが

すぐに胴のあたりをわし掴みにして、私の頭を口の中へ持っていった。そこで私が大声をあげたので、なんとこのチビめ、びっくりして手を離した、もし母親がエプロンを拡げてくれなかったら、私は間違いなく首を折っていただろう。乳母は赤ん坊を泣きやませようとしてガラガラを持ち出したが、これは空の器に大きな石を詰めたもので、綱で子どもの腰にゆわえる、とは言っても全然効き目がないので、乳母は最後の手として乳を飲ませるしかなかった。正直なところ、あの怪物的な乳房ほど胸の悪くなったものはなく、その巨怪さ、形状、色合いを読者に伝えようとしても、私はたとえるべきものを知らない。聳え立つこと六フィート、その周囲は十六フィートを下らなかった。乳首の大きさは私の頭の半分くらい、それを含む乳房全体の色は、ほくろ、にきび、そばかすの加勢で複雑をきわめ、これほど吐き気のするものはなかった。乳をやりやすいように女は坐る、私はテーブルの上にいるで、すぐそばからそれを見る破目になったのだから。翻って思いみるに、イングランドの女性方の肌の色があれだけ美しく見えるのは、ひとえに体の大きさが同じで、虫眼鏡でなければその欠陥が見えないからであって、実験上確認できていることだが、つるつる雪肌もじつは凸凹のがさがさで、ひどい色をしているのである。

　思い返してみると、リリパットにいたときには、あの小さな人々の肌の色を世界一美しいと思っていたが、彼の国の親交のあった学者とこの点について話をしていたとき、その人物が、地面から見上げたときにはあなたの顔は美しくてつるつるに見えたのに、私が手にのせて顔に近づけ、もっと真近で見ることになったときには体に衝撃が走ったと言っていた。皮膚は大きな穴だらけ、髭のつけ根は野猪の剛毛の硬さ、顔の色たるや多色刷りで不快極まりない、と(但し、これだけは言わせてほしい、私は祖国の大抵の男にひけをとらないくらいの色白ではあるし、あちこち旅行しても日焼はしていない)。その一方で皇帝のご婦人方が話が及ぶと、彼はよく、あれにはそばかすがある、これは口裂け女だ、それはデカ鼻だとやっていたが、私には区別がつかなかった。そんなこと言われるまでもないということかもしれないが、この巨人たちが畸形であると読者に思われてしまうのは本意ではないので、その点を断っておきたい。むしろ、端正な人種と言うべきであって、とりわけわが主の顔立ちなど、所詮は農家とはいうものの、六十フィートの高さから眺めると実によく整ったものに見えた。

食事がすむと、わが主は傭い人の方へ出かけていったが、その声と身振りからして、私をよく見ておくようにと奥さんに厳命したらしい。私は疲労困憊していて、眠たくてしかたなかったが、奥さんはそれに気がついて、私を自分のベッドに入れると、清潔な白いハンカチをかけてくれた、軍艦の大檣帆よりも大きくてゴワゴワしたやつを。

二時間ほど眠って、妻と子どものもとへ帰った夢を見たものの、眼がさめて、広さが二、三百フィート、高さが二百フィートを越える巨大な部屋にいて、幅が二十ヤードもある寝台にひとりきりであるのに気がつくと、淋しさがつのった。奥さんは家事に回ったのだろう、部屋には錠がおろしてあった。寝台は床から八ヤード。自然が用足しを要求していた。それでも大声を出す気にならなかった、かりにそうしたところで、私のいる部屋から家族のいる台所までの距離の大きさを考えると、私の声でどうにかなるものではなかっただろう。もぞもぞしているうちに鼠が二匹カーテンつたいにあがって来て、寝台のあちこちを嗅ぎまわり始め、一匹が私の顔のすぐそばまでやって来たので、私は驚いて跳び起きて、短剣を抜いて身構えた。この猛獣どもは図々しくも左右から攻めにかかり、一匹は私の襟首に足をかけてきたが、こちらも運がついていて、それ以上やられる前にその腹を切り裂いた。敵はわが足元に倒れ、もう一匹も相棒の非業の死を眼にして逃げにまわったが、その逃げる奴の背中に思いきり一撃をくらわしたので、血がたらたらと流れた。この活劇のあと、私は寝台の上をあちこち歩きまわって息を整え、気持ちを鎮めようとした。この二匹の生き物は大型のマスチフ犬くらいの大きさであったが、その敏捷さ、獰猛さははるかに上で、もし寝る前にベルトでもはずしていようものなら、必ず八つ裂きにされて餌食になっていただろう。死んだ鼠の尻尾の長さを測ってみると二ヤードに一インチ欠けるだけ、まだ血を流している死骸を寝台から引き摺り降ろすのは胸の悪くなるような作業であったが、まだ多少息のあることが分かったので、首のところを力まかせにグサッとやって息の根を止めた。

そのすぐあとで部屋に戻ってきた奥さんは、血まみれになっている私を発見すると、かけ寄って来て、私を片手で摑みあげてくれた。死んだ鼠を指さしてニッコリし、大丈夫という合図をすると、大変な喜びようで、下女を呼びつけ、火箸でその鼠の死骸をつまんで家の外に捨てるように言いつけた。それから私をテーブルの上に降ろしてくれたので、血塗れの短剣をご覧にいれ、上着の垂れで拭いて鞘に戻した。それはともかく、そのときの私には他人に代わりに足してもらうわけにはいかぬ用が幾つかあったので、床に降ろしてほしいということを奥さんに分からせようと必死の努力をし、それに成功したあとは恥しくて、扉を指さして、ともかくお辞儀を繰返した。それでもこの善良なる女性はやっとのことでわが窮状を察してくれて、また片手で私を摑むと、庭へ出て、下へ降ろしてくれた。私は庭の片隅に向けて二百ヤードほど突進し、見るな、来るなと合図をしたあとで、二枚のスカンポの葉の間に身を隠し、そこにて自然の求むるところを大放出。

願わくは、心やさしき読者よ、かかる些事に拘泥するをお許しいただき、地を這うが如き俗物どもに如何に無用に見ゆるとも、ひとたび哲学者の手にかかればその思想と想像力を押し広げ、公私の生活に裨益せしめ得る筈にして、それこそが我が旅行記を世に送る唯一の目的、何よりも真実の探究を事とし、学殖、文飾はいっさい捨象致したい。しかし、この航海全体が我が心に強烈なる印象となり、記憶に深く刻まれたが故に、紙に書き留めるにあたっては重要事をいささかも省略しなかったが、厳しく校閲するおりに、初稿にあった重要ならざる数節を退屈、瑣末の批判をうけるのを慮って削除した。旅行家がかかる非難を繰返し受けるのは、必ずしも故なきことではない。

第二章

農家の娘のこと。筆者、市場へ、ついで首都に連れてゆかれる。旅の詳細。

▼奥さんには九つになる娘があったが、齢の割には器用で、針仕事もえらく上手にこなすし、人形の着せ替えもうまかった。母親とこの子で人形用の揺籃を私の夜用に作り変えて、鼠対策用にそれを箪笥の抽斗に入れ、それをそのまま吊り棚に載せてくれた。この家にいるうちはこれがずっと私の寝台になったが、こちらが言葉を覚え、要求を伝えられるようになるにつれて少しずつ使いやすくはなった。この女の子はやたらと手先が器用で、一、二度服を脱いでみせると、あとは私の着せ替えができるようになったが、私にやらせてくれるときにはそんな面倒はかけなかった。彼女は手に入るいちばん薄い布で、と言っても、袋用の麻布よりもごわごわしていたが、その布でシャツを七枚と他の下着類をこしらえて、いつも自分の手で洗濯してくれた。おまけに、私に言葉を教える学校の先生の役割もやってくれ、私が何かを指さすと、それをこの国の言葉で言ってくれるので、ものの数日のうちに、欲しいと思うものは何

でも言えるようになった。とても性格のいい女の子で、背丈は四十フィートを越えず、年の割りには小柄であった。私にグリルドリッグという名前をつけてくれたのは彼女で、家族の者も、のちには国中がそう呼ぶようになった。これはラテン語のナヌンクルス、イタリア語のホムンツェレティーノ、英語のマニキンに相当する。私があの国で生きのびられたのは何よりも彼女のおかげであって、あの国にいる間は決して離れ離れになることはなく、彼女のことをグラムダルクリッチ、小さな乳母さんと呼んでいたので、彼女の気遣いと親切をここで省略してしまっては大いなる忘恩の誹りをまぬかれないだろうし、こちらに悪気はないにしても、彼女に恥をかかせてしまうことのないように(その心配が大いにある)、何としてもそれにふさわしい恩返しをしたいと心から願っている。

この頃になると、わが主が畑で奇妙な動物を見つけた、大きさはスプラックナックくらいだが、どの部分も人間とそっくり同じに出来ていて、動作もすっかり真似るし、独特の可愛いい言葉を話せるようだし、この国の言葉ももう幾つか覚えた、二本足で歩いて、大人しくて、呼べば来るし、何かをしろと言えばするし、世にも華奢な手足をしていて、三つになる貴族の娘よりもきれいな顔をしているという噂が近所にも広がりだしていた。近くに住む、わが主と昵懇という農家の主がこの話の真偽を確かめにわざわざやって来たりした。私は間髪をおかずにテーブルの上に登場させられて、命令されるままに、歩いてみせたり、短剣を抜いたり納めたり、わが主殿の客人にうやうやしくお辞儀をしたり、可愛いい乳母の教えに従って、この国の言葉でご機嫌いかが、ようこそとやってみせたりした。もう齢で眼のかすんできていたこの人物が私をもっとよく見ようと眼鏡をかけたとたんに、その眼はまるで二つの窓から部屋の中をのぞく満月様、こちらとしては腹を抱えて笑うしかなかった。私が笑いころげている理由が分かると、家人にまで笑いが伝染してしまったが、このご老体は愚かしくも怒りだして、青筋を立ててしまった。この男は超ドケチという評判であったが、私にとっては不幸なことに、その通りであることを証明してみせた、家から距離にして二十二マイルほど、馬で半時間の隣の町の市の立つ日に見せ物として出したらどうだと言語道断のことをわが主に御助言して下さったのである。わが主とその友人氏がときどき私の方を指さしながら延々と囁き交しているのを眼にすると、何か悪企みをしているのだろうと想像されて、不安から、二人の言葉のある部分を洩れ聞いて、分かってしまうような気になった。だが翌朝、可愛いい乳母のグラムダルクリッチが母親から巧みに聞き出して、全容を説明してくれた。可哀相に彼女は私を胸に抱きしめて、恥しさと悲しみとで泣き出してしまった。乱暴な下衆どもが私に何かひどいことをするかもしれない、わし摑みにしてひねり潰すとか、手足をへし折るとか、彼女はそれを怖れたのだ。彼女はまた私が控え目な性格で、名誉をいかに大切にしているか、お金のために下の下の連中の見世物にされるのをどんなに屈辱と感じるかも承知していた。パパとママは、グリルドリッグはお前のものだよと約束してくれたのに、去年、仔羊をくれると言っておきながら、太ったらすぐに肉屋に売ってしまったのと同じことをするつもりなのよ、と彼女は言った。正直なところ、私は乳母ほどには心配していなかった。私には決して手離さない強い希望があって、いつかまた自由になれる、怪物として引きまわされる屈辱にしても、考えてみればこの国ではまったくの異人ではあるし、大英国の国王にしたところで、私のような境遇におかれたら同じ苦しみをなめることになるはずで、国へ戻ったときにこの不運の責めを問われることはないと考えたからである。

　わが主はその友人の入れ知恵に従って、その次に市の立つ日に私を箱に入れ、わが乳母なる娘を背中の鞍に乗せて、隣りの町へと出かけていった。その箱は前後左右がぴったり閉まり、私の出入りする小さな戸口と空気を入れる錐穴が二、三開けてあるだけだった。彼女は心配して、横になるときのためにと、人形のベッド用の掛け布団を中に入れておいてくれた。ところが、わずか半時間の旅とはいうものの、あまりに揺れがひどくてフラフラになってしまった。なにしろ馬の一歩は約四十フィート、跑足(だくあし)でも大変な上下動で、その揺れたるや大嵐に翻弄される船のそれに等しく、しかもその間隔はずっと短かく、旅の距離はロンドンからセント・オルバンズを上回るくらい。わが主は行きつけの宿の前で馬を降りると、そこの主としばらく相談して必要な手筈を整え、グラルトラッドつまり触れ役をやとって町中に、摩訶不思議なる生き物だよ、青鷺亭で御覧あれ、身の丈はスプラックナックほどもなく(この国の動物で、長さは約六フィート、形はとてもいい)、体の隅から隅にいたるまで人間様にそっくりだ、言葉も喋れば芸もやる、その数百余、面白いよ、と広告させた。

私はその宿屋で最大の、三百フィート四方と言うに近い部屋のテーブルに載せられた。わが乳母はテーブルのわきの低い腰掛けにあがって私の世話をし、ああしろ、こうしろの指示をすることになった。わが主は押し合いへし合いを避けるため、一度に三十人の観客しか近づけなかった。私は彼女の指図に合わせてテーブルの上を歩きまわり、私の語学力に応じた質問を受けては力一杯答えてみせた。何度も一同の方に向かって敬意を表し、ようこそとか、その他教えられた文句とかを喋ってみせた。グラムダルクリッチが杯のかわりに渡してくれた指貫に酒を満たしてもらっては、乾杯とやってみせもした。短剣を抜いて、イングランドのフェンシング流儀に振り回してみせることもした。わが乳母が麦藁の切ったのを渡してくれると、若い頃に覚えた槍の術の実演に使ってみせた。その日は十二組の見物人に見せられて、同じ芸を十二回繰返す破目になり、疲労と苛立ちで半死の状態になってしまった。私を見た連中がやたらと吹聴しまくるものだから戸を破ってでも中へという騒ぎになったせいでもある。損得勘定をしたわが主は、乳母以外の誰にもさわらせず、危険防止と称してテーブルのぐるりに椅子をならべ、誰も手を伸ばせないようにした。

ところが、質の良くない悪童が私の頭を狙ってハシバミの実を投げてきて、あやうく逸れたからいいものの、そうでなかったら、すごい勢いできっと私の頭を潰していただろう、なにしろその実がカボチャくらいの大きさなのだから。とにかくこの悪戯坊主はさんざんに叩かれて部屋から追い出されてしまったので、私もまあよしということにした。

　わが主は次に市の立つ日にもまた見せ物をやると広告をしたあとで、私用にもっと便利な乗り物を用意してくれたが、それには理由があって、前の旅と、八時間も休みなく見物人を喜ばせるのとで、足は立たない、言葉は出ないという有様だったからである。体力を恢復するのに少なくとも三日を要したが、家に戻っても休むどころではない。百マイル四方のジェントルマンの皆様が私の評判を聞きつけて、わが主の家へ押しかけてみえたから。女房子ども連れのその数は三十を下らず（この国は大変に人口が多い）、わが主は家で私を見世物にするときは、たとえ相手がたったの一家族でも、満室分の料金をせしめていた。そのために、町に連れてゆかれなくても、毎日毎日ほとんど休みという▼ものがなかった（水曜日は別、この国の安息日なので）。

▼　わが主殿は私が大変な金づるになるのを見てとると、王国の主要な都市に連れてゆこうと考えた。そして、長旅に必要なものを揃え、家のことを片づけ、妻に別れを告げて、一七〇三年八月十七日、私の到着からほぼ二ケ月後、こ▼の帝国のほぼ中央に位置し、家から約三千マイルの距離にある首都に向けて出発することになったのである（娘のグラムダルクリッチは馬の後に乗せた）。私は箱ごと彼女の膝の上に載せられ、その箱が彼女の腰にゆわえてあった。彼女はその箱の内側全体に手に入るいちばん柔かい布地を張り、下にも十分に詰め物をし、そこに人形用のベッドを置き、下着等の必要品を用意し、万事なるたけ便利のよいようにしてくれた。同行したのは男の召使ただひとり、荷物を積んだ馬であとから続く。

わが主が目論んでいたのは、途中の全部の町で私を見世物にしよう、客が見込めそうならばどんな村、どんな貴人の屋敷であろうとも、五十マイル、百マイルの寄り道はものともすまいということであった。一日の旅が百五十マイル前後を越えない楽なものであったのは、私を疲れさせまいとして、グラムダルクリッチが馬の揺れでくたびれたと不満をこぼしてくれたからである。彼女は、こちらが言えば何度も箱から出して外の空気を吸わせ、田舎の景色を見せてくれはしたが、足にはいつもしっかりと紐が結ばれていた。ナイルやガンジスよりもずっと幅が広くて深い河を五、六本は渡ったろうか、しかしロンドン橋あたりのテムズ河のごとき小川はひとつもなかった。われわれの旅は合計十週間、その間私は十八の大きな町、それから数多くの村と私邸で見世物にされた。

▼首都に到着したのは十月二十六日、彼らの言葉ではローブラルグラッド、宇宙の誇りと呼ばれている。わが主は宮殿から遠くない市内の中心となる通りに宿をとり、いつものように、私の姿形とやる芸をくわしく書いたビラをあちこちに貼り出した。借りた部屋は縦横三、四百フィートはあろうかという大きなもの。そこに直径六十フィートのテーブルを用意して、そこで芸をさせようというのだが、落ちてしまっては困るから、縁から三フィートのところに高さがやはり三フィートの柵がめぐらしてある。私のショウは日に十回、人々は目を丸くし、満足して帰っていった。そのときにはこちらもまあまあ言葉が喋れるようになっていて、話しかけられる言葉は完全に理解できた。それだけでなく、家にいるときも、旅行中の暇な時間にもグラムダルクリッチが先生役をつとめてくれたおかげでこの国のア▼ルファベットを覚え、ところどころ文がなんとか読めるくらいにはなっていた。彼女は『サンソンの地図』くらいの小冊子をポケットに入れていたが、この国の宗教を簡単に説明したこの本は、若い娘などが普通に使うもので、それを使って私に文字を教えたり、言葉の説明をしたりしてくれた。

第三章

筆者、宮廷に呼ばれる。王妃、筆者を農家の主より買い取り、国王に献上。宮廷の碩学たちと議論する。宮廷に一室を賜る。王妃の寵遇を受ける。祖国の名誉のために立つ。王妃の侏儒との喧嘩。

日々重労働をしいられるうちに、ものの数週間もすると、私の健康には重大な異変が生じ始めたが、わが主殿は私を使って稼ぐほどにその貪欲をつのらせてしまった。こちらはすっかり食欲を失って骸骨同然。農家の主はそれを見てとると、これはもうすぐ死ぬと見切りをつけて、なるたけ儲けておこうと意を固めた。ちょうどそう思案しているところへ宮廷からスラードラル、つまり式部官がやって来て、王妃ならびに女官たちの気晴らしに私を連れて直ちに参上せよとのお達示があった。女官たちの中にはすでに私を見に来た者がいて、私の容姿端麗、身のこなし、頭の良さについて色々と不思議な話を王妃の耳に入れていたのだ。王妃とその周囲の者たちは私の一挙手一投足にもう大変な興じ方であった。両膝をついて、御足に接吻するお許しを乞うと、陛下は畏れ多くも小指を差しのべられ（そのときはもうテーブルの上にいた）、私はそれを両腕で抱えて、その端をいとも恭しくわが唇に押しあてた。陛下からは私の国や旅行についていくつか御下問があったので、なるたけ明瞭かつ簡潔にお答えした。さらに、宮廷で暮らしてみる気はないかとの仰せなので、テーブルの板に頭のつくくらい深々とお辞儀をして、只今はわが主の意に服するのみ、ただ自由の身でありますれば陛下に我が命を賭けて仕えますことを誇りと致します、と申し上げた。すると陛下はわが主に、よい値で売る気はないかとお尋ねになった。もう一月はもつまいと懸念していたわが主殿が、喜んですぐさま手放すと言い、金貨一千枚を要求したところ、すぐその場で支払いの命令が下りた。その金貨はモイドール金貨八百枚分くらいの大きさだが、この国とヨーロッパの大小の比率、それからこの国の金の値段の高さを勘案すると、イングランドの千ギニーまで行くかどうか。そのあとで私は王妃に申し上げた、わたくしはかくの如く陛下の忠実なる僕となりましたが、御願致したきことがございます、常日頃たいそう親切にわたくしの世話をし、事情をよく承知致しておりますグラムダルクリッチを召し抱え、乳母兼教師を続けることをお許しいただけませんか、と。陛下は私の請願をすぐにお認めになり、農家の主の同意もわけなく取りつけて下さった。彼としては、娘が宮仕えと聞いて嬉しかっただろうし、娘本人も嬉しさを隠しきれなかった。元主は、よいところへ奉公に出せた、さらばじゃと言って引き下がったが、私はただのひとことも返事をせず、軽く会釈するにとどめた。

王妃は私のこの冷やかな態度を見咎められて、農家の主が御部屋から消えたあとで理由をお尋ねになった。私は忌憚なく申し上げた、たまたま畑で見つけた何の害もない生き物の脳天を叩き割らずにすませてくれたということ以外に、あの元主に恩義はございませんし、その恩義にしましても、この王国の半分でわたくしを見世物にして稼いだ儲けと、さきほどのわたくしの売り値とで十分に償いとなりましたでしょう。わたくしの送ってきました生活は、この十倍の体力のある動物でさえ死にかねない苛酷なもの。朝から晩まで休みなく衆愚を喜こばしめる奴隷労働のため、わたくしの健康はすっかり損なわれ、もしあの主がわが命危うしと読まなかったら、陛下もかくも低価格の買い物はお出来にならなかったかもしれません。しかし今は虐待の虞れも消え、自然の宝石、世の愛し子、民の悦び、万物の中の不死鳥であられる仁慈深き皇后陛下の庇護にあずかり、わが元主の危惧は根拠の無きものとなりましょう。陛下の威厳ある御姿に触れますと、この通り、はや気合いが戻ってまいりました。

以上が私の話のすべてで、どぎまぎしながらのことだから適切を欠くところが大いにあるかもしれないが、後半部分は、宮廷に連れて来られる途中でグラムダルクリッチに教えてもらった言い回しを使って、この国の人々に特有の文体に組み立てたもの。

喋り方のまずさには眼をつむるとして、こんなにちっぽけな動物にどうしてこんなに大きな知恵と分別があるのか、王妃はビックリされた。王妃は私を手にのせて、すでにお部屋に戻っておられた国王のところに連れてゆかれた。重厚にして謹厳な風貌の陛下は、最初わが姿がよくお見えにならなかったようで、一体いつからスプラックナックなどを愛でるようになったのかと、冷ややかな口調でお尋ねになった。私が王妃の右手にぴたっとへばりついていたので、そう思し召したらしい。ところがこの王妃は途轍もなくウイットとユーモアに富む方で、私をそっと書き物机の上に立たせると、国王陛下に自己紹介をとの仰せであるので、ごくごく簡単に説明することになったのだが、御部屋の外で待っていたグラムダルクリッチは、私の姿が見えないのに我慢できなくなり、入室を許されて、私が彼女の父親の家に来て以来の一部始終を説明した。

国王は領国随一の学殖を身につけ、哲学、とりわけ数学の研究に造詣が深い御方であったが、私の形状をつぶさに観察され、黙って二本足歩行するのを御覧になって、誰か器用な職人のこしらえた時計仕掛けか何かと思われたらしい（この国では時計作りが高度に発達していた）。しかし、こちらの声が御耳に届き、喋る内容にきちんと筋の通っていることがお分かりになると、驚きを隠しきれない御様子であった。ただ、私がこの国に辿り着いた経緯の説明にはどうしても納得なさらず、私を高値で売りとばすために多少の言葉を教え込んだ父親とグラムダルクリッチの作り話だろうと思っておられた。そう想像されたために、陛下は他にも幾つか質問なさることになったが、戻ってくる答えはみな筋の通ったもので、欠陥らしきものと言えば、外国人訛りと、言葉の知識がまだ不完全で、農家の主の家で覚えてしまった、宮廷の典雅な言い回しにはなじまない百姓言葉が混じるくらいであった。

陛下はちょうど週に一度の伺候にそなえていた碩学三人を呼びにやられた(この伺候はこの国の習慣)。この三人のジェントルマンはしばらく私の形体を仔細に調べていたが、私が何者なのか各人まちまちの意見であった。全員が意見の一致をみたのは、機敏に動く、木に登る、地面に穴を掘る、そのいずれかによって命を守る能力を与えられていないのだから、自然の正常な理法によって生み出されたものではないということ。彼らは私の歯をじつに丹念に見たあとで、これは肉食動物だと述べはしたものの、大抵の四足動物はこれよりも強い、野鼠の類もはるかに敏捷となると、蝸牛他の虫の類でも餌にしないかぎりどうして生きてゆけるのか想像もつかない、そこで喧々囂々の議論の果てにその餌を与えてみたが、口にもしないことが判っただけである。碩学のひとりは、これは胎児か、もしくは流産児かと睨んだらしい。しかしこの説は、あとの二人が、手足は完全にできている、髯からしても数年は生きている、拡大鏡を通してみると剃り跡まではっきり見えると主張して、却下となった。かと言ってこの碩学たち、私を侏儒と認定するわけにもいかないようだった、というのは、私が比類のないほどにちっぽけである反面、この王国の史上最小の、王妃のお気に入りの侏儒でさえ三十フィート近くはあるからだ。彼らはさんざんに議論を重ねたあとで、これはレルプラム・スカルカス(文字通りに訳せば、自然の戯れ)なりという統一見解に達したが、この決定は現代のヨーロッパの哲学にまさしく合致するもので、それを代表する教授たちは、自らの無知を隠そうと悪あがきしたアリストテレスの追随者のように神秘因を持ちだして逃げを打つ旧来の姑息なやり口を軽蔑して、万の難問を解くこの驚異の解決法を発明し、人知のいわく言いがたい進展に貢献したのである。

ともかくこの最終結論に達したところで、私は一、二お聞きいただきたいと申し出た。そして国王陛下に、胸を張って申し上げた、わたくしは、わたくしと同じ背丈の男女が何百万もいる国から参りました、そこでは動物も樹木も家屋もそれ相応の大きさで、当然のことながら、御国の陛下の民と同じく、自分で身を守ることも、生きる糧を見いだすこともできるのです。私はこれをもってジェントルマン諸氏への十分なる解答と考えた。これに対して先生方から返ってきたのは軽蔑の苦笑で、あの農家の主、なかなかうまく仕込んだものですな、とまで言う。国王ははるかに賢明な御方で、大先生方を下らせると、さいわいまだ町を出ていなかった農家の主を呼び戻し、まず御自身で訊問され、次には私ならびに娘に対面させ、その上で、私の申し上げたことが嘘偽りではないかもしれぬとお考えになった。陛下は御妃様に、この者の面倒をしっかりと見てやるようにとお命じになり、この者とグラムダルクリッチは大変仲がいいようだから、あの娘に世話役を続けさせたらよかろうとの御判断であった。そこで彼女は宮殿内に手頃な部屋をあてがわれ、教育係をつとめる一種の家庭教師と、着付け係と、雑務の召使二人をつけてもらったが、私の世話はもっぱら彼女の専従ということになった。御妃様は、グラムダルクリッチと私の意見に合わせて、寝室の代用となる箱をこしらえるよう、御用達の指物師にお命じになった。この男がまた大変器用な職人で、私の指示に合わせてものの三週間で、縦横十六フィート、高さ十二フィート、上げ下げ窓、ドア、小部屋二つ付きの、ロンドンの寝室にそっくりのものを仕上げてくれた。天井の板は二つの蝶番で開閉でき、やはり御妃様の家具師の用意してくれたベッドを中に入れ、それをグラムダルクリッチが毎日取り出して空気にあて、自分でまた整えて、夜になると中に入れて、天井に鍵をかける。珍奇な品を作ると評判の腕ききの職人が、何か象牙のようなもので、背もたれと縁枠のついた椅子を二つと、物を入れる抽斗つきのテーブルを二つ、考案してくれた。床、天井も含めて部屋の上下左右には詰め物がしてあって、運び役のうっかりで起きかねない事故を防ぎ、馬車の揺れの力を弱めるようにしてあった。私の方からは、あれこれの鼠の侵入を防ぐためのドアの錠前を所望したところ、鍛冶屋があれこれ試した揚句に、誰も見たこともないほど小さいのを作ってくれた(イングランドのジェントルマンの家の門にだってもっと大きいのがついている)。グラムダルクリッチがなくすとまずいので、この鍵は自分のポケットにしまっておくことにした。御妃様は入手できるいちばん薄手の絹地を注文して、私の服を作らせて下さったが、イングランドの毛布と大差のない厚さだから、慣▼れてしまうまでには大いに手こずった。仕上りはこの国独特のデザインで、ペルシャ風かつ中国風、ともかく重厚かつ端正ではあった。

　御妃様は私のことがたいそうお気に召したようで、食事のときも離していただけなかった。私は御妃様が食事をなさるテーブルの上の、御妃様のちょうど左肱の近くにテーブルと椅子を置いてもらった。グラムダルクリッチは床の椅子に乗って私の方に身をかがめ、あれこれと世話をやいてくれた。私用の銀の皿他の必要な食器が一式揃っていたが、御妃様のそれと較べると、ロンドンの玩具屋で眼にする人形の家の家具のような大きさで、わが乳母はそれを銀の箱に納めてポケットに入れており、食事のときに必要になると出してくれるのだ。それを磨くのも彼女の役目であった。御妃様と一緒に食事をとるのは、十六歳と当時十三歳一ケ月になる王女二人と決まっていた。陛下が肉を少しだけ私の皿にのせて下さり、それを私が自分用に切り取る、そして食べる、そのミニチュアの世界をご覧になるのが

▼面白かったらしい。御妃様（胃は丈夫ではなかった）は、イングランドの農家の主十二人の一食分をひと口でほおばってしまわれるので、これにはしばらくは胸が悪くなってしまった。成長した七面鳥の九倍の大きさはあろうかという雲雀の手羽を骨ごとバリバリと嚙んでしまわれるし、十二ペンスもするパンの山二つ分はあるやつをポンとひと口なのだ。そして黄金の杯で、一口に大樽以上の量をガブガブ。ナイフなど大鎌の二倍のやつを真直ぐ柄にさしたもの。スプーン、フォークの類もすべてこれに順ずる。いつだかグラムダルクリッチが好奇心にかられて宮廷の食卓見物に連れて行ってくれたときのこと、そういう巨大なナイフとフォークが十何本いっせいに持ち上げられるのを目のあたりにして、こんな物凄い光景は始めてだと思ったものである。

この国の習慣では毎週の水曜日に（前にも触れたように、この国の安息日なのだ）、国王、王妃、王子、王女が揃って陛下の御部屋で食事をされることになっており、そういう機会には、すでに陛下のお気に入りとなっていた私の椅子とテーブルが陛下の左手のそば、塩入れの前に置かれるようになっていた。この王は私と話をなさるのを楽しみとされ、ヨーロッパの風俗、宗教、法律、政治、学問についてお尋ねになるので、こちらもできるかぎりの説明をすることになった。この王の理解力は明晰そのもの、判断力も的確で、私が何を申し上げても賢明至極の省察と見解を披露なさった。しかし、それはそれとして、わが愛する祖国について、その交易、海陸の戦争、宗教の分裂、国内の政党対立についていささか喋りすぎたところ、教育ゆえの偏見はやみがたしと言うのか、思わず右手で私を摑みあげ、▼やおら左手で撫で、さもおかしげに大笑いなさって、さて、おまえはウィッグ党か、それともトーリー党かとお尋ね▼になった。そして、ソヴリン号の大檣ほどもあろうかという白い王杖を捧持して後にひかえる宰相の方を振り返って、▼こう仰有った。ひとの威厳など取るに足らぬな、こんなちっぽけな虫けらですら真似してくれる。だが、思えば、この生き物たちも称号や位階を持っているのだ、ちっぽけな巣や穴を作って、都市、邸宅と称する、人目をひく衣裳や装具を作り、ひとを愛し、争い、欺し、裏切る。この調子で続けられると、こちらの顔色も何度も変わらぬはずがない。我が祖国が、文武の花嫁、フランスの天罰、ヨーロッパの裁定者、徳と敬虔、名誉と真理の座、世の誇り、世の羨望たる祖国がここまで悪しざまに言われて、憤激しないでいられるものだろうか。

しかし、そのときの私は侮辱に憤る立場にはなかったし、じっくりと考えてみると、私自身が侮辱をうけたのかどうかも怪しくなってきた。というのは、この国の人々を数ケ月見続け、その話を聞き続け、眼に映るもののすべてがいずれも相応の大きさであることが分かってくると、初めにその図体の大きさと外貌からうけていた恐怖感がほとんど消えてしまったので、その段階で、イングランドの貴族、貴婦人がきらびやかな衣裳をまとい、国王の誕生日の式服をまといして、これぞ宮廷の作法と言わんばかりに気取って歩き、礼をし、喋べるのを眼にしていたら、正直な話、この国の国王やお偉方が私を笑ったのとまったく同じように、きっと彼らを笑いとばしたくなっていただろう。それにまた、御妃様が私を掌にのせて姿見に向かわれたときなど、二人の姿が眼の前にそっくり出現して、これほど滑稽な対照はありえないくらいになり、自分でも実際より数段小さくなってしまったような気がし始めて、苦笑を禁じ得なかったこともある。

何よりも腹立たしく、苛立たしかったのは御妃様の侏儒の奴で、この国の史上最小男ということだったので（確かにその身長は三十フィートにも達していなかった）、自分よりも小柄な生き物の登場に威張りくさって、私が御妃様の控えの間でテーブルの上に立って、宮廷の貴族、貴婦人方と話をしていると、必ずそのそばを大きな顔をして偉そうに通りすぎ、私の小さいことを一言、二言いたぶるものだから、こちらとしても、やあ、お兄さん、レスリングでもやりますかとか、宮廷の小姓がよく口にする言葉を投げ返すとかして仇討ちをするしかなかった。ある日の食事のときのこと、このチビの悪太郎が私の言った何かに腹を立てて、御妃様の椅子の肘の上によじ登ると、危険の到来などつゆ知らずに坐っていた私の胴のあたりを摑んで、クリームの入った大きな銀鉢に放り込み、あとは一目散に逃げてしまった。私はズボンと真逆様に落ちてしまった。もしも泳ぎがうまくなかったら、グラムダルクリッチはちょうどそのとき部屋の反対の隅にいたし、御妃様は驚愕のあまり助けるどころではなかったから、哀れ一巻の終りになっていたかもしれない。しかし、わが乳母さんが跳んできて、たっぷり一クォートはミルクを頂戴したところで、私を引き上げてくれた。もちろんすぐに寝かされた。ただし当方の被害は服一着の損失のみで、これはまったく使いものにならなくなってしまった。侏儒の奴はこっぴどく鞭打たれた上に、更なる罰として、私を放り込んだ鉢のクリームを飲まされ、寵愛を取り戻すことはなかった。御妃様はこの直後に彼をある名門の貴婦人にお下げ渡しになり、私としてはもうあの面を拝むこともなくなったので、大々満足であった。ああいう悪餓鬼は一度根にもつと何をしでかすか知れたものじゃない。

彼はそれ以前にも卑劣な悪戯をしかけてきたことがあって、御妃様はお笑いになりはしたものの、同時にたいそう気分を害されて、私が心を寛くして取りなしていなかったら、即刻お払い箱にしておられただろう。御妃様が髄骨を一本お取りになり、その髄を抜いたあとで、それを元通り大皿に立てておかれたところ、侏儒の奴はグラムダルクリッチが食器棚の方へ行ってしまった機をとらえて、私の食事の世話をするときに彼女の足場になる椅子によじ登り、両手で私を摑むと、私の両足をぎゅうっとしぼって、腰の上のところまでその髄骨の中に差してしまった。私はそのまましばらく差されていた、なんとも バカバカしい格好である。悲鳴などあげたら沽券にかかわる。私の状況に気づいてもらうまでの所要時間は約一分だったと思う。もっとも王侯が熱い肉を口にすることはまずないし、私の二本の足も火傷はしなかったが、靴下とズボンは哀れなものであった。私の懇請もあって、そのときの侏儒はたっぷりと鞭打ちの罰を受けただけですんだ。

　私はすぐ怖がると言ってよく御妃様にからかわれ、おまえの国の者はみな同じように臆病なのかとよく訊かれた。事の起こりは次の通り。夏になるとこの王国は無闇やたらと蝿につきまとわれるが、このおぞましい虫の大きさというのがどれもこれもダンスタブル雲雀くらいもあって、耳元でのべつまくなしブンブンとやってくれるから、食事中も気が休まるどころではなかった。そいつがときどき食物の上にも降りて来て、汚ならしい排泄物や卵を残してゆくと、この国の住人の大きな眼は私のそれほど鋭敏に小さなものをとらえないので、彼らには見えないのだろうが、私には見える、見えすぎる。ときには私の鼻や額にとまって、いやというほど刺してひどい悪臭を残してゆくし、わが博物学者諸氏がこの生き物が逆さになって天井を歩き回れる所以とするねっとりした粘着物すら簡単に見てとれる。このおぞましい動物から身を護るのは並大抵のことではなくて、顔にとまられる毎にギョッとした。侏儒の奴め、国の学童がよくやるように、この虫を何匹か手で摑んで、それをいきなり私の鼻先でわっと放して私をこわがらせ、御妃様を笑わせる手をよく使った。こちらはやむを得ず、飛んでくるやつをナイフで細切れにする、それが見事だと言って大喝采をうけたりした。

　ある日の朝のこと、天気の良い日は外の空気をという心遣いから、いつものようにグラムダルクリッチが窓際に私の入った箱を出してくれたので（イングランドでは鳥籠を窓の外の釘に吊したりするが、ここではとんでもないことだ）、窓のひとつを開けて、テーブルで甘いケーキを朝食代りに食べ始めると、その香りに誘惑された地蜂が二十匹以上も飛び込んできて、ぶおんぶおおんと騒々しいことといったらバグ・パイプの比ではない。なかには私のケーキにとりついて喰いちぎっていくのもいるし、頭と顔のまわりを飛び回ってその騒音で仰天させ、その針で恐怖させる奴もいた。だがしかし、私は立ち上って短剣を抜き、空から来る奴に反撃した。我が前に斃れしもの四匹、他は逃亡せりというわけで、さっさと窓を閉めた。この虫の大きさは山鶉くらいもあり、その針を抜き取ってみるに、長さは一インチ半、縫針のように鋭かった。私はそれを大切に保管しておいて、その後他の珍品ともどもヨーロッパの各地で見てもらい、イングランド帰国後はそのうちの三本をグレシャム・コレッジに寄贈し、残る一本は手元においた。▼

第四章

この国の様子。現代の地図を修正するために。国王の宮殿と首都。筆者の旅行のしかた。この国の中心となる寺院について。

さて、ここで読者に、私の旅行した範囲内で、といっても、首都ロープブラルグラッドの周囲二千マイルを越えるものではないが、この国の様子を簡単に説明しておこう。というのも、私が常日頃お供をした御妃様は、国王の巡幸に御同伴なさるときもそのあたりまででおやめになって、陛下が辺境視察から戻られるのを待っておられたからである。

この王の領国は長さ約六千マイル、幅は三千から五千マイル。そこから結論せざるを得ないのは、日本とカリフォルニアの間には海しかないとヨーロッパの地図製作者が想定したのは重大なミスであり、私見によれば、韃靼大陸と釣合いをとるための陸地があってしかるべきもので、ゆえに彼らはこの広大な地域をアメリカの北西部に接合して、その地図、海図を修正すべきである。その際には、我輩も援助をするにやぶさかではない。

　この王国は半島をなしていて、その北東部は標高三十マイルの山脈となっており、しかも火山が連なるので、そこを越えるのはまったく不可能である。その峰々の彼方にいかなる人間が居住するのか、いや、そもそも人間が居住するのかどうか、さしもの碩学たちも詳らかにしない。残る三方は海である。この王国全体に海港はひとつもなく、各河川の流れ入る海岸地域には鋭い岩が多く、海も荒れ模様であるために、ごく小型の舟すらも自由がきかないので、この国の人々は世界の他地域との交易からまったく遮断されている。しかし、大型の河川には船の影が絶えず、また美味な魚も豊富である。海の魚をほとんど漁獲しないのは、ヨーロッパのものと同じサイズであるために獲るに値しないからなのだが、してみると、自然がかかる巨大な動植物を生みだすのはまったくこの大陸に限られることであるのは明白、その理由については哲学者の判断を俟つことにしよう。ただ、ときおり岩場に打ち上げられる鯨を捕獲することはあって、平民はその味を好む。この鯨というのはとても大きくて、人ひとりで肩にかつげるものではないが、物珍らしさゆえに籠でローブラルグラッドまで運ばれてくることがある。そうしたものの一頭が珍味として国王のテーブルの皿に載っているのを眼にしたことがあるのだが、国王の好物とは見えなかったし、むしろその大きさに厭気がさされたのかもしれないが、私自身はグリーンランドでもっと大きい奴を見たことがある。

　この国には都市が五十一、城壁のある町が約百、それにおびただしい数の村があって、人口は十分である。読者の好奇心に答えるためにはローブラルグラッドの説明をすれば十分だろう。この都市は真ん中を流れる河の左右にほぼ等しく展開している。その総戸数は八万強。長さは三グロングラング（イングランドの約五十四マイル相当）、幅は二・五グロングラング、これは欽定地図で私自身が計測したものであるが、長さにして百フィートもあるこの地図を特別に私のために地面に拡げてもらい、数度にわたって裸足で直径と周囲を歩いてまわり、比例計算をしてほぼ正確な数字を出したものである。

国王の宮殿は整然とした建造物ではなく、周囲およそ七マイルの雑多な建物が集まったもので、主要な部屋はおおむね高さ二百四十フィート、幅及び長さはそれに準じている。グラムダルクリッチと私には馬車が一台認められていたので、家庭教師に連れられてよく町を見に出かけたり、店を廻ったりすることになり、私も必ず箱ごと仲間に加わったが、彼女は私が望むと頻繁に外に出して、掌にのせ、通りを行く人々や通りがかりの家並がよく見えるようにしてくれた。この馬車の広さはウエストミンスター・ホールくらいはあると思ったが、高さはそれほどでもない、とは言っても、正確は期しがたい。ある日のこと、この家庭教師が御者に何軒かの店先で停めさせると、そういう機会を狙っていた乞食たちが馬車の両側にどっと取りついて、ヨーロッパの人間が見たこともないような凄惨な修羅の光景を呈することになってしまった。ある女は胸に腫瘍ができて、それが巨怪な大きさに脹れあがり、しかも穴だらけで、私など簡単に這い入って全身を隠してしまえそうなものまで二つや三つはあった。首筋に羊毛袋五つ分よりも大きい瘤のできている奴もいるし、両足とも二十フィートを越える木の義足の奴もいた。しかし、何よりも顔をそむけたくなったのは、彼らの着ているものの上を這い回る虱で、顕微鏡でヨーロッパの虱を見るのよりも何倍もはっきりと、この眼でこの害虫どもの手足と、豚のように餌をあさる鼻づらを拝めるのだ。こんなものを見たのはそれが初めてで、ちゃんとした器具さえあれば（残念ながら、船に置き忘れた）、そのうちの一匹を解剖してみたくなったのかもしれないが、吐き気のしそうな光景ですっかり胃がおかしくなってしまった。

御妃様が、私のふだんの移動に使う大きな箱のほかに、旅の便宜を考えて、十二フィート四方、高さが十フィートの小型の箱を作るように命じられたのは、元々の箱がグラムダルクリッチの膝にのせるには大きすぎて、馬車の中でかさばるからだったが、今度も同じ職人で、私が作業全体の指図をした。この旅の小部屋は正方形で、三つの面の中央に窓を作り、長旅での事故を防ぐために、外側から針金の格子がはめてあった。四番目の窓のない側には頑丈な留め金が二つつけてあって、私が馬に乗りたいと思ったときなど、運び役がそこに鞁帯を通して腰のところに固定する。グラムダルクリッチの体調が悪いときには、私の信頼できる謹厳実直な召使がいつもこの役目を引き受けて、国王、王妃の巡幸について行ったり、庭園を見に出かけたり、宮廷の名だたる貴婦人や大臣に会いに行ったりした。私がじきに高位高官たちにも知られ、大事にされるようになったのは、私自身の取柄からというよりも、両陛下の寵愛によるものであったろう。旅に出たときに馬車に疲れてしまうと、馬に乗った召使が私の箱を腰のところにゆわえて、すぐ前のクッションの上に置いてくれる、すると三方の窓から三方の田園の風景が楽しめる。この小部屋には野外用ベッドと天井から吊したハンモックの他に、床にネジで留めた椅子二つとテーブルが入れてあったが、それは馬や馬車の揺れで動き回るのを防ぐためであった。もっとも、こちらはずっと航海に馴染んできたのだから、こうした動揺がときたま激烈になろうとも、たいして取り乱すことはなかった。

町が見たくなるといつも旅行部屋を使ったが、グラムダルクリッチがそれを膝に載せて、この国特有の覆無し御輿に坐り、それを四人の男がかつぎ、御妃様の御仕着姿の男が二人つき従うという手順であった。何度も私の噂を聞いていた民衆がとても物珍しそうに御輿のまわりに押し寄せてくると、彼女はそれに答えて担ぎ役を停め、私を掌に載せてもっとよく見えるようにするのであった。

私は大寺院が、とりわけこの王国随一の高さと言われるその塔が見たくてならなかった。そこで、ある日、乳母君にそこへ連れて行ってもらったのだが、正直なところ、失望して帰ってきた、というのは、地面から尖塔のてっぺんまで三千フィートを越えるものではなく、この国の人間の大きさとヨーロッパのわれわれの大きさの違いを考慮すると決して驚嘆するほどのものではないし、比率からすると(私の記憶ミスでなければ)ソールズベリー聖堂の尖塔に及ぶものでもないからだ。しかし、命ある限りその大恩を忘れることのできないこの国に難クセをつけるつもりはないので、この名高い塔が高さにおいては欠けるにしても、その美しさと力強さはそれを補って余りあることを認めておく。なにしろ壁の厚さはおよそ百フィート、ひとつが約四十フィート平方の切り石で出来ており、四面のあちこちにある壁龕には等身大よりも大きい大理石の神々の像、皇帝の像が飾られている。そうした像のひとつから落ちて屑の中にまぎれていた小指の長さを測ってみると、なんとぴったり四フィート一インチだ。グラムダルクリッチはそれをハンカチにくるみ、ポケットに入れて持ち帰って、とりとめもない宝物の仲間入りをさせた。これくらいの年齢の子どもの通例として、この少女もそういうのが大好きだったのだ。

国王の厨房も立派な建物で、いちばん高い所は丸天井、その高さは約六百フィートある。大かまどはセント・ポール寺院の丸屋根よりも十歩分幅が狭い、というのは帰国後わざわざ測ってみたからだ。しかし、台所の火格子や、途轍もない大きさの鍋と薬罐、肉ごと回る焼串等々の話を始めたら、まず本気にしてもらえないだろうし、厳しい人になれば、旅行者がとかくやることで、私も多少誇張が過ぎるくらいに思いかねないだろう。そういう批難をかわそう

▼として、私は逆の極端に走りすぎたかもしれないのであって、もしかりにこの文章がブロブディンナグ(この王国の名称)の言葉に翻訳されて送られでもしたら、当然ながら国王からも民衆からも、この表現は嘘だ、矮小化だ、我々を傷つける気かと不満が噴出するだろう。
陛下の厩舎の馬の数が六百頭を越えることはまずなく、一頭の背丈は四十四から六十フィートというのが一般的だ。
▼しかし、何か厳粛な儀式にお出かけになる日には五百騎の護衛兵が従い、その威風堂々の壮観たるや類例のないものと私は思ったが、王の軍隊の隊列を眼にしたときには——それについては、また別の機会にゆずることにしよう。

第五章

筆者にふりかかる冒険。ある罪人の処刑。筆者、航海術を披露。

▼小さいがゆえに幾度かバカバカしくも厄介な事件にぶつかるということがなかったら、私はこの国で十分に幸福な生活を送れただろうが、その幾つかについても語ってみよう。グラムダルクリッチは私をよく小さな方の箱に入れて王宮の庭園に連れて出てくれたが、ときには箱から出して手に載せたり、地面に降ろして歩かせてくれることもあった。ある日のこと、御妃様から暇を出される前の話だが、侏儒の奴があとについて庭園に出て来て、乳母が私を下に

降ろしてくれたので、二人でちっぽけな林檎の木のそばに並ぶことになってしまったが、ここは機知を一発とばかりに、私はちっぽけな男とちっぽけな林檎とやってしまった（わが国でもそうだが、この国でも同じ連想がある）。するとこの悪党は機会を狙いすまして、私が木の下に来たところでそれを揺すったものだから、頭の真上から林檎が十幾つ降ってきて、ブリストルの酒樽くらいの大きさのやつが耳をかすめ、体を屈めた途端にドスンと背中に一発命中し、顔からべったり地面に叩きつけられてしまったものの、他にはまったくの無傷ですんだ。けしかけたのは私の方なのだから、こちらから申し出て、侏儒は無罪放免にしてもらった。

　また別のある日のこと、グラムダルクリッチは私をなめらかな芝生の上に降ろして勝手に楽しむにまかせ、自分は家庭教師と少し離れたところを散歩していたことがあった。すると突然猛烈な雹が降りだして、私はあっと言うまにその力で地面に叩きつけられてしまい、しかも倒れた私の体中を、あたかもテニス・ボールをぶつけるかの如くに、雹の粒が情容赦なく打ってきたが、それでもなんとか四つん這いになって麝香草（じゃこうそう）の花壇の風下に逃げ込み、うつぶせになって難を逃れはしたけれども、頭のてっぺんから爪先まで傷だらけ、十日は外にも出られなかった。しかし、これとても驚くに値しないのは、この国では自然の現象もすべて同じ比率を守るわけで、雹ひとつをとってみてもヨーロッパのそれの千八百倍近くもあることは、興味を抱いて自分でその重さ、大きさを測ってみたのだから経験的にも断言できる。

　しかし、この同じ庭園でもっと危険な事件が起きたのは、小さな乳母君が私を安全な場所に置いたつもりになって（よく、そうしてくれと頼んだのは、ひとりで考えごとができるから）、そして面倒だからと言って私の箱を置いてきたまま、家庭教師や他の知り合いの婦人たちと庭園のどこか別のところに行ってしまったときのこと。こちらの声が

▼届かないところに彼女が行っているうちに、庭師の一人が飼っている白いスパニエル犬が何かのはずみで庭園にもぐり込んで、私のいる近くまでやって来た。この犬は匂いを嗅ぎつけると、真直ぐこちらへ近づいて来て、私を口にくわえ、尻尾を振り振り主人のところに駆けていって、そっと地面に降ろした。幸いにも躾のよくできた犬であったので、歯の間にくわえられても怪我ひとつなく、衣服も破れはしなかった。可愛想なのは庭師の方で、私のことをよく承知していて大切にしてくれていたこともあり、縮み上がってしまった。彼は両手でそっとすくい上げて、どうしたと訊くけれども、こちらも茫然として息切れだから物も言えない。二、三分もして落着くと、彼は無事に乳母のもとに届けてくれたが、彼女の方は、私を置いておいた場所に戻ってみても、姿は見えない、呼んでも返事がないで半狂乱になっていて、犬の飼い主の庭師にえらい剣幕でかみついた。もっともこの件は表沙汰にはならず、話が宮廷に広まることもなかったのは、少女にしても御妃様の怒りが恐いし、私にしてもそんな話が広まって名誉になるわけではなかったからだ。

この事件以降グラムダルクリッチは、外では決して私から眼を離すまいと決心した。私は前々からこういう覚悟を恐れていて、ひとりきりのときに起きたあぶない出来事を幾つか隠してきたのだが。一度など庭園の上空を舞っていた鳶が私をめがけて急降下してきたから、こちらも決然と短剣を抜いて、繁った果樹棚の下に走り込まなかったら、きっとあの爪でさらわれていただろう。また別のときには、出来たての土鼠塚の頂上に向かっているうちに、土鼠が土を運んだ穴に首まですっぽりはまってしまい、服を汚した言い訳に今更どうでもいいような嘘をついたこともある。イングランドに思いをはせつつ一人散策しているうちに蝸牛の殻にけつまづいて、右の脛を折ったことも。

面白かったと言うべきか、屈辱的と言うべきか、そうして一人で散歩していても小鳥たちは全然怖がらないどころか、一ヤードもないところで、あたかも近くに生あるものは無きかの如くに平然と安心しきってぴょんぴょんと虫や餌を探していた。そう言えば、グラムダルクリッチが朝食用に渡してくれたばかりのケーキ片を、図々しくも私の手から嘴でさらって行った鶫もいた。ところがこういう鳥を摑まえようとすると、奴等は生意気に反抗してこちらの手をつっこうとするから、下手に鼻先には手が出せず、そうなると、前と同じように知らんぷりして虫や蝸牛を探し続ける。しかしある日、太い棍棒をひっぱり出して、一羽の鶸に渾身の力で投げつけたら、ゴツンとあたってのびたので、両手でその首をわし摑みにして、意気揚々とわが乳母のもとへ走った。ところがこの鳥め、実は気絶していただけで、ハッと我に帰るや、こちらは腕を伸ばして摑んでいて爪が届くわけでもないのだが、その翼で私の頭の左右、体の左右をポカスカ殴ってくる、まあ二十度は離してしまおうかと思った。しかし、じきに召使のひとりがこの鳥の首をひねってくれて、翌日は御妃様の御達示でこれを食することとなった。記憶するかぎりでは、この鶸はイングランドの白鳥よりも少し大きいくらいであった。

女官たちはグラムダルクリッチをよく部屋に呼び、私を見物しよう、さわってみようという魂胆から一緒に連れて来るように要望した。彼らは私をよく頭のてっぺんから爪先まですっぽんぽんにして胸の谷間にそのまま挟んでくれたりするのだが、たまったものじゃない、その肌より強烈な悪臭が漂うというのが実情で、もちろん小生としては尊敬おくあたわざるこの貴婦人連を貶めるつもりはなく、そのために言っているわけでもないが、体が小さいのに応じてこちらの嗅覚が鋭いだけのこと、このやんごとなき方々は恋人には、またお互い同士では不快でもなんでもないのだろう。同じ地位にあるイングランドの人々と変わりはしない。それにしても、自然の体臭のほうが彼らの使う香水よりもずっとましであって、その香水を嗅いだ途端に私は悶絶した。リリパットにいたときの話に戻るが、ある暑い日のこと、私がさかんに運動をしていると、仲の良かったある人物がそれにしてもひどい臭いだと言いだしたことがあって、別に大半の男以上にひどいわけではないのだが、思うに、私のと較べると彼の嗅覚力は随分鋭かったのであろう、この国の人々の嗅覚力と較べると、私のがそうであるように。この点については、主である御妃様にも、乳母たるグラムダルクリッチに対しても正当な評価をすべきであって、二人ともイングランドのいかなる女性にも劣らぬほど素敵であった。

わが乳母に連れられて女官たちを訪ねた場合、そこでいちばん困ったのは、礼儀のことなどいっさいお構いなしに、私を意味無きものの如くに扱ってくれることであった。つまり私の眼の前で彼女たちは素っ裸になり、下着をつけるのだが、こちらは化粧台に載せられてその裸体を見つめることになるものの、とても眼福どころじゃない、恐怖と嫌悪の情をかきたてられる以外の何者でもなかった。近くで見るとその肌はザラザラ、凸凹、その色は何色とも言い難く、お盆大のホクロが点在、そこから垂れる毛は荷作り紐よりも大にして、体の他の部分については言うべき言葉もない。更にさらに、私がそばにいるにもかかわらず、口から飲んだものを、その容量三トンを越える器に少なくとも酒樽二杯分を何もためらわずに放流してしまう。女官たちの中でもいちばん可愛いい、お茶目な十六歳の娘がときどき小生を乳首にまたがらせたり、その他いろいろと悪戯をやらかすのであるが、詳しくは書けません、チン謝。しかし、ともかく大変不快であったので、もうこの娘には会わなくてすむ口実を考えてくれるようグラムダルクリッチに懇願する騒ぎになった。

ある日のこと、わが乳母の家庭教師のいとこにあたる若いジェントルマンがやって来て、是非とも処刑を見に行こうと誘う。彼の親友のひとりを殺した男の処刑だという。生まれつき気立てのやさしいグラムダルクリッチは、さんざんに渋った揚句に説きふせられて一行に加わり、私自身はそういう見世物は大嫌いなのだが、好奇心につられて、この尋常ならざるものを見てみようという気になった。罪人は特別に作られた断頭台の椅子に縛られていて、およそ四十フィートの剣の一撃で頭を落とされた。動脈静脈がすさまじい量の血を空高く噴きあげ、その持続時間はヴェルサイユの大噴水も遠く及ばぬほどであり、断頭台の床に落ちた頭は大きく跳ねあがって、少なくともイングランド流の一マイルは離れていた私まで跳びあがった。

私が航海の話をするのをよく聞いて下さり、沈んでいると必ず気をまぎらわそうとして下さった御妃様から、帆や櫂の扱い方を承知しているのか、少しは漕ぐ運動をする方が健康によくないかとの御言葉があった。いずれの扱い方も心得ておりますと、私は返事をした。本来の仕事は船医であったけれども、緊急時には普通の船乗りとしても働くしかなかったから、覚えてしまったのである。しかしこの国では、最小の艀にしてもわが国の第一級の戦艦に相当するし、私のあやつれるボートなどこの国の河ではひとたまりもないはずだから、どうして技を披露したものか弱っていると、御妃様が、もしボートの設計ができるのなら、指物師に作らせよう、走らせる場所も用意しようと仰有った。その指物師というのはえらく腕のいい職人で、私の指図に従って十日もすると、ヨーロッパならば八人は楽に乗れる遊覧ボートを装具一式付きで仕上げてしまった。その仕上りをご覧になって大喜びされた御妃様は、それをスカートの襞に包んで国王のもとに走られ、国王は水槽に水を入れて、試しに私を乗せてみろと命令なさったが、なにしろ狭すぎて二本のスカル(小形の櫂)を操ることもできやしない。しかし御妃様は別の計画をすでに練っておられた。指物師に長さ三百フィート、幅五十フィート、深さ八フィートの木の水槽を作るように命じておられ、水漏れを防ぐためにピッチを十分に塗ったあと、それが宮殿の表の部屋の壁沿いに置かれていた。底の方に栓がひとつあって、水が澱んでくると排出できるようになっており、あとは召使二人が半時間もかければ楽々一杯になる。私は気晴らしにここでよく漕いだが、それは御妃様や女官たちの気晴らしにもなったようで、私の巧みさ、敏捷さに大の御満悦であった。ときたま帆を揚げると、あとは舵をとるだけ、女官たちが扇で風を送ってくれる。女官たちが疲れると、小姓の何人が帆に息を吹きつけてくれるので、面舵、取り舵、気の向くままに腕を見せるだけであった。終わると、必ずグラムダルクリッチが私のボートを小部屋に持ち帰って、釘にかけて乾かしてくれた。

あるときこの運動の最中に、あやうく命を落としかねない事故に出会ったことがある。というのは、小姓のひとりが私のボートを水槽に入れてくれたあと、グラムダルクリッチ付きの家庭教師が頼まれもしないのに、私をつまんでボートに乗せようとしたのだが、私がその指の間から滑り落ちてしまい、もし万に一つの幸運のおかげで、この善き女の胸衣に刺してあった大型ピンにひっかかっていなかったら、このピンの頭が私のシャツとズボンの腰帯の間に入って、グラムダルクリッチが救出に飛んで来てくれるまで宙吊りになっていなかったら、きっと四十フィート下の床に墜落していたはずだからである。

別のあるときには、三日に一度水槽に新しい水を入れ換える役になっていた召使のひとりが、不注意にも桶から大きな蛙を流し込んでしまった(気がつかなかったのだろう)。この蛙の奴は私がボートに乗り込むまで隠れていて、それから、お誂えむきの休憩所だと見てとると、やおらよじ昇ってきて、一方にひどく傾げたものだから、こちらは反対側に移動して全体重で転覆しないようにバランスをとる破目になった。しかし一度乗り込んでくると、一度にピョンとボートの長さの半分は跳ぶ、私の頭越しに前に後に跳ぶ、そして顔といわず衣服といわず、あのおぞましい粘液をひっかけてくる。その面の大きいこと、想像の及ぶ最も醜怪な動物と言うしかなかった。それでもグラムダルクリッチには、自分ひとりで相手をさせてくれと頼んだ。そしてスカルの一本でしばらくの間ボコボコに殴り倒して、ついにボートから追い出した。

▼

だが、あの王国での最大の危険といえば、厨房係のひとりが飼っていた猿である。グラムダルクリッチは何かの用か、ひとに会いに行くかで、私を小部屋に残して鍵をかけていった。ひどく暑い日のことで、小部屋の窓が開けてあったし、大きくて便利なのでいつも使っている大きい方の箱の窓とドアも開けたままになっていた。テーブルに向って静かに考えごとをしていると、何やら小部屋の窓から飛び込んで来て部屋をあちこち走り回る物音がするので、坐ったまま外に眼をやると、このふざけた動物が跳んだりはねたり、しまいには私の箱のそばまで来てさも面白そうに、珍しそうにドアと窓から中を覗き込んだ。私は部屋の、つまり箱の隅に避難したものの、猿が四方から覗き込むものだからすっかり動転して、何でもないはずなのに、ベッドの下に身を隠す心の余裕さえなかった。猿はしばらく覗いたり、歯をむいたり、騒いだりしていたが、とうとう私の姿を見つけると、鼠をもてあそぶ猫がやるようにドアから前足の片方を突っ込んできて、こちらは位置を換えてなんとか逃げてはいたものの、とうとう上着の垂れ下りを摑まれて(この国の絹でできているから、やたらと厚手で丈夫なのだ)、ひきずり出されてしまった。猿は右の前足で私を摑み、乳母が子どもに乳を飲ませるような格好をする(ヨーロッパで同種の生き物が仔に同じことをするのを見たことがある)、もがこうとするときつく押さえてくるから、大人しくしているほうが利口というもの。もう一方の前足で何度もやさしく顔を撫でてくれることからすると、私のことを同類の仔と思い込んでいるようだ。このおふざけも小部屋のドアのところで誰かが開けるような物音がして中断し、猿は突然入って来た窓口に跳びあがり、私を摑んだまま三本足で窓枠と雨樋いをつたわって、隣りの屋根によじ登ってしまった。私がさらわれる瞬間にグラムダルクリッチの悲鳴が聞えた。可愛相に彼女は半狂乱で、王宮のその一角も大騒ぎとなり、召使たちは梯子を取りに走ったが、当の猿のほうは宮廷の何百人かの環視の中で棟にぺたりと坐ったまま、片方の前足で私を赤ん坊のように抱え、もう一方で、片側の頬の袋からひねり出した食べ物を口へ押し込み、私が食べないとポンとひっぱたくものだから、下に集まった野次馬どもの笑うこと。もっとも、その彼らを責めるわけにいかないのは、私以外の者にとっては確かに滑稽千万の光景であったからである。中には猿を下に降ろそうとして石を投げる者もあったが、私の頭が潰れてしまいかねないとして、これは厳禁となった。

梯子を立てかけて何人かが登り始めると、それを見て包囲されたと判断した猿は、三本足では敏捷に動きがとれないので、私を屋根瓦の上に残して逃げてしまった。私は地上五百フィートの高さに、今にも風に吹き飛ばされるか、それとも眼が眩んで棟から軒先へ転げ落ちるかと思いつつ、しばらく坐っていた。しかし、わが乳母の従僕のひとりである正直な青年が上にあがって来て、ズボンのポケットに入れて無事に下に降ろしてくれた。

猿の奴に咽喉に詰め込まれた汚ない食べ物のおかげで窒息しそうになっていたのだが、わが乳母君が小さな針でそれを口からほじくり出してくれ、そのあと吐いて、ほっとした。それでも、このおぞましい動物に脇腹をしめつけられて衰弱し、怪我もしていたので、二週間も起きあがれなかった。国王、王妃、それから宮廷の人みなが毎日見舞いの使いをよこされ、御妃様にいたっては病中何度か足を運んで下さった。件の猿は殺され、宮殿内でかかる動物を飼うことはまかりならんという布告が出された。

体が元に戻ったあとで、御心遣いへの御礼を言上するために伺候したところ、国王はこの冒険のことで小生をさんざんにからかわれた。猿の手に抱かれて何を思い考えたかとか、猿のくれた食物の味はどうだった、あの喰わせ方をどう思う、屋根の上でいい空気にふれて食欲が出たかとか。おまけに、おまえの国であのいう事態にたち到ったらどうしたかともお尋ねになる。私は陛下に、ヨーロッパには珍獣として他から持ち込まれたもの以外に猿はおりません、それも大変小型で、かりに襲ってきましても十匹ひとからげにできますと申し上げた。先だって相手にしました怪物に致しましても(実際に象くらいの大きさはあった)、部屋に前足を差し入れましたときに、わたくしの方が不安のあまり短剣の使用を考えましたなら(そう言いながら、私はキッと睨みすえるようにして、柄を握りしめた)、必ずや深手を負わせ、敵も差し入れるより早く手をひっこめていたでしょう。勇気のほどを疑われてはたまらない、私は毅然とした口調でそう答えた。ところがこの演説の結果は大笑いあるのみ、陛下のおそばの者たちまで慎しみを忘れて笑いをこらえきれなかったのだ。これよりして想うに、ひとたるもの、いかなる比較も用をなさない者たちを相手にして名誉を保とうとしても空しいのだ。ところがイングランドに帰って以来、この行動の教える教訓を私は何度この眼にしたことか。そこでは家柄も人柄も、知恵も常識もからきし持ち合わせない呆れはてた下司どもが、偉そうな面をして、王国きっての偉人たちと肩をならべようとする。

私は宮廷に日々滑稽な話題を提供していたわけで、グラムダルクリッチは私を過ぎるほどに可愛いがる一方で、御妃様の気晴らしになりそうなへまを私がやるたびに御注進に及ぶという茶目っ気もそなえていた。その彼女の体調が良くなくて、良い空気を吸わせるために、家庭教師が町から三十マイル、時間にして半時間くらいのところまで連れて出たことがあった。二人はとある畑の小さな畔道のところで馬車を降り、グラムダルクリッチが旅行用の箱を下に降ろしてくれたので、私も散策にでかけた。その道の真ん中に牛の糞があった、となると、それを跳び越えてわが運動能力を試してみるしかない。私は助走をつけて、跳んだ——跳んだが距離足らずで、そのド真ん中に膝まですっぽり着地した。私はうんうん言いながら糞をけちらして渡り切り、従僕のひとりにきれいに拭きとってもらいはしたものの、汚物まみれとはこのことで、帰宅するまで乳母君に箱に幽閉され、宮廷ではことの噂がじきに御妃様の耳に届き、従僕どもが宮廷中に触れ回ったおかげで、それから数日は私を虚仮にして大笑いであった。

第六章

筆者の考案数点、両陛下のお気に召す。音楽の技を披露。国王よりヨーロッパの情勢についての質問があり、それに答える。それに関する国王の見解。

週に一、二度朝の謁見というのがあって、出かけてみると、国王はよく理髪師に手入れをさせておられたが、初めのうちは見るだに恐ろしい光景であった。なにしろ剃刀がなみの大鎌の二倍くらいはある。陛下の剃髯は、この国の習慣で、週に二回と決まっていた。私はあるときこの理髪師を説得して、石鹸泡を少しだけ分けてもらい、そこからごわごわの剃毛を四、五十本拾い出した。そのあと肌理の細かい木片を手に入れて、それを櫛の背のように削り、グラムダルクリッチからなるたけ小さな針を貸りうけて、等距離に穴を幾つかあけた。その次はナイフを使ってその毛の先が細くなるように削ってから、器用に植えつけて、まずまずの櫛の完成となったが、前のは随分と歯が欠けて役に立たなくなっていたこともあり、ちょうどいい代用品となった。もうひとつ別のをこしらえてくれるほど器用で精密な仕事のできる職人がこの国にいるとは思えなかった。

それで思い出すのは、暇潰しにやっていたお遊びのことである、私は御妃様の侍女に陛下が髪をお梳きになったのを集めてほしいと頼んでおいて、それをたっぷり手に入れ、次には、私のためにこまごまとした仕事をするようにと命令を受けていた仲良しの指物師と相談の上、私が箱の中で使っているのと同じくらいの大きさの椅子枠を二つ作って、背の部分と坐る部分になるはずの周囲に細い錐で穴をあけてもらい、なるたけ丈夫そうな毛を選んでそこに通し、イングランドの籐椅子風に編み上げた。完成したところでそれを御妃様に献上すると、飾り棚に並べて置かれ、珍しい宝として見せておられたが、事実それを見た人には驚異以外のなにものでもなかった。御妃様は椅子のひとつに私を坐らせようとなさったが、陛下の頭を飾った勿体ない尊髪の上にわたくしの身体の忌むべき部分を載せますよりも一千の死を良しと致しますと申し上げて、断固お断りした。同じ髪の毛で(私は元来手先が器用にできている)長さが五フィートくらいのこじんまりした財布も作り、金文字で陛下の名前を入れ、お許しを得て、グラムダルクリッチに与えたこともある。実のところそれは、大きめの貨幣の重みに耐えるほどの強さはなくて、実用というよりも飾りであったから、女の子の好む小さな玩具以外には何も入れてなかった。

国王は音楽を喜びとされて、宮廷でも頻繁に音楽会が催され、私もときおり連れて行かれて、テーブルの上に箱を置いてもらって聴いたのだが、ともかく大きな騒音と言うしかなく、曲を聞き分けるどころではなかった。近衛隊の太鼓とトランペットの全部をすぐ耳元でいっせいにやられたとしても、この比ではない。私は箱を、演奏者たちの坐るところからなるたけ離して置いてもらい、ドアも窓も閉めきり、窓のカーテンも引くようにしていたが、それで初めて不愉快ではない程度になるのであった。

私は若い頃に少しスピネットを習ったことがある。グラムダルクリッチの部屋にもそれが一台あって、週に二度先生が教えに来ていたが、それをスピネットと呼ぶのは多少楽器の形が似ているうえに、同じような弾き方をするからだ。この楽器でイングランドの曲を弾いて王と王妃に楽しんでいただこうという思いが脳裡をかすめた。しかしこれが至難の業にみえたのは、スピネットとは言っても大体六十フィートの長さがあるし、鍵盤ひとつの幅が一フィートとなると、この両腕を一杯に広げても鍵盤五つ以上は届かないし、それを押すのには拳骨で思いきり殴るしかなく、それにしても骨折り損の草臥もうけというところだろう。考えついたのは次のような方法だ。普通の棍棒くらいの大きさの丸い棒を二本用意し、一方の端を反対側よりも太くし、その太い方の端を鼠の皮でおおってやると、それで叩いても鍵盤はいたまないし、音が割れることもない。スピネットの前に鍵盤よりも四インチほど低いベンチを置いてもらい、私はそこに載せてもらった。私は全速力で右に左にその上を駆け回って二本の棒で鍵盤を叩き、なんとかジグを演奏して両陛下には大いに御満足いただいたものの、こんな激しい運動はついぞやったことがなかったし、十六以上の鍵盤は叩けないから、結果として他の奏者のように低音と高音を一緒に弾くわけにはゆかず、わが演奏にとっては大変な不利となってしまった。

前にも述べたように、この国王は実に聡明な方で、私を箱ごと連れて来て、小部屋のテーブルの上に置くようにと何度も申しつけられた。そのあと、箱から椅子をひとつ持って出て、三ヤードと離れていない戸棚の上に坐れと仰有る、御尊顔ともう同じくらいの高さだ。こんな風にして、私はこの王と何度も話をすることになった。ある日など、思い切ってというのか、陛下がヨーロッパならびに他の世界に対して示される軽侮の姿勢は御自身の類稀れな知力に

▼そぐわぬようですがとまで申し上げた。理性は身体の大きさに合わせて拡大するものではございません。それどころか、われわれの国では、大男理性に恵まれずと申します。他の動物の場合にも、蜜蜂や蟻のほうが大型のものの多くより勤勉、器用、利口という評判です。陛下はわたくしを取るに足らぬ者とお考えのようですが、いずれの日にか大手柄をたててご覧にいれましょう。王はじっと聞いておられて、それまでよりも私の評価をずっと高くされ始めた。そして、イングランドの政治についてできるだけ正確に説明せよと仰せられたのは、君主たる者、えてして自国の習俗を良しとしがちではあるものの（それまでの私の話から、他の王侯もそうだと推測されたのだ）、真似するに値するものの話ならば喜んで聞いておきたいとのお気持ちからである。

▼　読者よ、おのがじし想像していただきたい、わが愛する祖国の讃美を、その美点、その浄福にふさわしい調子で謳いあげるデモステネス、キケロの雄弁をいかに渇望したことか。

▼　話の初めにまず陛下に申し上げたのは、わが領土は二つの島よりなり、そこに一人の主権者の統べる三つの王国があり、他にアメリカの植民地があるということ。土地の豊饒、気候の温和についても縷々述べた。次にはイングランドの議会制度について詳しく説き、その一半は貴族の院という名誉ある組織で、やんごとなき血筋と由緒ある豊かな財産を世襲した人々からなることを言った。彼らの教育については、文武両面ともに並外れた配慮がなされ、国王及び王国の代々の顧問たるべき資格を身につけ、立法に関与し、それから先はない最高法院の一員となり、一旦事あれ▼ばその勇気、指導力、忠誠によって君主と祖国を護る戦士となることを説明した。この人々こそ王国の華、防壁であり、名誉をその徳行の報酬とした栄えある祖先に連なる者であって、一人たりともそこから堕落した者はない。これらの人々に、主教の称号をもつ聖職者が幾人か議会の一部として加わるが、その務めは宗教の護持、民衆に宗教を教

える者の監督である。この人々は君主と賢明なる顧問団によって国中から探し求められ、聖職者の中でもその生き方の高潔なること、その学殖の深遠なること、他の追随を許さぬ者であり、聖職者ならびに民衆の霊的な父でもある。

議会の他の一半を構成しているのは庶民院と呼ばれる集団で、その優れた能力と祖国愛のゆえに、民衆の手で自由に選り抜かれたジェントルマンの鑑とも言うべき人々であり、全国民の叡知を代表する。そしてこの二つの団体がヨーロッパ随一の権威ある集団を構成しており、それと君主とにすべての立法権がゆだねられている。

私は次に裁判所に説き進み、これは裁判官が、すなわち法を守る賢人にして釈義者である人々が掌り、係争中の権利や財産に黒白をつけ、悪を罰し、無実を保護するものであるとした。財務省の慎重な政策、海陸両軍の勇猛と勲功にも触れた。各宗派、各党派にそれぞれ何百万が所属しているかを計算して、民衆の総数もはじきだした。娯楽、気晴らしはおろか、わが国の名誉になりそうなものはどんな些細なことでも漏らさなかった。そして最後に、過去百年ほどのイングランドの事件、出来事の歴史を手短かにまとめて締め括りとした。

こうした話は、一度が数時間にも及ぶ謁見五回を要してまだ終わらなかったが、国王はその全体を熱心に傾聴して下さり、しばしば私の説明を書き留め、質問すべきことのメモを取っておられた。

この長い御進講を終えたところで、第六回目の謁見のおり、陛下はそのメモをご覧になりながら、すべての項目について数多の疑問、質問、異論を提示なさった。若い貴族の心身を陶冶するにあたっていかなる方法が講じられ、最初の教育期には普通何をして過すのか。ある貴族の家系が断絶となった場合、議会の欠員の補充はいかなる方策によるのか。新たに貴族に叙される者はいかなる資格を必要とし、君主の気紛れ、女官や宰相への賄賂、公益に反する党派の強化計画などが昇進の動機となったことがあるのかどうか。同胞の財産について最終の決定を下す貴族たちは、国の法律についてどれだけの知識を持っているのか、また、如何にしてそれを得たのであるか。彼らはつねに貪欲、偏愛、欲望とは縁がなく、賄賂や不正な思惑のつけ込む余地はないのかどうか。私の言う聖職にある貴族たちは必ずや宗教にかかわる知識と高潔なる生き方のゆえにその地位に昇ったのであって、一介の牧師であったときに時代に迎合したり、いずれかの貴族の娼婦奴隷的な牧師をつとめ、議会に席を占めたあとも卑屈な手下であり続けるということはないのかどうか。

次に国王は、私が庶民院の議員と呼んだ人々の選び方を知りたいと仰せられた。たとえ得体の知れぬ者でも重い財布さえ持っていれば、一般の投票人を動かして、地主よりも、あるいは近在の名望あるジェントルマンよりも、自分を選ぶようにできはしないか。俸給も年金もいっさいなく、苦労と出費のみ多くして、破産にいたることもままあるというこの議会に入ろうとして人々が血道を上げるのはなぜなのか。これでは仁徳と公共の精神の溢れすぎと見えたのか、陛下はこれは誠実一辺倒ではあるまいと疑われて、この意欲満々のジェントルマンたちも実は暗愚の悪王の意に沿って、腐敗した閣僚ともども公の利益を犠牲とし、使った金とした苦労の穴埋めをしようと考えているのではないか、そこを知りたいとも仰せられた。陛下の質問は多岐にわたり、徹底してこの問題の隅々にまで及んだ。その質疑、反論は数知れなかったが、それをここで繰返すのは賢明を欠くだろうし、場違いでもある。

裁判所について申し上げたことにも、陛下はまだ幾つか納得がいかないとして説明を求められたが、私自身かつて大法院での長期にわたる訴訟のために、結局こちらに有利な判決が出たものの、破産寸前まで行ったことがあったので、これはなんとか切り抜けられた。陛下の質問は、白黒の判断を出すのに普通どれだけの時間がかかるのか、どれだけの経費がいるのかということであった。さらに、弁護士や申立人は明らかに不正、濫用、残酷と分かっている場合でも弁護する自由があるのか。宗教及び政治上の党派が正義の天秤を傾けることがあるのかどうか。弁護に立つ申立人は衡平法の知識を一般的にもつ人間なのか、それともその地方、民族、地域の習慣しか知らない人間なのか。彼らもしくは裁判官は、そもそも法律の起草に参画していて、それを好きなように解釈、註釈できると思っているのか。同じ訴訟事件に対して、時に応じて可否の申し立てを使いわけ、同じ前例を引用して正反対の意見を通そうとしなかったか。これらの人々は金を稼げるのか、それとも清貧なのか。自説を申し立て、開陳して金銭的報酬を受けとるのか。それからとくに、彼らは庶民院の議員として承認されるのか、といったことであった。

次の話題は財務省のあり方で、陛下は、おまえは記憶違いをしているはずだ、一年間の税収を約五、六百万ポンドと計算しておきながら、あとで歳出の話になると、その額が何度か二倍以上にふくらんだ、この点について詳細なメモを取ったのは、おまえたちのやり方を知っておけば役に立つと思ったからで、計算間違いをしているはずはないと仰せになる。さらに、かりにおまえの言うことが本当だとしても、なぜひとつの王国が私人のように破産してしまうのか、解せない、とも。そして、債権者とは誰のことだ？　その債権者に払う金をどう工面するのだ？　と御下問になる。やたらと金のかかる大戦争が幾度も、と申し上げると、陛下は啞然とされて、おまえたちはよほどの喧嘩好きなのか、隣国がよほど性悪なのか、それに将軍たちの方が国王たちよりも裕福であるのに違いないと仰有った。貿易をする、条約を結ぶ、艦隊で海岸線を護るというのならともかく、それ以外に島を出て何をするのだ、というお尋ねもあった。何よりも陛下が仰天されたのは、平和な時代で、民衆は自由ではあっても、常備軍を傭っているという話をしたときだ。自分たちの選んだ代表者を介して合意による統治が行なわれているというのに、一体誰を恐れ、誰と戦うのか想像もつかない、私人の家にしても、そこいらの通りで安い金でつい拾って来た、百倍の金を積まれたら家族の寝首をかきかねない悪党五、六人に守ってもらうよりは、本人、子ども、その家族で守る方がましではないか、おまえはどう思っているのだ、と。

また、おまえの国の宗教と政治の党派幾つかから引き出した数字を使って民衆の数を計算するというのは奇妙な算術(そう呼ばれた)だなと言って、お笑いになった。社会に敵対する思想をもつ者になぜその変更を迫るのか、なぜそれを胸の内にしまっておくように迫らないのか、いずれも理由が解せないとも仰有った。政府の側が前者を要求するのは圧政であり、後者を迫らないのは弱腰というものだ、なぜならば、自分の部屋に毒物を隠しておくのは許されるとしても、それを強壮剤として売りさばくのは許されないからだ、と。

わが国の貴族ならびにジェントリーの気晴らしのひとつとして賭け事をあげたことも、陛下の注意を引いたらしい。この娯楽は普通何歳で始めて、いつ止めるものかとお尋ねになった。どれだけの時間を費やすものなのか、それが昂じて財産に影響することがあるのかどうか。卑劣な悪党どもが、ギャンブルの腕の冴えを利用して巨万の富を手に入れ、ときには貴族を従えて、悪辣な連中の仲間にひきずり込んだり、知性を磨くのをすっかりあきらめさせたりし、さらに損をしたのを逆手にとって、この忌わしい技をみずから覚え、他人に仕掛けるようにしむけはしないか。

過去一世紀間の出来事について歴史に沿って申し上げたときには、陛下はただただ驚愕されて、それでは陰謀、叛逆、殺人、虐殺、政変、追放の山ではないか、貪欲、派閥根性、偽善、不信、残忍、憤怒、狂気、憎悪、嫉妬、強欲、悪意、野望の生み出すまさしく最悪の結果ではないのかと語気を鋭くなさった。

その次の謁見の機会には、陛下は私がそれまでに申し上げたことをわざわざ全部要約なさったあと、御自身の質問と私の答えとを比較なさり、それから私を両手に載せ、やさしく撫でながら、次のように仰有った。そのときの御言葉と口調は決して忘れることのできないものである。我が小さき友グリルドリッグよ、おまえの祖国讃美は実に美事なものであった。無知、怠惰、悪徳こそが立法者に適わしい資格要件であることを、おまえは明確に示してくれた。それらの要件を歪曲し、混乱させ、回避する能力を持ち、またそうすることを利益とする者こそが、法の説明、解釈、適用に最も秀でていることも。おまえたちの国にも制度らしきものは存在し、その元は良しとすべきものであったのかもしれぬが、それも腐敗のために半ばは消失、残る半ばはまったく曖昧模糊と化しているのも分かった。おまえの話から判断するに、おまえたちの国では、何かの地位を確保するのに自分を磨き切ることが必要だとは思えないし、いや、それ以上に、人は徳なくして貴族となり、聖職者は敬虔、学問なくして昇進し、軍人は指揮力、勇気なくして、裁判官は廉直なくして、顧問官は祖国愛なくして、顧問は知恵なくして昇進する。おまえ自身は(と、御言葉が続いた)、人生の大半を旅に過したこともあり、祖国の数多の悪徳をまぬかれておりはすまいかと願いたい気持ちにもなる。しかし、おまえ自身の話と、あれこれ手を尽して絞り出した答えから推察するに、おまえの国の住民の大半は、自然に許されてこの大地の表面を這いずりまわる邪悪を極めたおぞましい虫けらの族と結論するしかない。▼

第七章

筆者の祖国愛。国王に被益すること大なる提案をするも、拒否される。政治に関する国王の大いなる無知。この国の学問の不完全さと幅の狭さ。その法、軍事、政党。

これまでの部分を隠さなかったのは、真実へのひたすらなる愛をおいて、私の行く手を阻むものがないからである。わが怒りを表わそうにも、たちまちに揶揄されて空しく、最愛の高邁なる祖国が悪しざまに言われるにもかかわらず、私はひたすら忍耐するしかなかった。このような事態にたちいたってしまったことについては、私も読者に決して負けぬくらい残念でしかたがないが、ともかくこの国王は細部にいたるまで好奇心、探究心が旺盛で、できるかぎりそれに答えないと恩儀を忘れ、礼儀にもとることになりかねなかったのである。しかし、それはそれとして、自己弁護のために言ってもよいと思うのは、私は国王の質問の多くを巧みにかわし、どの点についても、厳密なる真実の許容するものよりもはるかに都合のよい返答をしたということである。なぜかと言えば、私は祖国に対して褒むべき偏愛を絶やしたことがなく、これこそハリカルナッソスのディオニュシオスが正当にも歴史家に推賞しているものだからである。政治における母の弱さや歪みは隠して、その徳と美をいちばん有利なように見せたい、この君主との度重ななる話し合いの中で私が誠実に貫こうとしたのはこれであるが、不幸にして成功は収めなかった。

しかしながら、他の世界からはまったく隔絶されて生き、そのために他の民族の間で行なわれている風俗習慣についてはおよそ無知でしかない王の場合、そうした知識の欠如が、われわれヨーロッパの教養ある諸国ではまったく見られないような多大の偏見と考えの狭さを生みだしてしまうのは仕方のないことだ。実際に、こんな遠隔の地の一君主の善悪観が全人類の標準として持ちだされたら、それこそきついことになるだろう。

これまで述べてきたことを再確認し、さらに、視野の狭い教育の惨な結果を見ていただくために、とても信じてはもらえないだろうが、以下のことを書き留めておくことにする。それは、陛下のさらなる寵愛を期待して、三、四百年前に発明されたある粉末の調合法の話をしたときのことである。この粉末を集めたものの中に、ごく小さな火花を投じただけで、たとえ山ほどの大きさがあるものでも全体に火がついて、雷をしのぐ轟音と揺れとともに飛び散ってしまいます。真鍮か鉄の空筒に、その大きさに応じて、適量の粉末を詰め込んでやりますと、何物をもってしても抑えきれないほどの猛烈な力とスピードで鉄もしくは鉛の球を打ち出します。こうして発射された最大級の球となると、一瞬にして軍隊ごと潰滅させるどころか、どんなに堅固な城壁も叩き崩し、一千の男の乗り組む艦船も海の藻屑に帰せしめ、鎖でつながれた球ならば帆檣も索具も切り裂き、何百という体を真っ二つし、まさしく荒廃を出現させるでしょう。この粉末を大きな中空の鉄の球に詰め、別の機械によって包囲した都市に発射するということもよくありますが、そうなると舗道は裂け、家屋は粉々になり、その破片は四方八方に飛び散って、近づく者の脳味噌を叩き出してしまいます。わたくしは混ぜ合わせるべきものをよく承知しております、どこにでもある安価なもので、混成法も心得ておりますから、陛下の王国の他の諸物と釣り合う大きさの筒造り法を職人に指図できますが、最大のものでも長さが二百フィートを越す必要はありませんし、そんなのを二、三十も揃えて、しかるべき量の粉末と球を詰めておけば、陛下の領国内の最強の町の城壁といえどもものの二、三時間で叩き壊し、かりにも首都が陛下の絶対権を疑うような素振りを見せたりしましたら、その全部を破壊することもできましょう。こちらとしては、陛下より賜った多大なる寵愛ならびに庇護に対するささやかなる謝意のしるしとして、以上のことを申し上げたのである。

▼

国王は私の説明したこの恐るべき機械と提案とに、恐怖のあまり仰天してしまわれた。そして眼を丸くして、よくもおまえのような地を這いずりまわるだけの無力な虫けらが(これは陛下の御言葉)かくも人の道にもとる考えを抱けるな、しかも荒涼たる流血の場にもまったくたじろがず、日常茶飯の如くに、と仰せられ、確かに私は問題の破壊機械の通常の効力とはそういうものであると説明したけれども、それを初めに考えついたのは悪の魔神、人間の敵に相違ないというのが陛下のお考えであった。そして、技術と自然とそのいずれに関わるにせよ、新発見ほど嬉しいものはないのだが、おまえの言う秘密を知るくらいなら、この王国の半分を失うほうがまだしもというものだと断言されて、命を大事と思うなら、二度と再び他言は無用と命令された。

窮屈な原則と視野の狭さがもたらした奇怪な結果！　崇敬と愛と名声をひき寄せるすべての資質に恵まれ、すぐれた能力、大いなる知恵、深い学殖を持ち、見事なばかりの統治能力をそなえ、臣民の崇拝の対象と言ってもよいほどの君主が、ヨーロッパではまったく考えられないような慎重すぎる無用の逡巡ゆえに、民衆の生命、自由、財産を絶対的に支配できる格好の機会を取り逃してしまうとは。こう言ったからといって、私としては、この傑出した国王の数々の美徳をつや消しにするつもりなど全然ないのだが、この説明のために、イングランドの読者はこの国王の人柄を随分と低く見てしまうだろうとは思う。しかし、そのような欠陥は、ヨーロッパの明敏な知者たちとは違って、政治を学問と割り切ることができていないがゆえの無知から来るのだと思われる。というのは、はっきりと覚えていることなのだが、ある日国王と会談しているおりに、われわれのところには統治術について書かれた本が何千冊とありますと申し上げたところ、われわれの理解力が大変低いと判断してしまわれたからだ（これは、まったく予想に反した）。君主であれ、大臣であれ、秘密、潤色、陰謀は唾棄すべきもの、軽蔑する、と厳しい口調だ。そして、敵国も競争相手も存在しないのに国家機密とはどういうことなのか理解できないと仰有る。統治に必要とされるものを常識と理性、正義と寛容、民事ならびに刑事の事件のすばやい決裁、その他ここでは取り上げる必要のない明白な事柄に局限しておられたのだ。そして御自身の考え方として、それまでは麦の穂が一本、草の葉が一枚しかはえなかった土地に二本、二枚育つようにした者は誰であれ、政治家全部を束にしたのよりも人類の恩人であり、国のために大事な貢献をしたことになるのだと仰有った。

ここの民衆の学ぶことは何とも穴だらけで、道徳、歴史、詩、数学しかない（但し、すぐれていることは認めねばならない）。しかし、このうちの最後に挙げたものは生活の役に立つもの、農業や工芸の改良にもっぱら応用されているので、われわれのところへ持って来てもほとんど評価されないだろう。イデア、実体、抽象観念、超越的概念にいたっては、彼らの頭に吹き込むどころではない。

この国の法律は、その語数が、わずかに二十二文字しかないこの国のアルファベットの文字数を越えてはならないことになっている。しかし、実際には、その長さに届くものはほとんどない。使われるのは単純明解をきわめる言葉で、人々が頭を使って何通りもの解釈を発見するということはない。そして、法の注釈を書くのは死罪にあたる。民事訴訟の判決とか、刑事犯の訴追の手続といっても、先例が少なすぎて、その手腕が抜群などと自慢する理由はないに等しい。

▼印刷術は、中国人と同じで、記憶にないほどの昔から持っていた。しかし、その図書館はあまり大きなものではなくて、最大とされる国王のものでさえ蔵書は一千巻を越えず、長さ千二百フィートの細長い部屋にならべてあり、私はそこから自由に読みたい本を借りていた。御妃様の指物師がグラムダルクリッチの部屋のひとつに、梯子を立てたものに似た、高さ二十五フィートの木の仕掛けのようなものをこしらえてくれたが、踏段の横幅はそれぞれ五十フィート、確かに移動階段で、いちばん下の端は部屋の壁から十フィートのところに位置していた。読みたいと思う本があれば、それをこの壁に立てかけるのだ。そしてまずこの梯子の上段まで昇って、顔を本に向け、ページの上のところから始めて、行の長さにあわせて八歩から十歩、右に左に歩きまわり、眼の線から少し下のところに来るまでこれを続けて段々と下に降り、いちばん下まで辿りつくと、そのあとでもう一度昇って、反対のページを同じようにして読み、ページをめくることになる、これは両手を使えば簡単だった。ボール紙のように紙が厚くて固いうえに、いちばん大きい二つ折版でも高さは十八から二十フィートを越えなかったからである。

▼彼らの文体は明晰で、男性的で、流暢だが、華麗というのではない。彼らのいちばん避けるのが無用な言葉を重ねたり、表現の変化を狙ったりすることであるからだ。私もこの国の本を、とくに歴史と道徳のものをたくさん読んでみた。とくに道徳の本の中では、いつもグラムダルクリッチの部屋に置いてあって、道徳や信仰について書かれたものを読むのが好きな中年の生真面目な家庭教師のものだという小さな古い道徳書というのがいい気晴らしになった。この本は人間の弱さなるものを扱っていて、女と庶民以外にはほとんど評価されていない。しかし私としては、かかる問題についてこの国の著者が何と言っているのか興味をひかれた。この著者はヨーロッパの道徳家が取り上げる話

題はすべて俎上にのぼせていて、人間がその本性上いかに小さな、賤しむべき、非力な動物にすぎず、苛酷な気候や獰猛な野獣から十分に身を守ることもできず、その力においても、敏捷さにおいても、先見力においても、勤勉さにおいても他の生き物に遅れをとることを示している。また近年の下り坂の時代にあっては、自然そのものも衰頽し、古代と較べると小さな早産的な生き物しか生み出しえないのだと補足する。そして、もともと人間という種は今よりもはるかに大きかっただけでなく、かつては巨人も存在したに相違ない、げんに歴史と伝説がそう主張しているのみならず、この王国の各地でたまたま発掘される巨大な骨や頭骸骨が今日の萎びてしまった人種をはるかに凌ぐことによっても追認されていると言う。自然の法則そのものからして、われわれは最初はもっと大きく、強健に作られていたはずであり、家屋から瓦が一枚落ちてきた、子どもに石をぶつけられた、小川で溺れたというような小さな事故で死ぬはずは絶対になかったのだ、とも論ずる。著者はこのような考証を経て、生きてゆくのに役立つ道徳の応用法を幾つか引き出してみせるのだが、まあ、ここで繰返すほどのこともあるまい。私個人としては、自然と相争うたびに道徳の教訓を引き出す、というよりも、不平不満の種を引き出す才能がいかに普遍的なものであるかを改めて思うばかりであった。よくよく調べてみれば、われわれの場合にも、この国の連中の場合にも、そういう争いの根拠などありゃしないだろうに。

軍事について言うと、国王の軍隊は歩兵十七万六千、騎兵三万二千からなると自慢しているが、幾つかの都市の商人と田舎の農家によって編成され、指揮官はただの貴族とジェントリーのみ、無給無報酬というのを軍隊と呼べればの話である。確かにその訓練は完璧に近いし、規律も大変よろしいのだが、だからどうなのだと言いたくなるのは、すべての農家は地主の指揮下にあるし、市民にしても、ヴェニス方式の投票で選ばれた市の有力者の指揮下にあるわけで、他にはありようがないからだ。
ローブラルグラッドの市民兵が、市の近くの、二十マイル平方の大練兵場に引っぱり出されて訓練を受けるのを、私は何度も見たことがある。全部合わせても歩兵二万五千、騎兵六千を越えないということだったが、その散開している土地の広さを考えると正確な数字を摑むことは不可能だった。大きな馬に跨がった騎兵となると、高さは九十フィート位に達したろうか。この騎兵全体が命令一下、いっせいに刀を抜いて宙に振り回すのも目撃した。あれほどの壮観、あれほどの驚異驚愕は想像もつかないものだ。あたかも万天を万余の稲妻が一気に走ったかの如くであった。

他の国からはいっさい近づくすべのないこの領土を支配する君主が、いかにして軍隊などを思いつき、民衆に軍事教練を施すにいたったのか、これには私も興味をもった。しかし、いろいろと話を聞き、またこの国を歴史を読むうちにまもなく解ってきた。幾つもの時代を経るうちに彼らも、人類全体につきまとうのと同じ病いに、貴族がしばしば権力をほしがり、民衆が自由を、王が絶対支配をほしがるという病いに苦しめられてきたのである。これらすべてに対して王国の法がうまく歯止めをかけていても、ときには三者が蹂躙しあうこともあり、それが一再ならず内戦を引き起したのだが、幸いにも現国王の祖父の代に全体的な講和によって最後の内戦に終止符が打たれ、そのときの合意によって創設された市民軍が、以来厳しい警戒にあたっているということである。

第八章

国王、王妃、辺境へ巡幸。筆者もそれに随行する。この国を去るにいたる経緯をこと細かに語る。イングランドに帰国。

どんな方法を使えばいいのか見当もつかないし、少しでも成功する希望のある計画を作ることもできなかったが、私にはいつかは自由を取り戻せるという強い予感がいつもあった。私の乗って来た船はこの国の海岸から見える範囲に吹きよせられた最初のものだということで、国王からは、もしまた船が現われたときにはすぐさま海岸に引き上げて、船乗り、乗客をひとり残さず荷車でローブラルグラッドに連れて来るようにとの厳命が何度も出ていた。私の種を増殖させるために同じ大きさの女を確保しようというのが国王の強い意向であったが、私としては、カナリアのように鳥籠の中で飼いならされて、そのうちに国中のお偉方に珍品として売りとばされかねない子孫を残すなどという屈辱に耐えるくらいなら、死んだほうがましだと思っていた。確かに私はとても親切な扱いを受けていたし、立派な国王と王妃に大変可愛いがられて、宮廷中の人気者ではあったのだが、それは人間の尊厳にふさわしいレベルのものではなかった。あとに残してきた家族のことを忘れることはできなかった。対等に話のできる人間の顔を見て、蛙や仔犬のように踏み潰される不安などなしに通りや野原を歩いてみたかった。しかし、私の解放は思ったよりも早く訪れ、しかもその方法がいささか珍しいものであったので、そのときの事情は忠実に説明しておくことにする。

この国に到着してからすでに二年が過ぎ、ちょうど三年目に入ろうとするとき、国王と王妃が王国の南部海岸に巡幸されるということがあり、グラムダルクリッチと私もそれに随行することになった。私はいつものように旅行用の箱でということになったが、前にも説明したように、これは縦横十二フィートのとても便利な小部屋である。私は天井の四隅から絹糸でハンモックを吊してくれるように注文し、ときどきこちらから希望して、召使に箱ごと馬に載せてもらう場合の揺れを防ごうとした。移動中にこのハンモックの中で眠ることもよくあった。それから例の指物師に頼んで、小部屋の屋根の、ハンモックの中央から少しずれたところに一フィート四方の穴を開けてもらい、暑いときに眠っていても空気が入るようにしたのだが、これは溝を前後に滑る板で自由に開閉できるようになっていた。

旅の目的地に着くと、国王は海岸から、イングランド式に言うと、十八マイルもない都市フランフラスニックの宮殿に二、三日逗留するのがよかろうと判断された。グラムダルクリッチも私も疲れがひどく、私は風邪気味でもあったが、彼女の方は体調がひどく悪くて部屋も出られない始末であった。私は海が見たかった、脱出するとすれば、そこしかないはずなのだ。私は実際よりも加減が悪いふりをして、海の新鮮な空気を吸いたいので、とても気に入っていた、そしてこれまでも何度か私を預ったことのある小姓と一緒に出かける許可がほしいと願い出た。そのときのグラムダルクリッチがいかに同意を渋ったか、私に気をつけるようにその小姓にどんなに厳しく命じたか、そして起こるべきことを何か予感でもするかのように激しく泣いたか、私は決して忘れることはない。小姓の少年は私を箱ごと宮殿から歩いて約半時間の、海岸の岩場の方へ連れて行ってくれた。頼んで下に降ろしてもらい、窓をひとつ開けると、海の方を見つめる眼は物悲しい想いに満ちたものとなる。気分も良くなくて、小姓にはハンモックでひと眠りしたい、そうすれば良くなると思うと説明した。ハンモックに入ると、寒さよけに少年は窓をぴったり締めてくれた。私はすぐに眠ってしまったので、あとは推測するしかないのだが、小姓の方は、私が眠っている間に危険など起こるまいと考えて、鳥の卵でも探しに出かけたのであろう、あちこち探しまわって、割れ目から一つ、二つ拾い上げるのを前に見たことがあったから。しかし、それはそれとして、運搬の便宜のために箱の上につけてあった鉄の環を出し抜けにグイッと引っぱられて眼が覚めた。私の感じでは箱が空高く持ち上げられて、猛烈なスピードで運ばれてゆくのだ。最初のひと揺れであやうくハンモックから放り出されそうになったものの、そのあとの動きは安定していた。何度か声を限りに叫んではみたものの、どうにもならない。窓の方に眼をやると、見えるのは雲と空ばかり。頭の真上のあたりで翼をバサバサやるような音がするのに気がついて、どんな悲惨な状態にあるのか分かりだした——鷲か何かが箱の環を嘴にくわえていて、甲羅つきの亀のように岩の上に落とし、私の体をほじくり出して喰ってしまおうという魂胆なのだ。この鳥は頭もいいし、嗅覚も鋭くて、はるかに遠くからでも、厚さ二インチの板の背後に私よりもうまく隠れていても、獲物を発見することができるのだ。

その直後に翼の音と羽ばたきが急速に大きくなり、私の箱も風の強い日の看板のように上下に揺れた。鷲に（とは言っても、私の箱の環を嘴にくわえているのは鷲だと自分で思い込んでいたにすぎないが）、ともかくそれに何かがバタン、ドスンと衝突したような音がして、突然一分以上、垂直に急降下し始め、そのあまりの速さに息も止まりそうになってしまった。この墜落は、私の両耳にはナイアガラの瀑布そこのけの轟音をともなう恐ろしい衝突とともにいったん止まり、それからまた一分間は完全に闇となり、そのあと箱が上昇して、窓の上の方から光が見えるようになった。それで海に墜落したことが分った。私の箱は、私の体重と家具類と天井と床の四隅に補強用に打ちつけてあった幅広の鉄板のせいで、喫水約五フィートの状態で浮かんでいたのである。そのときは、私の箱をくわえて飛び立った鷲が他の二、三羽に追跡されて、餌食の分け前にあずかろうとするそいつらから身を守ろうとするはずみに、私を落としてしまったのだろうと考えた、今でもそう考えている。箱の底に留めてあった鉄板のおかげで(この部分がいちばん頑丈に出来ていた)落下中もバランスを失わず、水面に激突したときも壊れずにすんだのだ。継ぎ目は溝にしっかりとはめ込むようになっていて、ドアも蝶番式ではなく、窓のように上下するやつなので、私の小部屋は密封状態となり、海水はほとんど入ってこなかった。空気の不足でほとんど窒息しかけていた私は、前にも説明したように、空気を入れるための工夫であった引き板をともかく開けて、やっとの思いでハンモックから脱出した。

そのときはグラムダルクリッチのところへ帰りたいとどんなに思ったことだろう、わずか一時間でこんなに遠く離れてしまった！　嘘ではない、自分でも悲運の最中にいながら、可愛そうな乳母のこと、私を失ってしまった悲しみ、御妃様の不興、将来の暗転などを考えてゆくと、気の毒でならなかった。なにしろいつ何時私の箱がこっぱ微塵になるやもしれないし、突風ひとつ、高浪ひとつでひっくり返らないとも限らないわけで、あの時点での私以上の困難、苦悩を味わったことのある旅行者は多くないのではあるまいか。窓ガラスが一枚割れただけで一巻の終わりとなっただろうし、旅行中の事故にそなえて外側に丈夫な針金の格子がつけてある以外には、窓を護ってくれそうなものもなかった。そこかしこに裂け目ができて水が染み出してはいたが、その水漏れは大したものではなく、なるたけ喰い止めるようにした。本来ならばきっと小部屋の天井を押し上げて、その上に坐っていれば、せめてこの船艙のようなところに閉じこめられずにすむはずなのに、それが出来ないのだ。しかし、こうした危険を一日か二日逃れることができたとしても、寒さと飢えで惨めな死を待つだけの話ではないか！　私はこれが最期だと思いながら、いや、そうなることを期待しながら、四時間もこのような状態の中にいた。

前にも読者にお話ししたことであるが、私の箱の窓のない側には頑丈な留め金が二本固定してあって、私を馬で運んでくれる召使がそこに鞁帯を通して腰のところに縛るようになっていた。私はこの意気銷沈した状態で、箱の留め金のついている側で軋むような物音がするのを耳にした、少なくとも耳にしたような気がして、ほどなく箱が引っぱられるというか、海の中を曳航されているような感じがし始めた。というのは、ときおりグイと引かれるような体感がして、波が窓の上の方までせり上り、ほとんど暗闇にとり残されたようになってしまうからだ。このときは、助かるかもしれないという一縷の希望が生じはしたものの、一体どうやってとなると想像もつかなかった。私は、いつもは床に固定してある椅子のひとつのネジを外して、先ほど開けた引き板の真下のところになんとかかんとか固定し直し、その椅子に載って、穴すれすれに口をつけて、蛮声を張りあげ、知っている限りの言語で、助けてくれェと叫んだ。次には、いつも手離さないでいたステッキの先にハンカチを括りつけ、穴から外へ突き出して何度も振ってみたのは、ボートか船が近くにいるのなら、不幸なる人物がその箱の中に幽閉されていることを海の男が察知してくれるのではないかと思ったからである。

▼

ところが、何をやっても何の反応もないにもかかわらず、箱が動いてゆくのだけははっきり分かり、一時間か、もう少し経ったところで、箱の留め金のある、窓のない側が何か固いものに衝突した。私は岩だろうと思ったのだが、前よりももっと揺れる。私の小部屋の屋根の方で鋼索らしき音がし、それを環に通そうとするのか、それが軋む音まではっきりと聞こえる。その次は、それまでよりも三フィート高いところまで、そろそろと、体ごと持ち上げられた。

それを見て私はもう一度ハンカチ付きのステッキを突き出し、それこそ声の枯れるまで助けてくれ〜ェと喚いた。すると、大喚声が繰返し三度あがった。そのときの嬉しさは、それを感じたことのある者でなければ想像もつかないだろう。今度は頭の上で足音がして、誰だかが穴から大声で、英語で、下に誰かいるのか、返事をしろと怒鳴った。私はイングランドの人間だ、運悪く前代未聞のとんでもない災難に巻き込まれてしまったと答えたあと、この地下牢から出してくれと必死の思いで訴えた。安心しろ、箱は船につないだ。すぐに船大工を呼んで、ひっぱり出せるくらいの穴を開けてやるぞ、とその声は答えた。こちらは、そんな手間はいらない、時間がかかりすぎる、船員の誰かひとりが環に指を通して、海から箱を持ち上げて、船長室に運んでくれりゃすむことだと答えてしまった。何人かはこの途方もない話を聞いて、気違いだと思ったらしいし、吹き出したのもいたようだが、こちらは、同じ大きさ、同じ体力の人間の中に戻って来ているなどとはつゆ思わなかった。大工が来て、ものの二、三分で四フィート四方の通り口を作ってくれ、そこから小梯子を降ろしてもらい、それを伝わって上にあがり、そこから衰弱しきったまま本船に移された。

　船乗りたちは一様に仰天して次から次に質問を浴びせてくるが、とても答えたい気分ではなかった。こっちだって▼これだけのピグミーを目のあたりにして同じように混乱していたのであって、なにしろ長いこと巨怪なものばかり見▼慣れてきていたものだから、そう誤解してしまったのだ。船長のトマス・ウィルコックスというのはシュロップシャ出身の立派な人物で、私が今にも倒れそうなのを見てとると、自室に連れて行って、元気の出る強壮剤を飲ませてくれ、自分のベッドに入って少し休むほうがいい、それがいちばん必要だと言ってくれた。眠り込んでしまう前に私は船長に、あの箱の中には上質のハンモック、見事な野外ベッド、椅子二脚、テーブルと戸棚など、なくすのは惜しい値打ちものの家具が残っているし、小部屋の四方には絹と木綿が吊ってある、というか、縫いつけてある、船員のひとりに私の小部屋をこの船室まで運ばせてくれたら、眼の前で開けて、中味を見てもらえると説明した。さすがの船長もこの素っ頓狂な話を聞かされて、うわ言だと結論したらしいが、それでも、希望通りにしようと約束して（多分私の気を鎮めるために）、甲板にあがり、何人かを私の小部屋に降りてゆかせたので、（あとで知ったことだが）彼らはそこからすべての物を引き上げ、四面の布も剝してしまった上に、床に留めてあった椅子と戸棚と寝台は無知なる海の男によって力づくで剝されたために、すっかり傷んでしまっていた。しかも彼らは船のために使うと称して板を何枚か剝してしまい、欲しいだけのものを取ってしまうと、残骸は海に放り込んでしまい、床にも四面にも穴がたくさん出来ていたので、我が小部屋はそのまま完全に沈んでしまった。それにしても、この破壊作業を見ずにすんでよかったと思うのは、忘れてしまいたい過去のさまざまの出来事が思い出されていたたまれなかったに違いないからである。

私はそのまま数時間眠ったが、あとにしてきた国やあやうく逃れた危険の夢を見て、ずっと心が乱れていた。しかし、起きてみると、大分体調が戻っていた。時刻は夜の八時くらいで、船長は私が長いこと何も口にしていないのを察したのか、すぐに夕食を用意するように命じてくれた。とても親切なもてなしだった。そして、こちらがもう狂ったような眼をしたり、支離滅裂のことを喋ったりしなくなるのを確認して、二人きりになると、どんな旅行をしてきたのか、なぜまたあんな途方もない木箱に詰め込まれて漂流することになったのか説明してくれと言う。船長の話では、ちょうど正午頃望遠鏡を覗いていると、遠くにそれが見えたので、多分帆船だろうと判断して、予定の航路からさほど外れているわけでもないし、一方でビスケットが底をつき始めていたこともあって、そちらに向かって、少し買い足しておこうと考えた。ところが接近してみると判断ミスであることが分かったので、長艇を出して何であるのか確かめようとしたところ、船乗りたちが蒼ざめてとって返し、家が漂流していると言い張る。船長は何をバカなことをと笑いとばして、丈夫な鋼索を持って来いと指図したあと、今度は自分もボートに乗り込んだ。穏やかな天候だったので彼は何度かぐるりと漕いでまわり、窓とそれを守っている針金の格子を確認した。一方の側はすべて板張りで、留め金が二つついているだけ、そちらからは光が通らないことも発見した。そこで船乗りたちにそちら側に漕ぎ寄せるように命じ、留め金のひとつに鋼索をつないだあとで、本船の方へ私の箱(彼はそう呼んだ)を曳航するように指図した。本船まで辿りつくと、屋根に固定してある環にもう一本の鋼索をつないで、滑車で私の箱を持ち上げるように指示を出した、なにしろ船乗り全員でやっても二、三フィートしか持ち上がらないのだから。そのときハンカチ付きのステッキが穴からニュッと出てくるのがみんなの眼にとまったので、これはこの空洞の中に誰か不幸な人間が監禁されているに違いないという結論になった。最初に私を発見した時刻に船長もしくは船乗りの誰かが巨大な鳥が空を飛んでいるのを目撃したかどうか尋ねたところ、私が眠っている間に他の連中とその点を話してみたら、一人が、そう言えば鷲が三羽北の方へ飛んでゆくのを見るには見たが、それが普通よりも大きいようには見えなかったと答えたそうで、それは飛んでいる高さのせいに違いないと私には思えるが、船長は私がそんなことを訊く理由が解せないようであった。その次には、今陸地からどれくらいの距離にいると思うかと尋ねてみると、ぎりぎり計算してみても最低百リーグはあるだろうと船長は答えた。私の方は、いや、それは勘違いだ、その半分くらいだろう、住んでいた国を出てから海に落ちるまで二時間以上かかっているはずがないと明言した。途端に彼は、私の頭は混乱しているとまた考え出して、それらしいことを匂わせ、船室が用意してあるからそこで眠ったらどうだと言ってくれる。こちらは、とても親切にしてもらい、話も聞いてもらってすっかり気分がよくなった、人生こんなに正気であったことはついぞないとダメを押す。すると彼は深刻な顔になって、忌憚のないところ、きみは何か途轍もない犯罪のことが頭を離れなくて悩んでいるのじゃないか、他国では重罪犯を食料も与えずに水漏りのする舟に乗せて海へ流すというけれども、きみもどこかの君主の命令で罰されて、あの箱で捨てられたのではないか、それが訊きたい、そういう悪人をこの船に乗せたのは残念だが、最初に入港した港で無事に上陸させる、それは約束するというわけだ。きみの小部屋というか、きみの箱というか、ともかくあれについて最初は船乗りたちに、それからこの私に向かってきみが言った荒唐無稽なことといい、食事中の異様な顔つきや挙動といい、疑いをつのらせるものばかりではないか、とも彼はつけ加えた。

そこで私は、ちょっとまあ、こちらの話も聞いてほしいと断わって、イングランドを出たときから発見されるまでの経緯を正確に話した。真理の道は理知ある者に届くとはよく言ったもので、この多少は学問もあり、申し分のない良識のある立派なジェントルマンは、私が正直に真実を語っていることを信じてくれた。しかし、私はもっと自分の話の肉付けがしたくて、私の戸棚をここに持って来させてほしいと頼み(海の男たちがあの小部屋をどう始末したかはすでに聞かされていた)、ポケットにしまっていた鍵を取り出し、船長の眼の前で開けて、実に不思議な方法で脱出することになった国で集めた珍品類をご覧に入れた。まず、国王の髯でこしらえた櫛があったし、同じ材料を御妃様の拇指の切り屑を台にして植え込んだのもあった。それから、一フィートから半ヤードの長さの針とピン類。指物師の留め鋲を思わせる地蜂の針四本、御妃様の梳毛数本、それからある日御妃様が大事そうに小指から抜いて、これをあげましょうと首輪のように頭からかけて下さった金の指輪。船長には、多大な親切のお礼にこの指輪をうけとってほしいと言ったのだが、きっぱりと辞退されてしまった。女官の足の指から自分で切り取ったマメも見せたが、これがケント産の小林檎くらいの大きさがあって、えらく硬いので、イングランドに戻ってからその中をコップ状にくり抜かせて、銀の台座までつけてやった。最後には、ほら、今はいているこのズボンも鼠の皮製だと言って、見せびらかすことになった。

船長に無理矢理受け取ってもらえたのは従僕の歯一本で、これはひどく面白そうに調べていて、お気に召したようだ。そんなにつまらないものなのに、船長は有難いを連発して、受け取ってくれた。もとはと言えば、歯痛を訴えるグラムダルクリッチの召使のひとりから藪医者が誤って抜いてしまったもの、どこも悪いところなどない歯なのである。私はそれをきれいに洗わせて、戸棚にしまっておいたのだ。長さはおよそ四フィート、直径は四インチあった。

船長は私の卒直な話にすっかり納得し、イングランドに戻ったらこれを文章にして出版したらどうかと勧めてくれた。それに対する私の返事は、もう巷間には旅行記があふれかえっている、奇想天外なものでないともう通用しない、そうした本になると、著者の側も真実よりは自分の虚栄心や利害のこと、無知な読者を喜ばせることしか念頭にないのではないか。私の話はありふれた事柄がほとんどで、大抵の作者と違って珍しい植物、樹木、鳥類、その他の動物の目もあやな記述はないし、野蛮人の蛮習や偶像崇拝も出てこない。しかし、好意的な意見をもらえるのは嬉しいことなので、その点は考えてみますよ、というものだった。

船長は、ひとつ非常に不思議なことがある、ひどく大きな声で喋るのは、その国の国王か王妃か、どちらかの耳が遠いせいなのかと訊いてきた。私は、この二年以上、それが慣れになってしまっていること、船長や他の船乗りの声がささやき声としか思えないのに十分に聞きとれるのに驚いていることを説明した。しかし、あの国で話をするときには、テーブルに載せてもらうか、誰かの手に載せてもらうかしないと、尖塔のてっぺんから見下ろしている人物に下の通りから話しかけるようなものであったのだ。同じように、私の方でも気のついたことがあって、最初この船に移って、ぐるりと船乗りたちに囲まれたとき、何とちっぽけな、いじましい生き物たちだろうと思ってしまったということである。実のところ、あの君主の国にいる間は、眼が途方もなく大きいものに慣れてしまうまで、比較すると自分が情なくなってしまうので、鏡を覗くことができなかった。すると船長曰く、食事をしているときに、あなたは何を見ても驚いたような表情になって、笑いを押えきれないという様子なので、どういうことなのかよく分からないから、どこか頭がおかしいんだろうということにしましたよ。それに対して私は、確かにそうでした、三ペンス銀貨くらいの大きさの皿でしょう、豚の足は一口分もないし、コップも胡桃の殻ほどもない、よく吹き出さずにいられたものでしたと答えて、同じ調子で他の調度品や食物をあげていった。というのも、御妃様は、私がお仕えしているときには、私の必要とするものをすべて小さく作らせて下さったが、こちらの考えは周囲に見えるものにすっかり占領されてしまっているものだから、自分の小さいことには眼をつむってしまったのだ。ひとは己れの弱点に眼をつむる、というやつである。船長には私の口さがない説明がよく分かったようで、イングランドの古諺を引いて、その瞳は腹よりも大にしてですか、と笑った。一日中何も口にしていなかったにもかかわらず、あまり食欲がないのを見ていたからである。船長はなおも楽しそうに、あなたの部屋が鷲の嘴にくわえられていて、急転、蒼穹の彼方より大海原へ墜落すの図は、たとえ百ポンド払っても見ておきたかった、いやあ、驚異の見物だったでしょう、書きとどめて後世に残すに足るなどとほざいた揚句に、パエトンの故事とよく似ているものだから、その比較に出てきたが、そんな思いつきに感心してみせる義理はなかった。

▼

船長はトンキンに寄港したあと、イングランドに戻る途中であったが、北東に流されて、北緯四十四度、東経百四十三度の地点にいた。しかし私が救出されてから二日後には貿易風に遭遇し、それからずっと南下して、ニューホランドの沿岸を回り、それから進路を西南西、ついで南南西に定めて、ついに喜望峰を回った。きわめて快調な航海であったが、その航海日誌を提供するのは遠慮しよう。船長は一、二の港に寄港し、食料と水を補給するために長艇を出したが、一七〇六年六月三日、脱出以来ほぼ九ケ月後にダウンズに入るまで、私は船を離れなかった。私は船賃の抵当として所持品を置いていきたいと言ったのだが、船長はそんなものはいっさい受け取らないと言う。気持ちのよい別れとなり、私は船長にレッドリフのわが家を訪ねると約束をさせた。馬と案内人を傭う費用の五シリングは船長からの借金。

家屋、樹木、家畜、人間の小さなことを途々見るにつけ、リリパットに戻ったような気がしてきた。旅人に行き会うたびに踏み潰しそうな不安にとりつかれて、たびたび、どけ、どけッと大声を出すものだから、なにを生意気なと一、二度は脳天を割られそうになった。

わが家を探しあぐねて、やっと辿りつき、召使がドアを開けてくれたので、中へ入ろうとして、頭を打たないように体をかがめてしまった(門をくぐる鵞鳥である)。女房が抱きついてきたが、こちらは彼女の膝より下までかがんでしまう始末、そうでもしてやらないと口まで届かないと思ったのだ。娘は跪いて祝福を求めたが、なにしろ長いこと六十フィートから上を見上げて直立する生活だったのだ、立ち上がるまでその姿が眼に入らないし、片手で腰をつかんでヒョイと持ち上げようとした。召使たちも、ちょうど家に来ていた二人の知り合いのうちの一人も見下ろしてしまった、おお、ピグミーどもよ、我輩は巨人なり、とばかりに。女房には、倹約するにもほどがあるだろう、おまえも娘も喰うものがないようにガリガリじゃないか、とやってしまった。要するに私は意味不明の行動をとってしまい、全員が私を初めて見たときの船長と同じ意見になって、この人は気がふれていると結論してしまったのである。このことを、習慣と偏見のもつ力の大きさを示す例として挙げておく。

ほどなく私と家族と知り合いの三者は正しい相互理解に達し、わが妻はもう海には出ないでくれと言ったのだが、わが邪悪なる運命は、妻に引きとめる力の無きように計らってしまった。それについては、いずれ。とりあえず、わが運無き航海の第二部の終わりである。

▼

第三篇　ラピュタ、バルニバービ、ラグナグ、グラブダブドリッブ及び日本渡航記

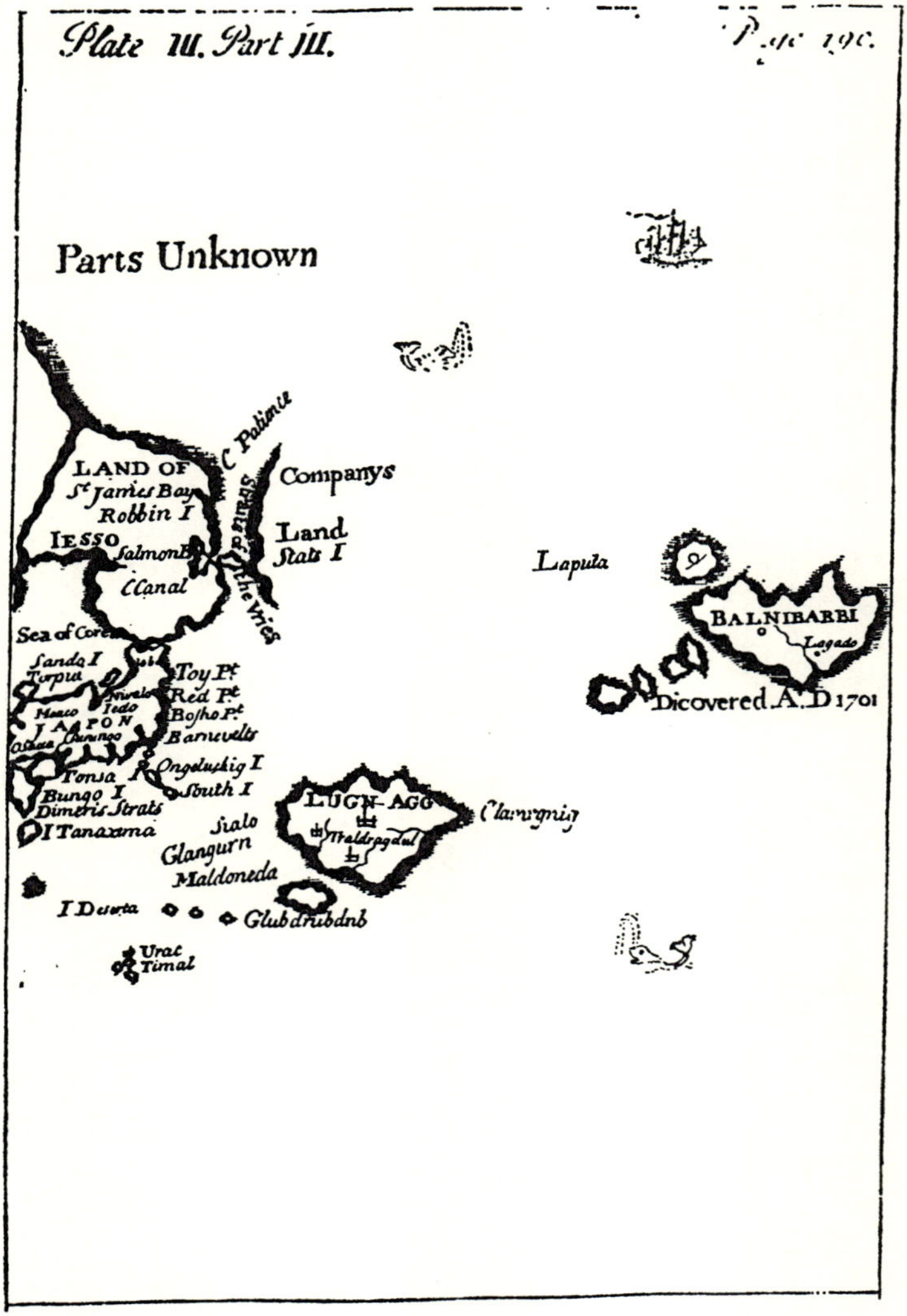

Parts Unknown

LAND OF
St James Bay
Robbin I
IESSO
Salmon B
C Canal
C Patience
Straits of the Vries
Companys
Land
Stats I
Laputa
BALNIBARBI
Lagado
Dicovered A.D 1701
Sea of Corea
Sando I
Toy Pt
Red Pt
Bosho Pt
Meaco
Iedo
JAPON
Barnevelts
Tonsa I
Ongeluckig I
South I
Bungo I
Dimeris Strats
I Tanaxima
Sialo
Glangurn
Maldoneda
LUGGNAGG
Traldragdubh
Clumegnig
I Deserta
Glubdrubdrib
Urac
Timal

第一章

▼▼筆者、第三の航海に出る。海賊につかまる。あるオランダ人の悪意。ある島に到着。ラピュタに迎えられる。

▼家に戻ってから十日と経たないうちに、コーンウォールの出身で、ホープウェル号という三百トンの頑丈な船の指揮をとっているウイリアム・ロビンソン船長が訪ねて来た。私は以前にも彼が船長をしていた船で(彼はその船の四分の一の所有権を持っていた)、船医としてレヴァントまで航海したことがあった。彼はいつも部下というよりも兄弟という扱いをしてくれて、このときも私の帰宅を聞きつけて、友人ということで訪ねてくれたようであり、久し振りに再会した者が交わすごく普通の話しか出なかった。しかし彼はその後も訪問を繰返し、体調が良さそうでよかった、もうこれで腰を落着けるのかね、二月ほど先に東インドへの航海に出るつもりでいてねなどと話をしたあとで、申し訳ないのだがと断わりながらも、船医として来てくれないかと切り出した。きみの下にもう一人船医をつけるし、助手も二人おく、給料も普通の倍は出すつもりだ、海事に関するきみの知識が少なくとも私のそれと大差のないことは前の経験で分かっているから、きみの忠告は聞くという契約をしてもいい、きみにも指揮権があるようなものだよ。

彼はその他にもいろいろと有難いことを言ってくれたし、正直な人間であることも分かっていたので、その申し出は断わりきれなかった。おまけに私のほうも、過去に何度も災難にでくわしていたにもかかわらず、世の中を見たいという渇望がいっこうに鎮まっていなかった。残る唯一の困難は家内の説得であったが、子どもたちの将来のためにということで、結局のところは同意してもらった。

▼

出港したのは一七〇六年八月五日、フォート・セント・ジョージに到着したのが一七〇七年四月十一日のことである。船員の多くが体調を崩していたので、休養のためにそこに三週間逗留した。そこからトンキンに移動したものの、船長が買うつもりでいた品物の多くがまだ揃っておらず、数ケ月は仕事が片づかない見込みなので、今度はそこにしばらく留まることになった。そのために船長は、当然必要になってくる費用を多少でも減らそうと考えたのか、単檣のスループ型の帆船を手に入れて、トンキン人がふだん周囲の島に売りにでかける雑貨品を積み込むと、地元の三人を含む十四人の船員を乗り組ませ、きみを船長にする、あとは任せるから商売をしてきてくれ、自分はトンキンに残って仕事を片づけると言いだした。

▼

出発して三日と経たないうちに大嵐になって、丸五日間、まず北北東へ、次に東へ流されて、そのあとは好天になったものの、西からかなり強い風が吹き続けた。十日目のこと、われわれは二隻の海賊船の追跡をうけて、じきに追いつかれてしまった、というのは、私のスループ船は積荷がありすぎて船足の遅いことおびただしい上に、防禦できるような状態にはなかったからである。

▼

二隻の船がほぼ同時に接舷すると、海賊どもが首領を先頭にすさまじい勢いで乗り込んできたが、こちらは全員平身低頭の状態だから(これは私の命令であった)、頑丈な綱でわれわれを縛りあげると、見張りを一人残して、スループ船の探索に取りかかった。

その海賊の中にオランダ人が一人いて、どちらかの船の指揮をとっているわけではないが、それなりの顔のようであった。この男は、顔つきからしてこちらがイングランドの人間だと分かると、自分の国の言葉でまくしたて、背中合わせに縛り上げて海に叩き込んでやるとか何とか言いだした。私もオランダ語ならまずまず話せるので、まずわれわれが何者かを説明し、同じキリスト教徒で、しかもプロテスタントだ、隣国ではあるし、緊密な同盟関係にあるのだから、船長を動かして見逃すように言ってもらえないかと頼んでみた。ところが、これが彼の怒りをよけいにあおったようで、脅しの文句を繰返し、次には仲間に向かって猛烈な剣幕でまくしたて(恐らく日本語だろう)、クリスティアノスという語を何度も口にした。

二隻の海賊船のうちの大きい方を指揮していたのは日本人の船長で、少しはオランダ語を話したが、実にお粗末なものであった。この男が私のそばに寄って来てあれこれ訊くので、慇懃に答えていると、おまえたちを殺したりはしないと言いだした。私はこの船長に深々と一礼をして、それからオランダ人の方に向き直り、兄弟たるクリスチャンよりも異教徒のほうが慈悲深いというのは遺憾でありますな、と言ってやった。が、すぐにこのバカな言葉を後悔する破目になった、というのは、この罰あたりの悪党奴、私を海に放り込むように両方の船長を説得しようと何度やってみても駄目なものだから(私を殺しはしないと約束した以上、両船長とも耳を貸そうとしなかったのだ)、それではと、死よりも怖ろしい罰を課すように丸め込んでしまったからである。私の部下は等分して二隻の海賊船に乗せられ、私のスループ船には別の連中が乗り込んだ。私自身については、櫂と帆と四日分の食料を持たせて小さなカヌーに乗せ、大海に放り出すということに決まったが、食料だけは日本人の船長が自分のを割いて二倍にしてくれ、しかも誰かが私の検査をするのを認めようとはしなかった。私がカヌーに乗り移る間も、例のオランダ野郎は甲板から、オランダ語の総力をあげて罵倒悪態を浴びせかけてくれた。

実は海賊に出くわす一時間ほど前に私は測定をやっていて、北緯四十六度、経度百八十三度にいることを確認していた。海賊たちから少し離れたところで懐中望遠鏡で覗いてみると、南東の方角に島影が幾つか見えた。順風であったので、いちばん近くの島にならば辿りつけるだろうと考えて帆をあげると、三時間ほどで到着できた。そこはまるで岩だらけではあったものの、鳥の卵がたくさん見つかったので、火を起こして、ヒースの枝や乾いた海草を燃やしてその卵を焼いた。食料はなるたけ節約しなくてはと思っていたので、他には何も口にしなかった。その夜は岩蔭にヒースの枝葉を敷いて眠ることになったが、かなりよく眠れたほうである。

その翌日は次の島へ移り、そこからさらに第三、第四の島へ、帆に頼ったり櫂を使ったりしながら移動していった。しかし読者にあまり細々とした苦労話をするのもわずらわしいだろうから、五日目になって、そのとき視界にあった最後の島(その手前の島から見ると、方角は南南東)に辿りついたとだけ言っておくことにする。

この島までは思ったよりも距離があって、五時間以下では辿りつけなかった。適当な上陸場所を見つけるのにもほとんど島を一周するありさまで、それがまた自分のカヌーの三倍ほどの幅の小さな入江にすぎなかった。この島も岩だらけではあるが、ところどころに叢があり、香りの良い薬草らしきものもあった。私は乏しい食料を取り出して元気をつけ、その残りはおびただしくある洞穴のひとつに隠した。そして岩場から卵をたくさん探して来、乾いた海草と枯草もしっかり集めて、翌日はこれに火をつけて卵をうまく焼くのに備えた。(燧石、火打ち鉄、火縄、レンズは肌身離さず持っていた)。その夜は、食料を置いた洞穴の中で寝た。寝床代わりになったのは、翌日燃やすつもりでいたのと同じ乾いた草と海草。だが、ほとんど眠れなかった、疲れている以上に気持ちの不安が強くて、眼が冴えてしまったのだ。考えれば考えるほど、こんな荒涼とした場所で命をつなぐのは不可能だし、悲惨をきわめる最期を迎えるしかない。私はすっかり意気消沈してしまって、起き上がる気力すらなくなり、やっと洞穴から這いだす元気を取り戻したときには、お天道さまがとっくに空高く昇っていた。しばらく岩の間を歩きまわってみたが、大空はあくまでも澄みわたり、あまりの太陽の眩しさに顔をそむけるしかないと思ったその瞬間、突然、雲にさえぎられた場合とはまったく違う風に、それが暗くなってしまった。振り向くと、私と太陽の間に何か不透明な巨大な物体があって、それが島の方へ向かって来る。高さは二マイルくらいだろうか、六、七分間は太陽を蔽い隠してしまったが、山の蔭に立ったとき以上に空気がひんやりするとか、空も暗くなるということはなかった。私のいる場所の上に近づいて来るのを見ていると、どうやら硬い物体らしくて、底面は平たく滑かで、下の海からの照り返しをうけてキラキラと眩しいくらいであった。そのとき私は海岸から二百ヤードくらいあるところの高台に立っていたのだが、この巨大な物体がその私の眼の高さまで降りて来たのである、イングランド流に言うと、一マイルの距離もないところに。懐中望遠鏡を取り出して覗いてみると、どうやら傾斜しているらしい側面をたくさんの人間が昇降しているのがはっきりと見てとれはするものの、その彼らが何をしているのかまでは判別できなかった。

生命への愛が私の心の内におのずと喜びをかきたて、この思いがけない出来事が私をこの荒涼たる場所と苦境から何らかのかたちで救い出してくれやしないかという希望に飛びつきたくなった。しかし、その一方で、人の住む島が空中に浮かんでいて、それを意のままに上昇、下降、前進させられる(そう見える)というのを目のあたりにしたときの私の驚愕は恐らく読者の想像を越えるものだろう。しかし、そのときはこの現象について熟考するような気分ではなく、私はむしろ、しばらく静止しているように見える島がどの方向へ動き出すのかに注目することにした。しばらくすると、それがさらに接近してきたので、その側面をよく見てみると、全体をぐるりと取り巻く回廊が何段かあって、ところどころにある階段でそれを上下するようになっている。いちばん下の回廊では何人かが長い釣り竿で釣りをしていて、それを脇で見ている者の姿もある。その島に向かって私が縁なし帽とハンカチを振り（帽子の縁はとっくに擦り切れてしまっていた）、島が近づいて来てからは、あらん限りの声をふり絞って叫び声をあげて、じっと様子を見ていると、こちらから一番よく見える側に大勢が集まって来た。そして私の方を指さしたり、お互いを指さしあったりしているところからすると、間違いなく私に気づいているのだが、それでも私の叫び声に答えることはせず、四、五人の男が大慌てで階段を駆けあがり、島の頂きの方へ姿を消してしまった。誰か上の者にこの場合の指示をあおぐためにやられたのだろうと私は想像したが、事実、その通りであった。

人々の数はどんどん増えていったが、ものの半時間も経たないうちに島は位置を変えて上昇し、いちばん下の回廊が私の立っている高台から距離にして百ヤード、ほぼ水平の高さに来た。私はひたすら懇願する格好をして、ひたすらへり下った声音で語りかけてみたものの、相変らず返事はなかった。私の正面のいちばん近いところに出て来ている連中は、その服装からして、お偉方らしかった。その彼らが何度も私の方を見ては、なにやら真剣に相談していた。とうとうそのうちの一人が、音からするとイタリア語に似ていなくもない、はっきりとした、品の良い、なめらかな言葉を発したので、こちらもイタリア語で、せめて抑揚だけでも相手の耳に快くあってほしいと思いながら、返事をかえした。お互いに相手の言葉は分からなかったが、私の苦境は見てとれるわけで、言いたいことは簡単に理解してもらえた。

岩の上から降りて海岸の方に出ろと彼らが合図をするので、その通りにすると、空飛ぶ島を適当な高さにまで上昇させ、端を私の真上のところに持って来て、いちばん下の回廊から一本の鎖をスルスルと降ろしてくれたが、その先端に坐るところがついているので、それにしっかり体を固定すると、滑車で上に引き上げられた。

第二章

ラピュタ人の気質及び性癖について。彼らの学問。国王とその宮廷について。そこで筆者の受けた歓迎。不安と危惧にさらされる住民。女性について。

上に着いた途端に私は人だかりに取り囲まれてしまったが、いちばん近くに寄って来たのは家柄の高い人々であるらしかった。彼らは私を見て驚愕の色を隠しきれない様子であったが、その点では私もひけをとらず、その姿形、服装、容貌のどれをとってもこれほど奇妙な人種にはついぞお目にかかったことがなかった。なにしろ全員の頭が右か左に傾いでいるし、眼のひとつは内側へ向き、もうひとつは真っすぐ天頂を見上げているのだ。外側にまとう衣裳には太陽と月と星の形がデザインされ、その隙き間に提琴、横笛、竪琴、喇叭、六絃琴、鍵琴の他、ヨーロッパには見られない楽器の形がちりばめられていた。しかもあちこちに召使の服装をしたのがたくさんいて、ちょうど殻竿のような短かい棒の先にふくらました膀胱をつけたのを手にしている。その膀胱の袋の中には乾燥させた豆か石粒が少し入れてあった(あとで、そう教わった)。召使たちは、そばに立っている連中の口元や耳元をときおりこの膀胱袋で叩くのだが、そのときはなぜそんなことをするのか理解できなかった。どうやら、このお偉方の頭脳はすっかり思索に集中しているために、物を言い、聞く器官を外から刺激して起こしてもらわないと物が言えない、他人の話に注意が向かないということで、余裕のある人々は使用人の一人として必ず叩き人(原語はクリメノール)をおき、外出するとか、ひとを訪ねるとかいうときには必ず連れてゆくということらしい。その叩き人の仕事というのは、二人以上の人間が集まった場合、その膀胱袋で喋ろうとする者の口元と、その話しの相手となる人物もしくは人物たちの右の耳元を軽く叩いてやることである。この叩き人は主人が散歩に出かけるときも同じような気配りをするし、場合によっては眼のところを軽く叩くこともあるのは、なにしろ思弁にのめり込んでいて、下手をしなくても、崖から落ちたり、柱とみれば頭をぶつけたり、通りを歩けば他人にぶつかったり、ぶつかられて溝に落ちたりしかねないからである。

　彼らに案内されて階段を登り、島の頂上に出て、そこから王宮に向かったのだが、読者にせめてこれくらいの説明はしておかないと、ここの人間のやることなすことが、あのときの私同様、皆目理解できなかったであろう。なにしろ登って行く途中でも、何をしているのかきれいに忘れて、私を放ったらかしにしてくれることが何度かあり、叩き人に記憶を呼びさましてもらう始末で、私の服装や顔つきが見慣れないものであろうと、彼らよりはとらわれのない頭と思考力をもつ庶民が騒ごうと、まったく動じない様子であった。

　ともかく宮殿に入って、謁見の間に通されると、国王は玉座にあって、その左右には最高位の人々がずらりと並んでいた。玉座の前には大きなテーブルがあって、その上にはありとあらゆる種類の地球儀、天球儀、数学器具がのっている。われわれが中に入ってゆくと宮廷中の者が蝟集して来たから、かなり騒々しかったはずであるのに、国王陛下はまったく気にもおとめにならなかった。ちょうどある問題を沈思黙考中ということで、その問題が解けるまで、少なくとも一時間の待機ということになった。国王の左右には叩き棒を手にした若い小姓がひとりずつ控えていて、国王がひと休みに入られたのを眼にして、一人が口元を、もう一人が右の耳を軽く叩くと、国王は突然起こされたか何かのようにハッとなさって私の方を、そして私の周りにいる者の方をご覧になり、前もって申し上げてあった伺候の理由を思い出された。陛下が二言三言、言葉をかけて下さると、例の叩き棒を手にした若いのがすっと私の脇に寄って来て、右の耳を軽く叩くので、私はなるたけ非礼にならないように、そんな道具は不要であるという身振りをしたのだが、あとで知ったところでは、そのために陛下及び宮廷中が私の理解力は低いと思われたのだそうである。国王は、私の推測する限りでは、質問をあれこれなさったようで、こちらも知る限りの言語を駆使して返事をしてはみた。私が何も理解できない、相手も同じということが判ると、私は国王の命令で宮殿内の他の部屋に案内され（この君主は、外国人を歓待することにかけては、歴代の諸王をはるかに凌いでいた）、しかも召使を二人もつけてもらうことになった。食事が運ばれて来ると、確か国王のすぐそばに控えていた高位の人物が四人、わざわざ私の相手をしてくれた。三皿の料理の出るコースが二つである。第一のコースは正三角形に切った羊の肩肉と、偏菱形に切った牛肉と、円曲線形のプディング。第二のコースは家鴨を二羽、提琴の形に組合わせたものと、ソーセージとプディングを横笛とオーボエの形にしたものと、犢の胸肉を竪琴の形にしたもの。召使にパンを切らせると、円錐、円筒、平行四辺形他の幾何図形尽しである。

食事をしながら私は思い切って、彼らの言語ではあれやこれやをどう呼ぶのか訊いてみたが、この高貴なる面々は、もし私に会話ができるようになれば彼らの大いなる能力に対する讃仰の念がいやますとでも思ったのか、叩き人の助けを借りて、さも嬉しそうに答えてくれた。おかげでじきにパンだ、飲み物だと、欲しいものは何でも要求できるようになった。

食事が終わってこの連中が退席すると、国王の命令だからと称して、叩き人を従えた別の男がやって来た。彼はペン、インク、紙と本を三、四冊携えていて、身振りで、自分は言葉の指南役だと伝えようとする。共に座すこと四時間、その間に私はたくさんの単語を一方の側に書きつけ、その反対側に訳語を書いていった。同じようにして、なんとか短かい文も幾つか覚えた。先生が召使のひとりに向かって、何々を持って来い、回れ右、御辞儀、坐れ、立て、歩けといった命令をする。それを私が文に書きとる、というわけだ。先生は本の一冊を開いて、太陽、月、星、十二宮、回帰線、極圏の図を見せ、あれこれの平面図形や立体図形の名称も教えてくれた。楽器の名称や特色もすべて教えてくれたし、それを演奏するさいの専門用語なるものも教えてくれた。彼が帰って行ったあと、私はそれらの語を解釈と一緒にアルファベット順にならべ直した。そして数日後には、忠実なる記憶力の助けをかりて、彼らの言語がどんなものか多少はつかめるようになったというわけである。

▼▼

私が飛ぶ島あるいは浮く島と訳している言葉の原語はラピュタ(Laputa)であるが、その正しい語源は分からなかった。今では廃語化した古い言語では Lap は高いの意味であり、Untuh は統治者ということであるが、それが合体した Lapuntuh が崩れて Laputa になったのだとする説もある。しかしこの派生説は、私には少し無理があるように思える。私がこの国の学者たちに敢えて提唱した説というのは Laputa は Lap outed に近いのではないかというもので、この場合 Lap とは本来的には日の光が海に踊ること、outed は翼の意であるが、この推測をごり押しするつもりはなく、むしろ賢明なる読者にゆだねたいと思う。

国王から私の世話をするように申し渡された者たちは、私のあまりにもみすぼらしい服装を見て、仕立て屋に翌日来て、服の仕立てのための寸法を測るように命じた。この仕事屋のやり方がヨーロッパの同業者のものとは違っていた。まず私の背丈を象限儀で測り、次に物差しとコンパスで全身の容積と輪郭を調べ、その数字を紙に書きとめて、六日経つと私の服なるものを届けに来たのだが、まあ下手糞で、まったく形をなしていない。計算をするときに数字を間違えたものらしいが、こういう偶発事はしょっちゅうのことらしくて、ほとんど誰も気にしない、まさしくヤレヤレであった。

着るものがないうえに体調不良でさらに数日間部屋を出られなかったので、その間にも私の辞書はふくらんで、その次に宮廷に出かけたときには国王の話を随分理解できるようになっていたし、ある種の返事ならばできるようになっていた。陛下は島を北東の少し東寄りに移動させて、下の硬い大地にある王国全体の首都であるラガードの真上にもってゆくように命令を出しておられた。そこまでは距離にしておよそ九十リーグ、四日半の航行であった。島が空を飛ぶとはいうものの、進行している気配はまったく感じられなかった。二日目の朝、十一時頃のことだろうか、国王御自身が、貴族、廷臣、役人をずらりと従えて楽器の調整をお始めになって、それから三時間は休憩なしの演奏続き、私などあまりの騒音に茫然とするのみで、例の先生に教えてもらうまでは、一体これは何なのか想像もつかなかった。その先生の説明によると、この島の人々の耳はいつも定期的に奏される天体の音楽が聞えるように出来ていて、宮廷の人々はいちばん自信のある楽器を持ってそれに応ずることになっているのだという。

首都ラガードに向かって航行する途中、陛下は臣民の請願を受けるためとして、幾つかの町と村の上で島を止めるように命令なさった。そしてそのために、先に小さな重しをつけた細い縄が何本も地上に下ろされた。人々がこの縄に請願書を結びつけると、凧揚げの糸の端に学童が括りつけた紙切れのように、それがするすると上に昇ってゆく。ときには下から葡萄酒や食料を受けとることもあったが、その引き上げは滑車によった。

　私にも多少は数学の知識があったおかげで、彼らの語法を修得するのに大いに役立ったのであるが、その語法なるものは大部分数学と音楽を基礎としたもので、私には音楽の心得もなくはなかった。彼らの考えはつねに線および図形と絡んでいる。例えば女だとか、他の動物だとかの美しさを褒めようとすると、菱形、円、平行四辺形、楕円などの幾何学用語が出てくるか、ここで繰返すほどのこともあるまいが、音楽から借りた専門用語が出てくるか、そのいずれかである。国王の厨房にはあらゆる種類の数学、音楽の器具が置いてあり、肉などはその形に似せて切った上で、陛下の食卓に供することになる。

　彼らの家の建て方は実にお粗末で、壁は傾いているし、部屋の隅が直角になっていることすらないが、この欠陥は応用幾何学を軽蔑するところから来るもので、彼らはそれを職人の関わる低俗なものと見下して、職人の頭には高尚すぎる指示ばかり出すものだから、どうしても間違いに歯止めがかからない。彼らは定規と鉛筆と分度器を持たせて紙の上で仕事をさせるとそれなりに器用ではあるが、いざ実生活上の作業となると、これほど不器用で、ぎこちなくて、始末の悪い連中には、数学と音楽以外のことについては何を考えるにしてものろまで、すぐ行き詰ってしまう連中には、ついぞお目にかかったことがない。おまけに筋道をたてて話をするのが下手糞で、たまたま意見が合わない限り（もちろん、滅多にないことだ）、猛烈に反発してしまう。想像、空想、創意といったものにはまったく縁がないし、そもそも彼らの言語にはそうしたものを表現するための言葉がなく、彼らの思考も精神も前にあげた二つの学問の枠の中にすっかり閉じ込められてしまっているのである。

彼らの大多数は、とりわけ天文学に関わっている連中は占星術を強く信奉しているくせに、恥しがってそのことを公言しない。しかし、私が何よりも舌を巻き、かつ不可解に思ったのは、彼らがあれこれの消息や政治のことをやたらと気にかけ、社会のことを絶えず穿鑿し、国家の政治を云々し、党派の意見を隅々まで熱狂的に議論しあうという点であった。確かに私の知っているヨーロッパの数学者も大抵は同じ性向を持ってはいるが、この政治と数学という二つの知識にはいささかの類似があるようにも思えない、もちろん彼らが、最小の円も最大の円も角度の数は同じなのだから、世界を統制して管理するのには地球儀ひとつをひねくり廻すだけの能力があれば事足りると考えているのであれば話は別であるが。しかし、思うに、このような傾向は、自分にはいちばん関係がなく、いちばん勉強していない、性格的にも合わない問題にこそ強い好奇心を抱いて、依怙地になりたがる人間に共通の弱点に由来するものではあるまいか。

ここの人々はのべつ不安にとりつかれていて、一瞬たりとも心の安まることがないようであるが、その心の乱れの原因というのが、他の人間ならば何とも思わないようなものなのだ。彼らの心配は天体に異変が起きやしないかというところから来ているのである。例えば、地球はたえず太陽に接近した結果としていつか吸収されるか、呑み込まれるかするに違いないとか。太陽の発散するものが次第にその表面にこびりついて、ついには光を放たなくなるのではないかとか。前回彗星が到来したときに、もしその尻尾が触れでもしていたら地球は間違いなく灰燼に帰していたところを、間一髪逃れはしたものの、三十一年後に到来すると計算されている次の奴は、十中八九、命取りになるだろうとか。つまり、その彗星の近日点が太陽から或る限度内に入ってしまうと（計算上はその恐れが十分にあるというのだ)、真っ赤に灼熱した鉄の一万倍以上の高温を帯びてしまい、太陽から離れてゆくときには百万と十四マイルにわたる炎の尾を引くことになり、地球がその核もしくは彗星の本体から十万マイルのところを通過したとしても、その通過のさいに炎上して灰燼に帰すだろうというのである。あるいは、太陽は何の養分の補給も受けないままその光線を使う一方なのだから、ついには完全に力尽きて消滅し、それから光を得ているこの地球も、他のすべての惑星も潰滅してしまうに違いないとか。

▼ 彼らはこうした危険や、それに似たさし迫った危険の影にのべつまくなしに怯えているので、夜もベッドで安眠できないし、世の常なる悦び、楽しみを味わうことさえできないのだ。朝、知人に会えば、まず第一に訊くのは、太陽の調子はどうだろう、沈むとき、昇るときの顔色はどうだった、今度来る彗星の一撃をかわせる望みはあるんだろうか、ということ。こういう会話を始めるときの彼らの様子たるや、幽霊やお化けの出てくる恐い話を聞くのが大好きで、ついじっと聞き入ってしまうくせに、そのあとは怯えて寝床にも入れないという男の子と同じである。

▼ 島の女たちは元気があり余っている。彼女たちは亭主など馬鹿にしきって、他の土地から来た男にむやみと熱をあげてしまうが、宮廷には、幾つかの町や自治体の仕事で、あるいは個人的な用件で下の大陸からやって来る連中が、いつもかなりの数いるのである。ただし、能力が劣るということでひどく軽蔑されてはいる。御婦人方はその中から愛人をお選びになるのだが、腹が立つのはそのあまりにもいけしゃあしゃあとした振舞いで、亭主は四六時中瞑想浸りというわけだから、紙と道具を持たせて、叩き人さえつけなければ、その面前で奥方とその愛人はいちゃつき放題、し放題ということになる。

▼ 私などこの島は世界でいちばん素晴らしいところだと思うのだが、奥様方、お嬢様方はこの島に閉じ込められてい

ることに不満で、生活は贅沢三昧、何でも好きなことをしてよいというのに、どうしても世の中が見たい、首都の享楽に浸りたいということになる、もっとも国王の特別の許可がなければ出かけるわけにはいかないし、高位にある者たちはこれまでの度重なる経験から、下の世界に行ってしまった女たちを呼び戻すのがいかに大変か承知しているので、この許可そのものが容易には降りないのである。また、或る話によると、宮廷のある貴婦人が、この国随一の資産家で、容姿端麗で、実に愛が深く、島でいちばん豪華な邸宅に居を構える宰相と結婚して、何人もの子どもをもうけたあと、保養と称して下のラガードに降り、それから数ケ月姿をくらましてしまったので、とうとう国王から捜索命令が出る騒ぎとなり、やっとみすぼらしい飲食屋で発見されたときには全身これボロ着で、持っていた衣裳は醜怪な老いぼれの従僕をやしなうために質に入れてしまっていたとかで、毎日殴られて嫌だ、嫌だと言いつつも、そのそばを離れられなかったのである。夫の方はあらん限りの親切を尽して、咎めだてひとつせずに彼女を迎え入れたのだが、ほどなく彼女は宝石をごっそり抱えてこっそりとその愛人のところへ降りてしまい、それっきり消息が途絶えてしまったという。

こんな話をすると、それは遠い遠い国のことではなくて、ヨーロッパかイングランドの話ではないかと思われる読者もあるかもしれない。しかし、どうか読者には、女の気紛れは風土や民族に縛られるものではないこと、とかく想像する以上に均一であることを忘れないでいただきたい。

一ケ月もすると、彼らの言語もまずまずこなせるようになり、謁見の栄に浴したときにも国王の大抵の御下問には返事ができるようになっていた。陛下は私が訪ねた諸国の法律、政治、歴史、宗教、風習にはいっさい何の好奇心も示されず、質問は数学に関することのみで、私がする説明を、左右の叩き人に何度も起こしてもらいながら、さも軽蔑したような、つまらなさそうな顔をして聞いておられた。

第三章

現代の哲学と天文学の解明した或る現象。ラピュタにおける天文学の大躍進。国王による叛乱鎮圧法。

この君主に、この島の珍しいものを拝見致したくと許可を求めたところ、ご機嫌よくお許しが出た上に、例の先生まで同行させて下さった。私が何よりも知りたかったのは、いかなる技術によって、もしくは自然の力によってこの島が幾つかの動きをするのかということであり、以下、読者にその哲学的な説明をしてみることにしよう。

飛ぶ島もしくは浮く島は厳密に円形になっており、その直径は七八三七ヤード、つまり約四マイル半で、したがって面積は一万エーカーということになる。その厚さは三百ヤード。その底というか、下から見上げる者にとっては下の表面は平たく整った一枚の硬い石で出来ており、その厚さは約二百ヤードにも及ぶ。その上には何種類かの鉱物が順序よく層をなしており、いちばん上は十から十二フィートの豊かな土壌に蔽われている。上の表面は周縁から中心に向かって傾斜しているために、この島に降る露や雨はことごとく小さな川をなして真ん中に向い、中心から二百ヤードの距離にある周囲半マイルほどの四つの大きな池に溜ることになる。昼間は太陽のせいでこれらの池からたえず水が蒸発するので、それが効果的に氾濫を喰い止めている。加えて、君主はこの島を雲や蒸気のある一帯の上にあげる力を持っているので、その気になればいつでも露と雨を締め出すこともできるのだ。博物学者の一致した意見では、最高度の雲も二マイルより上に行くことはないし、少なくともこの国では未だかつてそのような事例は知られていないとのことであった。

島の中心には直径五十ヤードほどの亀裂があって、天文学者はそこからフランドーナ・ガニョーレ、天文学者の洞穴と呼ばれる大きなドームに降りてゆくのだが、上の硬い石の表面から測るとその深さは百ヤードはある。この洞穴にはつねに二十のランプがともされており、それが硬い石に反射して、隅々まで明るく照らしだしている。この場所にはじつにさまざまの六分儀、四分儀、望遠鏡、天体観測器他の天文学の器具類が設置されている。しかし、この島の運命を左右する最大の目玉は、形の上では織工の使う梭(ひ)に似た巨大な磁石である。その長さは六ヤード、いちばん太いところは少なくとも三ヤードはある。この磁石がその中央を貫く強靭な硬い石の軸で支えられていて、その軸を中心として回転したり静止したりするので、ごく軽く触れるだけで操作することが可能である。それを取り巻いている硬い石の筒は高さ、厚さとも四フィート、直径十二ヤードで、各々六ヤードの高さをもつ硬い石の足八本によって水平に支えられている。この筒の内側の中央のところに深さ十二インチの溝があり、軸の両端はそこにはめ込まれていて、必要に応じて回転させる。

この筒と足とは、島の底の部分を構成している硬い石の本体とひとつながりになっているので、いかなる力をもってしてもこの磁石の位置を移動させることはできない。

島はこの磁石によって上昇、下降、場所の移動をするのである。例えば、地上で、この帝王の支配が及ぶ地域についてみれば、磁石の一方の端にはそれを引き寄せる力が、もう一方の端にははねつける力が与えられている。吸引極が地上に対して垂直になるように磁石を動かすと島は下降するし、反発極を下に向けると、島は真っすぐに上昇する。磁石の位置を斜めにすると、島もそう動く。この磁石では必ず、それが向けられた方向に沿って平行に力が働くのである。

▼▼

島はこの斜行運動によってこの帝王の領土の各地に移動する。その飛行の仕方を説明するために、まずＡＢをバルニバービの領土を横断する線、線ｃｄが磁石を表わし、ｄを反発極、ｃを吸引極として、今島はｃの上空にあるとする、そして磁石をｃｄの位置において、反発極を下に向けたとすると、島は斜め上方Ｄの方向に動くことになる。Ｄに到達すると、そこで磁石を回転させて吸引極をＥに向けてやると、島はＥの方向に斜行するはずで、そこでまた磁石を回転させてＥＦの位置におき、反発極を下に向けると、島はＦに向かって斜めに上昇し、そこで吸引極をＧの方向に向けると、島はＧまで移動するわけで、そのあとＧからＨまでは、磁石を回転させて、反発極が真下を向くようにする。このようにして必要に応じて磁石の向きを変えてやれば、島は斜めの方向に上昇、下降することになり、この上昇、下降を交互に繰返すことによって(斜行はさほどのものではない)、領土内のあちこちに移動してゆくのである。

だが、この島は下の領土外に飛び出す力は持たないし、上昇も四マイルまでであることを指摘しておかねばならない。この点に関して天文学者たちの挙げている理由というのは(磁石については、彼らの手になる大量の著述がある)、磁力は四マイル以上は及ばない、大地の内臓部ならびに海岸から大体六リーグ以内の海底にあってこの磁石に反応する鉱物は地球の全体に分布しているわけではなく、国王の領土内に限られているということであるが、このように途

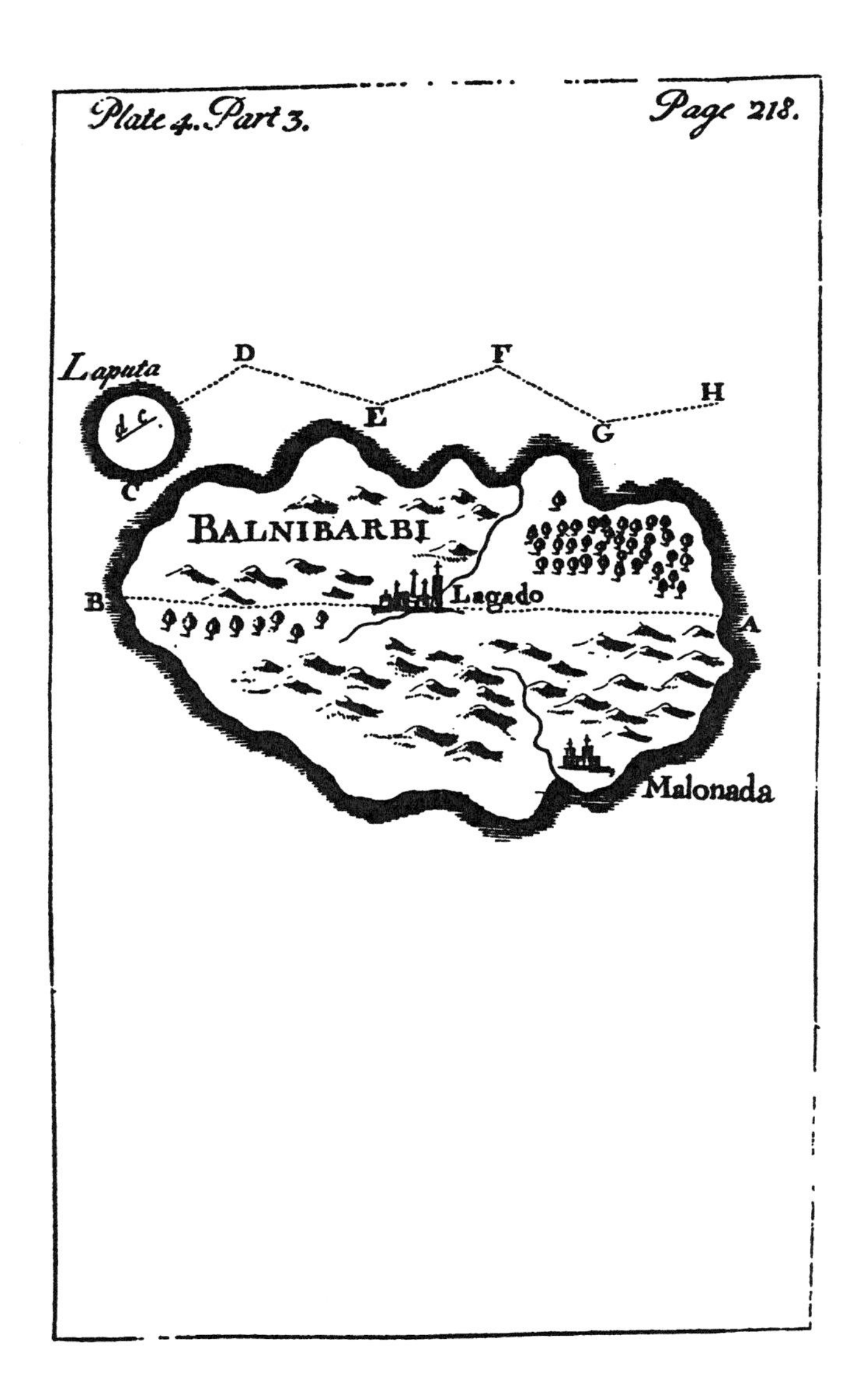
Plate 4. Part 3.
Page 218.
Laputa
d c.
D
F
H
E
G
C
BALNIBARBI
Lagado
B
A
Malonada

轍もなく有利な立場にある以上、この磁石の吸引力の及ぶ圏域内にある国を従属させることなど、君主としては造作もないことであった。

▼磁石が水平面に対して平行になっているときには島が静止するのは、その場合には、両極が地面から等距離になり、下へ引く力と上へ押し上げる力が同じ大きさで作用し、結果として動きが生じないからである。

この磁石を管理しているのは何人かの天文学者で、帝王の命令に応じて、ときおりその位置を変える。彼らは生涯の大半を天体を観測して過すのであるが、そのときに使われるレンズは、われわれのものよりもはるかに質が高い。▼彼らの持っている最大の望遠鏡でも三フィートを越えるものではないが、われわれの百フィートのものよりも拡大力が大きく、星がはるかに明瞭に見える。彼らはこの利点を利用して、われわれヨーロッパの天文学者よりもはるかに▼遠くにまで発見の手を伸ばしている。彼らはすでに一万個にも及ぶ恒星の表を作成しているが、われわれの手元にある最大のものでもその数の三分の一を出ない。▼彼らはまた火星のまわりを回る小さな星、衛星を発見しているが、内側のものは元になる惑星の中心からその直径のちょうど三倍の距離に、外側のは五倍の距離にあり、前者は十時間、後者は二十一時間半で一回転し、したがって、それぞれの周期の二乗が火星の中心から衛星までの距離の三乗にほぼ比例することになり、明らかに他の天体を支配しているのと同じ引力の法則によって支配されているのである。

▼彼らは彗星も九十三個観察し、その周期をきわめて正確に決定している。もしこれが本当に正しいとすれば（彼らは自信満々ではあるが）、その観察結果の公表が大いに待たれるところであって、目下欠陥だらけの彗星の理論も、それによって、天文学の他の分野に肩をならべるくらいには完成するのではあるまいか。

ここの国王は、ともかく大臣たちを説得してその支援を取りつけることができさえすれば、宇宙に冠たる絶対君主となれるだろうが、なにしろ彼らの所領は下の大陸にあることだし、寵臣の地位などおよそ危なっかしいことを胆に銘じて、自分の国の隷属化には応じようとしないのである。

▼

いずれかの町が叛乱もしくは内乱を起こしたり、熾烈な内部抗争を始めたり、通例の納税を拒んだりした場合、この国王は人々を服従させてしまう方法を二つ持っている。第一の穏やかな方法というのは、そのような町と周辺地域の上空に島を停止させ、それによって太陽と雨の恩恵を剝奪し、結果的に住民に飢饉と病気を押しつけるというもの。犯罪によっては、それと併行して、上から大きな石をドスン、ドスンと落とすこともあって、住民としては地下の蔵か洞穴にもぐる以外に防禦のしようがないが、それでも家の屋根は粉々にされてしまう。それでも意地を張って暴動でも起こしかねない勢いだと、国王はいよいよ最後の手を使う、彼らの頭の上に島ごとドスンとやって、家も人もみんな仲良くぺしゃんこにしてしまうのである。もっとも、君主がこの非常手段に訴えかけることはまずないし、自分でそんな気を起こすこともない、大臣連にしても、あとあと民衆の怨みを買い、しかも下にある自分の所領には――上にある島は王様の領地だからいいとしても――大打撃となるような作戦を進言することはない。

ただし、この国の歴代の王が、ぎりぎりの必要に迫られないかぎり、この過激な作戦に打って出ることをつねに嫌ってきたについては、実はもっと重大な理由が存在する。もしかりに破壊しようとする町の中に大きな岩が聳え立っているとすると、これは大きな都市ではよくあることで、もともとはこうした惨事を防ぐことを目的として選ばれた地形だと思われるが、あるいは、高い石の尖塔や柱がたくさんあるとすると、そこへ突然ドスンとやった場合、島の底の部分つまり下の表面が傷ついてしまいかねないのであって、前にも説明したように、それが厚さ二百ヤードの硬い石の一枚岩で出来ているとは言っても、強烈すぎる衝撃のせいで亀裂が走らないとも限らないし、下の家屋から出た火災に近づきすぎて破裂しないとも限らない。われわれの家の煙突でも鉄と石でできた上端でよくそういうことが起こる。こうしたことを民衆はよく承知していて、こと自由や財産が絡んでいるときにはどこまで意地を張っていいのかも理解している。国王にしても、たとえ怒り心頭に発し、その都市を押し潰して廃墟にしてしまうと不退転の決意を固めていたとしても、本音では硬い石の底部を壊すのが恐いにもかかわらず、民衆をいたわるためにといった口実をつけて、島をそろりそろりドスンと落とすよう命令することになるけれども、その場合、哲学者たちの統一見解によれば、いくら磁石でももう島を持ち上げることはできず、島全体が地面に落下することになるだろうとのこと。

私がこの国を訪ねる三年ほど前、国王の領土巡幸中に現君主制の運命に、少なくとも、今あるそれの運命に終止符を打ちかねない異常事態が発生したことがあるという。この巡幸のおり、陛下が最初に向かわれたのは王国第二の都市リンダリーノであった。ところが陛下がご帰還になって三日後には、前々から苛斂誅求に不満を抱いていたそこの住民たちが市の門を閉ざして、総督を捕え、市の中央に立つ先端のとがった大岩と同じ高さの四つの大きな塔を市の(正方形の形をしている)四隅に、力を合わせてあっと言う間に建ててしまった。彼らは各塔の上と大岩の上に大きな磁石を設置したばかりか、この磁石計画が不発に終わって狙いが外れた場合にそなえて、島の硬い石の底部を破壊するために、強力な可燃性をもつ燃料を多量に用意した。

リンダリーノの住民が反乱を起こしたという詳報が国王に届いたのは、八ケ月後のことであった。国王はただちに島をその都市の上空に移すように命じられた。一方民衆は一致団結していて、食料の備蓄も十分であったし、町の中心を流れる大きな河もある。国王は数日にわたって上空にいすわり、太陽と雨を奪い取ろうとした。そして綱を何本も下ろすように命じたのだが、誰も請願書を上申する者がないどころか、いっさいの不満の是正、免責特権、総督の選定権等々の途方もないことを含む大胆きわまりない要求が戻って来た。陛下からは島の住民に、下層の回廊に出て、町に巨石を投じよとの命令が下ったものの、市民たちはすでにこの攻撃にそなえて、財産もろとも四つの塔や、他の頑丈な建物や、地下の蔵などに避難していた。

この誇り高き民衆を押さえ込もうという国王の決意は堅く、塔と大岩の天辺から四十ヤード以内のところまで島をゆっくり下降させよと命令された。そこで下降には入ったものの、その作業に関わっていた者たちは下降の速度がいつもより大きいのに気がついたが、磁石を回しても島を安定させるのに四苦八苦、それどころか墜落しそうになってしまった。彼らはこの一大事をすぐさま国王に知らせ、陛下から島上昇のお許しをもらおうとすると、国王も同意され、御前会議が招集され、磁石の担当者たちも出席を命じられた。その最古参の専門家のひとりが或る実験をする許可を得た。彼は百ヤードの丈夫な紐を用意し、島が町の上空のもはや吸引力の届かないところまで上昇したところで、島の底部つまり下の表面を構成しているのと同じ性質の鉄鉱石を含む硬い石をその紐の先にゆわえつけ、下層の回廊から塔のてっぺんに向けてそろそろと降ろした。その硬い石を四ヤードも降ろさないうちに、再び引き上げるのが困難なくらいに強い力でそれが引っ張られるのを、彼は感じた。次に硬い石の小さいのを幾つか投げてみると、これも猛烈な勢いで塔のてっぺんに引きつけられた。他の三つの塔と大岩にも同じ実験をして、同じ結果が出た。

この事件は国王の打てる手をことごとく封じてしまい、（以下、他の事情は省略してしまうが）国王は町の要求を飲まざるを得なくなった。

有力大臣のひとりは、私に向かって、もし島が町のすぐ上にまで降下して再浮上できないような事態になっていたら、市民側は島が二度と動けないようにして、国王とその家来をすべて殺戮し、政府を取り替えてしまう決断をしていたのだと断定した。

▼現在では、この国の基本の法律によって国王、その第一王子、第二王子は島を離れることを許されていないし、王妃も懐妊可能なときが終わるまでは同じ扱いとなる。

第四章

筆者、ラピュタを去り、バルニバービに連れて行かれ、首都に到着する。首都とその周辺地域の説明。筆者、或る貴族の暖かい歓迎をうける。その貴族との対話。

▼べつにこの島で冷遇されたわけではないのだが、無視のされ方はひどかったし、軽蔑も混じっていなくはなかったと言うしかない。君主も民衆も数学と音楽以外の知識には興味を持たないようで、しかもその二つについては私が大きな遅れをとるものだから、そのために大いに等閑視されたというわけである。

それにまた、この島の珍しいものをすべて見てしまうと、ここの連中には心底うんざりしてしまって、出たくてたまらなくなって来た。確かに彼らは、私自身大いに尊重し、また多少の心得がなくもない二つの学問には秀でていたが、同時に、あまりに瞑想にのめり込んでしまっていて、つき合う相手としてはこんな不愉快な連中にはお目にかかったことがなかった。ここに二ケ月滞在しているうちにつき合ったのが女、商人、叩き人、宮廷の小姓などであったので、徹底的に軽蔑されてしまったが、まともな返事をしてくれたのはこういう人たちに限られた。

一所懸命に勉強したおかげで彼らの言語も十分に分かるようになっていたし、ほとんど何の口添えもしてもらえないこんな島に閉じ込められているのには嫌気がさしてきたので、機会があり次第、私はここを出る覚悟を固めた。

宮廷に国王の近親で、ただそれだけの理由でもって尊敬されている大貴族がいた。彼は誰からも廷臣中随一の無知、愚鈍とみなされていた。彼は王のために顕著な働きを数多くし、天賦の才能にも、努力の結果の才能にも大いに恵まれ、廉直と高潔な志をそなえた人物であったが、音楽を聴く耳がなくて、誹謗者たちの言い方によれば、しょっちゅう拍子を間違えるし、どんなにやさしい数学の命題の証明を教えようとしても、教師が四苦八苦してしまうということであった。その彼が私にはたいそう好意的で、何度も私のところに足を運んでくれて、ヨーロッパの事情のほか、私が旅行した幾つかの国の法律、風俗習慣、学問について知りたがった。そして、とても熱心に耳を傾け、私の話すことすべてに賢明な感想を述べるのであった。彼は体裁のこともあってか、叩き人を二人連れてはいたが、宮廷の中と儀礼的な訪問のとき以外は使うこともなく、われわれ二人きりのときには必ず下がるように命じた。

出発の許可をもらえるように陛下に取りなしてほしいとこの大人物に頼んでみたところ、残念だがと苦笑しながらも、すぐにその手続きをしてくれた。というのは、彼の方でも私にあれこれと有利な申し出をしてくれていたのだが、深甚の感謝を述べた上で辞退していたからである。

二月十六日、私は陛下と宮廷の人々に別れを告げた。国王からは、イングランドの二百ポンド相当の贈り物をいただき、その近親なるわが庇護者からはそれ以上の値打ちのものをもらった上に、首都ラガードの友人宛ての推薦状まで用意してもらい、ちょうど島がそこから二マイルほどの山の上空にいたので、上げてもらったときと同じやり方でいちばん下の回廊から吊り降してもらった。

その大陸は、飛ぶ島の帝王の支配下にある範囲については、バルニバービと通称され、前にも述べたように、その首都はラガードと呼ばれている。改めて堅い地面の上に立ってみると、我ながらいささか安堵した。土地の住民と同じような服装をしているし、話をする勉強も十分にしてきたので、この都市へ歩いてゆくときにも何の不安もなかった。推薦された人物の家もすぐに見つかり、我が友なる島の大公からの手紙を差し出すと、とても親切な歓迎をうけた。ムノーディという名前のこの大貴族がその邸宅内の一室を提供してくれたので、滞在中はそこを利用することになったが、その歓待も実に心のこもったものであった。

到着した日の翌朝にはこの人の馬車で町の見物に出かけたが、その大きさはロンドンの半分くらいであろう、ところが家の建て方が何とも奇妙で、しかも大半は荒れ放題だ。道を行く人々は早足で、眼はすわり、顔は狂暴、しかも大体がボロ着姿であった。われわれが町の門のひとつを通って三マイルほど田野に出てみると、大勢の農夫がいろいろな道具を使って地面を掘り返している姿があったが、それで何をしているのか、この人にも見当がつかないということだったし、土壌は肥えているらしかったが、私の眼には穀物や草がはえて来そうには見えなかった。町にも田野にも広がるこの奇怪な光景には私も驚いて、思い切ってこの案内人に、町でも田野でもどうしてあんなに多くの頭や手や顔が忙しそうに動いているのですか、何かの効果があるようには見えませんし、それどころか、土地の耕やし方は眼もあてられないし、家もひどい建て方で廃屋同然、人々はその顔といい、服装といい、悲惨さと欠乏がむきだしではありませんかと訊いてみた。

このムノーディ卿というのはこの国の第一級の人物で、何年かラガードの総督をつとめたこともあったが、大臣たちの陰謀のために、無能という汚名を着せられてその地位を追われていた。もっとも国王は彼を理解力がどうにも低いだけ、善意の人物であるとして、冷遇なさるようなことはなかった。

この国と住民について私が遠慮のない批判をすると、彼の方は、そんなに慌てて判断をなさることもないでしょう、この世界では国が変われば習俗も変わりますよというような差し障りのない話題に終始して、それ以上の返事はしなかった。ところが彼の邸宅に帰って来ると、この建て物をどう思うか、どういうところが馬鹿げていると見えるか、使用人の服装や顔つきのどこが嫌かと訊いてきた。平然とこういう質問ができるのは、彼の周囲はすべて豪華、端正、上品であったからでもある。私の答えは、思慮深さ、家柄、財産から致しましても、愚行と貧困ゆえに他の人々にこびりついておりますような欠陥が閣下には見当りません、というものであった。彼は、二十マイルほど離れたところに自分の領地があって、そこに屋敷があるから、そこに来てもらえばもっとゆっくりとこういう話ができるだろうと言う。私は閣下に、異存はございませんと答えて、翌朝一緒に出発した。

その途中彼は、農家の土地の耕し方をよくご覧なさいと言ったが、確かに私にはまったく不可解なもので、ごくわずかの場所を除いて、麦の穂の一本、草の葉一枚眼に入らないのだ。ところが三時間も行くと風景は一変して、実に美しい田園風景となり、そこかしこに並ぶ農家もきちんとした造りで、田野も囲い込まれて葡萄畑、麦畑、草地になっていた。これほどまでに心地よい風景はまず記憶にない。閣下は私の顔が晴れやかになるのをご覧になって、溜息をついて、そこからがわしの領地です。屋敷に着くまでずっとこうですよ、と仰有った。国の人々はこの管理の仕方はなんだ、王国にとって悪い手本にしかならんと申して私を物笑いの種にして馬鹿にしますが、この真似をする者なんてまずおりませんな、わしのような頑固で、弱い年寄り以外には。

とうとう屋敷に到着したが、これはまた古代の建築の最良の造り方に従った気品の漂う建物であった。泉、庭園、散歩道、並木道、木立の配置は適格な判断と趣味によっていた。私は眼に入るもののすべてを褒めたたえるのに、閣下のほうは意に介されない様子であったが、夕食が終わって、他に誰もいなくなると、憂鬱そのものといった顔つきとなり、町の邸宅も田舎のこの屋敷も取り壊して、現代風に建て直し、農園もすべて破壊して、他のものも今風に作り直し、小作人たちにも同じ指示を出さなきゃならんでしょう、そうせんと、やれ、傲慢だ、変人だ、気取っている、ものを知らない、気紛れだとののしられた上に、陛下の不興まで買うということになるやもしれん、と仰有った。あなたはしきりと感心しておられるようだが、恐らくあの宮廷では耳になさったこともない事情を少しお話したら、その感心も消えてしまうか、しぼんでしまうか、ともかくあそこの人たちは瞑想にのめり込みすぎて、この下の世界で起きていることに気が回らんのですよ。

彼の話の要点は次のようなものであった。四十年ほど前のこと、仕事のためであったのか、気晴らし目的であったのか、ともかく何人かの人物がラピュタに昇り、五ケ月して戻って来たときには生半可もいいところの数学の知識と一杯の気紛れを上空界で身につけていた。この連中は戻って来た途端に下でのもののやり方をすべて嫌い始め、芸術、学問、言語、技術のすべてを新しく土台から作り直す計画に邁進した。彼らはこの目的のためにラガードにベンチャー事業研究院を設立する勅許を得、こういった研究院のひとつもなければ王国の町という名に値しないとする風潮ががっちりと人々をとらえてしまった。こうした学院では教授たちが農業や建築の新しい標準と方法の考案を、すべての商業と製造業の役に立つ用具類の考案を試みており、それによって一人で十人分の仕事ができるようになり、永久に修繕不要の材料を使って一週間で宮殿も作れるという。地上の果実はすべて、われわれが妥当と思う季節に実らせ、その収穫高も現在の百倍にはできると言うし、ともかくこのような願ったりの計画が目白押しなのだ。唯一の不都合は、こうした計画のどれひとつとしてまだ完成していないことで、そのために目下、国土は荒廃、家は破れ、民は衣食に事欠くという有様なのだ。しかし彼らはそのために二の足を踏むわけではなく、希望と絶望に等しくかられて、五十倍の激しさで計画続行ということになるのだが、彼の方はべつに進取の気質に富むわけでもなく、旧来のやり方に満足し、先祖の造った屋敷に住み、人生万事新規を好まず昔ながらに生きていた。家柄の良い者やジェントリーの中には同じようにする者も他にいなくはなかったが、技能の敵、無知で公共心に欠ける者、国全般の向上よりも自分の安逸と懶惰を先にするとして軽蔑と敵意の的にされてしまった。

閣下はさらにつけ加えて、ここの大研究院にぜひ足を運ばれたらよいが、これ以上詳しく説明すると、見物する楽しみを殺いでしまうことになりそうだなと仰有った。そして、三マイルほどの距離にある山腹の廃屋だけはご覧になっておくとよいとして、次のような説明をして下さった。彼は屋敷から半マイルもないところに、大きな河から引いた流れで廻るとても便利な水車を持っていて、彼の家族も大勢の小作人もこれでやっていた。七年ほど前のこと、例の研究院の一団がやって来て、この水車を壊して、山腹に新しいのを作り、山の長い尾根に長い運河を掘って貯水場に引くようにし、管と機械で水車用の水を上にあげさえすれば、山の上を渡る風がその水を揺さぶってうまい具合に勢いがつき、それが斜面を流れ下って、平地を流れる河の水量の大体半分で水車を回すようにできるだろうと提案した。閣下によれば、当時はたまたま宮廷との折り合いがよくなく、多くの友人から強く勧められたこともあって、この提案を呑んでしまい、それから百人の働き手を傭うこと二年、事業は失敗し、研究院の連中は責任をすべて彼になすりつけて引き上げてしまい、その後も彼を罵り続けるばかりか、他の人々を同じ成功の口説き文句でこの実験にひきずり込み、同じ失望を味わわせている。

数日でわれわれは町に戻って来たが、閣下はあの研究院では受けがよくないから、同行するのは遠慮して、そこへ案内してくれる友人を推薦しようと仰有った。そして、この人はベンチャー事業の大変な礼讃者で、好奇心は旺盛、信じるのが早い人だと紹介して下さったが、確かにこれは当たっていなくもなかった。若い頃の私はある種のベンチャー事業屋ではあったわけだから。

第五章

筆者、ラガードの大研究院の見学を許される。この研究院の詳細。教授たちの取り組んでいる学問。

この研究院はひとつのまとまった建物ではなくて、通りの両側に幾つかの家屋がつながったもので、荒廃しかけていたのを買い取って使っているのである。

私は院長の手厚い歓待をうけ、何日もこの研究院に通った。どの部屋にも一人か、それ以上のベンチャー事業者がいて、私は五百を下らない部屋に入ったに違いない。

最初に出会った人物は貧相な顔つきで、おまけに手も顔も煤だらけ、髪も顎鬚も長く伸び、あちこちが焼け焦げている。上着もシャツも皮膚も同じ色ときている。胡瓜から日光を抽出する計画一筋八年間、それを罎に密封しておいて、気候不順の夏に放出、もって空気を暖めようというのだ。その彼によれば、あと八年もすれば総督の庭園に必ずやかなりの量の日光を提供できることは疑い得ない、だけども材料が足りんのだなあ、しかもこのところ胡瓜がやたらと高騰してしもうて、どうだろう、大発明のために一発奮発してもらえんかね、ということであった。私がわずかながらも喜捨をしたのは、見学者には必ず物乞いをするという連中の手口を大公がよくご存じで、あらかじめそのためのお金を持たせて下さったからである。

次の部屋に入った途端に、あまりの悪臭に圧倒されて、後向きに飛び出しそうになってしまった。それなのに案内人は私を前に押して、怒らしちゃいけません、相手がひどく立腹しますからと囁くものだから、こちらとしては鼻をつまむわけにもいかなかった。この部屋の事業屋さんはこの研究院の最古参の研究員であるとのこと。その顔と顎鬚は淡い黄色で、両手と服には汚物がべっとり。紹介されると、その格好できつくしっかりと抱擁していただいた(なんとも有難迷惑な挨拶だ)。彼がこの研究院に初めて来て以来の仕事というのは、人間の排泄物を幾つかの成分に分解し、胆汁のためについてしまった色を取り除き、臭気を放散させ、唾液をすくい取ることによって、それを元の食物に戻す作業であった。彼は毎週協会から、ブリストル大樽くらいの大きさの入れ物に一杯人糞を詰めたのを配給されていた。

氷を焼いて火薬を作る仕事をしている男もいたが、火の可鍛性についての自作の論文なるものを見せてくれて、出版するのだと息まいていた。

▼屋根から始めて土台に向けて建て下るという新しい建築法を考案した恐ろしく独創的な建築家もいて、蜂と蜘蛛という賢い昆虫が似たことをやっとるよと称して、自信のほどを見せた。
生まれつき眼が不自由という人物もいて、同じように眼の不自由な弟子を使って、絵画きのために絵具を調合する仕事をさせていたが、感触と嗅いで識別せよというのがその師の教えであった。彼らがその教えを十分に身につけていないのを目のあたりにするのは大いなる不幸であったが、教授御本人も大体間違えておられるとは言え、ともかくこの学者氏はまわりのみんなから絶大の評価と後押しをうけておられた。

別の部屋には、鋤、家畜、人力を節約するために豚力によって土地を耕作する方策をあみだした事業屋さんがいて、大いに嬉しくなってしまった。その方法というのは、例えば一エーカーの土地の場合、この動物の大好物の団栗、なつめ椰子、栗他の木の実や野菜を六インチ間隔、深さ八インチで多量に埋めておき、そこに六百頭あまりを追い込むと、ものの数日のうちに餌を探して畑全体を掘り起こし、種を蒔くのを待つばかりにしてくれる、おまけに肥料となる糞もまいてくれるというもの。もっとも実験してみると、費用と労力がひどくかさむ割には、収穫は皆無もしくはそれに近かった。しかしながら、この発明によって大いなる改良が可能になることは疑い得ないのである。

また別の部屋に入ってみると、壁といい天井といい、そこの学者が出入りする狭い隙間以外は蜘蛛の巣で蔽われていた。私が中に入ろうとすると、触っちゃいかん、という大声が飛んで来た。紡ぎ方も織り方も心得ていて、蚕などはるかに凌ぐ昆虫が家の内に五万といるにもかかわらず、これだけ長い間蚕に頼って来たのは致命的な誤まりだったと、その声の主は嘆いた。そしてさらに、蜘蛛を活用すれば絹を染める費用はいっさいなくてすむと言いだしたが、なるほどと納得したのは、実に色の美しい虫をたくさん見せられて、これを蜘蛛に喰わせると、糸にこの色がつく、すべての色彩の虫が揃っているから誰の好みにも対応できるはずだが、まず糸を一様に強くするために、ある種のゴム、油、その他の粘着物質を含むしかるべき餌を探さなくてはならないと説明されたときであった。

ひとりの天文学者は町舎の上にのっている大きな風見鶏に日時計を取りつけ、地球と太陽の年毎の動き、日毎の動きを調整して、気紛れな風の動きにうまく対応させようとしていた。

ちょうどそのとき腹が痛みだしたのだが、案内人は私のその訴えを聞くと、同じ器具を使って正反対の治療をやって病気を治すので有名な大先生の部屋に案内してくれた。彼が持っていたのは、細長い象牙の口のついた大型のふいごである。それを八インチ肛門に突っ込んで、中の空気を吸いとると、腹は乾いた膀胱のようにぺしゃんこになるというのである。しかし病気がもっとしつこくて激しいときには、空気を一杯に詰めたふいごの口を突っ込んで、患者の体内にその空気を注入し、さらに空気を詰め直すためにそれをひっこ抜き、肛門の口を親指でエイヤッと押さえ、これを三、四度繰返すと、有毒物ともども空気がブッと吹き出して（ポンプから水が出るようなもの）、患者は治ってしまう。彼が犬にこの両方の実験をするのを見ていたのだが、前者の効果は認められなかった。第二の実験では、犬がいったんパンパンに膨らんで、そのあと猛烈な噴射をやったので、私もそこに居合わせた者も臭くて臭くてたまらなかった。犬は即死、この先生には同じ手術で犬の蘇生をやっていただくに任せた。

他にもいろいろと部屋を廻ったが、私の眼にした奇妙奇天烈なことを一々読者に語るのはよすことにしたい、私は簡潔の徒である。

これまでのところは研究院の一方の側だけ見て来たのに対して、もう一方は思弁的学問の推進者たちの専用になっており、彼らについても説明するつもりであるが、その前に、彼らの間で万能学者と呼ばれている有名な人物に触れておきたい。彼の言によれば、過ぐる三十年、人の命の改善のために思いをこらして来たのだと言う。彼は二つの大きな部屋を持っており、その摩訶不思議なものの詰まった部屋では五十人もの男が働いていた。空気中から硝酸カリウムを抽出し、液体分子を濾過してしまうことによって、それを乾いた固体にしようとする者あり、大理石を柔らかくして枕や針差しにしようとする者あり、生きた馬の蹄を石化させて蹄葉炎を防止しようとする者あり。この学者御本人もそのときは二つの大計画に奮闘中で、そのひとつは畑に籾殻を蒔くというもの、その中にこそ真の生殖力が含まれているとかで、幾つか実験して証明してみせてくれたのではあるが、私にはどうもよく理解できなかった。もうひとつは、ゴムと鉱物と植物の合成物を二匹の小羊の体に塗って羊毛が伸びるのを防ぎ、しかるべき時間をかけて王国全体に毛のない羊を繁殖させようというもの。

通りを横切って研究院のもう一方の側に足を運んでみると、先ほども述べた通り、思弁的な学問に賭ける人々が住んでいた。

▼

最初に出会った教授はえらく広い部屋の中で、四十人の弟子に囲まれていた。挨拶を交わしたあと、その部屋の縦横をほとんど一杯に占領している枠を私が熱心に眺めているのを見てとると、彼の方から、実際的機械的な作業を通して思弁的な知識を改善する計画に取り組んでいるのをご覧になると奇異な感じがしますかね、と声をかけてきた。しかし、世間の連中もじきにこの有効性が分かるようになるでしょう、これほど高邁遼遠なる考えは他の何人の脳裡にも去来したことはありますまい(後半は自慢である)。普通に技能と学問を身につける方法がいかに手間のかかるものであるかは万人の知るところ、しかし私の工夫した方法によれば、たとえ無知をきわめる者であっても、納得できる費用とわずかの労力で、天才もしくは研鑽の助けを借りなくても哲学、詩、政治、法律、数学、神学の本を書けるでしょう。彼はそう言って私を枠の方へ案内してくれたが、その周りには弟子全員が整列していた。その枠の大きさは二十フィート四方で、部屋の真ん中に置かれていた。表面は骰子大の木片で構成されているのだが、その大きさにはばらつきがあった。それらが細い針金でつながれている。これらの木片はどの面にも紙が貼りつけてあり、その紙には彼らの言語の叙法、時制、語尾変化を伴うすべての単語が順序には関係なしに書きつらねてあった。教授は私に、この機械を動かすからよく見ているように、と言う。彼の号令一下、弟子たちは枠の縁に沿って取りつけてある四十本の鉄のハンドルをめいめい摑み、そしてぐるりとそれを廻すと、単語の全配列ががらりと一変した。次に彼は三十六人の若者に枠の表面に出現した何行かを小さな声で読むように命じ、文の一部をなすような三、四語がかたまっていると、書記役をつとめる残りの四人に口述筆記させるのであった。この操作が三、四回繰返されたが、一回転するごとに、四角い木片が上から下へくるくる廻って単語が新しい組合せになるようにこの機械は工夫されていた。

若い学生たちは一日に六時間、この労働に従事した。教授はこれまでに集めたものだとして、途切れ途切れの文を集めた二折り本数冊を示し、これらをつなぎ合わせて、そのあり余る材料からすべての技能と学問を集大成したものを世に問うつもりだが、もし人々がこのような枠を五百台ラガードに設けて動かすための資金を集めてくれたら、その責任者が集めた資料を共有のものとして提供するようにしてくれたら、この仕事はもっとはかどり、その質も向上するだろう、と言った。

さらに、曰く、若い頃からこの発明のことばかり考えてきた、すべての語彙をこの枠の中に投入してあって、書物の中に登場する不変化詞、名詞、動詞、その他の品詞の間の一般的な比率も正確に計算してあるのだ、と。

私は何憚ることもなく語ってくれたこの高名な人物に篤く感謝の意を表して、もし幸いにして祖国に帰ることができたなら、この驚異の装置を独力で開発した人物としてあなたを讃えたいと約束して、その形と仕組みを紙に写す許可を求めた(次の頁に添えた図がそれである)。ただその折りに、相互に発明をパクリ合うというのが我がヨーロッパの学者の常であり、そのために誰が真の所有権者であるのか論争になるという利点が少なくともありはするものの、私としては十二分に注意をして、彼こそが対抗馬なしに名誉を独占できるよう計らうつもりであることを説明した。

その次は言語の学校に廻ったが、そこでは三人の教授が自国語の改良について協議中であった。

その計画一号とは、多音節の語を単音節の語に切り詰め、さらに、考えうる事物は現実にはすべて名詞のかたちをとるのだから、動詞と分詞は捨てることによって、議論を短かくしようというもの。

その計画二号とは、すべての単語をきれいに廃止してしまおうという案で、簡略にして健康、大いによろしいとして推奨されていた。なぜかと言えば、われわれが口にする一語一語が腐食によって少しずつ肺を削ってしまうものであり、そのことによって寿命を短縮してしまうのは明らかだからである。そこで出てきた便法というのは、語とは事物の名称にすぎないのだから、話そうとする特定の用件を表現するのに必要とされる事物を持って歩くほうが便利ではないのかということであった。この考え方が実施されて、国民の健康と大いなる負担の軽減に役立ちそうになったところで、女と無学の俗衆どもが、先祖のように普通の言葉を喋る自由が認められないのなら内乱を起こすと言って騒ぎ出して、結局潰れてしまった。大衆とはいつの世にも学問の手におえない仇敵である。しかしながら、深い学識と見識を持つ人々の多くは事物によって表現するという新しい方法に執着しているものの、そこには、用件がとても大きくて、しかも多岐にわたる場合、体力抜群の召使を一人か二人連れて歩く余裕があればともかく、そうでなければ、背中に大きな事物の束を背負って歩かねばならなくなるという不便がつきまとう。私はこうした賢人二人が、わ

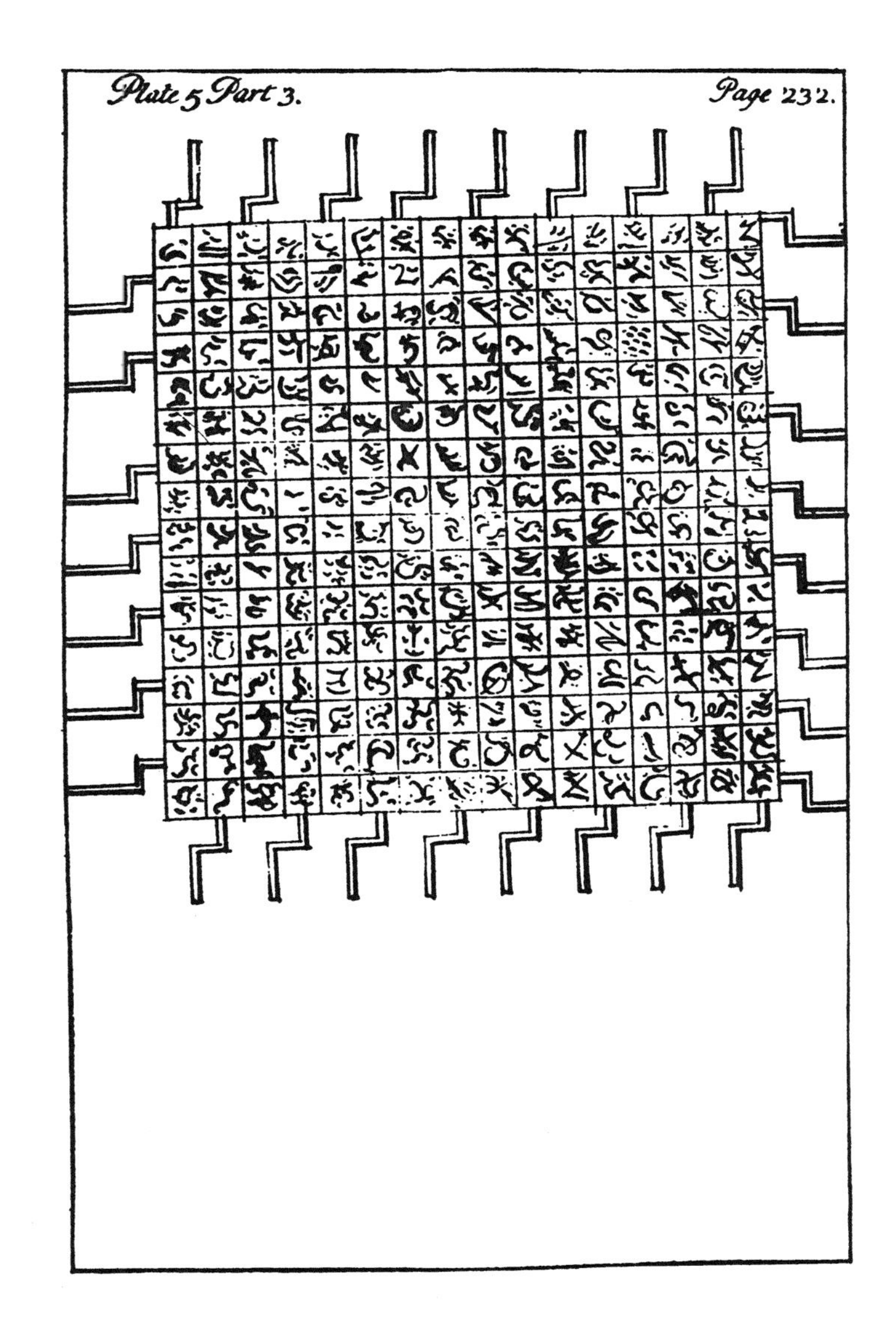
Plate 5 Part 3.
Page 232.

が国の行商人のように、背中の荷の重さのせいで腰くだけになりかけている場面を何度も目撃したが、彼らは道で出会うと、まず荷をおろし、袋を開け、一時間は話を続け、そのあと道具をしまい込み、荷物を背負うのを相互に扶助し合い、さらばでござると別れてゆくのである。

しかし、話が短いときには、必要な道具をポケットに入れるか、脇に抱えるかしていれば十分であるし、家の中では困るようなことはまったくなく、この方法を実践する者たちの部屋にはこの人工対話の材料として必要な事物がそこいらじゅうに置いてある。

▼この発明のもたらすもうひとつの大きな利点というのは、それがすべての文明国で通用する普遍言語たりうるということであり、そこで使用される物品や用具はおおむね同じ種類のものか、よく似ているかだから、その使い方はすぐに分かるだろうということである。例えば大使なども、相手の言葉が全然理解できなくても、外国の君主や大臣と交渉する資格ありということになるだろう。

数学の学校に行ったときには、先生がヨーロッパではまず考えられないような方法で弟子を教えていた。まず頭の薬で作ったインクを使って、薄い聖餅状のものに命題とその証明を書きつける。学生はしかるべき断食をしたあとでこれを飲み込み、以後三日間はパンと水以外は口にしない。その聖餅が消化される頃には、その薬も命題と一緒に上ってゆく、という次第である。しかし、今までのところ期待通りの成功を収めていないのは、薬の量か調合法に何かの手違いがあったためなのか、それとも学生たちの依怙地さのためであるようで、なにしろこの丸薬は吐き気を誘発するために、彼らは大抵姿をくらまして、効き目の出る前に吐き上げてしまうし、処法通りに長期の節食を守ることもないのである。

第六章

研究院の説明の続き。筆者、いくつかの改良策を提案し、見事に受け容れられる。

政治事業の学校ではひどい扱いを受けた、あの教授どもは、私の見るところでは、およそ正気ではなく、それを思うと、どうしても暗鬱な気分になる。この救いようのない連中は、国王には寵臣を選ぶにあたっては知恵、能力、徳性を基準とすべきことを説き、大臣には民衆の幸福を考慮し、美点、大きな才能、際立った手柄には褒美を与えるべきことを教え、君主にはみずからの利益と民の利益を同一の基盤におくことによってこそみずからの真の利益を知ることができるのだと進言し、人を選ぶにあたってはその任に適わしい者を抜擢すべきことを言うための諸案を、その他、いまだかつて何人の心にも思い浮かばなかった荒唐無稽な妄想を実現するための諸々の案を提唱しているのだが、それを見るにつけても、たとえ奇怪、不合理を極むるも、そを真となす哲学者に事欠くことあらじとした昔の言葉を私は改めて想い起こした。

しかしながら、私は研究院のこの部門を不当に扱うつもりはないのであって、彼らのすべてが幻想家であったわけではなかったことは認めておきたい。政治の性質と機構の全体を完璧に知り尽しているらしい、きわめて腕のいい医者がいた。この名高い人物は、統治する側の悪徳、弱点、ならびに従うべき側の放縦のために幾つかの行政組織が陥ってしまう病気と腐敗をことごとく効果的に治療する方法を発見するために、みずからの研究をすでに大々的に活用していた。例えば、すべての著述家、論者の指摘する通り、自然の身体と政治体との間に普遍的な類似が間違いなくあるとするならば、双方の健康を維持すべきこと、病気は同一の処方によって治療すべきこと以上に明々白々たることがありうるだろうか、と言うのである。元老院や枢密院ともなると、冗語、激情他の病的症状をもたらす体液にしばしば苦しめられ、数多い頭の病気、それを上回る心の病気、激しい痙攣、左右両手の、とりわけ右手の神経と筋肉の惨めなばかりの萎縮、さらに憂鬱、膨満感、眩暈、錯乱、鼻をつく膿をもつ瘰癧、酸っぱい泡のようなげっぷ、犬のような食欲、消化不良、その他ここに列挙するまでもない数多の病気に悩まされているのは周知のこと。そこでこのお医者様の提案というのは、元老院が召集されるときには、最初の三日間は何人かの医者を同席させ、その日の議論の終了時に議員各人の脈を診てもらい、各々の病気の性格と治療法をしっかりと検討したのちに、四日目に元老院に来るときにはしかるべき薬を携えた薬剤師に同行してもらい、議事が始まる前に各人の症状に応じて鎮静剤、緩下剤、洗浄剤、腐蝕剤、収斂剤、緩和剤、下剤、頭痛薬、黄疸薬、去痰薬、補聴薬などを処方し、その効き方をみて、次の議事再会のときにその薬を続けるか、変えるか、止めるかを決めてはどうかというものである。

この計画は人々に大きな金銭的負担をしいるものではなく、それどころか、私の意見では、元老院が立法に関わってくる国々では事務の敏速化に大いに役立つと思われるし、さらに意見の一致を生み出し、討議を短かくし、今は閉じられている少数者の口を開かせ、今は開いている多数者の口を閉じさせ、若い人々の短気に歯止めをかけ、老人の頑迷を矯正し、愚かなる者を発起させ、出しゃばりを抑えることになるだろう。

もう一点。君主の寵臣というのは物忘れがひどくて困るという苦情がよく聞かれるので、第一大臣のところへ出かけた者はなるたけ簡潔に、なるたけ簡単な言葉で用向きを説明したあとは、退出のおりにその大臣の鼻をグィッとつまむとか、腹を一発蹴るとか、うおのめをギュッと踏んづけるとか、両耳をビーンと三回引っ張るとか、尻にブスッと針を刺すとか、痣ができるほど腕をグイグイつねるとかして忘却を阻止し、その要求が通るか、最終的に拒否されるまで、接見日毎にこのやり方を繰返してはいかがなものか、というのもこの医者の提案するところであった。

また彼は、元老院の議員たる者は、国家会議に臨んでは、まずそれぞれの意見を述べて、それをあれこれ弁じたあとは、自説の反対側に一票を投ずべきである、もしそうすれば、結果は必ずや人々の幸福に帰着するであろう、とも指摘した。

彼の提案のひとつに、国内の政党間抗争が激しい場合の驚くべき調停法なるものがあった。その方法とは以下の通り。まずそれぞれの政党から指導者を百人ずつ選び出し、その中から大体同じくらいの頭の大きさをした者を二人ずつ組合せ、それから二人の腕のいい手術担当者に同時にその二人の後頭部を鋸で切断させるが、そのさいには脳が等分されるようにする。こうして切断した後頭部を交換して、互いに反対党の人物の頭にくっつける。これは確かになにがしかの正確さを必要とする仕事ではあるが、教授によれば、なに、うまくやりさえすれば治癒は絶対保証できるよ、とのこと。彼の論によれば、二つの半脳がひとつの頭蓋骨の内部で心ゆくまで議論しあえば、じきに申し分なく理解しあって、自分がこの世に生まれて来たのは世の動きを見守って統治するためだと想像している連中の頭が大いに必要としている思考の節度と一貫性を生み出すことになるだろう。党派の領袖たちの脳の量もしくは質に関しては、私の知る限り、そんなものは問題にもならん、というのがこのお医者様の託宣であった。

▼

民衆を苦しめないで金を集める最適の、しかも効果絶大の方策とは何であるかをめぐって二人の教授が熱い議論を闘かわせるのを聞く機会もあった。一方は、いちばん正当な方法は悪徳と愚行に一定の税金を課すことであり、各人にかかる税額は、隣人たちで構成された陪審団が公平に決めた税率に従うのがよかろうと主張した。もうひとりはそれとは正反対の意見で、ひとが何よりも価値ありとしている心身の長所に課税すればよい、その税率の高低は優劣の度合いにより、その決定は全面的に各人の胸先三寸に任せればよいと言う。最大の重税がかかるのは異性にもてまくった男であり、受けた好意の数と中味による査定となるが、この場合には自己申告も可である。機智、勇気、礼節なども重税にする、そして、各人がそれらの所有量を同じように自己申告して徴集する。但し、名誉心、正義、智恵、学識などについては、滅多にお目にかかることのない特質であって、隣人の内にそれがあると認める者はあるまいし、自分の内にあって有難いというものでもないから課税の対象外にすべきである、というわけである。

そうすると、女にも課税しようという話になって、その基準は美貌と着こなしということになるが、男の場合と同じで、自分の判断によって決定する特権が与えられることになる。但し、貞節、純潔、良識、温順などは、徴税するほどあるわけではないから、課税の対象外。

元老院の議員たちを国王の側につなぎとめておくために提唱された方法に、要職は籤で決めるというのがあって、まず全員が、当たろうが外れようが宮廷を支持すると宣誓して、保証する、そうしておくと、外れた者も次に欠員ができたときにまた籤を引けるというわけである。かくして希望と期待は途切れずに続き、約束を反古にされたと愚知る者はなく、望みのかなわないのはすべて運命の女神のせいということになる。その肩や大臣の肩より幅広し、より強し、というわけだ。

別の教授は反政府の陰謀を見抜くための手引きとなる大きな書類を、私に見せてくれた。彼が大政治家たちに忠告するのは、怪しい人物の食べているもの、その食事の時間、ベッドの中では体のどちらを下にして寝るか、どちらの手で尻を拭くかを検討し、その排泄物を厳しく検査し、その色と臭いと味と堅さと消化の具合などから彼らの思惑と計画を判断すべしということである、それというのも、人間は便器にまたがっているときくらい真剣で、想いが深く、かつ集中していることはないからで、これは反復実験の結果彼が得た結論であるが、実際にも国王弑逆に及ぶ最善の方法とは何であるかをそういう格好で試しに考えてみたところ、糞便は緑色をおびたのに対して、ただ叛乱を起こすとか、首都の焼打ちを考えただけのときにはまったく別の色になったのだという。

　この論文は全体として犀利をきわめ、政治家にとっては興味の尽きない有益な考察を多々含んでいたが、それでも私には必ずしも完璧とは思えなかった。そのことを私は思い切って著者に言い、もしよければ、二、三の補足をしてみたいと申し出た。すると彼は物を書く人間には、とりわけ新事業について論ずる人間には珍しいくらいにすんなりと私の提案を受け容れて、さらなる情報も歓迎すると言いだした。

　そこで私は長らく滞在したことのあるトリブニア王国(土地の人々はラングデンと呼んでいた)の話をすることにしたのだが、そこの人々の大半は垂れ込み屋、目撃者、密告屋、告発人、訴追人、見ました、誓いますという輩で、さらにその下で働く手先どもがいて、そのすべてが大臣やそれに次ぐ者の配下となって指揮をうけ、金をもらっているのである。この王国を動かす陰謀は、大体のところ、懐の深い政治家という自分の声価を高めたいとか、狂った施政に新たな活力を呼び戻したいとか、民衆の不平不満を抑えたい、そらしたいとか、没収した財産で私腹を肥やしたいとか、自分に都合のいいように国債の価格を操作したいとかいう連中のなせる業である。そういう連中は、まず誰に陰謀の罪をなすりつけるかを相談で決め、それからその人物の手紙や他の書類をことごとく確保する手を打ち、目当ての人物を鎖につなぐ。書類の方は、単語、音節、文字に隠された意味を解読するのにたけた専門家たちに回す。すると彼らは室内便器を枢密院と解読してみせるのだ。以下、例えば、鵞鳥の群れは元老院、足の悪い犬は侵略者、疫病は常備軍、用無し鷹は大臣、痛風は高位の聖職者、絞首台は国務大臣、溲瓶はお偉方の委員会、篩は宮廷の女、箒は政変、鼠捕りは地位官職、底無し穴は大蔵省、下水溜は宮＊＊、鈴付き帽子は寵臣、折れた葦は法廷、空樽は将軍、膿の出る腫物は政府ということになる。

かりにこの方法がうまくゆかなくても、もっと有効な方法が二つあって、彼の国の学者たちはそれをアクロスティックスならびにアナグラムと呼んでいる。それによれば、まず第一に、最初の文字に政治的な意味を読み取ることになり、Nは陰謀、Bは騎馬連隊、Lは艦隊をさすことになる。あるいは、不審な文書に登場するアルファベットの各文字を置換して、不満分子の奥の深い企みを明るみに出すこともできる。例えば私が友人宛ての手紙の中に、我が兄トムが痔になって(Our Brother Tom hath just got the piles.)と書いたとすると、この解読術の達人は、この一文を構成している文字を分析して、抵抗せよ——計画、始動——旅(Resist, ——a Plot is brought home——The Tour.)という意味を探りあてることになるだろう。これがアナグラムという方法なのである。

ざっとこうしたことを話すと、教授はまたえらく感謝して、論文の中に必ずあなたの名前を挙げておくと約束までしてくれた。

この国にもっととどまりたいという気にさせるものがなくなると、私はそろそろイングランドに戻ることを考え始めた。

第七章

▼筆者、ラガードを発ち、マルドナーダに到着。便船なし。グラブダブドリッブに短期間出かけてみる。族長による歓待。▼

この王国がその一部となっている大陸というのは、私の推定では、東に伸びて、アメリカの未知の領域たるカリフォルニアの西部に接し、北に伸びて太平洋に達するようであったが、但し、ラガードからの距離は百五十マイルを越えるものではなく、そこには良港もあり、北西の方向、およそ北緯二十九度、東経百四十度に位置する大きな島ラグナグとの間には交易も盛んに行なわれている。このラグナグ島は日本の南東、約百リーグの位置にあることになる。日本の皇帝とラグナグの国王の間には堅い同盟が結ばれているために、この二つの島の間には頻繁な往来がある。そこで私は、ヨーロッパへの帰還を期すにあたって、まずこちらの方向に出てみることにした。私が雇ったのは道案内一人と、わずかばかりの荷物を運ばせる騾馬二頭。私のために随分と気をつかい、出発にあたってはしっかりと土産までくれた高貴なる保護者とは、これで別れることになった。

旅の途中には語るべき事故も事件もなかった。マルドナーダの港に着いてみると（そういう名前の港であった）、ラグナグに向う船は入港していなかったし、しばらくはその予定もないと言う。町の大きさはポーツマスくらいだろうか。私はすぐに土地の人と親しくなり、とても親切に歓待してもらった。そして、名の通った某ジェントルマンから、ラグナグ行きの船がこの一ケ月以内に出ることはないから、南西に五リーグほどのところにあるグラブダブドリッブという小さな島に出かけてみるのも案外面白いかもしれないという話を聞かされた。彼は、友人と一緒に同行してもいい、手頃な小型の帆船も用意しようとまで言ってくれた。

▼**グラブダブドリッブ**とは、私の解釈の及ぶ限りでは、妖術師、魔術師の島の意である。大きさはワイト島の三分の一くらいで、土地はきわめて肥沃、すべて魔術師からなる部族が支配していて、頭領が一人いる。結婚は仲間内に限られ、代々最長老が王もしくは族長となる。族長は立派な宮殿と三千エーカーほどの庭園を持ち、それが高さ二十フィートの切り石の壁でぐるりと囲われている。そしてこの庭園の中に家畜、穀物、園芸と用途ごとの囲い地がある。

この族長とその家族につかえている召使というのが一風変わっている。彼は降霊術に通じており、その力によって、死者の中から気に入った者を呼び出して二十四時間(それ以上はダメである)奉仕させることができるけれども、きわめて緊急の場合を除いては、同じ人物を三ケ月以内に呼び戻すことはできない。

午前十一時頃に島に到着すると、同行してくれたジェントルマンのひとりが族長のところに出向いて、ぜひともお目にかかりたいと申している外国人がいるので会ってやっていただけないかと申し入れた。許可はすぐに下りて、われわれ三人は宮殿の門を抜けて、無気味な服装の、武装した護衛兵の間を進んで行ったが、その顔には何か背筋の寒くなるようなものがあって、名状しがたい恐怖を覚えた。同じような召使たちが同じように左右に列をなしている部屋を幾つか通過して謁見の間につくと、三度深々とお辞儀をし、一般的な質問を二、三受けたあと、族長閣下の玉座のいちばん下の段の近くに用意してあった三つの床几に坐ることを許された。彼はこの島の言葉とは違うバルニバービの言葉を解した。そして、私の旅行の話を聞かせろというのだが、固苦しいことは抜きにするということを示したいのか、指を一本くるっと回して人払いを命ずると、いや、驚いた、突然眼が覚めると夢の中で見ていたものが消えてしまうときのように、全員が忽然と消えてしまったのだ。私はしばらくは自分に戻れなかったが、おまえに危ないことなどはないはずだという族長の声はするし、こういう歓待をしばしば受けている同伴の二人が平然と構えているので、こちらは勇気を奮い起こして、手短かに幾つかの冒険の話を始めはしたものの、亡霊の召使が今しがたまでいたあたりをついつい振り返ってしまうことになった。族長と会食する栄に浴する段取りになったときも、別の亡霊たちが食事を運んで給仕をしてくれた。そこまで来ると、朝方のような恐怖感はなくなっていた。私は夕方まではとどまっていたものの、宮殿に泊ってゆけという御招待は丁重にご辞退申し上げた。二人の友人と私は近くの町の、つまり、この小さな島の首府のある民家に泊めてもらい、翌朝になると、族長に命じられるままにまた御機嫌をうかがいに出かけることになった。

こういった調子でこの島に十日間、昼間の大半は族長のもとで、夜は宿に戻って過すことになった。私の方は霊の姿にすっかり馴れてしまって、三度目、四度目となると何も感じなくなってしまったし、かりに多少の不安が残っていたにしても、好奇心がそれを凌いでしまった。というのも、この族長閣下が、誰でもいい、おまえがこれはと思う人物を何人でも、世の初めから今日までの死者の中から呼び出して、おまえが訊きたいと思う質問に答えるようにしてやろう。但し、質問は相手が生きていた時代のことに限るぞと仰せられたからである。しかも、相手は必ず真実を語る、それは安心してもよい、冥界では嘘をつく才能など用無しだから、という話であった。

私はこのような大いなる好意に対して心から閣下にお礼を申し上げた。われわれのいた部屋からは庭園を一望できた。そのためか、私が最初に思ったのは、豪華絢爛たる光景を楽しみたいということであった。私はアルベラの戦いに勝利して軍勢の先頭に立つアレキサンドロス大王の姿を見たいと思ったが、族長の指がくるりと動くと、われわれのいる部屋の下の広々とした野にその姿が出現した。そのアレキサンドロスが部屋の中に招じ入れられたが、彼のギリシヤ語は実に分かりにくかった、もっとも私のギリシヤ語にしてもお粗末なものではあったが。その彼の誓言によれば、彼は毒殺されたのではなく、飲み過ぎで熱が出て死んだのだとのこと。

その次は、アルプス越えの最中のハンニバルを見たが、彼は陣営内には一滴の酢もないと証言した。

いざ戦端を開こうとしている軍の先頭に立つカエサルとポンペイウスの姿も見た。前者の最後の大凱旋行進も見た。それから私は、ひとつの大きな部屋にローマの元老院を、もうひとつの部屋には、それと対照するために、現代の議会を出現させてほしいと頼んでみた。前者は英雄と半神の集まりのように見えたのに対して、後者は行商人、掏摸、追剝、暴漢の寄合い所帯としか見えなかった。

族長は私の求めに応じて、カエサルとブルートゥスに近くに来るように合図した。私はブルートゥスの姿を目のあたりにして深い畏敬の念にうたれ、その顔貌のいたるところに至上の徳と、剛毅をきわめる精神と、真実の祖国愛と、ひとに対する寛い愛なるものを容易に見てとることができた。この二人の心が互いに通いあっているのを眼にするのは実に嬉しいことであって、カエサルにいたっては、我が生涯の偉業も、この命を奪うことになった事件の栄光にははるかに及ばないと、何の衒いもなしに私に告白した。さらにブルートゥスとも大いに言葉を交す光栄に浴し、ユニウス、ソクラテス、エパミノンダス、小カトー、サー・トマス・モア、それに彼を加えた六人はいつも一緒にいて、六人組を形成しており、たとえ世界の歴史を篩にかけても七人目は見つからないだろうという話を聞かされた。

昔のあらゆる時代の世界を見てみたいという私のあくなき欲望を満たすために呼び出された歴史に名だたる人物の数は夥しいが、それを一々語って読者をうんざりさせることもないであろう。私が何よりも見入ったのは暴君や簒奪者を倒した者、踏みにじられて傷ついた民族に自由を回復した者の姿であった。しかし、あのとき私の味わった満足感を読者にもそれなりに面白く伝えることなどできるものではない。

第八章

グラブダブドリッブの話の続き。古代史ならびに近い時代の歴史の手直し。

▼

私は知性と学識で名高い古代の人々にも会ってみたかったので、そのために一日をとることにした。そしてホメーロスとアリストテレス以下、その注釈家たちの総出演を願ったところ、その数があまりにも膨大で、何百人かには宮殿の広間とその外の幾つかの部屋で待機してもらうしかなかった。ひと目でこの二人の偉人はそれと区別がついた、他の有象無象とはまったく違う。二人のうちではホメーロスの方が上背もあり、顔立ちも端正で、歩くときにも年の割には背筋がピンと伸び、その眼光もかつて見たこともないくらいに鋭かった。アリストテレスはすっかり腰が曲がって、杖の助けを借りていた。そして頬がこけ、髪はひょろ長く、声はうつろであった。二人とも他の連中とはまったく面識がなく、見るも聞くもこのときが初めてということは、私にもすぐに分かった。ある亡霊(その名前は秘す)の囁きによると、この注釈家の皆さんはこの二人の著者の言わんとするところを後世にあまりにひどく誤まり伝えたことを恥じ、罪責の念にかられて、冥界では御本家から最も遠いところにかたまっているのだという。私はディディムスとユスタティウスをホメーロスに紹介して、なるたけよしなにと頼んではみたものの、詩人の心の中に入り込む才能などこの二人にはないことを、彼はすぐに見抜いてしまった。アリストテレスのほうは、私がスコトゥスとラムスを紹介してあれこれ説明すると、堪忍袋の緒がすっかり切れてしまったようで、他の奴らもおまえたち同様の愚物なのかと詰問し始めた。

そこで私としては、族長にデカルトとガッサンディを呼び出してほしいと申し入れて、この二人に各々の哲学体系をアリストテレスに説明するように求めた。この大哲学者は、ひとは誰しも同じことだが、私自身も推測に依拠したことが多々あって、自然哲学上の過ちを幾つか犯してしまったようだと率直に認める一方で、エピクロスの学説を極力口当りのよいものにしたガッサンディも、デカルトの渦巻説も、等しく破産しうることを感じとっていた。そして、今日の学者たちがしきりともてはやす引力説にしても同じ運命を辿るだろうと予言した。彼曰く、自然についての諸々の新体系も所詮は流行にすぎない、時代とともに変わってゆく。数学の原理によってそれを証明できるとうそぶく者もほんの一時もてはやされるだけ、流行が終わればすたれてしまう。

他の古代の学者たちとも話をしているうちに五日が経ってしまった。初期のローマの皇帝の顔は大抵見ることができた。族長をせっついて、エリオガバルスの料理人を呼び出し、ご馳走を作ってもらおうとしたのだが、材料不足のせいなのか、あまり腕前を発揮できないようであった。アゲシラウスの奴隷はスパルタ風のだし汁を作ってくれたが、二杯と飲み込めなかった。

私を島に案内してくれた二人のジェントルマンが私用のために三日後には帰らなくてはならないというので、その三日を利用して我が国ならびに他のヨーロッパ諸国で過去二、三百年のうちに盛名を馳せた近代の死者の何人かに会うことにした私は、つねづね古き名家を大いに崇拝していたので、族長に十か二十の王家の人々を七、八世代まで遡って順次呼び出してほしいとかけあってみた。ところが結果は予想外の惨憺たるものであった。眩しいほどの王冠を戴いた長い行列の出現かと思いきや、ある一家など提琴弾きが二人、こぎれいな廷臣が三人、それにイタリア人の司祭が一人という有様なのだ。別の一家で床屋一名、修道院長一名、枢機卿二名。なにしろ小生、王冠ののっかった頭はとことん拝みたくなる性格なので、かように微妙な問題にはこれ以上深入りはしないが、伯爵、侯爵、公爵などとなると話は別で、遠慮はしない。幾つかの家系の目印ともなっている特徴をその起源にまで遡り得たときには、正直なところ、多少なりとも愉快と言うしかなかった。ある家系の長い顎はどこから来ているのか、別のある家系はなぜ二代にわたって悪党を輩出したのか、その次の二代にはなぜそれが馬鹿に変わったのか、また別の家系では頭の壊れた輩や詐欺師になったのか、実に明白に理解できた。ポリドア・ヴァージルがある名家について、一人の勇敢なる男子なく、一人の貞節なる女子もなしと言っている理由は何であるか。紋章でというならばいざ知らず、残忍、虚偽、臆病といった特徴で見分けのつく家系がどのようにして出来てしまったのか。さる高貴なる家に後代まで瘰癧性の腫瘍を伝えることになる梅毒をそもそも最初に持ち込んだのは誰であったのか。こうしたことにもう驚くことはなかった、小姓、下僕、従者、御者、賭博師、提琴弾き、勝負師、親分、掏摸などが家系図の途中にからんでいるのが分かった以上は。

とりわけ近い時代の歴史はおぞましかった。過去百年にわたって各国の宮廷で盛名を馳せた人物を一人残さずつぶさに検討してみると、世の人々が曲学阿世の徒にいかに欺かれているかが判明するのであり、戦時の勲功が腰抜けのものとされているのみか、賢明なる建議が馬鹿に、誠実さがゴマすり野郎に、ローマ的美徳が売国奴に、敬虔さが無神論者に、純潔が男色者に、真実が密告者に帰せられている有様なのだ。裁判官の腐敗と党派間の敵意につけ込んだ大臣どものために、いかに多くの無実の逸材がその命を奪われ、また流刑に処せられてきたことか。いかに多くの卑劣漢どもが最高位にまでよじ登り、信任、権力、尊大、利得をほしいままにしてきたことか。女衒、娼婦、ヒモ、寄生虫、道化どもが宮廷や枢密院や元老院の議事、行事にいかに大きな口出しをしてくることか。世の大事業、政変の起源、動機を正確に知り、その成功の契機となった情ない偶然事を知るに及んで、私は人間の知恵や廉直などというものにはほとほと愛想が尽きてしまった。

私はここで逸話録とか秘史などを書こうとする奴らの嘘と無知を知る破目になったわけで、彼らは幾多の王を毒杯をもって墓送りにしてしまい、誰もそばにいないはずの君主と宰相の密談を再現してみせ、大使や大臣の胸の内、抽出しの内を開けてみせ、必ずや不様な見当違いをしてみせてくれる。さらにここで、世界を仰天させた重大事件の真因を知ることにもなった、ひとりの売女が裏世界を操り、その裏世界が枢密院を、その枢密院が元老院を操るという手順だ。ひとりの将軍は私の前で、勝利をかち取ったのは臆病さと作戦の失敗のおかげなのだと告白したし、ある提督は正確な情報がなかったために、味方の艦隊を裏切って寝返る先にするはずであった敵方を逆に撃破してしまったのだ、と。また三人の王の言明によると、その治世に、なにかの間違いか、信頼していた大臣の奸計にかかったとき以外には、優秀な人材を登用したことはなかった、もう一度生き直すとしても同じことだろうとのこと。その上御丁▼寧に、王座などというものは腐敗なしには維持できない、徳性の裏づけのある前向きの、自信に満ちた、強靭な姿勢などというものは公務にとっては足手まといにしかならんのだと、じつに理路整然とまくしたてて下さった。

私は大勢の者たちが一体どんな手を使って名誉ある高い地位や広大な領地を獲得したのか殊に訊いてみたいと思い、質問をごく近い時代に限定し、もっとも、話し相手は外国人だとは言っても下手に怒らせてはまずいので、現代のことは避けるようにして(敢えて読者に断わるまでもないと思うが、ここで述べることはわが国にはいっさい関わりがない)、関わりのある人々を多量に呼び出してもらい、ごくおざなりに話を聞いてみただけで、その実状たるや恥ずべきものであることが分かって、暗澹たる想いをせざるを得なかった。偽証、弾圧、買収、詐欺、迎合などの腐敗はまだしも許せる手口であって、私としてもやむを得ず大目に見てもよいだろうと思った。しかし、地位と財産を得たのは男色や近親相姦のおかげだと告白する者あり、妻や娘に体を貢がせたおかげだ、毒殺のおかげだと言い出す者あり、しかも、無実の人を潰すために正義をねじ曲げたと言う者の数はもっと多いとなると、元々高位の人々にはその崇高なる尊厳に鑑みて、我等下位の者は甚大なる敬意を払ってしかるべきであり、私もそうする性格ではあるのだが、ここまで内情が分かってしまうと、深甚なる崇敬の念が多少は目減りしたとしてもやむを得まい。

君主や国家に対して大なる貢献がなされたという話も私は再三読んだことがあったので、そういう貢献をした人々にも会ってみたいと思った。それについて尋ねてみると、そんな名前は記録に残っていない、一、二の例外は歴史上の極悪人、裏切り者ということになっているとのことであった。それ以外の人物については、こちらは名前すら聞いたことがなかった。それらの人々はじつに貧しい身なりで、顔は憔悴し、大抵の者は貧窮と屈辱のうちに世を去り、他の者は断頭台か絞首台で死を迎えたのだと語ってくれた。

　その中に他の者とは様子の違う人物がいた。かたわらには十八歳の若者を従えていた。彼の話によると、長年にわたってある艦船の艦長をつとめており、アクティウムの海戦のおりには好運にも敵方の強力な艦列を突破して、主力艦を三隻も撃沈し、四隻目を拿捕、そしてこれこそがアントニウスの敗走と自軍の勝利の因になったのだとのことであり、そばに立つ若者はその海戦で戦死した一人息子であった。さらに彼の話によれば、戦いが終わったあと、多少は手柄を立てたという自負もあり、ローマに赴いて、アウグストゥスの宮廷に、艦長を失った大型艦の方への昇進を願い出たのだが、彼の要求など黙殺され、皇帝の愛妾のひとりに仕えていた解放女の息子で、海などからきし見たこともないという若僧にその地位がまわされてしまった。しかも自分の艦に戻ってみると、職務怠慢ということで、副提督プブリコラのお気に入りの小姓にそれを奪われてしまっていた。そのために彼はローマから遠く離れた田舎のみすぼらしい農場に引退して、そこで生涯を終えたのだという。私はこの話の真相を突き止めないではいられなかったので、提督としてその海戦の場にいあわせたアグリッパを呼び出してもらうことにした。姿を現わした彼はすべてを真実と認めただけでなく、艦長にとってさらに有利な事実も説明してくれた、彼はその謙譲の美徳ゆえにみずからの手柄をことさらに小さく言い、その大半には口をつぐんでいたのである。

　かのローマ帝国が、まだ始まって日の浅い享楽三昧のためにまたたくうちに腐敗を極めてしまったのには愕然としてしまったが、それと較べてみると、考えられる限りの背徳がはるかに長期にわたって跋扈し、勲功の顕彰も地位の剝奪も、本来そんな資格などあるはずもない司令官の手にすっかり握られてしまっている他の諸国における類例を数多眼にしても、さほどに驚くほどのことではない。

呼び出された人物はすべて生前と寸分違わぬ姿で登場してくれたのだが、この数百年の間に人類がいかに退化してしまったのかを目のあたりにすると、何とも憂鬱ではあった。さまざまの呼び方をされ、さまざまの惨禍をもたらす梅毒がイングランド人の顔の線のひとつひとつを変えてしまい、体格を縮めてしまい、神経の張りを奪い、筋肉の力を衰弱させ、顔色を土色にし、肉体をぶんよりと腐敗したものに変えてしまったのだ。

▼私は、時代を下って、イングランドの古いタイプの自作農を、その作法、食事、身なりの質実さゆえに、その行ないの正しさゆえに、真の自由の精神ゆえに、その勇気と祖国愛ゆえにかつて名をとどろかせた者を呼び出してほしいと願った。そして今生きている者と死者とを見較べて、元々の純粋な美徳が端た金に眼のくらんだ子孫の手で売買され、しかもその連中が選挙のときには票を売り、裏工作をして、宮廷で学べる限りの腐敗、悪徳を身につけてしまっているのが分かってくると、我ながら心穏やかではいられなかった。

第九章

筆者、マルドナーダに戻る。ラグナグ王国への航海。筆者の拘禁。宮廷に呼ばれる。いかにして御前に出たか。臣民に対する国王の寛大さ。

出発すべき日が来たので、私はグラブダブドリッブの族長閣下に別れの挨拶をし、二人の随行者と一緒にマルドナーダに戻ったが、二週間ほど待つとラグナグ行きの船が出ることになった。件の二人のジェントルマンと他の何人かがとても親切に食料の手配をしてくれた上に、船まで見送りに来てくれた。この航海にはひと月を要した。一度は暴風雨に出会い、そのために西に針路をとって、幅が六十リーグを越える貿易風圏に入らざるを得なくなったりした。ラグナグの南東端にある海港クラメグニグの河に入ったのは一七〇八年四月二十一日のこと。われわれは町から一リーグ以内のところに投錨して、水先案内を求める合図を送った。ものの半時間としないうちに二人が乗り込んで来たので、われわれはその案内で大変危険な浅瀬や岩礁の間を縫うようにして、町を囲む壁から一リーグと離れていない、艦隊でも楽に停泊できそうな広々とした内湾に辿りついた。

船乗りの何人かが裏切ったのか、それともたんなる不注意のせいなのか、この水先案内人たちに、私が他所者で、大旅行家であると洩らしてしまい、それが税関の役人の耳に入ったようで、上陸した途端に厳重な取調べを受けることになった。この役人が私にバルニバービの言葉で話しかけてきたのは、交易が盛んなおかげでこの町では、とくに海の男や税関で働いている者の間では、この言葉が普通に通じるからである。私は手短かに幾つかの事実を説明して、なるたけもっともらしい辻褄の合う話を作りあげたが、国のことだけは偽ってオランダ人を自称する必要があると思った。私の目的地が日本であり、この王国に入国を許されているヨーロッパ人はオランダ人のみであることを承知していたからである。そこで私はこの役人に、バルニバービの沿岸で難破して岩礁に打ちあげられているところを、空飛ぶ島ラピュタ(彼もこの島の話はよく聞き知っていた)に救い上げられ、目下は日本をめざしている、あそこからならば祖国に帰る手段があるかもしれないと説明した。その役人の答えは、宮廷に取り急ぎ書状を送るので、二週間もすれば返事が届くだろうが、宮廷からの指示があるまでは拘禁させてもらうというものであった。私は近くの宿舎に連行され、入口には番兵が立ったものの、広々とした庭を自由に使えたし、費用もいっさい王様持ち、しごく丁重な扱いであった。何はさておき好奇心からということだろうが、訪問客も何人かあったのは、聞いたこともない遠国より私が来たのだという噂が流れたかららしい。

私は同じ船に乗って来た若者を通訳として雇ったが、もともとラグナグ生まれの彼はマルドナーダで何年か暮らした経験もあり、両方の言葉とも完全に自分のものにしていた。この若者の助けを借りて、私はやって来た人々と話をすることができたのだが、もっとも話とは言っても、相手が訊いて、こちらが答えたというだけのことである。

大体予想していた時期に宮廷からの至急便が届いた。その内容は、騎兵十をもって私ならびに随員をトラルドラグダブだか、トリルドログドリブだかに(私の記憶する限りでは、両方の発音があった)案内せよという令状であった。

随員と言っても、気の毒なことに通訳の青年一人きりなのだが、ともかく彼を説得して働いてもらうことにした。それから、われわれに騾馬を一頭ずつ用意してほしいと依頼した。出発する半日前になると使者が出されて、私の到着をあらかじめ国王に知らせ、何時、御足を載せ給う台の前の塵を舐めるの栄に浴し得るものなるか、その日と時を示し給えと御伺いをたてることになった。いかにも宮廷流儀ではあるが、これはたんなる形式にとどまるものではなく、到着の二日後に御前に出るのを許されたときには、実際に腹這いになって床をペロペロ舐めながらそばに寄るように命じられたのである。但し、私が異邦人であるためなのか、塵で顔をそむけるということがないように床をきれいにするだけの心遣いはしてあった。しかしながら、これは最高位の人物が御前に進み出るとき以外には許されない格別の厚遇であるとかで、拝謁を許された人物に宮廷内の強力な敵でもあろうものならば、わざわざ床に塵を撒くことすらあるとかで、げんに私もこの眼で、ある高官の口が塵で一杯になってしまって、玉座からしかるべき距離まで這い進んだときにはひと言も口がきけなくなっていたのを目撃した。陛下の前に出る者にとって唾を吐くとか、口を拭うというのは死罪、従って打つ手はないのだ。実は、必ずしも納得できない慣習が今ひとつある。国王が誰か貴族のひとりを品よく優しく死に至らしめようと思し召された場合、致死の毒を含んだ褐色の粉末を床に撒くように命じられるが、それを舐めた者は必ずや二十四時間以内に死に至る。しかし、この君主の大いなる慈悲の心と臣下の命に対する思いやりを忘れないためにも(この点については、ヨーロッパの諸君主も鑑とされんことを願わずにはいられない)、またその名誉のためにも、このような処刑のあとには床の汚された場所を洗い清めよとの厳命が下ることを言っておきたい。かりに召使たちがそれを怠ると、国王の不興を蒙る危険がある。私自身、小姓のひとりに鞭打ちの命令が下るのをそばで聞いていたが、ある処刑のあと床を洗滌するよう布告する役目であったのに、何をたくらんだのか、それをないがしろにして、そのために、拝謁に伺候した前途有望な若い貴族が、国王側には命を奪うつもりなどないにもかかわらず、不運にもその毒の犠牲になってしまったのである。しかし、この善王の仁慈の御心は寛く、特別の命令のない限りそんなことはもう致しませんという約束ひとつで、その小姓の笞刑をとり止めてしまわれたのである。

脱線はこれくらいで切り上げることにしよう。私は王座から四ヤードほどのところまで匍匐前進し、それからおもむろに膝をついて体を起こし、床に叩頭すること七度、その前夜に教えられていた通りの言葉を口にした。イクプリング・グロフスロッブ・スクートセラム・ブリオップ・ムラシュナルト・ズウィン・トゥノドバルクガフ・スリオファド・グルドラブ・アシュト。国王に謁見を賜わる者すべてに国法に基いて課される挨拶の言葉が、これなのである。訳してみれば、天の恵みを受け給う陛下の、よく日輪を凌ぎて、十一度半月の巡るほどの御長寿を、というところか。これに対して陛下からも御言葉があるのだが、もちろん私に分かるはずはなく、指示通りに返事をする。フルフト・ドリン・ヤレリック・ドゥワルダム・プラストラッド・マープラッシュ。直訳すると、わが舌は友の腔内にありというこ とになるだろうが、この表現で、通訳を伴うことを御許し下さいという意味になり、例の青年が呼び入れられ、その仲介によって、一時間以上も陛下の矢継ぎ早の質問に答えることになった。私はバルニバービ語で話し、この通訳がラグナグ語でその意味を伝えたのである。

国王はたいそう御満悦で、ブリフマークラブ、つまり侍従長に、この者と通訳のために宮廷内に部屋を用意してやれ、食事の面倒もみてやれ、小遣いとして大きな金貨の袋を持たせてやれとお命じになった。

私は陛下の御意のままに三ケ月もこの国に滞在することになってしまったが、すっかり気に入られて、大変光栄な申し出を幾つもいただいた。しかし私には妻や家族と残された日々を過す方が穏当かつ妥当であると思えた。

第十章

ラグナグ人の推賞できる点。ストラルドブラグとは何者か、この点について筆者と何人かの識者の交わした会話。

ラグナグの人々は礼節をわきまえ、寛容で、確かに東方諸国に特有の高慢なところもないではないが、異邦人に対しても、とりわけ宮廷が受け容れた者に対しては、すこぶる丁重であった。私はこの国の一流の人々のうちに多くの知己を得、つねに通訳つきではあるものの、話を交わして不愉快ということはなかった。

▼ある日立派な人々と同席していたときのこと、高い地位にある某人物からストラルドブラグ、すなわち不死の人なるものを見かけたことがあるかと訊かれた。いえ、ありませんがと答えたあと、私は、命に限りのある者にそんな呼び名をつけるとはどういうことなのか説明してほしいと頼んだ。彼の話によると、ときおり、とは言っても、ごく稀にではあるが、額の、左の眉毛のすぐ上のところに赤く丸い斑点のある子どもの生まれることがあって、それは不

▼死を示す絶対的な徴であるという。彼の言うその斑点は初めのうちは三ペンス銀貨くらいの大きさだが、時が経つにつれてその大きさと色合いが変化し、十二歳のときには緑色になって、それが二十五歳まで続き、それから濃い青に

変化して、四十五歳になるとイングランドのシリング銀貨大の真っ黒となるけれども、それ以降の変化はない。さらに彼の話では、こういう子どもが生まれるのはごく稀れなことで、王国全体でもストラルドブラグの数は男女合わせて千百人を越すとは思えず、彼の計算では、そのうちの五十人ほどが首都に住んでいて、三年ほど前に生まれた女の子もそのひとりであるという。この手の子どもの産出はなにも特定の家系に限られるものではなく、まったく偶然の産物であり、ストラルドブラグの子どもであっても他の人々と同じようにその命には限りがあるのだ、とも。

正直なところ、この説明を聞いたときには言い知れぬほどの喜びが体を走り抜け、この話をしてくれたのが私の自由に話せるバルニバービ語を解せる人物であったことも手伝って、私もいささか常軌を逸した表現に溺れてしまった。私は恍惚気味にこう口走ってしまったのだ、幸福な国民だ、どんな子にも不死となる機会があるとは！　幸福な人々だ、古代の美徳の生きた手本とともに生き、過去のすべての時代の知恵を教えてくれる師表を身近に持つとは！　いや、誰よりも幸福なのは無類のストラルドブラグだ、人間に必ずつきまとう禍から生まれつき解き放たれ、絶えざる死の不安がもたらす心の重圧も暗澹も感ずることなく、精神の自由闊達を楽しめるのだから！　しかし、それにしては不思議ではないか、宮廷内ではそうした傑物の姿をついぞ見かけなかった、額に黒い斑点と言えばいやでも目立つはずで、それをやすやすと見落したはずはないし、英明な君主であらせられる陛下がかくも賢明有能なる者たちを顧問として多数登用なさらないということも考えがたいことであった。ひょっとしたら、崇敬すべき賢人たちの美徳なるものが、堕落と放恣をきわめる宮廷の風潮にとっては息苦しすぎるということだろうか。それに、われわれの経験からしてもそうであるが、とかく若い連中は自分の意見を押しだして身勝手なことをやり、年長の者の冷静な忠告など聞こうともしない。しかしながら、国王からはおそばに伺候することをせっかく許されているのだから、次の機会があり次第、この問題に関する自分の見解を通訳の助けを借りて、率直に、詳しく申し上げてみようと決めた、その結果私の忠告が容れられようが、容れられまいが、陛下はこの国に腰をすえるように繰返し勧めて下さるので、深甚の感謝をもってその御好意に甘えて、もしストラルドブラグが承諾してくれるならば、この卓越した人々との会話を楽しみつつ、この地でわが人生を送ろうと決断した。

そういう話を相手のジェントルマン氏にしたところ――(前のところでも説明した通り)彼はバルニバービ語が話せた――無知な者を憐れむときに通弊の微苦笑を浮かべて、いかなる理由であれ、われわれのところに留まっていただけるのは悦ばしいこと、今のお話を他の者にも伝えてよろしいかと訊いてきた。そして、彼から同席していた他の者への説明があり、連中は自分たちの言葉で何やらしばらく議論していたが、もちろん私には一言も分からないし、その顔つきを見ていても、私の話がどんな印象を与えたのか、つかめなかった。しばらくすると、その同じ人物が私に向かって、彼の友人たちも、私の友人も(彼は自分のことをそう称するのが適切だと判断したらしい)不死の至福と利益をめぐるあなたの賢明なる見解には大いに感銘を受けた、ついては、もしストラルドブラグに生まれついたならばいかなる人生設計をなさるのか、そこのところを詳しくうかがいたいと言ってきた。

私はこう答えた、かくも広大にして興味津々たる問題について熱弁をふるうのは造作もないこと、とりわけ、自分が王であったなら、将軍であったなら、大貴族であったなら何ができるかととかく空想するのを楽しみとしてきました私には。とくにこの事柄については、もし自分が永遠に生き続けるとしたら、一体何をし、どう時を過ごすのか、何度も何度も仔細に検討してみました。

もし何かの僥倖によってストラルドブラグとしてこの世に生まれてきた場合、生と死の違いが分かるようになって自分の幸福を自覚できるようになったらすぐさま、まず最初にあらゆる手段と方法を尽して富を手に入れたいと思いますが、倹約と運用に気をつければ、おそらく二百年ほどで王国随一の資産家になれるでしょう。第二に、幼少より技芸と学問の研究にいそしめば、やがて他のすべての人の学識を凌げるでしょう。最後に、国で起こる重要な事件、出来事を細大洩らさず丹念に記録し、歴代の君主と大臣の性格を公平に描き出し、すべての点について私の所感を書き留めておくことにします。風俗、言語、服装の流行、食事、娯楽の変化も克明に書き残したい。そうしたことをやってゆけば、私は知識と知恵の生きた宝庫となり、必ずや国民に神託を告げる者となるでしょう。

▼六十歳を過ぎたらもう結婚は考えず、ひとをもてなしつつも質素に暮らしたい。前途有望な青年たちの精神を陶冶し導くことをわが楽しみとし、自分の記憶と経験と意見に数多の実例をつけ加えて、公私両面における美徳の効用を彼らに説きたい。しかし、最良の友となるのはつねに不死の仲間たちのはずで、その中から、太古の時代から現代にいたるまでの十二人を選びたい。もしそのうちの誰かが困窮しているようであれば、自分の所有地のまわりに適当な住居を都合し、何人かは必ず食事に招きたいと思うし、あなた方命に限りある人々の中からも最も価値あるひとを何人かはそこに加えたいとは思うものの、なにしろこちらは永く生きているわけで、ひとの死といってもあまり悲しむことなく、いや、いささかも悲しまずに受け止めて、あなた方の子孫に対しても同じような態度をとるかもしれません、ちょうど、年々再々生まれかわる庭の撫子やチューリップに心を慰められる者が、前の年に枯れてしまったものの死のことでいつまでも愁嘆しないのと同じように。

ストラルドブラグと私が長期にわたって互いの所感と記録を交換しあい、この世の中に腐敗がしのび寄るさまを確認し、人類にたえず警告と教示を与えては、それを一歩一歩喰い止めるようにすれば、われわれ自身も強力な範となるはずですから、すべての時代に嘆きの的となる人間性の不断の退化もおそらく阻止できるでしょう。

▼加えて、諸々の国や帝国の栄枯盛衰を見、地上と天空の変動を見る楽しみがあります。古代の都市が廃墟と化し、名もない村が帝都となる。名にし負う大河が涸れて浅き川となり、海が引いて干潟を残し、海が呑み込む岸辺もでる。

▼未知なる国の陸続たる発見。文明国に野蛮がはびこり、野蛮をもってなる国が一変文明国となる。経度、永久運動、万能薬の発見の他、諸々の大発明が完成の極に達するのも眼にすることになるでしょう。

予言した日の先まで生き伸びて、その結果を確認できれば、彗星の動きと回帰を、太陽、月、星の動きの変化を観察できれば、天文学上の驚異の発見すらもできるでしょう。

ひとはおのずと終りなき命と現世の幸福を願うものではあるが、その欲望がかなえば簡単に思いつくはずの数多の話題についても私は語った。私が語り終えて、その骨子が前と同じように一同に通訳されると、彼らはまたこの国の言葉でしきりと議論を始め、ときおり私を笑いの種にしているようでもあった。しまいには、通訳をつとめてくれた例のジェントルマン氏がこう切り出した、この人たちがあなたの錯覚を解いてやれと言っています、まあ確かに、人間の本性的な愚かしさから来る錯覚ならばさして咎めるほどのこともないでしょうから。このストラルドブラグなる種はこの国に固有のものらしくて、バルニバービにも日本にもこの種の人間は見あたりません、この両国には陛下の命で使節として赴いたことがありますが、いずれの王国の住人もそんな事実があるなど信じがたいと言いましたし、この話を初めてしたときのあなたの驚きようからして、あなたにとってもまったくの初耳、にわかには信じられないという様子でしたよ。今申した二つの王国に滞在していましたときに、いろいろなひとの話を聞いたのですが、長寿というのは人類みなの願望であることが見てとれました。片足を墓場に突っ込んだような人間でももう片足は入れまいと目一杯抵抗するのです。どんな超老人でもあと一日という希望にしがみつき、死を最大の悪とみなしては、そこから後ずさりしたいと自然に思ってしまう。ただ、このラグナグの島では、絶えずストラルドブラグを目のあたりにしているせいでしょう、長寿願望があまり強くはないのです。

あなたの考えておられる生き方には辻褄の合わない無理があります、どんなに法外な望みを抱くとしても、どんなに愚かな者でも望みえないような永遠の若さと健康と活力がその前提になっていますから。問題は、つねに若々しくしていて、繁栄と健康を手にできるかどうかではなくて、老齢とともに必ずついてくる障害を抱えながら、どうやって永遠に生き続けるのかということなのです。なぜならば、そういう悪条件のもとでも不死でいたいと広言する者などまずいないからですが、先ほども名前を挙げたバルニバービと日本の両国を見てみますと、死を少しでも先のばしにしたい、少しでも遅らせたいと誰もが望んでいて、悲嘆の極みにあるとか、耐えがたい拷問を受けているとかいうのでないかぎり、自分から進んで死のうと言いだすひとの話はまず耳にしたことがありません。彼はそう言って、あなたの国でも、旅先の諸国でも、一般に同じような傾向が見られるのではないかと訊いてきた。

▼

このような前置きをしてから、彼はストラルドブラグについての詳しい説明を始めた。それによると、彼らは三十歳くらいまでは普通の人間と大差ないものの、それを越すと少しずつ憂鬱で沈んだ顔になり、八十歳になるまではそれが昂じてゆくのです。これは彼らから直接聞いたことでして、そうでもしないかぎり、なにしろ一時代に二、三人しか生まれないわけですから、そんな数から一般論を引き出すのは無理というものでしょう。この国では八十歳が人生の極とされていますが、そのときまでには彼らも他の老人なみの愚かしさと脆弱さを身につけているうえに、死ぬに死ねないという絶望的な見通しからくるそれもごっそりと身につけています。頑固で、怒りっぽくて、強欲で、暗くて、自惚れが強くて、話が長い、それでいて人づきあいが悪くなり、自然の情愛もさめてしまって、せいぜい孫のあたりまでしか届かない。嫉妬と手にあまる欲望だけがむき出しになる。しかしその嫉妬の対象たるや、若い連中がやってのける悪行と、普通の老人の迎える死。前者を見れば、自分たちがもはや快楽とは無縁であることを思い知らされ、葬式を眼にすれば、自分たちには望むべくもない憩の港に他の連中がさっさと入ってしまったことを嘆き悲しむという次第です。覚えていることといえば若い時代から中年にかけて見聞きしたことのみ、しかもそれとて覚束ないことかぎりなく、何事かの真相、詳細となれば、自分の記憶をひっぱり出すよりも、世上の噂に頼るほうが確かなのです。その彼らのなかで一番惨めでないのはすっかり耄碌して、記憶をきれいに無くしてしまった者でしょう、他の者にはこびりついている嫌なところが消えてしまって、まだしも同情や介護をうけられるからです。

ストラルドブラグ同士が結婚した場合には、若い方が八十歳に達した時点で、王国の優遇措置によってもちろんその結婚は解消されることになっています。法律の側だって、自分の罪でも何でもないのにこの世に存続しつづける罰を与えられた者に、妻という重荷を背負わせて悲惨さを倍増させることはあるまいと、温情を示すということでしょう。

八十年という期間をまっとうすると、彼らは法的には死んだ者とみなされ、ただちにその跡継ぎが資産を継承し、ごくわずかが生活費として残されるだけになり、困窮している者は公費で養われます。これ以降の彼らは、信用や利潤のからむ仕事はできないものとされ、土地の購入や貸借契約はできませんし、民事、刑事を問わず、かりに境界線の確定のような事例であっても、証人となることは許されません。

九十歳にもなると、歯は欠け、髪は抜け、味の善悪などもうからきし分からなくなり、好き嫌いも食欲も関係なしに手当りしだいに食べ、かつ飲む。罹る病気の数はと言えば、増えもしなければ減りもしない。話をしていると、ごく普通の物の名前も、ひとの名前も、しかも親しい友人や親戚の名前まで失念してしまう。同じ理由で、本を読んでも楽しくないのです。なにしろ記憶力の方が文の頭から最後までもってくれないのですから。この欠陥が出てくると、本来ならばあるはずの唯一の楽しみすらも奪われてしまうことになるのです。

▼しかもこの国の言語はたえず流動していますから、ある時代のストラルドブラグが別の時代のストラルドブラグを理解できなくなり、二百年も経つと、かたわらの普通の人間との会話もままならなくなり(ごく一般的な数語は別でしょうが)、故国にありて異邦人の如しという情ない目にあうのです。

私の記憶するかぎりでは、ストラルドブラグについての説明とは以上のようなものであった。その後、何度かにわたって、友人に連れて来られた歳の違う五、六人と会う機会があったが(一番若いのはまだ二百歳を越えてはいなかった)、私が大変な旅行家で、世界中を見て歩いているという話を聞いても、好奇心をかきたてられて質問ひとつするというわけでもなく、スラムスクダスク、つまり記念の品をひとつくれと言うだけであった。雀の涙ほどの額ではあるものの、ともかく国からの支給があるために、物乞いは法律で厳禁されているのだが、それをかいくぐるための穏便なる物乞い法というのが、それであった。

彼らは万人の軽蔑と嫌悪のまとになっている。ひとりでも生まれようものならば不吉とみなされ、その出生の経緯が詳細に記録され、その台帳にあたれば彼らの年齢は分かることになっているのだが、肝心のその台帳が千年以上は保存されることがなく、時の経過や動乱のために破壊されてしまうこともある。しかし、彼らの年齢を推定するにあたっては、どんな国王もしくは偉人を憶えているかを質問して、歴史にあたるというのが普通である、というのは、彼らの記憶している最後の君主は、必ず、彼らが八十歳を越える以前にその治世を始めているからである。

彼らほど恐ろしいものを私は見たことがない。しかも、男よりも女の方がもの凄かった、老衰が極まったときの醜怪さに加えて、その年齢に対応して、言葉に窮するほどの鬼気がつけ加わるものだから、彼らがわずか五、六人集まっただけでも、齢の差が一、二世紀しかなくても、誰が最古参なのか、すぐに見分けがついた。

こうしたことを見聞した結果、私の強い永生願望がすっかりしぼんでしまったことは、読者にも容易に察しがつくだろう。私は勝手に楽しい夢幻を描いていたことが心底恥しくなり、こんな人生から逃れるためならば、どんな暴君の発明したどんな死の中にでも喜んで跳び込めるとさえ思った。国王はこのときの私と友人たちのやりとりを残らず耳になさって、さも愉快そうに私を茶化された、ストラルドブラグを二人ほど祖国に送って、人々の死の恐怖を消すのに活用したらどうだ、と。しかし、それはこの王国の基本法によって禁じられているらしく、もしそうでなかったら、彼らを輸送する手間も費用も決して惜しむものではなかったであろうに。

ストラルドブラグに関するこの王国の諸法がきわめて強固な理由に基くものであり、他の国も同じような状況に直面した場合には制定せざるを得ないものであることは、私も認めないわけにはいかなかった。そうしないと、老齢には必ず貪欲がついてまわる以上、やがてこの不死の者たちが国全体を我が財産とし、その権力を独占してしまうであろうし、そうなれば、管理能力の欠如からして、社会の破滅に到るしかないであろうから。

第十一章

筆者、ラグナグを発って日本に向う。そこよりオランダ船でアムステルダムに戻り、ついでイングランドに帰還。

ストラルドブラグの話が多少なりとも読者にとって面白いだろうと考えたのは、それがいささか突拍子もないところを持っているからで、少なくとも私が手にした旅行記の中でこれと似た話に出くわした記憶はないのだが、かりに私の思い違いだとするならば、旅行家というものは同じ国のことを書くときには同じ事柄を延々と説明することがどうしても多くなり、前の誰かを借用した、引き写したという批難を浴びるいわれなどないのだとでも釈明するしかないだろう。

いずれにしても、この王国と偉大なる帝国日本の間には絶えず交易が行なわれているので、日本の誰かがこのストラルドブラグの話を書いていることは大いにありうるが、なにしろ私の日本滞在は短かかったし、その言葉がまったく解せないときているのだから、調べると言っても調べようがなかったのである。しかし、この文章を眼にしたオランダ人が興味にかられて、私には不明な点を補ってくれるかもしれない。

陛下は、宮廷内で何かの職につくように何度も慫慂して下さったが、祖国に戻りたいという意志の硬いことを御覧になって、快く出国の許可を下さったばかりか、日本の皇帝宛ての直筆の推薦状まで認めて下さった。その上に金貨四百四十四枚と(この国の人は偶数が好きらしい)、赤いダイヤモンドをひとつ下さったが、イングランドではこれに千百ポンドの値がついた。

一七〇九年五月六日、私は陛下と友人たちに厳粛なる別れを告げた。この仁慈深き君主は近衛兵に命じて、島の南西部の港グラングエンスタルドまで私の先導をつとめさせられた。六日目には日本に行く船が見つかり、航海に十五日を費やすことになった。上陸したのは日本の南東部にあるザモスキという小さな港町。この町は幅の狭い海峡の西側に位置しており、その海峡は北へ長い腕のように伸びて、その北西部に首府の江戸がある。上陸して、税関の役人にラグナグの国王から皇帝に宛てた親書を出してみせると、彼らはその玉璽の何たるかを即座に理解した、何しろゆうに掌くらいの大きさはあるのだ。その図柄は、足の萎えた乞食を立たせる王を描いたものであった。町の役人はその親書のことを耳にすると、私を公けの使節として遇し、乗り物と召使を用意し、エドまでの費用を負担してくれたが、エドに着くと直ちに拝謁を許され、例の親書を奉呈したところ、それが厳粛この上なく開封され、通訳がその内容を皇帝に説明すると、その通訳を通して、願いを申し出るがよい、兄弟たるラグナグの王の頼みとあれば何なりと聞き届けようとの御言葉が返ってきた。この通訳はオランダ人との交渉にあたる人物で、私の顔を見てすぐにヨーロッパの人間だと推測したらしく、実に達者な低地オランダ語で陛下の命令を繰返した。私は答えた(かねてからの計算通りに)、わたくしはオランダの商人でございます、遠い遠い国で難破致しまして、そこから海を越え陸を渡ってラグナグに到着し、故国の者がしばしば交易に訪れるという日本に船で参りました、出来ますことならば、そういう者と一緒にヨーロッパに帰る機会を得たいと希望致しております、願わくば、ナンガサクまでの無事なる運送を御申しつけ下さいますよう御願い致します。それからもうひとつつけ加えて、我が庇護者たるラグナグ王の名に免じて、祖国の者に課せられる十字架踏みの儀式を行なうことは御免除いただけませせぬか、わたくしは悲運のゆえにこの王国に辿りつきました、交易は目的ではございません、とも申し出た。この二つ目の嘆願が通訳されると、皇帝はいささか驚かれたようすで、おまえの国の者で、そんなことで尻込みするのはおまえが初めてだろう、してみると、おまえは本当にオランダ人であるのか、むしろクリスチャンではないのかと仰有った。しかし、それでも、私が申し出た理由に配慮して、いや、何よりも、格別の好意を示すことによってラグナグの王を満足させようとしたのであろうが、ともかく私のこの奇妙な希望をかなえて下さることになった。しかし、事態の処理は慎重にやらなくてはなるまい、役人たちにはついうっかりして通してしまったということにするように命じよう。もしこの秘密がおまえの国の者に、オランダ人に知られたら、航海中に首くらい切られかねないとも仰有った。私はこの異例の好意に対して、通訳を介して篤く感謝の意を伝えたが、ちょうどナンガサクに向う部隊があったので、その隊長が、例の十字架の件について特別の指示を受けたうえで、私をそこまで無事に護送するように命じられることになった。

一七〇九年六月九日、私は実に長く辛い旅を終えてナンガサクに到着した。そしてすぐにアンボイナ号というアムステルダムの四百五十トンの頑丈な船のオランダ人水夫たちと仲良くなった。私はオランダ暮らしが長く、ライデンで勉強したこともあるからオランダ語を話すのはお手のものであったが、船員たちは私が何処から来たかを知ると、今までの航海や生活ぶりに興味を示した。私はなるたけ簡単にもっともらしい話を作りあげ、大半の部分は隠しておいた。オランダには知人も多かったので、両親の名前を工夫するくらいは造作もないことで、ヘルデルラント地方の

▼名も無い者だということにしておいた。船長には（テオドルス・ファングルルトという男）オランダまでの船賃を要求通りに払うつもりでいたのだが、こちらが医者だと分かると、船医として働いてくれるのならふだんの運賃の半額でいいと言う。出帆する前に、何人かの船員から、それで、例の儀式をやったのかと何度も訊かれた。私は皇帝ならびに宮廷に万事納得してもらったとか何とか漠然とした答えで、質問をはぐらかしていた。ところが船乗りのひとりに質の悪い奴がいて、わざわざ役人のところに出向いて、私がまだ十字架像を踏んでいないと告げ口した。しかし相手は、私を通すように指示を受けていたものだから、この悪党の肩口を竹で二十回叩かせることになり、それ以降はこの手の質問に悩まされることはなくなった。

この航海中は何も特筆すべきことが起こらなかった。喜望峰までは順風に助けられ、そこにも飲み水を求めて寄港しただけであった。四月六日にアムステルダムに無事に到着、航海中の病死者はわずか三名、ギニア海岸の沖で前檣から海中に転落死した者一名にとどまった。アムステルダムからは、この市に船籍のある小さな船で、ほどなくイングランドに向かった。

一七一〇年四月十日、ダウンズに入港。翌朝には上陸して、丸々五年と六ケ月ぶりに再び祖国を目のあたりにすることになった。それからすぐにレッドリフに向かって、その日の午後二時には到着、妻子ともいたって健康であった。

第四篇　フウイヌム国渡航記

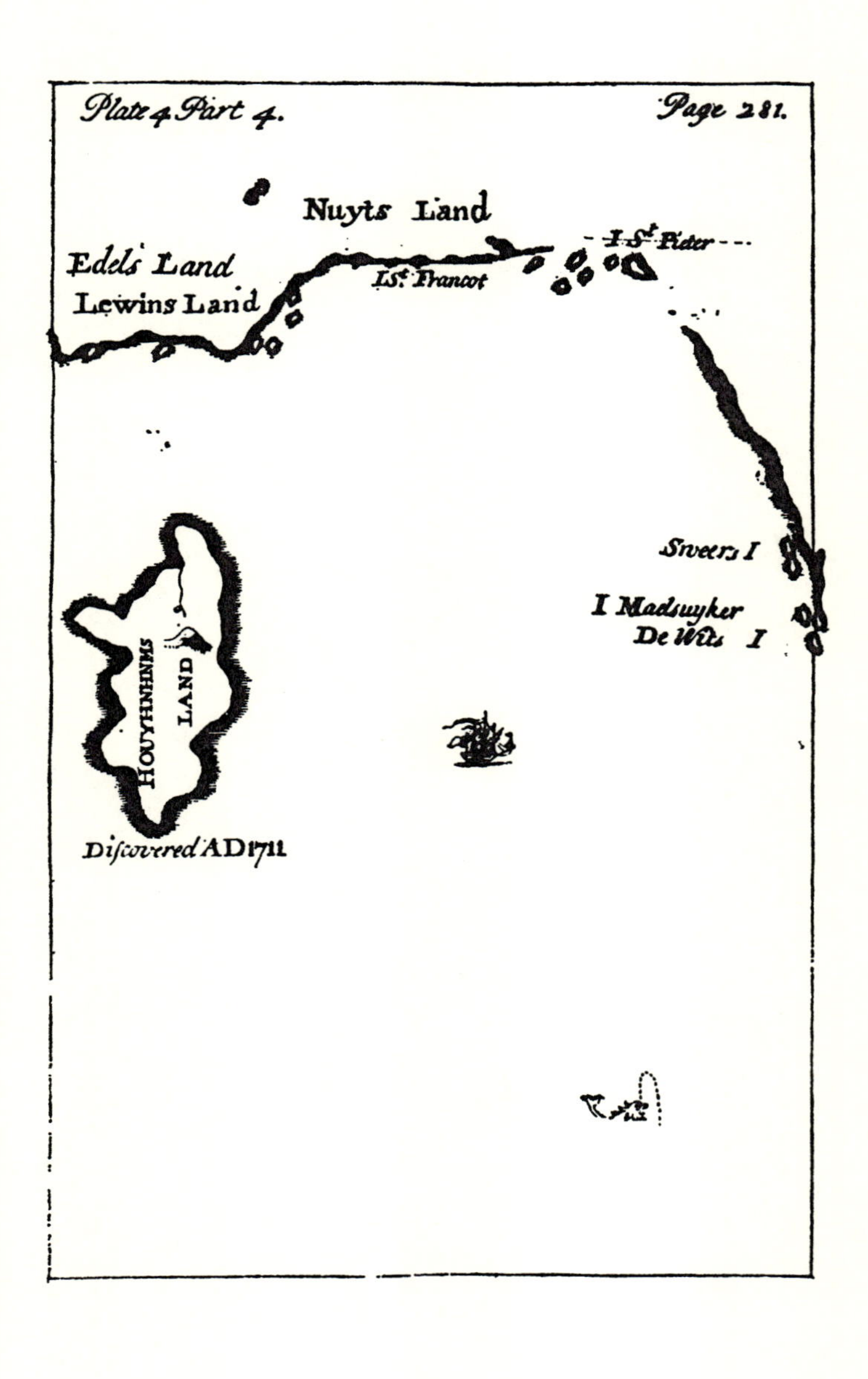
Plate 4 Part 4.
Page 281.
Nuyts Land
I. St. Piter
Edels Land
Is. Francot
Lewins Land
Sweers I
I Madsuyker
De Wits I
HOUYHNHNMS LAND
Discovered AD1711

第一章

筆者、船長として出港。部下の船乗りたちが叛乱を起こし、長期にわたって筆者を船室に監禁したのち、未知の土地の海岸に放置する。奇怪なる動物ヤフー。筆者、フウイヌム二名に会う。

およそ五ケ月にわたって妻子と一緒の至極幸福な家庭生活が続いた、もちろん、いかなる時をもって幸せとするかを私が体得していての話であるが。可哀想な気はしたが、私は身重の妻をあとに残して、三百五十トンの頑丈な商船アドヴェンチャー号の船長をやらないかという願ってもない申し出に応じてしまった。というのも、航海術のことは十分に知っていたし、船医の仕事にも厭きが来ていたので(ときどきならば、やってもいいのだが)、ロバート・ピュアフォイというその方面では腕のいい青年を船に雇った。ポーツマスを出港したのは一七一〇年九月七日、十四日にはテネリフで、カンペーチェ湾にロッグウッド材を切り出しに行くのだというブリストルのポコック船長と出会った。十六日には暴風雨のために彼の船と離れ離れになってしまったが、帰国後に聞いた話では、彼の船は浸水で沈没し、助かったのは船室の給仕係ひとりであったという。彼は正直な男で、船乗りとしても申し分なかったが、自説を曲げないところが少し強すぎて、例の無いことではないが、それが命取りになったのだ。もし私の忠告に耳を貸していれば、今ごろは私と同じように、家族と平穏な毎日を送っていたはずである。

私の船でも熱帯性の熱病で死人が何人か出たために、バルバドス島とリーウォード諸島で人員を補充せざるを得なくなったが、そこに寄港したのは雇い主たる商人たちの指示によるとは言え、すぐに大後悔する原因となってしまった、というのは、雇い入れた連中の大半が海賊だったからである。乗組員は五十人、私の受けていた命令は南海のインディアンと交易をする、できる限りの発見をするということであった。ところが、私の掴まされた悪党どもが他の部下たちをたぶらかし、グルになって船を奪取し、私を拘禁するという陰謀を練り上げ、ある朝それを実行に移して私の船室になだれ込み、手足を縛りあげて、騒ぐと海に放り込むぞと脅した。私としては、こうなったら降参だと言うしかなかった。連中はそのことを誓約させたうえで縄を解いてくれたが、それでも片足は鎖でベッドのところに縛りつけ、入口には装塡した銃を持つ見張りを立てて、逃げようとしたら殺せと命令した。食料と水は下に運んでくれるが、船の指揮権は彼らの手中に移った。海賊に変身して、スペイン人を襲撃しようという魂胆らしかったが、もっと人手が集まらないと、それもままならなかった。そこで連中はまず積荷を売りとばして、それからマダガスカルに寄り、私の監禁以来何人か死んでいるので、仲間を補充するということに決めた。彼らは何週間も航海を続けて、インディアンとも交易をしていたが、なにしろこちらは船室に監禁されて動きがとれないし、何度も脅されて、いずれ殺されるものと覚悟していたこともあって、どんな航路をとったのか分からなかった。

一七一一年五月九日、ジェイムズ・ウェルシュという男が船室に降りて来て、船長から私を上陸させろという命令を受けたという。あれこれ諭してみたが効き目はないし、新しい船長が誰なのか、それすら言おうとしなかった。彼らは、私が新品同様のいちばん上等の服を着て、リネンの小さな包みを持つことは許してくれたが、短剣以外の武器はなしのまま長艇に押し込んだ。手持ちの金とその他のちょっとした必要品をポケットに入れたのには、さすがに遠慮したのか、手を出さなかった。彼らは一リーグほど漕いで、浅瀬に私を降ろした。ここはどこの国なんだと訊くと、彼ら全員が俺たちだって全然分からんと言い、船荷を売りさばいたあと、最初に見つけた陸地で私を処分してしまおうというのが船長(と、彼らが呼ぶ男)の意向なのだと言った。彼らは、潮が満ちてくるとまずいから急ぐほうがいいと忠告して、別れの言葉を残すと、さっさと漕ぎ出してしまった。

こんな悲惨な状況の中でともかく私は歩き始め、しばらくして足場の固い所まで来たので、土手のような場所に腰を降ろして、それから先に打つべき手を考えた。少し元気の戻ったところで、最初にでくわした野蛮人にすがりでもして、船乗りがこういう航海に出るときに大抵持ってゆく腕環やガラスの環などの装身具(私も少しはそれを携帯していた)と引き換えに命乞いでもするしかないかと思いつつ、この国に足を踏み入れた。土地は長い木の列で区切られていたが、それは整然と植林したものではなく、自然にそうなったもので、草が繁茂し、燕麦の畑もあった。私はそこを、急襲されてもたまらないし、突然背後や左右から矢で射られてもたまらないから、警戒しながら歩いていった。往来のあるらしい道に出てみると、人の足跡がたくさん見つかった、牛のもあるが、しかし大半は馬のものだ。そうこうするうちに何匹かの動物が畑にいるのが眼にとまり、同種のが一、二匹樹の上にもいる。その姿がなんとも異様で醜いものだから、私も少し慌ててしまい、繁みのかげに身を伏せてもっとよく観察してみることにした。そのうちの何匹かが私のいるすぐそばまで近づいて来たので、その形をしっかり見届ける機会ができた。その頭と胸は、縮れた毛か細長い毛で蔽われ、山羊のような髯があり、背中及び膝から足の前面にも長い毛が続いているが、体のその他の部分はむき出しで、薄い黄褐色の皮膚が確認できる。尻尾はなく、臀部にもまったく毛はないが、肛門の周囲だけが別なのは、地面に坐ったときにそこを守ろうという自然の配慮であろうか。彼らはこの姿勢と、それから体を横たえる姿勢をとるが、後足で直立することもよくある。そして、栗鼠のようにさっと高い樹木にも登ってしまうの▼は、前後の足に丈夫な長い爪が生えていて、その先が鋭くとがって鉤状になっているからである。驚くくらい身軽に跳びはねてまわることも多い。雌は雄ほど大きくはなく、頭に細長い毛があり、肛門と陰部のまわりを除いて、体中が柔毛状のものに蔽われている。前足の間には乳房が垂れていて、歩くとそれが地面に届きそうになることがよくあ▼った。雌雄の毛の色は茶、赤、黒、黄と何色かあった。総じて、私の旅行体験を残らず振り返ってみても、これほど気持ちの悪い、またこれほど強い反感を自然と感じた動物は例がなかった。そのために、もううんざりだと考えて、軽蔑と嫌悪を一杯抱えたまま立ちあがり、往来の跡のある道に出て、この先にインディアンの小屋くらいあるだろうと、歩き出した。ほどなくこの生き物の一匹が道の真ん中をまっすぐこちらに向って来るのに出くわした。この醜悪な怪物は私の姿を認めると、その顔中をああだこうだと歪めた挙句、こんなモノは見たことないぞと言わんばかりの眼つきで近寄ってきて、興味を引かれたのか、悪さをしようというのか分からないが、前足を挙げたので、こちらは咄嗟に短剣を抜き放ち、その平たい部分で思いきり一発くらわせた。下手に刃のほうを使った場合、自分たちの家畜が殺された、傷つけられたということを知って住民が私に向ってこないとも限らないからである。その獣はあまりの痛撃に尻込みして、大咆哮したために、隣りの畑から少なくとも四十匹は飛んで来て、私を包囲して吠えるは、物凄い顔をするはの騒ぎとなり、私は一本の樹の方に走り、その幹に背中をあずけて、短剣を振り回しながら防戦した。▼この呪われた種族のうちの何匹かは、背後の枝を摑んで樹に跳び上り、私の頭上に排泄物を降らせ始めた。それでも私は樹の幹にぴったりと身を寄せてかなりうまくかわしたつもりではいたのだが、なにしろあたり一面に汚物が降ってくる、まさしく悶絶しそうであった。

ところがこの苦境の最中に、突然全部がいっせいに逃げ出してしまったので、私は思い切って樹のそばを離れ、道に出て、一体何に驚いて逃げ出したのか首を傾げていた。しかし左手に眼をやると、畑の中を一頭の馬がゆっくりと歩いている、私を襲った奴らは一瞬早くそれを見つけ、以って大逃走とあいなったのだ。その馬は私の近くまで来ると少し驚いたようであったが、すぐに平静を取り戻して、驚愕を露にしげしげとこちらの顔を見つめ、両手両足を眺め、周りを数回廻った。私はそのまま先に進もうと思ったが、相手は道の真ん中に立ちふさがる、ただその顔は至極穏やかなもので、暴力を振う気配はまったくなかった。しばらくそのまま互いを見つめ合ったあと、私は思い切って手を首の方に伸ばし、騎手がなじみのない馬を扱うときに普通やるように、口笛を吹きながら、その首を撫でてやろうとした。ところがこの動物はそんな挨拶など軽蔑するかのように首を振り、眉をひそめ、左の前足を穏やかにあげて、私の手を払いのけた。そのあと三、四度嘶(いなな)いたが、その調子がいちいち違うので、なにか自分に固有の言葉で独り言でも言っているのかと思いたくなるくらいであった。

彼と私がそういうことをしていると、もう一頭の馬がやって来て、やけに恭しく最初の馬に近寄り、右脚の蹄をやんわりと打ち合わせ、数回ずつ嘶き交わしたが、その都度音に変化があるので、音の区切りがあるのではないかと思えるほどだ。彼らが何か相談でもするかのように数歩離れ、並んで行きつ戻りつするそのさまは、何か重大事を熟慮する人間にも似ていたが、たびたびこちらに眼を向けるのは、わが逃亡を監視しようということなのか。私は知性なきはずの獣のこのような所作行動にすっかり舌を巻き、もしこの国の住民にしてこれに対応する理性があるとすれば、地上で最も賢い人々ということになるはずだと結論した。そう考えてすっかり安心した私は、二頭の馬にはお気に召すように談合してもらうことにして、どこかで家か村を見つけるか、土地の住民に出会うかするために先を急ごうと決断した。ところが最初の馬が、連銭葦毛の奴が、私がこっそりと逃げ出そうとしたのを見咎めて、いかにも思わせぶりに背後で嘶くものだから、その言わんとするところが分かるような気がして、そのそばまで後戻りし、さらなる指示を待つ格好になってしまったが、怖さの方はなるたけ隠すようにした。それは、この冒険が一体どんな結末にいたるのかいささか心配になりだしたからでもあるが、目下、どうも芳しくない状態であることは、読者にも何なく分かっていただけるだろう。

二頭の馬は私に近づいて来て、いやに真剣に私の顔と両手を見つめる。そして葦毛の奴が右の前足の蹄で私の帽子を撫でまわしてクシャクシャにしてくれるものだから、一度それを取って、形を直し、もう一度被る破目になってしまったが、これには彼もお仲間も(こちらは栗毛)ひどく驚いたようで、今度はお仲間の方が上着の垂れに触ってみて、それがゆるく垂れているだけだと分かると、また一緒に仰天顔となった。さらにこいつは私の右手を撫でまわし、その柔らかさと色つやに感心したようすであったが、蹄と繋(つなぎ)でそれをぎゅうぎゅう挟みつけるから、こちらは思わず大声をあげた、そうすると、今度は触り方がまた馬鹿にやさしくなった。彼らにとって最大の困惑のもとになったのは私の靴と靴下で、何度も触っては嘶きかわし、諸々のジェスチャーを交わし、玄妙なる新現象を解決しようとする哲学者のそれに似ていなくもなかった。

全体として見ると、この動物たちの行動は整然とした筋の通ったものだし、鋭敏かつ的確でもあったので、私はしまいにはこれは魔術師に違いない、何かの狙いがあって姿を変えているのだが、道で正体不明の人物に出くわして、遊んでやろうと思い定めたのか、それとも、こんなに遠い国に住んでいそうな人間とはおよそ似ても似つかない服装、容貌、顔色の男を眼の前にして本当にびっくりしているのか、そのいずれかだろうと結論した。そのように推理した上で、私は彼らに思い切って話しかけてみた。御二人が魔法使いでいらっしゃるとしますと、多分そうだと思うのですが、どんな言葉でもお分りになるでしょうから、敢えて申し上げる次第ですが、わたくしは不運にしてここの海岸に打ち上げられ、目下難渋をきわめておるイングランド人であります。そこでいずれかの方にお願いしたい、本物の馬の如くにわたくしを背に乗せて、どこか体の休まる家か村まで運んでいただけませんか。御礼と申しては何ですが、このナイフと腕輪を献呈致しましょう(と言って、その二つをポケットから取り出してみせた)。この二頭の生き物は、私が喋っている間、黙って耳をそば立てていたが、こちらが話しおえると、大事な相談でもやるかのようにしきりと嘶き交わし始めた。見ていてはっきりと分かったのは、彼らの言葉が感情を申し分なく表現できるもので、ひとつひとつの語もほとんど苦労なしに、中国語よりも楽にアルファベットに置換できるだろうということだ。

双方が何度か繰返すヤフーという語がしきりと耳につくものだから、こちらとしてはそれが何を意味するのか想像もつかないまま、二頭の馬が相談に夢中になっているうちに、その語を舌の先で練習して、相手側の話が途切れたその瞬間、馬の嘶きを目一杯真似しながら、大声で思い切りヤッフ~とやったところ、双方ともにびっくり仰天し、葦毛の奴が正しいアクセントを教えようというのか、同じ語を二度繰返すので、それをなるたけ真似してゆくと、とても完璧というわけにはゆかないが、自分でも分かるくらいにどんどん上達していった。すると今度は栗毛の方が、ずっと発音しづらい別の語を試しにかかったが、それを英語の綴りにしてみるとHouyhnhnmというところだろうか。これは最初の語ほどうまくはいかなかったが、それでも二度、三度と試みるうちに向上したので、彼らも私の能力に大いに驚いたようであった。

この二頭の友人は、おそらく私に関することだろうが、さらにしばらく話し合ったあと、前と同じように蹄を打ち合わせて別れ、そのあと葦毛が先を歩けという合図をするので、私はもっときちんと説明をしてくれる人が見つかるまでは、従っておくにしくはないと考えた。こちらが歩く速度をゆるめたいと言うと、こいつがフウン、フウンとやるものだから、その意味を推しはかって、もう疲れて、これ以上速くは歩けないのだということを何とか伝えると、なんとその場で止まって、しばらく休憩させてくれた。

第二章

筆者、フウイヌムの家に案内される。その家の様子。筆者の受けた歓待。フウイヌムの食べ物。筆者、肉の欠乏に苦しむも、ついには打開。この国における筆者の食事のとり方。

三マイルほど歩いて辿りついた細長い建物は、地面に材木を立てて、その間を枝で編んだもの、屋根は低い藁葺きであった。私は多少やれやれという思いで、旅行家がアメリカやその他の土地の野蛮なインディアンにやるためにいつも持って歩く小物の類を、これで家人に親切にしてもらえるのならもっけの幸いと、幾つか取りだした。馬が先に入れと合図する。中はいやに大きな部屋になっていて、床は平らな土間、一方の側は端から端までまぐさ桶と棚が取りつけてある。そこに仔馬が三頭と牝馬が二頭、べつに何かを食べているわけではなく、ぺたんと尻をつけて坐っているのにはわが眼を疑ったが、もっと眼玉が飛び出そうになったのは、他にも家事をしている馬がいることで、これなどごく普通の家畜にしか見えないのだが、それにしても、知性なき動物をここまで教育できる人々は、その叡智において世界の諸民族を凌ぐに違いないという私の意見が、改めて追認されたことになる。葦毛もすぐあとから入って来たので、他の連中から心配したようなイジメを受けることもなくてすんだ。権威ある者の如くに彼が数回嘶くと、全員がそれに答えた。

この部屋の向こうにはあと三つ部屋があって、それでこの家は終わりになるのだが、そこに行くためには、見通しのように一列に向きあっている三つの入口を通らなくてはならない。われわれは二つ目の部屋を抜けて三つ目に向かったが、ここでは葦毛が先に立って、待っていろという合図をするので、私は二つ目の部屋で、この家の主人夫婦に贈るナイフ二本、偽真珠の腕輪三つ、小さな鏡、ビーズの頸飾りを用意して待つことにした。馬が三、四度嘶いたので、いよいよ人間の声で返事があるだろうと待ってはみたが、聞えてくるのは同じ言葉での返答が一、二のみ、それが多少甲高いというだけだ。面会ひとつにこれだけ手順がいるように見えるとすれば、この家はよほどの大人物のものに相違ないと、私は考え出した。しかし、それだけの高位の人物が馬のみにかしづかれているとは一体どういうことなのか。これまでの災難と不運で頭がおかしくなったような不安にとらわれた私は、気を取り直して、ひとり残された部屋を見回した、最初のと同じつくりだが、品はもっといいようだ。何度眼をこすってみても、その眼に見えるものは変わらなかった。これは夢だ、眼を覚まそうとばかりに両腕、両脇をつねってもみた。次には、今見えているのは妖術だ、魔術だと断固割り切った。しかし、そうした思いをつきつめてゆく時間がなかったのは、葦毛の馬が入

▼

▼口のところまで来て、三つ目の部屋について来いと合図をしたからで、そこにはとても気品のある牝馬と牡の仔馬がそれなりによく出来た藁の筵の上にぺったりと鎮座ましましていた。

私が入ってゆくとすぐにその牝馬は立ち上って、こちらに近寄り、両手と顔をジロジロと検分し、さも軽蔑するかのような視線を投げかけ、例の馬の方を向いて、しきりとヤフーという語を連発していたが、私の方は、それが最初に発音を覚えた語であるにもかかわらず、そのときはまだ意味がつかめなくて、その後もっと知識がついてからは生涯忘れられない屈辱となった。というのは、頭で合図を送って、途中の道でしたのと同じようにフウン、フウンを繰返す馬によって(これはついて来いという意味だと、私は理解していた)、この建物から少し離れたところにもうひと▼つある中庭のような所に連れ出されたからだ。その中に足を踏み入れてみると、上陸後最初に出くわしたあの忌わしい生き物が三匹、木の根っこと何かの動物の肉に喰らいついていた(あとで分かったことだが、それは驢馬と犬の肉であった、ときには事故や病気で死んだ牛の肉のこともある)。どれもみな首のところに頑丈な柳の紐をかけられて梁につながれ、前足の爪で餌をはさんで、歯で喰いちぎっていた。

主の馬が、召使のなかの一頭の栗毛の小馬に、いちばん大きい奴の紐を解いて、中庭に連れて来いと命じた。この獣と私はぴったりと並べられ、顔つきを事細かに比較され、その結果主従の口からヤフーという語が何度か発された。▼この唾棄すべき動物のうちにまさしく人間の姿形を認めたときの私の恐怖と驚愕を言葉にするすべはない。顔は平たく広く、鼻は窪み、唇は厚く、口は横に広がる。だが、この程度のことならば野蛮な民族には共通のもので、野蛮人が子どもを地面に這いまわらせたり、背中にしょって、母親の肩に顔をこすりつけさせたりするから顔の造作がひん曲ってしまうだけのことなのだ。ヤフーの前足と私の手で違うのは爪の長さ、掌のざらざら感と褐色の色、手の甲の

▼毛深さ。足もよく似ているし、違うところもよく似ていて、私にはよく分かっているが、靴と靴下のせいで馬には分からないというだけのこと、早い話、前にも説明した体毛と皮膚の色を別にすれば、体のどの部分をとっても同じなのだ。

この二頭の馬にとっての大難関は、私の体の他の部分がヤフーのそれとまったく違って見えるということであったが、これについては、彼らの想像を越える衣服なるもののおかげであり、栗毛の小馬が蹄と繋の間に木の根っこを挟んで突き出したときには（この流儀についてはしかるべき場所で説明する）、私は片手で受けとって、嗅いをかいで、なるたけ慇懃に突き返した。その次にはヤフーの小屋から驢馬の肉を持って来たが、あまりの悪臭に胸がむかついて私は顔をそむけてしまったのに、ヤフーの方に投げてやると、もうガツガツと争奪戦だ。そのあとは乾草一束と燕麦一球節とあいなったが、私は首を振って、こんなものは食べられないということを示そうとした。実のところ、ここまで来ると、誰か自分と同じ種の者が出てきてくれないと絶対に餓死すると心配になりだしたのは、あの汚らしい▼ヤフーどもめ、当時はまだ私以上に人間を愛していた者は少なかったはずではあるが、正直なところ、あんなに忌わしい存在は眼にしたことがなかったし、あの国にいる間中、近づけば近づくほど憎悪がつのったからである。このことに主の馬は私の挙動から気がついて、それでヤフーを小屋に戻してくれた。そしてそのあと、私自身大変驚いたのだが、前足の蹄を楽々と口のところへ持ってゆき、しかも見るところごく自然にそれをやってのけ、他の合図もして、私が何を食べたいのかを知ろうとするのだが、こちらとしては相手の了解できる返事を返せるわけでもなく、かりに理解してくれたところで、どのようにして栄養になる物を見つける方法を工夫すればよいのか、見当もつかなかった。そんな状態にあるときに、ふと見ると、牝牛が通りかかったものだから、私はそれを指差して、あの乳を搾らせてほしいという希望を伝えた。これが功を奏した、というのは、彼は私を家の中に連れ戻し、雌馬の召使にひとつの部屋を開けるように命じたのだが、そこには陶製、木製の器に牛乳を入れたのが整然と、清潔に、ずらりと行列していたからである。彼女が大きな椀になみなみと注いでくれたのをグッと一気に飲み干すと、やれやれ生き返った気分であった。

ちょうど昼頃、橇のように四匹のヤフーに引かれた車に似たものが、この家に向かって来るのが眼に入った。乗っている古参の馬は高い地位にあるようで、事故で左の前脚を怪我しているためか、後の脚から降りてきた。食事に招かれたものらしいが、この家の馬の迎え方も丁重至極であった。食事は最上の部屋で行なわれ、二番目には燕麦を牛乳で煮たものが出されて、古参の馬はそのまま温いのを食べ、他は冷してから食べた。部屋の真ん中に飼葉桶が丸く並べられ、それがまた幾つかに仕切られて、その周りに敷いた藁の座布団にぺたりと尻から座る。真ん中の大きな飼葉棚は桶の仕切りのひとつひとつに対応するようにできている。そのために雄馬も雌馬もそれぞれが自分の乾草と牛乳煮込みの燕麦を行儀よく整然と食べられるのだ。雄の仔馬のお行儀も実にちゃんとしているように見えたし、主人夫婦はこの客に対してまた極端に愛想がよく、かつ礼を尽くしていた。葦毛が私にそばに来いと命じ、客人が何度も私を見つめ、ヤフーという語が頻繁に飛び交うことからして、彼とその友人氏は私のことを大いに話題にしていたものらしい。

そのとき私はたまたま手袋をしていたが、主人の葦毛はそれを見て合点がいかないらしく、前足はどうしたと驚愕した様子を見せ、あたかも元のかたちに戻せと言わんばかりに三度も四度も蹄で手袋をさわるから、すぐに取ってポケットに納めてしまった。これでまた話が盛り上り、一同私の行動に満足したようであったが、これがまたよい効果を生むことになった。すでに覚えた単語を幾つか喋ってみろと言われたし、会食中にも主は燕麦、牛乳、火、水他のものの名前を教えてくれたが、若いときから言葉を学ぶ能力は抜群にあったので、あとについて発音してみるのは造作もないことであった。

食事が終わると、主の馬は私を脇へ呼んで、身振りと言葉の両方で、心配しているのは私の食べる物がないということだと伝えようとした。彼らの言葉で燕麦のことをフルンと言う。この語を私は二、三度発音してみせた。というのは、初めはこんなものと思っていたが、考え直してみると、それからパンのようなものが作れるかもしれないし、それと牛乳があれば命をつないで、いつか他の国へ、自分と同じ種類の生き物のいるところへ脱出できるかもしれないのだ。主はすぐさま白い牝馬の召使に、木の盆のようなもので燕麦をたっぷり持って来るように命じた。私はそれをなるたけうまく火で温めて、殻がとれるようになるまで揉みほぐし、次には殻と麦の粒とを篩い分け、二つの石を使って潰して叩き、水を加えてペーストと言うか、固形と言うか、そういうものを作って火にかけ、その温いのを牛乳と一緒にして食べた。初めはなんともまずいと思ったのだが、これはヨーロッパの多くの土地では常食になっているわけで、そのうち我慢できるようになったし、これまでにも何度もひどい物を口にせざるを得なかった私としては、自然の欲求のいかに満たされやすいかを経験するのはこれが初めてではなかった。それから、忘れないように言っておきたいのは、この島にいる間中、ただの一時間たりとも体調不良ということはなかったということ。確かにヤフーの毛髪で作った罠でなんとか兎や鳥を摑まえたこともあるし、体に良い薬草を集めて来ては、煮たり、サラダにしたりしてパンと一緒に食べたこともよくあったし、ときには珍味と称して多少のバターを作り、乳漿を飲んだこともある。塩が無いのには最初は頭を抱えてしまったが、それが無いのにもやがて慣れてしまい、逆に今では、われわれがしょっちゅう塩を使うのは贅沢のなせる業で、長い航海に出るときや大きな市場から遠いところで肉を保存するのが必要な場合は別として、もともとは酒の刺戟として導入されたのではないかと考えている。そもそも人間以外に塩の好きな動物なぞ見たことがないし、私個人の場合にも、この国を出たあと、口にするものに混じっている塩の味を我慢できるようになったのは随分時間が経ってからであった。

他の旅行家は、自分がちゃんと食べていけるかどうかに読者の関心が直接向いているかのように本に書きたてるが、食事の話はこれくらいで十分だろう。ただ、この問題に触れる必要があったのは、こんな国のこんな住民の中で三年間も食料を調達することなど出来はしないと思われると困るからである。

夕方になると、主の馬は私が泊る場所を用意させてくれたが、そこは家からほんの六ヤードの距離にあって、ヤフーの小屋とは別であった。私は藁を少し分けてもらい、上から自分の服をかけて、ぐっすり眠った。じきに状況はもっと良くなるが、それについては、私の生活ぶりについてもっと詳しく扱うときに読者にも知っていただけるはずである。

第三章

筆者、言葉を学ぶ熱意を示し、主のフウイヌムに助けてもらう。その言葉について。何名かの地位あるフウイヌム、好奇心から筆者を見学に来る。主に航海の概略を説明する。

▼私がいちばん努力したのは言葉を覚えることであったが、わが主も(以下、こう呼ぶことにする)、子どもたちも、▼召使全員もそれを教えたがった。彼らは、知性なき動物が理性をもつ生き物の特徴を示すのを驚異の事件とみたからである。私はいちいち物を指さしてその名前を尋ね、ひとりになると日誌に書きとめ、家族の者にそれを何度も発音してもらって、直していった。この作業にあたっていつも喜んで力を貸してくれたのが下僕のひとり、栗毛の小馬であった。

彼らは喋るときには、鼻と喉を使って発音するので、その言葉は私の知る限りでは高地ドイツ語にいちばん近いが、▼ただしはるかに優雅で、表現力に富む。皇帝カルロス五世は、馬に話しかけろと言われたら高地ドイツ語にするしかないと言ったそうだが、ほぼ似た見解としてよいだろう。

▼わが主は大変な物好き、かつせっかちときているから、暇さえあれば何時間でも教えようとした。私のことをヤフーに違いないと確信してはいたのだが(とは、あとで聞いた話)、それでも私の学習力、礼儀正しさ、清潔好きはこの動物とはまったく相入れない特質であったから、本当にびっくりしてしまった。衣服のことも大きな謎で、身体の一部分なのかと思いめぐらしたこともあったというが、確かに私は家の者が寝てしまうまでそれを抜がず、朝彼らが起きてくる前に着てしまっていた。わが主は、私が何処から来たのか、私の行動のうちに見え隠れする理性らしきものをどうして得たのか知りたがり、私自身の口から話を聞きだそうとして、語や文を学んで発音する能力の見事さを基に、それもじきのことだろうと期待していた。記憶のための一助になるかと思って、私は学んだことのすべてを英語

のアルファベットに直し、単語はその訳とともに書き留めた。しばらくしてから、この単語の書き留めを主の面前でやってみせたことがある。自分のしていることを説明するのに大汗をかいたのは、この国の住人には書物とか文学とかいう観念がまったくないからである。

十週間ほどで彼の質問は大半理解できるようになり、さらに三ケ月経つとまずまずの答えもできるようになった。彼がとくに知りたがったのは、その国のどの地方から来たのか、理性をもつ生き物の真似をどうして教わったのかということであったが、それというのもヤフーは（外から見える頭、手、顔が酷似していると、彼は判断していた）、多少の狡賢さはあり、やたらと悪い事をしたがるものの、すべての獣の中でいちばん教育がしづらいものとされてきたからである。私は海の向こうから来た、遠い土地から、大勢の同じ仲間と、大きな中空の容器で、木の幹でこしらえた、仲間がここの海岸に上陸させた、私を捨てた、私はそう答えた。こちらの言うことを理解させるのはなかなか厄介で、あれやこれやの身振りの助けにすがるしかなかった。ところが相手は、思い違いをしているに違いない、ありもしないことを言っていると言う。（彼らの言葉の中には、嘘をつくとか、嘘にあたる単語が存在しないのだ）。海の向こうに国があるとか、獣の一団が木の容器を水の上でどの方向へでも操れるとか、そんな話はあり得ないとも言う。そして、今いるフウイヌムだってそんな容器は作れないし、その操作をヤフーに任せるなんて、あり得ない、と。

このフウイヌムなる語は、彼らの言葉では馬をさし、語源的には、自然の完成という意味である。わが主に、今はまだ言葉が自由になりませんが、なるたけ早く上達して、じきに不思議な話がたくさんできるようになりたいですよと説明すると、喜んで、連れ添いの牝馬や牝の仔馬、一家の召使たちにまであらゆる機会をとらえてあれを教育するようにと指示しただけではなく、毎日二、三時間は自分でも教えてくれたが、近隣の地位ある牡馬、牝馬まで、フウイヌムのようにものを喋り、その言葉と挙動からしてなにがしかの理性の閃きを示すらしい驚異のヤフーの噂を聞きつけて、しょっちゅう家に訪ねて来るようになった。この連中は私と話ができると大喜びで、なにやかやと質問してくるから、こちらも出来る範囲内でなにやかやと答えてやる。そういう機会を活用しているうちに私は長足の進歩をとげ、到着以来五ケ月で、話されることは何でも理解し、自分で話す方もまずまずというレベルまで達していた。

私に会って、ひとつ話をしてみようという目的でわが主を訪ねて来るフウイヌムたちは、私の身体が同種の他のものとは違うものに被われているために、私が本物のヤフーであるとは信じ難いようであった。彼らは私の頭、顔、手以外のところには普通の毛も皮膚もないのを見て仰天するのだが、実はこの秘密、二週間ほど前に起きたある事件がきっかけで、わが主にだけは話してあったのである。

これはすでに読者には説明したことであるが、私は毎晩家族の者が休んでしまったあとで衣服を脱いで体にかけるようにしていたのだが、ある朝早くわが主が、従者をつとめる例の栗毛の小馬を、私を呼びに出したところ、その小馬が来たときには私はまだ眠っていて、衣服が片方にずり落ち、シャツは腰の上までめくれあがっていた。その悲鳴でこちらが眼をさますと、その従者君、もつれる舌で伝言を伝えてくれたが、そのあと主のもとへ取って返し、すっかり蒼ざめた顔でことの次第をしどろもどろに報告した。そのことがすぐに分かったのは、大急ぎで服を着て、御主人様のところへ出かけると、召使の報告はどういうことだ、寝ているときと他のときでは違うのだそうだが、体のある部分は白、別のある部分は黄色、というか、それほど白くはなくて、褐色のところまであるということだが、と訊かれたからである。

それまではあの呪わしいヤフー族となるたけ区別してもらうために、衣服の秘密のことは隠してきたのだが、もうこうなるとそれも通らなくなってしまった。それに、すでに擦り切れ状態にある衣服も靴もじきにボロボロになるだろうし、ヤフーの革か他の獣の革でなんとか工夫して代わりを作るしかないわけで、そうなると秘密をすっかり知られてしまうとは考えていた。そこでわが主に、私の国では仲間の連中は、暑さ寒さの厳しさを避けるために、それから品位を保つために、ある種の動物の毛を加工したもので必ず体を蔽うこと、もしお望みとあれば、私の体についてはすぐこの場でそれを納得していただけることを説明した。ただし、自然が隠せと教えた部分は露出を御容赦いただきたい、と。すると、おまえの言うことは何から何まで実に奇妙だ、とくに最後の話は。自然が与えたものを自然が隠せと教えるとは一体どういうことだ。わしにしても家族にしても、自分の体のどれかの部分を恥しいなどとは思わない。しかしまあ、好きなようにしたらよかろうとの返事であった。そこで私はまず上着のボタンを外して、脱いだ。それからチョッキも同じようにし、靴、靴下、ズボンと脱いでいった。シャツは腰のところまでおろし、その裾をたくし上げ、腰のまわりに帯のように巻きつけて、なんとか裸を隠した。

わが主はその作業全体をとても興味深そうに、感嘆して見守っていた。彼は私の衣類をいちいち繋でつまみあげて綿密に調査し、そのあと私の体をやんわりと撫で回し、何度かぐるぐると周囲を回り、そのあとでこうのたまった——誰が見ても、完璧なヤフーだ、しかし他の仲間とは全然違う、皮膚の白さといい、なめらかさといい、身体のあちこちに毛の無いことといい、前後の足の爪の形や短さといい、絶えず後の二本足で歩いてみせることといい。私が寒さでぶるぶるふるえ出すと、もういい、服を着ていいぞ、とお許しが出た。

私の方でも、真底憎悪しかつ侮蔑もしているあのおぞましい動物の名でしょっちゅう呼ばれるのは不快であることをはっきり言った。私に向かってその言葉を使わないでほしい、家族の者にも、私に会いに来る友人たちにも同じことを徹底してほしいと頼んだ。それからもうひとつ、私の身体を蔽っているのが偽装であることも他の誰にも知らせないでほしい、少なくとも今の衣服がもっている間は。従者の栗毛の小馬が見たものについては、あなたの方で口封じをお願いできないだろうか、と言ってみた。

実に有難い話だが、わが主はこれに同意してくれて、その結果、私の衣服が擦り切れ始め、あれこれ工夫して代用品を作る必要が生じるまで私の秘密は守られることになるのだが、そのことにはまたあとで触れることにする。彼は、蔽い云々は別にして、私の身体のかたちよりも、言語能力と理性の方に舌を巻いていたので、最大限勤勉に言葉の勉強を続けるように要求し、私の約束した不思議な話を聞きたくてたまらないのだとも言った。

そのとき以来彼は、私を教える努力を倍加し、どんな集まりにも連れて出て、そこにいる連中に、蔭でこっそりと、きちんと仲良くしてやってくれ、そうすると機嫌がよくなって面白いことになるからと言って回ったという。

毎日彼のそばに行くと、あれこれ教えてくれる一方で、私自身について幾つも質問してくるので、それには鋭意答えていたが、そういうやり方で、きわめて不完全ではあるものの、漠然とした輪郭は摑んでいたようである。もっときちんとした会話ができるようになるまでを逐一話すのは退屈なだけだろう。ただし、初めて自分のことを順序だてて、多少とも時間をかけて話したときの内容は、次のようなものである。

以前にも話そうとしたことですが、私は五十人ほどの仲間と非常に遠い国からやって来ました。木をくり抜いた、あなたの家よりも大きな器に乗って、海の上を旅して来たのです。私は彼になるたけ分かりやすい言葉で船のことを話し、ハンカチを広げて風で動くさまを説明した。仲間のうちで喧嘩が起きて、私はこの海岸に置き去りにされ、方向も分からずに歩き出して、あの呪わしいヤフーどもの迫害の手から、あなたに救い出していただいたのです。彼の方からは、誰が船を作るのか、おまえの国のフウイヌムたちは船の操縦を獣ごときにゆだねるのか？　という質問が飛んできた。名誉にかけて怒らないと誓ってもらわないとこれ以上話を先に進められない、そう誓ってもらえれば、何度も約束した不思議な話をしてもいい、と私は答えた。彼が承知したので、私は先を続けた。その船を作ったのは私と同じような生き物です。私の国でも、私が旅して回った国でも、支配する側にまわる唯一の理性的な動物というのはそれであって、ちょうど私がここに着いたとき、フウイヌムが理性的な存在のように振舞うのを見て仰天したように、あなたやあなたのお仲間も、ここではヤフー呼ばわりされている生き物のうちに理性の徴を発見して仰天され▼ることでしょう。確かに私はどの部分をとってみてもあのヤフーに似ていますが、あの頽廃した獣性については説明▼がつきません。私はさらに話を続けた、もし幸運にめぐまれて祖国に帰ることができて、ここへの旅の話をすることになったら、もちろんそうするつもりですが、誰もが私はありもしないことを喋っている、自分の頭ででっちあげた作り話だと思ってしまうでしょう。あなたや御家族、御仲間には大変失礼ではあるのですが、怒らないという約束をいただいていますので——わが同朋は、フウイヌムが一民族を主導する生き物となり、ヤフーが畜生となるなど、とても信じはしないでしょう。

第四章

フウイヌムの真偽観。筆者の議論に主は反駁。筆者、自らのこと、さらに航海中の事件について詳しく話す。

▼

私の話を聞きながら、わが主はその顔に大きな困惑の色を浮かべたが、それはこの国では疑うとか、信じないことがまずないので、そうした場合にどう振舞えばいいのか住民にも見当がつかないからである。振り返ってみれば、世界の他の土地に見られる人間性についてわが主とよく議論したおりに、ひとたび嘘をつくとか偽りの表現とかに話が及ぶと、いつもは鋭い判断力を見せるのに、私の言うことを理解するのに四苦八苦の有様であった。というのは、彼の論法では、言葉を使うのはお互いを理解しあい、事実についての知識を受けとるためであるから、もし誰かがありもしないことを言ったとすると、所期の目的は果たせないことになる、なぜなら私は相手を正しく理解しているとは言えないし、知識を受けとるどころか、もっとひどい無知のうちに取り残されることになるからだ。私は白いものを黒と、長いものを短いと信じ込まされてしまうことになる。人間という生き物の間では完璧に理解されて、どこでも実演されている嘘をつくという能力について、彼の側はこの程度のことしか考えていないのである。

　脱線はさておいて、私の国ではヤフーこそ統治力を持つ唯一の動物であると断言すると、わが主は到底理解できないとして、われわれのところにもフウイヌムはいるのか、どんな仕事をしているのかと知りたがるから、おびただしくいる、夏は野原で草を喰い、冬は家の中で飼われて乾草と燕麦をもらい、召使のヤフーに皮膚をつやつやに磨いてもらい、たてがみを梳いてもらい、足をほじってもらい、餌をもらい、寝床を作ってもらうのだと答えた。するとわが主は、それならよく分かる、今のおまえの話からして、ヤフーたちにどれだけ理性があるにしても、主となるのはフウイヌムだということだ、ここのヤフーもそれくらい従順であってくれるといいのだが、と言いだした。私はご主人殿に、この先の話は勘弁していただきたい、私のする説明は不愉快きわまりないものになるに決まっていますから、とお願いした。ところが、最善、最悪とも教えろという強硬な要求だから、御意に従いますと言うしかなかった。そして、隠さずに話した、われわれのところのフウイヌムは馬と呼ぶのですが、実に高潔で美しい動物で、その力も速さも他を寄せつけず、高貴な人の所有となって、旅、競馬、戦車引きに使用されるときには暖かく世話してもらえる一方で、病気に罹ったり、脚を悪くしたりすると、今度は売りとばされて、死ぬまでありとあらゆる雑役をさせられ、そのあとは皮を剝がされて二束三文で売りさばかれ、その肉は犬、猛禽の餌となり果てます。しかし、一般の馬はこんな幸運とは縁がなく、農家、運搬人その他の薄汚ない連中に飼われて、もっときつい仕事をさせられ、その餌はもっとひどいものです。私は馬の乗り方、手綱、鞍、拍車、鞭の形と使い方、輓具と車輪の形と使い方もできる限り説明した。それから、石ころだらけの道を旅して蹄を怪我すると困るので、足の裏に蹄鉄と呼ばれる硬い物質でできた板を打ちつけることもつけ加えた。

わが主は激しい怒りを露わにしたあとで、よくぞフウイヌムの背中に乗れるものだな、わが家でいちばん力の弱い召使だって最強のヤフーを振り落とすくらいわけないし、体を倒すか、仰向けに寝ころがるかすれば、あんな畜生など息の根を止められると言う。そこでこちらは、われわれの馬は三、四歳の頃からそれぞれの用途に応じた訓練を受けるのです、手におえないほど質の悪い奴は荷車にまわしますし、迷惑をかけるようであれば、若いうちにこっぴどく叩きまくっておきますし、普通に乗ったり挽かせたりするのに使う牡馬は、暴れっ気を抜いてもっと大人しくさせるために大体生後二年くらいで去勢してしまいます、確かに褒美や罰のことは弁別できるようですが、改めて申し上げますと、彼らはこの国のヤフーと同じことで、理性のかけらもありません、と答えることになった。

自分の言うことをわが主に正しく理解してもらおうとすると、ここもかしこも遠回しの表現になってしまうのは、われわれよりも欲望や感情が少ないせいか、彼らの言葉は語彙が豊かではないためである。それにしても、フウイヌム族虐待に対する彼の高邁なる憤激は、とりわけ種の繁殖を防ぎ、より大人しく従うようにするために馬を去勢する方法ならびにその効能を説明したあとの憤激ぶりにいたっては、説明に窮するものがある。その言い分とは、もしかりにもヤフーのみが理性を授かっている国があるとすれば、理性は時を経て必ずや獣的な力に克つものであるから、確かにそれが統治する動物となるはずだ、しかるに、おまえたちの、とりわけおまえの体格を見るに、同程度の大きさの生き物にして、その理性を日常生活に用いるのにそれだけ不向きな作りの体をした生き物は他に例がない、私の周囲の者は私に似ているのか、彼の国のヤフーに似ているのか、そこが知りたいと言う。そこで、私の姿形は同年代の大半の者と変わらないが、もっと若い者や女性ははるかに柔かく、とりわけ女性の肌は一般に乳のように白いのだと答えた。すると今度は、いや、おまえは他のヤフーたちとは違う、ずっと清潔だし、そんなに醜いわけでもない、しかしそれが本当に役に立つかどうかとなると、むしろ損ではないのか。その爪にしたところで、前足にも後足にも役に立っていないし、大体前足とは言うものの、それで歩いているのを見たことがないのだから正しくはそう呼べないし、第一、柔かすぎてとても地面には耐えられないだろうし、いつもはむき出しのまま歩いているし、ときどきつける蔽いにしても後足のものとは形が違うし、丈夫さも落ちる。後足の片方が滑ったらころぶのは当り前で、歩くのさえ危っかしい、と言ってきた。その次には、身体の他の部分にも難クセをつけにかかった。顔が平ぺったい、鼻がツンと飛び出している、眼玉が前についているから、首でも回さなきゃ右も左も見られまい、片方の前足を口まで持ってこなけりゃ自分では餌も喰えまい、だから、その必要を満たすために自然様に関節なぞを恵んでいただいたのだ。分からんなあ、その後足の割れ目や裂け目が何の役に立つ、そんなにふにゃりくらりでは、他の畜生の皮で作った蔽いがなけりゃ石の硬さ、石のとんがりには耐えられまい、体全体が暑さ寒さの防禦壁を欲しがって、毎日毎日脱いだり着たり、ああ、面倒臭い。最後に、彼は、この国のすべての動物はごく当然のことのようにしてヤフーを嫌悪しており、弱い者は避けて通るし、強い者は追いたてると締め括った。そのために、かりにわれわれが理性を恵まれているとしても、すべての生き物がわれわれに向ける生まれつきの反感をどうすれば矯正できるのか、従って、どうすればわれわれは彼らを馴らして有効利用できるのか分からないのだとも言った。そして(これは彼の言い方だが)、ともかく、この議論はもう打ち切りにしよう、わしが知りたいのはおまえ本人の話だ、おまえの生まれた国のこと、ここに辿りつくまでの人生の有為転変のことなのだ、と。

　私の方もはっきりと、すべての点で納得していただきたいのはやまやまですが、あなたの御想像もつかないような問題が幾つかあって、なにしろこの国には較べられるものがないわけですから、うまく説明できるかどうか、とても覚束ないのです、と答えた。そして、ともかく全力を尽してみる、比喩なども使って説明してみるので、しかるべき言葉の足りないところは助けてほしいと頼んでみると、喜んでそうしようと約束してくれた。

　私がした説明とは、こういうことである。私が生まれたのはイングランドという島で、両親とも正直な人間だったが、なにしろこの国からは遠く離れた島で、あなたの召使の中でいちばん屈強な者に旅させても太陽の一年分くらいの日数はかかるだろう。私は外科医として育ったが、事故や暴力でうけた体の怪我や傷を治すのが仕事である。私の国を統治しているのは女的男で、女王と呼ばれている。私が国を出たのは富を得るためで、それがあれば、戻ってからも、自分と家族を養ってゆける。今度の航海では私は船の船長をつとめ、五十人ほどのヤフーが下にいたのだが、大勢が海上で死んでしまったために、幾つかの民族から人を集めてその補塡をせざるを得なかった。われわれの船は二度沈没の危険に直面したが、最初は大嵐によるもの、二度目は暗礁に衝突したためである。ここでわが主が口を挟んできて、それだけ人を失って、しかも危険に出くわしていながら、どうしていろいろの国の赤の他人を説得して冒険に連れ出せるのかと訊いた。で、私の答え。彼らは命知らずの連中で、貧乏のためか、犯罪をおかしたかで故郷を出るしかないのである。訴訟で一文無しになったのもいるし、酒と女と博打で持ち金を全部はたいたのもいる、謀叛を起こして逃げる連中、殺人、窃盗、毒殺、強盗、偽証、文書の偽造に、ニセ金造りで逃げるのはワンサといる、強姦あり、男色あり、軍隊の脱走あり、敵への鞍替えあり、牢破りなどあたり前。帰れば絞首か、牢獄での餓死だから、誰一人祖国には戻ろうとせず、他の土地で食い扶持を探すしかないのである。

そうした話をしているうちにも、わが主はたびたび口を挟んできた。われわれの船の乗組員の大半は何かの犯罪をおかして国を逃げ出すしかなくなった連中であったが、その犯罪の性格を説明するにあたっては、遠回しの表現を多用することになった。こちらの意を理解してもらうまで、この作業だけでも数日間の会話を要した。そうした悪行を働いて何の役に立つのか、何の必要があるのか皆目分からなかったのだ。その点をはっきりさせるために、権力欲、金銭欲、そして情欲、不節制、悪意、嫉妬の悪影響についても知ってもらうようにした。そのためには、あれを仮定し、これを想定しして、ああだ、こうだと説明するしかなかった。そうすると、彼は前代未見、未聞の何かにぶつかったかのように驚倒かつ憤激して天を仰ぐのであった。権力、統治、戦争、法律、刑罰等々あまりにも多くのことを表現する言葉を彼らの言語が持たないために、こちらの言おうとすることをわが主に分かってもらうのは難儀中の難儀ではあったが、もともと卓抜な理解力があるうえに、思索と対話で大いに磨きがかかったのか、われわれの世界の人間に何ができるのかをついによく把捉できるようになり、ヨーロッパと呼ばれる土地のこと、とりわけ私自身の国のことをもう少し詳しく説明してくれと言い出すまでになった。

第五章

筆者、主の命でイングランドの状態を説明する。ヨーロッパの君主間の戦争の原因。筆者、イングランドの憲政のあり方を説明し始める。

これから読者に見ていただくのは、わが主との度重なる話の抜萃であって、二年以上の時間をかけて数回論じ合った最も重要な点の要約が含まれているのだが、私のフウイヌム語が上達するにつれて、わが主殿からは何度もより踏み込んだ説明を求められた。私はなるたけ手際よくヨーロッパの事情を述べ、貿易と商工業のこと、そして学芸のことを論じ、さらに幾つかの問題についての質問にも答えたが、これがまた尽きない話の種となった。しかしここでは、私自身の国についてやりとりした話の大事な部分だけを書き留めるつもりで、事実は正確に踏まえるけれども、その話をした時と状況は度外視して、なるたけ整理してみることにする。唯一心配するのは、わが主の議論や表現を十分▼

に伝えきれないのではということで、私の能力不足ならびに野蛮な英語への翻訳のために、それはどうにもやむを得ない。

▼わが主殿の命令に従うかたちで、私はまずオレンジ公の時代における政変、同公によって開始され、その後継者たる現女王によって再開され、キリスト教圏の強国も参加して今なお続いている対フランスの長期の戦争のことを話し、さらに要求されて、その全体では約百万が殺され、百あるいは百以上の都市が攻略され、その五倍の船舶が焼かれ、沈められたのではないかと計算した。

ある国が別の国と戦火を交えるとき、普通は何が原因、動機なのかと、彼が訊く。私は無数にある、が、ともかく▼主なものを幾つか挙げてみると答えた。まず、自分の統治する領土、人民が十分ではないと考える君主の野心があり、▼悪政に対する臣民の怒号を抑圧したり、そらしたりするために君主に戦争をさせる大臣たちの腐敗もある。意見の喰い違いが何百万の命を奪うこともある。例えば、肉がパンなのか、パンが肉なのかとか、ある種の果実の液は血か、葡萄酒かとか、口笛を吹くのは悪徳か、美徳かとか、棒切れに接吻するのと火にくべるのと、いずれを良しとすべきかとか、上着に最も適しい色は黒、白、赤、灰色のいずれなりや、その長さは長か短か、その幅は狭か広か、垢だらけか、洗うか等々、ともかく例は尽きない。さらにまた意見の喰い違いから、とりわけ取るに足りないことをめぐる意見の喰い違いから起こる戦争くらい凄惨で、多くの血を流し、終わりの見えないものはない。

▼ときには二人の君主が、本来何の権利もない相手の領土の三分の一をどちらが奪うかで喧嘩になる。相手が喧嘩を仕掛けてきはしないかとビクついて、自分から仕掛けて出る君主もいる。敵が強すぎて戦争になることもあれば、弱すぎて戦争になることもある。われわれの持っているものを隣国が欲しがったり、こちらの欲しいものを持っていた

りすると、向こうが取るか、手放すかするまでやり合うことになる。飢饉のために民衆が疲弊し、疫病で壊滅し、党派抗争に巻き込まれているときには、それ自体がその国を侵略するための正当な戦争原因となる。かりに最も近い同盟国であっても、その町のひとつがこちらに都合のよい位置にあるとか、こちらの領土のまとまりをよくするような地域があるとかならば、戦争に打って出ても正当なのである。ある君主が貧しく無知な民族の住む土地に兵力を送った場合、その半数を死に至らしめ、残りの半数を奴隷として、彼らを文明化し、野蛮な生活から引き戻してやろうとするのは合法としてもよいのだ。ある君主が侵略をはね返そうとして別の君主の助力を仰いだとき、その助力した側が、ひとたび侵略者を討伐し終えると、今度はその領土を占拠して、助けたはずの君主を殺害する、監禁する、追放するというのも、いかにも王者にふさわしい誉れ高きこととして繰返されている。血もしくは婚姻による同盟も君主間の戦争の原因となるに十分であり、その血縁関係が近いほど喧嘩の虞れは大きくなり、貧しい民族は飢え、富める民族は傲慢になり、その傲慢さと飢えが絶えず角を突き合わせる。そのために、軍人という職業はあらゆる職業の中で最も名誉あるものとみなされるが、そのような軍人になるのは、自分に何の害も加えたことのない同類をなるたけ数多く殺すために傭われたヤフーである。

▼さらにまたヨーロッパには乞食君主なる者もいて、自分では戦争ができないので、自分の軍隊を他の金持ち民族に一日一人いくらで貸し出し、その上がりの四分の三はピンはねして、大体それで喰ってゆく。北ヨーロッパの君主の多くがこれである。

　今までの戦争についての話を聞いていると（と、わが主殿は語った）、おまえの自慢する理性の効用なるものが、なんともまあ見事に分かってくるが、危険というより、恥ずべきことと言うべきだな、自然の方もおまえたちが大罪など犯せないようにしておいてくれた、おまえたちの口は顔にぺったりくっついていて、お互いの合意でもなければ噛みついてどうこうということもないからな、いいことだ。それにその前後の足の爪だ、そんなに短かくて軟弱ときたのでは、この国のヤフー一匹でおまえのところの十匹くらいは追い払える。そうなると、合戦で死んだものの数を数えてみせられても、おまえはありもしないことを言ったと考えるしかないな。

▼この無知ぶりには首を振って、苦笑するしかなかった。こちらとしても戦術についてはズブの素人ではないから、▼私は大砲、重砲、小銃、騎兵銃、拳銃、弾丸、火薬、剣、銃剣、包囲、退却、攻撃、坑道、その坑道潰しの坑道、砲撃、海戦と説明し、千人乗りの艦船が沈む、双方二万が死ぬ、呻吟して死ぬ、四肢が空に舞う、硝煙と叫喚と混乱の中、馬蹄に踏まれて死ぬ、戦場に累々たる死骸は犬狼猛禽の餌食となり、掠奪をやり、強奪をやり、凌辱をやり、火を放ち、破壊するのだと説明した。そして、わが同朋の豪勇を浮彫りにするために、彼らが百人の敵を包囲して一気に吹き飛ばし、船でも同じ攻めをして、雲の中から屍体がバラバラに降り注ぐのをこの眼で目撃した、そのとき観衆はやんやの喝采であったと話して聞かせた。

私がもっと詳しい話に入ろうとすると、わが主殿はもういいと言う。ヤフーの本性を知っている者ならば、ひとたびその邪悪さに釣合うだけの力とずるさを身につけてしまえば、この凶悪な動物が今の話にあるような行動をとりかねないことは容易に信じられると言うのだ。しかし、私の話を聞いて、この種族全体に対する激しい嫌悪がさらにつ▼のり、かつてないほどに気持ちが乱れてしまった、と。考えてみれば、もし耳がこういうおぞましい言葉に慣れてしまうと、その忌わしさすらだんだんに消えてゆくのかもしれない。これまでもこの国のヤフーを嫌ってはきたが、その性質が不愉快だからといって咎めたことはない、ナイ(猛禽の一種)を残酷だと言って怒っても、とがった石に蹄が切れると言ってあたってもしかたがないのと同じだから。しかし理性を持つと称する生き物がかかる残虐非道をなし得るとするならば、その能力が堕落したあかつきには、獣性よりもひどいことになりはしないか。ここにあるのは理性ではなくて、なにか生まれつきの悪徳に拍車をかけるような性質にすぎないのではないか、ちょうど乱れた河面に映る影が、実際よりも大きく、しかも歪んだ図体になってしまうのと同じことではないのか、結果的に彼はそう確信したようであった。

挙句の果てに、今回といい、その前といい、戦争についてはもう聞き厭きたが、釈然としない点がまだひとつあると言う。それは、私の話の中に、乗組員のなかには法律のために破産して国を出た者もいたというくだりがあったことで、この言葉の意味は説明したものの、すべての人間を守るのを目的とした法律がなぜ誰かを破滅させることになるのか合点がいかないと言うのだ。そこで、私の言う法律とは何なのか、その運用者とは誰なのか、私の国の現行のやり方に照らしてさらに詳しく説明してほしい、もしわれわれが主張通りの理性的な動物であるとするならば、何をなすべきか、何を避けるべきかを教えるのには自然と理性の導きで十分なはずだが、というわけである。

私はわが主殿に、何度か被害を受けたときに弁護士なるものを雇ったことがあるが、空振りに終わってしまったという以外には法律という学問に大した知識はないことを、まず断わった。しかし、それでも、出来る限り納得してもらうしかなかった。

われわれのところには、特別に工夫された多量の言葉を使って、報酬次第で、白は黒い、黒は白いと証明する術を若い頃から仕込まれる人々がいる。他のすべての人々はこの一団の奴隷となる、と私は説明を始めた。

例えば、ですね。私の隣人が私の牛を欲しいと思ったとしますと、私からその牛を奪ってしかるべきだと証明するために弁護士を雇います。そうすると、私の方も権利を守るために弁護士を雇うしかなくなる、本人による自己弁護なるものは法律のルールに反するわけですから。さて、この事例では、真の所有者たる私は二つの大きな不利を抱えています。まず第一に私の弁護士はほとんどその揺籃期から虚偽を弁護する練習をしてきたのですから、正義を弁護するとなるとおよそ場違いで、まったく肌に合わない役目となり、決して悪意ではないのでしょうが、終始手順の悪いことおびただしい。第二の不利は、わが方の弁護士はことを進めるにも大変な用心がいるということで、そうしないと裁判官から譴責を喰いますし、仲間からは法律稼業の足を引っぱったとして忌み厭われます。その結果、牛を手離さずにすむ方法は二つしかないことになります。その第一は、倍の報酬をはり込んで敵の弁護士を引っぱり込み、依頼人を裏切っていただいて、どうもあっちの言い分の方がと囁いてもらう。その第二は、こちらの弁護士に私の主張が不当なものと思えるようになるたけ頑張ってもらい、牛は敵のものと認めてもらう手で、これが巧を奏すると、裁判官の方々の好意をぐいっと摑めるのです。

ここで御主人に申し上げておきますが、この裁判官というのは、犯罪者の審判をするためだけではなくて、財産をめぐる係争のすべてに黒白をつけるために任命されている人たちで、老衰したか、衰弱したか、いずれかの老獪な法律家のうちから選出されており、生涯真実と公正を斜交いに見る癖がついてしまっているので、どうしても虚偽、偽誓、弾圧に味方してしまい、私の知っております何人かは、その本性と役割とに似つかわしくないことをして、自分たちの仕事を傷つけるよりもと称して、正しい側の持参した大枚の賄賂を突き返してしまったのです。

こういう法律家たちの金言に、ひとたび為されしこと、再び為されて法にかなえりというのがありまして、そのために彼らは共通の正義や人類の普遍的な理性にもとる過去の判決すらもすべて記録にとどめようと粒々辛苦するのです。彼らは不法をきわめる意見を正当化するために、判例と名付けたそれを典拠として持ち出してきますし、裁判官も必ずそれに合わせて判決を下します。

弁護にあたっては、彼らは訴訟の本案に踏み込むのは極力避け、蛮声を張りあげて、関係のない付随事柄をうんざりするほど延々とやる。例えばすでに挙げた事例の場合、相手側が私の牛に対していかなる請求資格もしくは権利を持つかなどは問題にもせず、その牛の色が赤いか黒いか、その角が長いか短いか、放牧していた場所が丸いか四角いか、乳搾りは屋内か屋外か、どんな病気に罹るかといったことばかり知りたがるのです。それから判例を調べて、その訴訟の先送りを重ねて、十年か、二十年か、三十年かけて結審に辿りつくというわけです。

もうひとつ見ておくべきは、この連中が余人にはまったく理解できない彼ら特有の合言葉と専門語を持っていて、法律をすべてそれで書くのみか、その数を増やすことに腐心しており、それがために真と偽、正と邪の本質を完全に混乱させてしまい、そのために六代前の先祖が残してくれた畑が私のものなのか、三百マイルも離れたところの赤の他人のものなのか、それを決するのに三十年もかかってしまうのです。

国家に対する反逆罪に問われた人物の裁判の場合には、その手続きははるかに簡単で、推賞に値すると言えるでしょう。裁判官はまず権力者の意向を探ろうとして人をやり、そのあとは法の手続きを厳守しながら、犯罪者を気楽に吊すか、赦免するかできるのです。

ここでわが主が口を挟んで、その法律家たちのように途轍もない知力に恵まれた生き物が、おまえの説明からするとそうとしか思えない生き物たちが、その知恵と知識を生かして他の者たちを導くようにしないのは残念だ、と言う。それに対して私は主殿に答えた、連中は、自分の商売以外のことになると、われわれの中でも最も無知愚昧をきわめる種族であって、普通の会話をしていても唾を吐きかけたくなるし、あらゆる知識と学問の仇敵で、自分の職業の話をするときにも、他のどんな話題について話をするときでも、人間に普遍的な理性を等しく倒錯させてしまおうとするのです、と。

第六章

アン女王治下のイングランドの状態(続)。ヨーロッパ各国の宮廷における宰相の性格。

わが主は、一体如何なる動機があってこの弁護士なる種族は、ただただ仲間の動物を傷つけることを目的に不正の共同謀議に参画し、勝手に困惑して不安になり、疲れたと騒ぐのか皆目わけが分からないようであったが、雇われてやるのだという私の言葉の意味も理解できなかった。そこで私はさんざん苦労して、お金の使い途、それを作る材料、金属の価値について説明し、この貴重なる代物を山と溜め込んだヤフーは、欲しいと思うものは何でも、極上の衣服でも、豪邸でも、広い土地でも、いちばん高い肉や酒でも買えるし、どんな美人でも選取り見取りなのだとつけ加えた。なにしろこうした離れ技をすべてやってくれるのはお金だけなのだから、生まれつき濫費か強欲に走ってしまう傾向のあるわがヤフーは、使うにしても貯めるにしても、これで十分と思うことはないのである。金持ちは貧乏人を働かせてその果実をむしりとってしまうが、その数の比は一に対して千。大多数の民衆は、わずかの者に贅沢三昧をさせてやるために毎日安い賃銀で働いて、自分は惨めな生活を送るしかないのだ。私はこうした問題や他にも多くの似たことを一所懸命説明したのだが、御主人様は相変わらず分からんと仰有る、それもそのはずで、そもそもの前提が、すべての動物は大地の産物を分けてもらう権利がある、とりわけ他の上に君臨するものは、ということなのだ。そのために彼は、その高い肉とは何だ、どうしてそれを欲しがるものがいるのだ、教えてくれと言いだした。そこで私は頭に浮かぶ限りの種類を列挙して、さまざまの調理法も話したが、その調理自体が世界中の港に船を出して酒、▼ソースから他の無数の都合のいい材料にいたるまでを確保しないとうまくいかないのだ。だからして、上流の牝のヤフーが一匹朝食をとるのにも、それを入れる器ひとつを入手するのにも、この地球全体を最低三周しなくてはならない。すると彼は、住民に食料さえ支給できないとは哀れな国だな、と言う。しかし、何よりも彼が不審に思ったのは、私の説明したような広大な地域にまったく清水というものがなく、飲料を求めて海の彼方まで出かける必要があるということであった。私はこう答えた、イングランドは(わがいとしき生誕の地は)その住民が消費できる量の三倍の食料を生産できると計算されていて、それに穀物から作る酒とある種の果実を搾って作る酒が加わるが、これは両方とも素晴らしい飲み物だし、他の日用品にしてもすべて同じ比率くらいはできる。ところが牡どもの贅沢と不節制、牝どもの虚栄心を満たしてやるために、本来必要なものの大半を他の諸国に送り出し、それと引き替えに病気と愚行と悪徳の材料を持ち帰り、それを自分のところで消費する。そうなると、民衆のきわめて多くが物乞いに、強盗、窃盗、詐欺にポン引き、偽誓に胡麻すり、買収、偽造、賭博に嘘つき、おべんちゃら、恐喝、票売り、駄文書き、星占いに毒殺、売春、口先き説教、それから誹謗、自由思想の叩き売り等々の稼業によって生きる糧を求めるしかなくなるのは必定。こうした言葉のひとつひとつを彼に理解させようとして、私はどれだけ悪戦苦闘したことか。

葡萄酒が外国から輸入されるのも、べつに水不足、飲料不足を補給するためではないのであって、ただこの液体がわれらの正気を奪い取り、大いに陽気にしてくれる、憂鬱な想いを脇に払いのけ、頭には荒唐無稽な空想を生み、希望を押し上げ、不安を押し出し、理性にしばしの暇を出し、手足の動きも取りあげて、ついには昏々と眠れるようにしてくれるから。ただし一言認めるべきは、翌朝目覚めたときの気分の悪さと意気消沈、しかもこの液体の多用によって身体の随処が病気の巣、人生快ならずして、また短かきものになる、ということ。

しかし、これで話が終わるのではなく、多くの民衆は金持ちのために、またお互いのために生活の必需品や贅沢品を提供して生きている。例えばこの私にしたところで、家に戻ってそれ相応の身なりをするとなると、職人百人の仕事の実りを身につけることになるし、家を建て、さらに調度となれば、もっと人手がかかり、おまけに家内を飾るとなれば、その五倍はかかる。

その次には、乗組員の多くが病気で死んだことを前にも何度か伝えていたので、病人の世話をして生計を立てる人々のことを話そうと考えた。しかしこのときは、こちらの言いたいことを理解してもらうのが難儀をきわめた。死の数日前になると、フウイヌムであっても弱って動けなくなるとか、何かの事故で足を怪我するとかは、彼にもすぐに思いあたる。しかし、万物を完全状態に向かわしめる自然が、われわれの体内に苦痛が広がるのを黙許するというのが彼には分からなくて、その不可解な悪は何故かと言いだした。そうなると、また説明するしかない、われわれは実に多種雑多なものを食べるのだが、それが互いに喰い合わせとなることがあるし、空腹でないのに食べたり、咽喉の渇きがないのに飲むことも、何も喰わずに徹夜で強い酒をあおり続けることもあって、そうすると、だらけは来るし、体はほてる、消化も急速に減退となる。売女のヤフーたちはある業病をもらっていて、彼らに抱かれる連中の骨はそのために腐ってしまうが、これも含めて多種の病気が父から子へと広まってゆき、やがては複雑な業病を背負ったものが夥しくこの世に生まれて来ることになるし、人間の体につきまとう病気の数は五百、六百を下るものではなく、両手両足、全関節に広がっているから、要するに、体の内外のすべての部位がそれに適しい病気を持っているわけで、それをすべて列挙し出したら終わりがなくなるだろう。これらを治療するために、われわれのところでは、病人を直すのを職業とする、もしくは直すと称する人々が養成されている。その仕事には多少の心得もありますので、感謝のしるしに、彼らのやる秘法と手順をここで御紹介致しましょうか。

　彼らの基本の考え方は、すべての病いは飽食からということで、そこからして彼らは、自然の経路を使うもよし、逆に口を使うもよし、ともかく体の大掃除が必要だと結論するわけです。次の仕事は薬草、鉱物、樹脂、油脂、塩、樹液、海草、糞便、樹皮、蛇、蟇蛙、蛙、蜘蛛、屍体の骨肉、鳥獣魚類などから、その匂いといい、味といい、工夫できる限り最悪の、胸のムカつく、おぞましい混合物を調合することですが、さすがの胃もたまらずにすぐに拒否してしまいます、これすなわち嘔吐です。あるいはまた同じ材料にさらに毒物を幾つか加え、上の穴か下の穴かいずれかから(どちらをとるかはそのときの医者の機嫌次第)、内臓にとっては顔をそむけたくなる厭な薬を飲めと言い、飲めば飲んだで腹がゆるみ、前に入ったものをドバッと押し出します、これが下剤もしくは浣腸剤です。そうするのは(これは医者たちの説ですが)、もともと自然は、前面上部の穴を固形物と流動物の挿入用、後面下部のそれを噴出用としているにもかかわらず、この腕に自信のある方々は、病気とは自然がその座を追われたということだから、それを復位させるためには二つの穴の用途を入れかえて、体をまったく逆様に処遇するしかない、固形物と流動物を肛門から突っこんで、口の方から排泄させたらどうだと勘案したからです。

しかし、本当の病気以外にも、われわれには思い込みから来る病気がたくさんあって、これにも医者発明の思い込み療法があり、ちゃんと幾つかの名前がついていて、しかるべき薬もあるわけですが、牝のヤフーはしょっちゅうかかります。

この種族のもつ特技のひとつに見事な予言力があって、まず外れることはありませんが、その予言がなされるのは本当の病気が悪化して、死が間近となった場合(恢復させるのと違って、こちらは確実にゆきますから)、もう駄目でしょうと宣告したあとで、万一恢復する兆候でも見えようものなら、偽予言者と罵倒されるよりも、ここぞと言うときに一服盛って、天下にその名医ぶりを知らしめることでしょう。

この連中は、互いに厭のきだした旦那と奥さん、後継ぎの長男、国の重要ポストにいる大臣、そしてしばしば君主にとっても強い味方になるのです。

私はそれまでも折りにふれて、政治の性質一般をめぐって、当然のことながら、とりわけ全世界の驚異と羨望の的となっているわが祖国の卓越した憲政の性質をめぐって、わが主殿と議論してきた。しかし、ここでたまたま国の大臣に話が及んだために、少しの間を置いて、その名称でとくにいかなる種類のヤフーをさしているのか説明せよとの御達示が下った。

私が説明しようとしました国の首席の大臣、宰相と言いますのは、喜びも悲しみも、愛も憎しみも、憐みも怒りもまったく感じない生き物で、富と権力と肩書きに対する強欲以外にはいかなる感情にも用がなく、本心が現われない限りは如何ようにも言葉を操り、真実を語るときにはそれを嘘ととらせようとし、嘘をつくときにはそれを真実ととらせようと目論見、彼が蔭でこっぴどくこきおろす人物は必ず出世し、彼が他人に向って誉めてくれる、面と向って誉めてくれるようになると、こちらはもうその日のうちに破滅、という生き物なのです。最悪の兆候は彼に約束をしてもらうこと、とりわけ誓約のおまけつきだと、賢者は退いていっさいの希望を捨ててしまいます。

宰相に登りつめるには三つの方法がありまして、その第一は、妻、娘、姉妹を賢く利用するすべを心得ること、その第二は前任者を裏切るか、その足を引っぱること、第三は公の集まりで宮廷の腐敗を激烈に糾弾すること。もっとも賢明な君主なら、この最後の方法をとる者を選ぶでしょうね、そういう熱血屋ほど主人の意志と感情にいちばん卑屈に従うものですから。こういう大臣どもは、いったんすべての任用権を握ってしまうと、元老院やら重要会議やらの多数を賄賂でたらし込んで、権力にしがみつき、しかも最後には免責法なる逃げ道を使って（その性格の説明もさせられた）、後々の罰を先に喰い止め、あたかも国からの分捕り品を抱えたまま、公の場から引退してしまうのです。

宰相の大邸宅なんて、同じ商売の者を育てる養成所。小姓も従僕も門番もみなそれぞれに御主人様を猿真似し、それぞれの持ち場で大臣になり切って、倨傲、嘘つき、袖の下の三大条件の腕をしっかり磨いてしまう。挙句の果てに、最高の地位にある人々からもことのついでに機嫌をとってもらい、ときにはその抜目のなさと図々しさで段を幾つものし上り、ついには御主人様の後継者となる者もでる始末。

宰相は堕落した妾か、お気に入りの従僕の言うことを聞くのが通例で、彼らこそ恩恵の伝わる秘密の通路、つまるところ、王国の統治者と呼んでいいでしょう。

ある日のこと、わが国の貴族のことに話が及ぶと、わが主殿は私にはとてもそぐわないお世辞を言いだして、おまえはどこかの高貴な家柄の生まれに違いない、姿形、肌の色、清潔さ、すべてこの国のヤフーをはるかに凌ぎ、力と敏捷さは劣るようだが、それはあの畜生どもとは生活のしかたが異なるからに違いない、それにおまえには言葉を喋る力があるうえに、ある程度理性の初歩らしきものも備わっているから、知り合いの間では驚異として通っている、と。

▼わが主殿の指摘によると、フウイヌムの間でも、白毛、栗毛、鉄灰毛は体の形が鹿毛、連銭葦毛、黒毛などと同じではなく、生まれつきの知能やそれを高める能力も等しくなく、そのためにいつまでも召使の地位にとどまって、自分とは違う種族とまぐわおうとしないし、まあ、そんなことをすれば、自然に背く怪異なこととみなされるという。

私は御主人様にこのような好評価をいただいたことへの御礼を申しあげる一方で、同時にはっきりと、私の生まれ▼はもっと低いもので、朴訥で正直な両親がかろうじてそれなりの教育を施してくれたというだけなのです、われわれのところの貴族というのは、あなたが考えておられるのとは全然違って、貴族の子弟と言えば、子どものときからぐうたら、贅沢育ち、それなりの年格好になれば淫な女のところで精力を使い果たして忌わしい病気をもらい、いざ破産寸前になると、ただひたすら金目あてに、生まれは卑しく、見目麗しからず、しかも虚弱な女と結婚しておいて、相手を憎む、軽蔑する。そうした結婚でできるのは大抵瘰癧持ちか、痀瘻病（くるびょう）か、奇形の子かというわけで、そのためにこういう家系はまず三代以上は続きません、奥さんが品種の改良と維持を祈念して、隣近所か家人の中から健全なる父親を求めるだけの気配りをしなければ。病弱体質、こけた頰、血色不良、これらこそやんごとなき血筋の目印で、強壮なる外貌など高貴な家柄の人物にとってはゆゆしきこと、本当の親爺は馬丁か、御者だなと世間は決めてかかるでしょう。そのように体が欠陥だらけだと、頭の方もおつき合いというわけで、憂鬱、鈍重、無知、気紛れ、女が好きで高慢ちきの混成団。

この輝く団体の同意なくしては、いかなる法律の制定、撤廃、改定もままならず、さらにまたこの貴族たちは財産の決定権も手にしており、上訴はあり得ないのです。

第七章

▼筆者の大いなる祖国愛。筆者、類例、対照例を挙げつつ、イングランドの憲政と行政を説明し、主がそれについて意見を述べる。人間性についての主の意見。

▼私とヤフーとがすべての点で一致するということからして、すでに最悪の人間観を持とうとしているこの生ける種族を前にして、自分の種のことをよくもここまで自由に喋る気になれるものだと、読者は呆れてしまわれただろうか。しかし、正直なところ、この優秀な四足の数多の美徳を人間の腐敗に対置されてしまうと、自分の眼は開かれるは、理解力は広がるはで、人間の行動と感情を見る眼がすっかり変わり始め、同族の名誉など云々しても仕方ないと思い出したが、それまで自分ではまったく気づきもせず、われわれが人間の弱点などと考えもしないような欠陥を日々次から次へと指摘してみせるわが主のような鋭い判断力をもつ人物を前にして、そんなことがやれるはずもなかった。さらに私は、彼を手本として、嘘とか偽瞞のすべてを徹底して嫌うことを覚え、真実こそ愛すべきものと見えてきて、

そのためにはすべてを犠牲にしてもいいと決心した。

私がこれだけ自由に喋ったについては、もうひとつ、もっと強い動機があったということも読者に率直に申し上げておきたい。実はこの国に来てから一年も経たないうちに、私はここの住民を強く敬愛するようになり、もう人間のところへは帰るまい、悪の手本も悪の誘惑もないこの素晴らしいフウイヌムに混じって、美徳を観想し実践しながら余生を送りたいと、堅く決意してしまったのである。しかし、わが永劫の敵、運命は、そのような至福が私の手に落ちないように計らっていた。それはともかく、今顧みて少しは心が安まるのは、わが同朋について語るにあたって、あの峻厳な審問官を前にしながらも、なるたけその欠陥を水で薄め、かつすべての項目について、事情の許す限り、良い方向に語ったということである。そもそも自分の生まれた土地に対して思い込みや偏愛を抱かない者がいるだろうか?

わが主殿に仕えているとき最も多くの時間を割いたのは何回かにわたるこうした対話のためであり、その大要は語ったことになるのだが、長さのこともあるので、ここに書き留めたのよりもずっと多くのことを割愛した。

すべての質問に答えて、すっかり満足してもらったはずであったが、ある朝早くわが主殿から呼び出しがあり、近くに坐れと命令があったあと(それまで、かかる光栄に浴したことはなかった)、私自身と私の国に関わる話の全体をじっくりと考えてみたのだが、と始まった。おまえたちは一種の動物と考えていいようだが、もののはずみか何かでごくわずかの理性が降ってきたにもかかわらず、生来の腐敗を助長し、自然が与えなかった新しいのを身につける助けとしてのみ使ってしまった。自然が恵んでくれたわずかな能力は捨ててしまい、もともとあった欲望をさらに増やすことだけは達者で、あれこれ工夫してはそれを満たそうと空しい努力を重ねて一生を潰してしまうようだ。おまえ自身にしたところで並みのヤフーほどの力も敏捷さもなく、後足であぶなっかしく歩き回り、せっかくの爪を防禦にも何にも役に立たぬものにしてしまい、陽と雨風をさえぎるはずの髯を顎から外してしまう工夫を考え出している。その上に、おまえの朋輩たるこの国のヤフーどものように(彼はそう呼んだ)、速く走ることもできないし、木に登ることもできない。

理性をもつ生き物を統治するには理性がありさえすれば十分なのだから、おまえたちの統治と法律の制度なるものは明らかに理性に、従って徳性に重大な欠陥があるためのもの、おまえが仲間の人間のことをどう説明しようとも、理性という特質があるなどとうそぶけはしないのだ、そもそも彼らのことをよく見せようとして、細かな点を多数隠したこと、繰返しありもしないことを言ったのは見え見えではないか。

彼がこの考え方をよりいっそう強めるにいたったのは、力、行動の素早さ、爪の短かさ他、自然が関与しない幾つかの点で私の方が遅れをとっているのを別にすれば、体のどの特徴をとってみても私はヤフーと一致することを目のあたりにしたからであり、私が喋った生活、習慣、動き方からして、精神のあり方にも類似のあることが分かったからである。さらに彼の言によれば、ヤフーどもは他種の動物を憎む以上に仲間内で憎み合うことが知られていて、普通その理由とされていたのはその姿形の醜怪さであった、他人のは見えても、自分のは見えないものだからだ。してみると、おまえたちが身体を蔽い、その工夫によって、我慢できないほどの歪みの多くを互いの眼から隠すというのは素頓狂なことではないのかもしれないと思ったりもした。しかし、それは考え違いだった。この国の獣たちの不和も、おまえの説明を聞いてみると、元は同じだ。五十匹でも十分に足りるくらいの餌を五匹のヤフーの中に投げてやるとどうなるか(と、彼は続けた)、奴らは大人しく食べるどころか、一匹一匹が全部を一人占めしようとして摑み合いを始める、だから外で餌をやるときには大抵召使をひとりそばに立たせておくし、屋内に飼っている奴は互いに離してつないでおく。かりに牛が老衰か怪我で死にでもしようものなら、フウイヌムが自分のところのヤフーのために確保するまえに、近くにいるヤフーどもがいっせいに襲いかかって、おまえの説明した通りの戦場となってしまい、互いに爪で恐ろしい傷をつけあうが、おまえたちの考案したような都合のいい殺人道具がないために、互いに息の根を止めてしまうということは滅多にない。また別のときには、近隣のヤフー同士がこれといった原因もないのに似たような戦闘を起こしているのは、ある地域のヤフーが隣りの奴らを、用意のできないうちに奇襲してやろうと狙っていたものだろう。しかし、この計画が不発に終わると、自分のところに引き揚げてきて、敵が見つからないからと称して、おまえの言う内乱を仲間内で始めてしまう。

▼この国の幾つかの野原からはヤフーどもが猛烈に好む、何色かに輝く石がとれるが、その石の一部が地中にときどき埋もれていたりすると、それを引っぱり出そうとして朝から晩まで何日でも爪で掘り出しをやって持ち帰り、小屋にうず高く隠しておくのだが、仲間にその宝を発見されやしないかと、四方八方の警戒を怠らない。（わが主の言葉は続く）、この自然にもとる欲望の理由が、どうしてこんな石がヤフーの役に立つのか、そこのところが分からな▼かったが、おまえが人類の持つとしたあの貪欲の原理に発すると信じてもいいようだな。いつだったか、ものは試しと考えて、この石の小山をヤフーの一匹が埋めておいた場所からこっそりと他へ移しておいたところ、このさもしい動物は宝物の紛失に気がついて、あらん限りの声で泣きわめいて、群れじゅうをその場に呼び集め、悲嘆号泣したあとで、他の仲間に嚙みつくは、引っかくは、挙句の果てに憔悴して、喰わず、眠らず、働かずの有様なので、召使にこっそりとその石を同じ穴に戻して、前と同じように隠しておくように命じたところ、問題のヤフーはそれを発見して

すぐさま元気を取り戻し、機嫌もよくはなったのだが、もっといい隠し場所に用心深く移し変え、それ以後はやたらと働く家畜となった。

もうひとつわが主が指摘し、私も気がついたのは、この輝く石がたくさん採れる野原では、近隣のヤフーどもが絶えず侵入してきて、のべつまくなしに熾烈を極める戦闘が起こるということであった。

彼はまた、二匹のヤフーがひとつの野原でそういう石を発見し、どちらが取るかでもめているところへ三匹目がやって来て、機に乗じて持ち逃げしてしまうことがよくあるとも言い、それがわれわれの訴訟に似ていると論じたかったようだが、私は敢えて誤解を解かない方がかえってわれわれのためになると判断した。というのも、彼の言うような決定のしかたであれば、原告、被告とも争いの元になっている石以外には何も失わないのに対して、われらの衡平法裁判所なるものは、どちらか一方にでも何がしかが残っていれば、その訴訟を終わりとはしないわけだから、われわれのところの多くの判決よりも、その方がはるかに公正ということになるからである。

わが主はさらに話を続けて、何がヤフーをおぞましいものにするかと言えば、何にもまして、草であれ根であれ、漿果、動物の腐肉、それらの混合の何であれ、ともかく手に入るものは何でも貪り喰うあの無差別の食欲だろうが、変わった気性だと思うのは、家でもらえるはるかにおいしい食物よりも、遠くから強奪してくるか、こっそり盗んでくるかしたものの方を好むということだ。連中は食い物がある限りは、腹がはち切れそうになるまで喰い続け、そのあとは自然に教えてもらったある種の根っこにすがって、一切合財排泄してしまうのだ、とも言う。

もう一種、珍しくてなかなか見つけにくいが、液分の多い根っこがあって、ヤフーはこれを躍起になって捜しまわり、実に嬉しそうにしゃぶる、それがちょうどわれわれの葡萄酒と同じ効果を生みだすのである。その結果、彼らはときに抱き合ったり、ときにひっかき合ったりするし、喚いて、ニッタリ笑って、喋って、よろめいて、ころがって、泥の中で眠りこける。

私自身の観察したところでは、この国で何かの病気にかかる動物といえばヤフーくらいのものらしいが、われわれのところの馬よりもその機会ははるかに少なく、虐待されたからそうなるというのではなく、この汚ない動物の不潔さと貪欲さのゆえに病気になるのである。しかもフウイヌムの言語にはそうした病気をさす一般的な名称がひとつしかなく、それはこの獣の名前をとったものでニア・ヤフー、つまりヤフー症と呼ばれ、その治療法とは彼らの糞と尿を混合して、力づくで咽喉から押し込むというものである。これを飲んで効果ありという例を幾つも知っている私としては、ここでわが同朋に、公けの幸福のため、体力消耗に起因する万病の特効薬として、諸手を挙げてこれを推奨したいと考える次第である。

学問、政治、技術、工芸などについては、この国のヤフーとわれわれのところのそれとの間に類似点をほとんど、いや、まったく発見できないと、わが主殿も認めた。彼は双方の性格のうちに対応のみを見ようとしていたのである。確かに彼も、もの好きなフウイヌムから、大抵の群れには一種のボス・ヤフーがいて（われわれのところの狩猟園にも大体群れを率る、中心的な牡鹿がいるようなもの）、それは必ず他のよりも身体が歪んでいて、性根も悪辣だという話を聞いてはいた。この首領は自分に本当によく似たお気に入りを一匹連れているのが普通で、そいつは主の足や尻を舐めてやったり、牝のヤフーを主の小屋へ追い込んでやったりしては、ときおり御褒美に驢馬の肉をひと切れ頂戴する。このお気に入りは群れ全体から憎まれており、身を守るために、いつも首領のそばにへばりついている。そいつは普通もっと悪質な奴が見つかるまでその地位にいすわるが、解任された途端にその後継者が、そこいらのヤフー全体を老若雌雄ひきつれて到来し、頭のてっぺんから爪先まで排泄物をかけまくる。しかし、これがおまえの国の宮廷や寵臣や大臣たちにどこまで当て嵌るものか、それはおまえがいちばんよく判かるだろう、というのがわが主殿の台詞であった。

　この意地の悪いあてこすりに敢えて答える気にはならなかった、これでは人間の理解力を、群れの中のいちばん頭のいい犬の鳴き声を過またずに聞き分けてついてゆく程度の判断力はある凡庸な猟犬の知能以下に貶めることになるからだ。

　わが主は、私が人間の説明をしたときに全然触れなかった、あるいはごくわずかしか触れなかった特質がヤフーには露呈しているとも指摘した。あの動物は、他の獣と同じで、牝を共有するけれども、牝のヤフーが妊娠中でも牡を受け入れるし、牡同士の喧嘩ならともかく、牡と牝でも同じように猛烈に喧嘩するというのは、違うところだ。この両方とも恥ずべき獣性むき出しの行動であって、他の分別ある生き物のよくなし得ることではないだろう。

　ヤフーのことで彼がもうひとつ不思議がっていたのは、他の動物はすべて生まれつき清潔好きであるように見えるのに、彼らには不潔と汚濁にひかれる奇妙な性向があるということ。前の二つの非難の場合、本来の私の性格からするならば、必ず弁論をぶったはずではあるが、わが同類を弁護すべき言葉がひとつも出て来ないのだから、ともかく黙って眼をつむることにした。しかし、この最後の特異性云々については、あの国にもし豚がいたならば(不幸にして、いなかった)、それが決して人間だけのものではないことを証明できたであろう、というのは、ヤフーよりも豚の方が可愛いい四足かもしれないが、どう腰を低くしてみても、より清潔だとするのは正義にもとるからであり、御主人様もその汚ならしい餌の喰い方、泥の中をころげ回ったり、泥の中で寝たりする習慣をご覧になったら、そのことを認められたはずである。

わが主が、召使たちが何匹かのヤフーについて気がついたと言うわりには、どうにも説明がつかないとした点がもうひとつあった。それはヤフーが、若くて太っているとか、食料も水も不足してはいないということとは関係なしに、ときおり妙な考えに取りつかれて隅っこに引き籠ってしまい、横になったまま咆えたり唸ったり、近寄るものを蹴とばしたりするようになることで、どこが悪いのか召使たちにも見当がつかなかった。唯一の治療法はきつい労働をさせることで、そのあとでは必ず元に戻るという。これについては、やはり仲間に肩入れして黙っているしかなかった▼ものの、私はここに懶惰な者、贅沢三昧の者、金余りの者だけを襲う憂鬱病の真の萌芽をまざまざと見る思いがして、もしかかる者たちに同じ養生法をやらせてよいというのであれば、小生、その治療を引き受けたいくらいである。

▼　御主人様の指摘はまだあって、牝のヤフーがよく堤や茂みの蔭に隠れて若い牡の到来を待ち伏せ、いざやって来ると、何だか奇妙なしぐさや顔つきをして、姿を見せたり隠れたりするばかりか、そういうときには鼻のもげそうな異臭を発し、牡が一匹でも近づいて来ると、チラチラ後を振り向きながらゆっくりと後ずさりして、わざとらしく、恐いのよという顔で、どこか都合のよい場所にしけ込んでしまう、牡がついて来るのを承知の上で。

ところが別の機会に見知らぬ牝がやって来ると、三、四匹の牝がバラバラとその周りを取り囲んで、ジロジロ見つめる、ペチャクチャ喋る、ニタニタ笑う、体中をクンクン嗅ぎまわる、そしてさも軽蔑、侮蔑といった身振りで立ち去ってしまう。

ひょっとするとわが主は、自分の見聞と他のものがする話から引きだした感想を少し潤色しているのかもしれないが、それにしても、淫猥、媚態、悪口、破廉恥の基礎が女には本能的にそなわっていることを想って、私は多少驚いたし、深い悲しみを覚えないではいられなかった。
われわれのところでは男女いずれの間でもごく普通に見られる自然に背く欲望について、ここのヤフーの間でもそうなのだとわが主が糾弾し始めやしないか、私はヒヤヒヤしていた。しかし、自然はそれほどテクニシャンの女教師ではないようで、こういう極めつけの快楽はまったく手の技と理性の産物であり、地球のこちら側にしか存在しないのである。

第八章

筆者、ヤフーの幾つかの特性について語る。フウイヌムの大いなる美徳。その子弟の教育と訓練。その大集会。

人間の本性については、恐らくわが主にできる理解よりも、私の理解の方がはるかにまさっていたはずなので、彼の説明するヤフーの性格を自分自身に、また同国の人々に当て嵌てみるのは造作のないことであるし、自分の観察したことからもさらなる発見があるだろうとは思った。そこで御主人様に、近くのヤフーの群れのところへ行かせてほしいと何度もお願いすることになったのだが、あの獣たちをあそこまで嫌っているのだから悪い影響をうけて堕落することはあるまいとの強い確信があったようで、いつも寛大きわまりない許可が下り、とても正直で、性格のいい、力の強い栗毛を召使の中から選んで、護衛につけてもらえたが、その保護がないと、とてもあのような冒険はできなかっただろう。前にも読者に説明したように、到着した当初、このおぞましい動物に惨々に苦しめられたわけだから。短剣を持たずにちょっと出歩いたときなど、三度か四度、あやうく彼らの掌中に落ちそうになったこともある。しかも、私は自分たちと同じ種だと彼らが想像しているのではないかと考える理由もあって、それを何度も煽ったのは、護衛係がついてくれているときに、彼らの眼の前で袖をまくってみせたり、腕や胸を出して見せた私自身であるが、そういうときには彼らはぎりぎりまで近寄って来て、猿のように私の挙動を真似してみせるけれども、強い憎悪の情は決して絶やすことがなく、言ってみれば、人に飼われて帽子や靴下をつけるようになった鴉（からす）が、たまたま野生の鴉の中にまぎれ込んでしまうと、必ずつつきまわされるようなものである。

　彼らは幼いときから恐ろしく動きが速いのだが、ともかく一度三歳になる牡を摑まえて、やさしさの限りを尽して大人しくさせようとしたのだが、なんとこの悪ガキ、やたらめったら喚く、ひっかく、嚙みつく、こちらは手を離すしかなくなったが、ちょうど潮時ではあったようで、騒ぎを聞きつけた大きい奴がごっそり集まって来たけれども、子どもは無事だったし（とっくに走って逃げた）、栗毛の馬がそばについているしということで、それ以上詰め寄って来ることはなかった。その子どもの体はひどい悪臭を放っていたが、その異臭は鼬（いたち）とも狐ともつかず、ただそれよりもずっと胸が悪くなるようなもの。それからもうひとつ忘れていたが（まあ、きれいさっぱり書き落としても読者にはお許しいただけると思うが）、このおぞましい虫けらを両手で摑んでいるとき、こいつが黄色い液体状の排泄物を私の衣服じゅうにぶちまけてくれた。しかし、運よくすぐそばに小さな流れがあったので、体中徹底的に洗い清めはしたものの、十分に空気にあたり切るまでは、わが主の前にも出られたものではなかった。
私の知り得た限りでは、動物全体の中でもヤフーくらい教育しがたいものはないようで、その能力たるや、荷車を引くか、荷をかつぐかの域を出ない。けれども、私見によれば、この欠陥は主として強情かつ反抗的な性向に起因する。なにしろ狡猾にして邪悪、裏切りと復讐が大好きなのだ。身体は強くて逞しいのだが、根は臆病、そのために傲慢、卑屈、残忍となる。牡牝いずれも赤毛は他の奴よりも好色で、悪質ではあるが、その力と活動力においてははるかに他を凌ぐ。

フウイヌムは、すぐにも使うヤフーは家からあまり遠くない小屋で飼っているが、それ以外は野原に出され、そこで根を掘ったり、何種類かの草を食べたり、死肉をあさったり、ときには鼬やルイムー（野鼠の一種）を摑えてむさぼり喰う。自然は彼らに盛り上った土地の横腹に爪で深い穴を掘ることを教え、そこをねぐらにするのだが、牝の穴倉の方が大きくて、仔を二、三匹入れる余裕がある。

彼らはまた小さいときから蛙のように泳ぎ、長いこと潜っていられるので、よく水中で魚を摑えて、牝が子どものところへ持って帰る。そうだ、この機会に読者の許しを得て、奇妙な冒険のことを話しておこう。

いつだったか、護衛の栗毛と出かけたときのこと、とんでもなく暑い一日だったので、近くの川で水浴びをさせてくれと頼んでみた。すると、いいということなので、すぐさま真っ裸になって、そろそろと流れに入っていった。その有様を、たまたま堤の蔭にひそんでいた若い牝のヤフーが見ていたらしく、栗毛と私の推測では、ついつい欲望がムラムラと燃え上ったのであろう、ものすごい勢いで突進して来て、私の水浴している場所から五ヤードもないところへドブンと飛び込んだ。生まれてこのかた、あんなに恐かったことはなかったが、栗毛は危険などつゆ疑わず、少し先で草を食べているし、牝はもろに抱きついてくるしで、私が力をふり絞って悲鳴をあげると栗毛がこちらに駆けつけ、牝は何とも渋々と抱きついた手をほどいて、反対側の堤に跳び上り、私が服を着る間中そこに立ちつくして、こちらを見つめて唸っていた。

わが主殿とその家族にとってはこれは笑える事件であったが、私自身にとってはいまいましい限りであった。そうではないか、牝どもが私を同じ種族とみなして自然に迫ってくるからには、私が本物のヤフーであることはもはや否定すべくもないはずだし、この畜生の毛は赤色ではなくて(それならば多少異常な欲望で、という言い訳もできただろうが)、リンボクのような黒、顔つきも他の奴らほどの醜悪さではなかったから、まだ十一歳は越えていなかったと思われる。

この国での生活ももう三年になることだし、私も他の旅行家のように、住民の風俗習慣をなにがしか説明するのを待っておられるのかもしれないが、確かにそれこそ私の第一の研究の対象ではあった。

そもそもこの高貴なるフウイヌムは美徳に向う性向を自然によって賦与されており、理性的な生き物のうちに悪が存在するという観念がないものだから、彼らの大いなる座右の銘は、理性を培え、理性の統治にまかせよ、ということである。彼らにとっての理性とは、ひとつの問題をめぐってああでもない、こうでもないともっともらしく議論できるわれわれ人間の場合と違って、それ自体が問題となるようなものではなく、直截にひとを得心させるものなのである。感情や利害のせいでもつれたり、ぼやけたり、変色したりしない限りは、そうなるはずなのだ。自説という言葉の意味を、つまり、どうしてひとつの論点をめぐって議論が分かれるのかをわが主に理解してもらうのは難渋をきわめたことを覚えているが、それは、理性とは、確信のあるときにのみ肯定するか、否定するように教えるものであって、知らないことについてはそのいずれも出来ない、と考えるからである。従って、誤まった命題、疑わしい命題をめぐって議論、口論、論駁、固執するなど、フウイヌムの関知しない悪ということになる。それと似たことで、私が自然哲学の幾つかの体系について説明したときなど、理性ありと称する生き物が、他人の臆説について知っているとか、確かに知っていたところで役にも立たないようなことを知っているとか言って自慢するわけか、と笑いとばされてしまった。もっともこの点では、プラトンの伝えるソクラテスの考え方とまったく同じであって、この哲学の王者に最高の敬意を表して、そのことをここに書きとどめておく。その後も繰返し考えたことであるが、この教説を押し通せば、ヨーロッパの図書館がいかに崩壊するか、学問の世界で名声にいたる道がいかに多く通行止めになることか。

▼友愛と善意はフウイヌムの二大美徳になっていて、特定の相手に限定されるものではなく、種族の全体に万遍なく向けられる。どんなに遠方から来た赤の他人でも、すぐ隣りの人と同じように遇されるし、どこに足を運んでも、わが家にいるような気持ちでいられる。節度と礼儀は実に大切に守られてはいるが、儀式ばったところは皆無である。牡の仔でも、牝の仔でも、自分の子どもだからといって溺愛することはなく、教育への配慮もすべて理性の命ずるところによる。現にわが主も、自分の子どもに対してだけではなく、隣人の子に対しても同じ愛情を示すのを、私はこの眼で見た。その彼らの主張によれば、自然は種の全体を愛せと教えているのであり、卓越した美徳が認められる場合にその人を特別扱いするというのは、ひたすら理性のなせる業である。

▼妻たるフウイヌムが牡牝の仔を作ると、その配偶者とはもう関係を持たなくなるが、ごく稀に何かの奇禍で仔の一方を失った場合は別であり、そのときにはまた交わりを始めるが、似たような事故が、妻の方がもう子どもを産めな

くなった人物に降りかかった場合には、他の夫婦が仔馬の一方を譲って、母親の妊娠にいたるまでもう一度同衾することになる。この国が数の過剰に悩まないようにするためには、これくらいの用心が必要なのである。しかし、召使になってゆく下等なフウイヌムはこの条項にはあまり厳しくは縛られず、数にして牡牝三ずつは産むことを許されており、それがやんごとない家の奉公人となってゆくのである。

▼結婚にあたっては、子孫にちぐはぐな混色を生み出さない毛色の選択に細心の注意が払われる。牡の場合、まず第一に重視されるのは力強さであり、牝は美しさであるが、それがべつに愛情とは関係なく、種族を退化から守るためであることは、たまたま牝のほうが力強さに秀でているときには、美しさに考慮してその配偶者を選ぶからである。求愛、恋愛、贈答、寡婦給与、財産贈与などといったものは彼らの考えの中にはなく、それを表現する言葉もない。若いカップルが出会って結ばれるのは、両親や知人たちがそう決めたからというだけのことであって、そういうのを毎日眼にしているわけだから、それが理性をもつ存在に必要な行動のひとつだと思いなしてしまう。しかし結婚の蹂躙とか他の不貞行為などは噂にのぼることもなく、結婚した者同士はたまたま出会った同じ種の者に示すのと同じ友愛、相互の善意に導かれて日々を過し、嫉妬、溺愛、喧嘩、不満とは縁がないのである。

▼牡牝の子弟の教育に眼を転ずると、彼らの方式は見事なもので、われわれとしても大いに真似するに値しよう。子どもは十八歳になるまで、決められた数日以外は、ただの一粒の燕麦も口にすることを許されないし、ごくわずかの場合を除いて牛乳についても同じであり、草をはむのは夏の朝二時間と夕方二時間で、この時間は両親も同じように守るのだが、召使の方はその半分の時間しかもらえず、草の大半は家に持ち帰って、仕事から離れられるいちばん都合のよい時間に食べることになる。

節制、勤勉、運動、清潔の四つの訓戒は、牡牝とも若いうちに等しく教えられるもので、わが主の考えでは、家事に関わる幾つかの条項は別として、男とは違う種類の教育を女に施すというのはまさに奇怪と言うしかなく、そんなことだから、住民の半分は子どもを世に生み出す以外の役には立たなくなってしまうし（御指摘、ごもっともである）、子どもの世話をそういう役立たずの動物にゆだねてしまうのは、獣性のさらに大なる実例である（と、彼は言う）。

それに対してフウイヌムは、子弟に力と速さと耐久力をつけさせるとして、険しい丘を駆け足で昇り降りさせ、固い石ころだらけの地面を走らせ、全員が汗まみれになると、池か川かに頭から跳び込ませる。年に四回、幾つかの地域の若いのが集まって、走る、跳ぶの腕前の他、力技、敏捷技を競い合い、勝利者には褒美として讃える歌が贈られる。この祝祭のおりには召使が、フウイヌムの食事用の乾草、燕麦、牛乳をかつがせたヤフーの群れをその会場に追ってくるのだが、集まっている者たちの邪魔をされると困るので、この畜生どもはまたすぐに追い返してしまう。

四年に一度、春分の時期になると、全民族の代表者会議が開催されるが、その会場はわれわれの家から二十マイルほどのところにある野原で、おおよそ五日か六日続く。彼らはここで幾つかの地域の現状を、乾草や燕麦は、牛は、ヤフーは十分に足りているか、それとも不足かといったことを検討するのだ。そして、もし欠乏しているところがあれば（そんなことは滅多にないが）、満場一致で供出を決め、すぐさま補給してもらえるのである。同様に、子どもの数の制限もここで決定される。例えば或るフウイヌムのところに男の子が二人あるとすると、女の子が二人という者と片方を交換するし、また何らかの奇禍で子どもをひとり失くし、しかし母親はもう子どもを産めなくなっているという場合には、どの家庭にその損失の補塡を託すかが決定される。

第九章

フウイヌムの大集会における大討論と、その決議の仕方。フウイヌムの学問。その建築。埋葬法。彼らの言語の欠陥。

この大集会が私のいるうちにも一度、私の出発する三ケ月ほど前に開催されて、わが主も地域の代表として出かけて行った。この会議では以前からの論争が、というか、この国に降って湧いた唯一の論争が蒸し返されたということで、戻って来たわが主からその詳細にわたる説明を聞くことができた。

▼その懸案とは、この大地の表面からヤフーを絶滅させてしまうべきであるかということである。賛成派の議員のひとりが迫力満点の重大な議論を幾つか展開した。曰く、ヤフーとは自然の生み出した最も不潔、有害、醜怪なる動物であり、しかるが故に、最も反抗的にして御し難く、悪辣にして悪意に満ちたるものであります、絶えず見張っておらねばフウイヌムの乳牛のおっぱいをこっそり吸い、猫を殺してむさぼり、燕麦や牧草を踏みつけるのみならず、他の千余のハチャメチャをしでかします。或る伝説によりますならば、ヤフーはもともとこの国におったものではない、

▼しかるに遠い昔、この畜生が二匹、山上に出現した、お天道さまの熱が腐った泥濘にあたって出来たのか、海の泥泡

から生じたのか、そこのところは判然とせん。このヤフーどもが子を産んだ、その子孫はあっと言う間にとんでもない数になって全土に氾濫、横行してくれた。そこでフウイヌム側はこの悪を除去すべく大々的なる狩りに打って出て、ついにその群れ全体を包囲して、歳をとったのは殺してしまい、各フウイヌムが若いのを二匹だけ小屋で飼うことになり、生来かくも狂暴なる動物としてはぎりぎりのところまで飼い馴らし、今は荷車を引かせたり、物をかつがせたりしておるというのであります。この伝説には多大なる真理があるのではありませぬか。フウイヌムならびに他の全動物の示す憎悪の激しさからしても、あの生き物がイルニアムシ(この土地の原住民アボリジニの意)であろうはずはなく、あの邪悪なる性向からして、この憎悪は当然の報いではありまするが、もし彼らが元々のアボリジニであったのなら、あそこまで嵩ずることはなかったでありましょう、あるいはとっくに根絶やしにされていたでありましょうか。住民はヤフーを使役するのをよしとして、ああ、何たる不見識、驢馬の飼育をないがしろにしたのであります、たとえ身体の機敏においては遅れをとるとは言え、飼うにやさしく、より大人しく几帳面、異臭を放たず、酷使に耐え、かつ美わしき動物で、その嘶きや快ならずと言えども、ヤフーの物凄まじき咆哮にはるかにまさるでありましょうに。

他にも何人かが同趣旨の発言をしたところで、わが主は集会に、私からヒントを得たところの緊急動議を提案した。彼はまず、その前に発言した議員氏の取り上げた伝説に賛同して、初めてわれわれのもとに姿を現わした二匹のヤフーは海から打ち上げられたものであり、この土地に来て、仲間に見捨てられ、山岳に逃げ込んで徐々に退化を重ね、時の経過とともに、この二匹の始祖の生まれた国の同種のものよりもはるかに狂暴化したものなのだ、と指摘した。なぜこのような主張をなすかと申せば、大抵の皆さんがすでに噂に聞かれ、見にみえた方も多い驚くべきヤフーが一匹(私のことである)今手元にいるからであります。続けて彼は、私を発見した経緯を語った、体全体が他の動物の皮と毛でできたもので蔽われておりました、自分の言語で話をし、われわれのも完璧に覚えてしまいました、この地に至るきっかけとなった事故の説明もしてくれました、その蔽いを取ったところを見ますと、どの部分もまさしくヤフーでありますが、ただ多少色が白く、毛が薄く、爪が短いというところでしょうか。彼はさらに説明を続けた、この者は自分の国でも、他の国でも、ヤフーこそが統治力をもつ理性的な動物で、フウイヌムを隷属させているとしきりに力説致します、さらにこの者にはヤフーの特質がすべて認められるものの、多少の理性があるせいか、少しは文明度が高いかもしれませんが、それにしてもフウイヌム族にははるかに劣りますし、この国のヤフーはそれよりまたはるかに劣るということです。何よりも彼らのところには、フウイヌムを大人しくさせるために、まだ若いうちに去勢する習慣があるのだそうで、その手術は簡単で安全なものだと申します。獣から知恵を学ぶのは恥ではありません、げんに勤勉を蟻に教わり、建築を燕に教わっているのですから(リハンという語をそう訳しておくが、実際にはずっと大きな鳥である)。この工夫を当地のヤフーの仔に試してみるのはいかがでしょうか。扱いやすく、使いやすくなるだけでなく、殺戮という手に訴えなくとも、一時代にして全種族に終止符を打てるでしょう。さしあたっては、あらゆる点で価値のまさる動物である驢馬の増殖を奨励すべきでしょう、なにしろヤフーだと十二歳になるまでこなせぬ仕事を、五歳でやるようになるという利点もあるわけですから。

大会議で出た話の中で、わが主がそのとき話してよかろうと考えたのはそこまでであった。そして、私に直接関わる或る事をよかれと思って隠してしまったのだが、読者にはしかるべき場所でお話しするけれども、私はその不幸なる余波をじきに感じ始めた。わが人生の以降の不運のすべてはここに発する。

フウイヌムは文字を持たないので、その知識はすべからく口承による。しかし、これほどよくひとつにまとまり、生まれつきあらゆる美徳にひかれ、全面的に理性に統治され、他の民族との通商がないという人々のところでは重大事件などまずあるはずもなく、べつに記憶力を煩わせなくても歴史は簡単に保存できる。すでに述べたように、彼らは病気に罹ることがなく、そのために医者を必要としない。ただし、とがった石で繋や蹄叉部をたまたま打撲した、切ったという場合、それから体の他の部分に怪我をしたという場合には、薬草を調合した何種類かのよく効く薬がある。

一年の計算は太陽と月の回転を基礎としたものだが、それを細かく週に分けることはしない。この二つの発光体の動きについては十分に知っていて、蝕の性格も理解しているが、天文学の進歩はそこまでである。

詩については、彼らが生命あるものすべてを凌ぐことを認めるしかなく、その直喩の適切さ、描写の精密さと的確さにかけてはまさしく無類である。その韻文はこの二つにめざましく富み、友愛と善意をめぐる高邁な観念か、競走他の肉体運動の勝利者に対する讃歌を含むのを通例とする。建物は粗末で簡単なものではあるが、利便性は悪くなく、寒さ、暑さの害から身を守るための工夫が十分になされている。この国には四十年経つと根元がゆるくなって、嵐ひとつで倒れるという木があって、その幹自体は真っすぐなものだから、鋭い石で先端を杭のようにとがらせて（フウイヌムは鉄を使用しない）、約十インチ間隔で地面に垂直に立て、燕麦の藁か、ときには小枝を使ってその隙間を編みあげる。屋根も同じ作り方をするし、入口の戸もそうである。

フウイヌムは前足の繋と蹄の間の窪んだ部分をちょうどわれわれの手のように使うが、その器用さたるや、私の最初の想像を越えるものであった。わが家の白い牝馬がこの関節を使って針に糸を通すのを、私はこの眼で見た（その針は私がわざと貸したもの)。もちろん牛の乳は搾るし、燕麦は刈るし、手を必要とする仕事はすべてこのやり方でやる。一種の硬い燧石のようなものを他の石にこすりつけて、楔や斧や槌の代わりになるような道具もこしらえる。こうした燧石で作った道具で野原に野生する青草を切り、燕麦の刈り取りをし、その束をヤフーが荷車で運んで帰ると、屋根のある小屋で召使たちがそれを足で踏んで脱穀し、粒を保存しておくのである。彼らは粗末な土器や木器も作るが、とくに土器は天日焼きにする。

▼

彼らにとっての死とは、大きな事故さえなければ、老衰による死があるのみで、なるたけ眼につかない場所に埋葬されるのだが、死への旅立ちとは言っても、友人、家族とも喜びや悲しみを露わにするわけではないし、死んでゆく当人も、隣人のところに出かけて帰って来るときのようなもので、いささかも未練がましいところを見せるわけではない。私の覚えているのでは、あるときわが主が何か大事な用件で友人一家に家に来てもらう約束をしていたのだが、いざその当日になってみると、奥さんと子ども二人が予定よりずっと遅れてやって来て、その奥さんから二つの説明があり、そのひとつは夫が今朝ルヌウンしたというものであった。この言葉は彼らの言語の中ではとても強い意味があって、簡単に英語に訳せるものではないが、原初の母のもとに帰るというところだろうか。もうひとつ、遅れの言い訳としてあったのは、夫が死んだのが午前の遅くであったため、埋葬の場所をどうするかで召使たちとの相談に手間取ったということであったが、わが家では他の者と同じように快活に振舞っていた。彼女が死んだのは、その三ケ月後のことである。

彼らは大体七十から七十五歳まで生き、八十に達するのは稀で、死の数週間前から徐々に衰弱を感ずるようになるものの、痛みはない。この時期になると、いつものように気楽に気儘に外に出るわけにはゆかなくなるので、友人の側が頻繁に訪問してくれるようになる。ところが死の十日くらい前になると（この計算はまず狂わない）、ごく近所の者のところにだけは、来てもらったお礼の挨拶に出かけ、そのときにヤフーに引かせて乗る橇というのは、別にこのときだけではなく、年をとってから長旅に出るときや、何かの事故で足を悪くしたときにも使う乗り物である。そういうわけで、死を間近にしたフウイヌムは訪問の御礼に出かけて、これからどこか遠いところに赴いて、そこで余生を送るつもりでいると言い残すかのように、友人たちに厳粛な別れを告げるのである。

ついでに言い添えるに値することかどうか、フウイヌムは、ヤフーの醜怪な姿形や悪い特質から借りてくることのできるもの以外には、邪悪なるものをさす言葉を持たない。そのために召使の愚行、子どものさぼり癖、足の切れてしまう石、悪天続き、天候不順などを言おうとすると、ヤフーという形容詞をくっつけることになる。例えばフム・ヤフーとか、ウナホーム・ヤフーとか、インルムナウィルマ・ヤフーとか、出来そこないの家であればイノルムロールヌウ・ヤフーとなる。

この優秀なる人々の習俗と美徳についてはまだまだ論じ足りないのであるが、殊にこの問題に絞って近々本を一巻世に問いたいと考えているので、読者にはそちらを参照していただきたい。ここではとりあえず、わが哀しき破局に突き進むことにしよう。

第十章

フウイヌムのもとでの筆者の幸福なる家庭生活。彼らとの交流による筆者の徳性の大向上。彼らとの交流。筆者、主より、この国を出るべしとの通告を受ける。悲しみゆえに失神するが、承諾。召使の協力を得て丸木舟を作り上げ、命を賭けて海へ出る。

私は自分なりに満足のゆくように、ささやかなる生活を始めていた。わが主はその家屋から六ヤードほど離れたところに、この国流の部屋を作らせてくれたので、その壁と床には自分で粘土を塗り、それを自作の藺草の筵でおおい、その他に、自生している麻を叩いて袋のようなものを作り、ヤフーの毛髪で作った罠で捕えた鳥の羽毛を詰めたりしたが、その鳥の肉もおいしかった。ナイフで椅子を二つ仕上げたときなど、粗っぽい力仕事の部分は栗毛が手助けをしてくれた。着ていたものがボロボロになったときには、兎の皮と、同じくらいの大きさで、体中が柔毛に蔽われているヌーノーという美しい動物の皮を使って、その代わりを作った。同じ材料から、まったく文句のない靴下も作った。靴の底には木から切り取ったものを貼りつけて、甲の部分の革とぴったり合うようにし、その皮が擦り切れたときにはヤフーの皮を天日で乾かして代用にした。木の空洞から蜜を見つけてくることもよくあって、それに水を混ぜ、パンにつけて食べることもあった。自然を充たすは易し、必要こそ発明の母という二つの格言の正しさを私以上に証明できる者はいないのではないか。体は健康そのもの、精神は平穏、友の裏切り、変節はなく、隠れた敵にも公然たる敵にも害されることはなかった。賄賂を使い、媚を売り、女をとりもって、お偉いさんやその腰巾着の機嫌をとることもなかった。詐欺、弾圧からの防禦壁もいらなかった、わが身体を壊してくれる医者も、財産を潰してくれる弁護士もここにはいなかった、金で雇われて私の言動を監視する密告者も、私に不利な捏造をする密告者もいなかった、ここには他人を嘲笑し、糾弾し、陰口をたたく者も、掏摸も、追剝ぎも、強盗も、弁護士も、女衒も、道化も、賭け事師も、政治屋も、軽薄才子も、憂鬱屋も、欠伸の出るような喋り屋も、論争屋も、強姦マニアも、盗人も、学者もいなかった、政党や派閥の領袖も陣笠もいなかった、誘惑もしくは実例の力によって悪に引っぱる者もいなかった、地下牢も、首切り斧も、絞首台も、曝し台も、笞刑柱もなかった、他人を欺す商人も職人もいなかった、倨傲も虚栄も衒気もない、めかした男も空威張りも、飲ん兵衛も、うろつく娼婦も梅毒男もいなかった、色欲一筋、うるさいは、金は使うはの女房も、馬鹿で高慢ちきな似而非学者もいなかった、しつこくて横柄で喧嘩腰でうるさくて騒々しくて空っぽ頭でうぬぼれて悪態をつく奴等もいなかった、その悪徳の力によりて塵より身を起こしたる悪党はなく、その美徳のゆえに塵に投ぜられたる貴人なく、貴族、ヴァイオリン弾き、裁判官、踊りの教師、どれも一人もいなかった。

　私は主を訪ねて来た、あるいは食事に来たフウイヌムの前に出してもらうこともあり、そんなときには寛大なる許しを得てその部屋の隅に控え、彼らの話を聞くことができた。わが主と客人から質問をいただいて、それに答えることもよくあった。またときにはわが主の御供をしてこちらから訪ねてゆくこともあった。私の方は質問に答えるだけで、自分から喋るということはなかったが、それすら内心残念でならなかったのは、その分だけ自己修練の時間を失

▼うことになるからであり、むしろそうした会話をつつましく聞いているほうが無限に楽しかったのは、そこでは有益なことのみが、簡潔をきわめる、しかも奥深い意味のある言葉でやり取りされ、（すでに述べたことであるが）儀式ばったところはまるでないのに、礼儀作法は実によく守られ、話をする人物は自分でも楽しそうだし、周りも楽しくし、話の腰を折ったり、退屈したり、熱くなったり、意見が喰い違ったりということがなかったからである。彼らの考え方によるならば、何人かが集まっているときなどは、少し話の途切れる方が話の質が上るということになるのだが、これはその通りで、話がちょっと絶えたときにこそ、新しい考えが頭に浮かび、談話を大いに刺戟するものである。その話題はおおむね友愛と善意、秩序と家政であるが、ときには眼に見える自然の働きとか古来の伝承にも及び、美徳の限界、理性の過またざる規則、次の大集会で取りあげる決議案のこともあり、詩のもつさまざまの美質の問題もよく取りあげられた。べつに威張ろうということではないけれども、私がそこに居合わせるということが十分に話の材料を提供したようで、わが主はそれをいい口実として、私の経歴や私の国の歴史のことをその場の友人たちに語り、それを受けて全員が論評を始めるのだが、どうもあまり人間の名誉になる内容ではなく、そのこともあるので、彼らの話の内容を繰返そうとは思わないものの、ただ言っておきたいのは、御主人様はヤフーの本性を私などよりもずっとよく理解しておられるようで、私自身大いに感心したということである。ともかく彼はわれわれの悪徳と愚行を残らず数えあげ、その次には、もしこの国のヤフーに少しの理性を持たせた場合にどんなことをやりかねないかを想像してみることで、私の言いもしなかったものまで多数発見し、そのような生き物が如何に邪まで、かつ悲惨なものであるか、あまりにも正確な結論を出していった。

正直に告白してしまおう、私の持っているわずかな知識の中で少しでも価値のあるものがあるとするならば、それはすべてわが主の訓話と、彼及びその友人たちの議論を聞くことによって得たものであり、ヨーロッパ最大の賢人の集まりに何かを指図するよりも、私はそれを傾聴することの方を大きな誇りとする。私はこの住民たちの力強さ、美しさ、速さを讃仰し、かくも優しき人々のうちにかくも見事に美徳が輝くのを見て、私の中には深い崇敬の念が生まれた。実は、初めのうちは、ヤフーやその他の動物が彼らに対して示す自然の畏敬を私は感じていなかったのだが、それが少しずつ、しかも思っていたよりもずっと早く育ってしまい、私を同種の他の者とは区別してくれるという感謝、敬愛の念とひとつに入り混じってしまった。

　私は家族のこと、友人のこと、国の同胞のこと、人間という種族一般のことを思い出しては、その真の姿を直視してみるのだが、どう考えてもその姿形と性向はヤフーであり、少しの文明を持ち、喋る能力に恵まれてはいるのに、自然が割りあてた悪徳に染っているだけのこの国の仲間と較べてみても、それを助長し増加させるためにのみ理性を活用しているとしか思えないのだ。たまたま湖や泉に映った自分の姿が眼に入ろうものなら、恐怖と自己嫌悪のために顔をそむけてしまい、われとわが身を見るよりも、まだしも普通のヤフーの姿の方が我慢できるくらいであった。フウイヌムと話をし、その姿を覗めて喜んでいるうちに、私はその歩き方や身振りを真似するようになり、今ではそれがひとつの習慣と化しているので、友人たちからあけすけに馬のような歩き方だと言われると、褒め言葉だと思ってしまうし、喋り方もフウイヌムの声の出し方になることがあって、そのために揶揄されることもあるが、正直なところ、いっこうに屈辱とは感じない。

　このような幸福に浸りきって、これでわが人生も安定だと思っていたところ、ある朝、いつもより少し早い時刻にわが主から召集がかかった。その顔の表情からして、何か困ったことがあるのだが、どう話を切り出したらいいのか迷っているのが見てとれた。少し間を置いてから彼は、これから話すことをおまえがどうとるか分からないが、と話し出した、実はこの間の大集会でヤフー問題が取り沙汰されたおりに、わしがヤフーを一匹(私のことだ)家において、畜生というよりもフウイヌムに近い扱いをしているという苦情が何人かの代表者から出た。また頻繁に話し相手をさせて、一緒にいると利益になる、愉しいと言わんばかりだが、そういう行動は理性にも自然にもそぐわない、前代未聞のことであるというわけだ。それで大集会はこのわしに、おまえを同類のものと同じように働かせるか、もと来た土地に泳いで帰れと命ずるか、そのいずれかを勧告することになった。ところがこの緊急措置の第一のものは、わしのこの家か、自分たちの家でおまえを見たことのあるフウイヌム全員から一致して反対を受けた。その理由は、彼らの言い分によると、おまえには理性の礎らしきものがある上に、ヤフー特有の生来的な堕落が具わっているから、下手をするとあの動物どもを山岳の森林地帯に誘い込み、フウイヌムの家畜を殺すため、群れをなして夜討ちをかけて来る恐れがある、もともと掠奪好きの性格で、しかも仕事嫌いときているのだから、ということだった。

そしてわが主は、近隣のヤフーたちから大集会の勧告を実行に移すよう毎日迫られているので、もうあまり引き延ばすわけにもいかないだろうとつけ加えた。しかし別の国に泳いでゆくのは無理だろうから、前にも話に出た海を渡れるとかいう器に似たものをこしらえてはどうだ、その仕事のためならうちの召使にも、近所の家の召使にも手を貸すように言ってみよう、ということだった。そして最後にこう言ってくれた、わしとしては、このままずっとおまえを手元においてやってもよかった、なにしろおまえは本性に欠陥はあるものの、フウイヌムを真似しようと必死の努力をして、悪い習慣や性向を幾分なりとも治したことを、この眼で見ているからな。

読者にはここで、この国の大集会の出す命令はンロアインという言葉で表現されるということを説明しておくべきかもしれないが、これは勧告と訳すのが原義に最も近いだろう。彼らは、もし人が理性に背くようなことをすれば、理性的な生き物であるとする主張を放棄するしかないわけだから、その理性的な生き物を強制するなどということはありえず、忠告する、勧告するのみであると考えるのだ。

わが主の話を聞くと、私は底無しの悲嘆と絶望に襲われて、あまりの苦悶に耐えることができなくなり、その足元に気絶してしまったが、意識が戻ると、主の方はもう死んでしまったのかと思い込んでいたという。(この国の人々は、そういう愚かな真似はしないということだ)。私は息も絶え絶えの声で、死んでしまう方がはるかに幸福だったでしょう、私としては大集会の勧告や友人の皆さんの催促を責めるつもりはありませんが、私のこのひ弱な欠陥含みの判断力からしますと、もう少し穏便であるほうが理性にかなうと思いますが、と答えた。私は一リーグと泳げませんし、ここからいちばん近い土地といってもきっと百リーグ以上は離れているでしょう、私を運ぶ小型の器を作るのに必要な材料がこの国にはまったく見当らないでしょう、有難く御言葉に従って努力はしてみますが、まず不可能でしょうから、もう死を覚悟するしかありません。しかし、非業の死がほぼ確実と分かっていても、それは決して最悪の事態ではありません、なぜなら、たとえ何かの奇妙な運に恵まれて生き延びることができたとしても、どうして平然と、あのヤフーどもに混じって生活し、私を導いて美徳の道を歩ませてくれる手本もないまま、かつての腐敗の中に逆戻りするさまを想像できましょうか。賢明なるフウイヌムの方々の決定が確固たる理由に基いてなされており、私のごとき哀れなヤフーの議論によって微動だにするものでないことは、このわたくしも十分に承知致しておりますので、器を作るにあたっては召使の助力を求めよとの御言葉に篤く御礼を申し上げ、かかる難事のための時間の猶予をお願い致します。この甲斐なき命をつなぐ努力をし、もしかりにイングランドに戻ることがありましたら、世に隠▼

れなきフウイヌムの方々を讃え、その美徳を人類の手本に提唱し、わが種のために尽くしたいという希望を持たぬわけでもありません。

わが主からは二言、三言とても有難い返事があり、ボートを仕上げるのに二ケ月の猶予をもらえることになって、同じ召使仲間の(遠く離れてしまった今、敢えてそう呼ぶことにする)栗毛に、私の指図に従うようにとの命令が出たのは、彼の助力があれば十分と私が言ったからでもあるが、彼が好意を持ってくれていることも分かっていた。

彼と一緒にまず第一にしたのは、反抗した船員どもが私を上陸させた海岸に足を運んでみることであった。私は小高い場所にあがって四方の海を見渡し、北東の方向に小さな島影が見えるような気がして、懐中望遠鏡を取り出して覗いてみると、私の計算では五リーグくらいのところにそれがはっきりと確認できるのに、それが栗毛には青霞む雲のようにしか見えないというのは、自分の国以外にも国があろうなどとは考えもしないので、海に慣れているわれわれと違って、海上の遥か彼方にあるものを識別する力が磨かれていないためである。

この島を発見すると、もうあれこれ迷うことはなく、できるなら、あれをわが最初の追放の地にしよう、あとは運を天に任せよう、と私は腹を決めた。

私は家に帰って、まず栗毛と相談し、それから一緒に少し離れたところにある森に出かけて、私はナイフを手にして、彼の方はこの国流に鋭い燧石を木の柄に実にうまく結びつけたのを使って、散歩用のステッキくらいの太さの檞(かしわ)の枝を幾本かと、もっと太いのを何本か切り落とした。しかし、私の手作業のことをくどくど説明しても、読者にはうるさいだけだろうから、この栗毛にいちばん力のいる部分の仕事をやってもらったおかげで、六週間後にはインディアンのカヌーに似た、ただし大きさはずっと大きなものを仕上げて、自前の麻糸でしっかり縫い合わせたヤフーの皮を全体に張りつけたことを報告するにとどめる。帆もやはり同じ動物の皮でできていたが、年をとった奴の皮は硬くて厚いので、なるたけ若いのを使うことにし、同じやり方で櫂も四本用意した。中に積み込んだのは兎と鳥の肉をゆでたもの若干と、牛乳と水の容器ひとつずつ。

カヌーはわが主の家の近くの大きな池で試してみて、まずい所は手直しし、隙間はすべてヤフーの脂肪で塞いで水漏れを止め、私と荷物の重さとに耐えられるようにした。出来る限り完全な仕上げにしたところで、今度は荷車に乗せて、栗毛ともう一人の召使の指揮のもと、慎重に海岸まで運ばせた。

準備万端整って、私の出発する日となり、わが主夫婦と家族全部に別れを告げたときには、さすがに両眼に涙があふれ、心は悲しみに沈んでしまった。しかし、わが主殿は、好奇心からなのか、あるいは愛情からなのか(この言葉を使っても自惚れということにはなるまい)、私がカヌーに乗る姿を見届けようという腹づもりがあったようで、近所の友人何人かと一緒に出かけてみえた。潮待ちに一時間以上もかかったが、目ざす島の方角にちょうどいい風が吹き出したのを確認して、改めてわが主に別れを告げ、身を伏してその蹄に接吻しようとしたところ、それをおもむろに私の口のところまで上げて下さった。このことに言及したためにどれだけの非難を浴びたか、私は決して知らないわけではない。誹謗者側に言わせると、それだけ立派な人物が私のような下等の生き物にわざわざそんな名誉を与えるというのはあり得ない、ということになる。私としても、これこれの特別の厚遇をうけたと吹聴したがる旅行家のいることを失念しているわけではない。しかし、こうした批判者どもも、フウイヌムの高邁にして礼節を重んじる性格をよく知ったならば、すぐにその意見を改めるだろう。

わが主殿に同行した他のフウイヌムにも挨拶をして、カヌーに乗り込むと、私は岸を離れた。

第十一章

筆者の危険な航海。ニューホランドに辿り着き、定住を望む。原住民の矢にやられて負傷。捕えられて、無理矢理ポルトガル船に。船長による歓待。筆者、イングランドに到着。

この命賭けの航海に乗り出したのは一七一四／一五年二月十五日、朝九時のこと。風は絶好の順風。もっとも最初のうちはもっぱら櫂を使っていたのだが、これではじきに疲れてしまうし、恐らく風向きも変わってしまうはずなので、思い切って帆を上げ、潮流の助けも借りて、まず間違いなく一時間に一リーグ半の速さで進んでいった。わが主殿とその友人の皆さんは私の姿が見えなくなるまで海岸に立ちつくしておられたし、ヌイ・イラ・ニア・マイアー・ヤフー、体に気をつけろよ、ヤフー、という栗毛の（いつも私を可愛いがってくれたあの栗毛の）叫びが何度も何度も耳に届いた。

私の計画は、出来ることなら、人の住まない小さな島で、働けば生きてゆくのに必要なものが手に入るところを発見しようということで、ヨーロッパ随一の優雅な宮廷の宰相になるよりも、その方がはるかに幸福であるような気がしたし、ヤフーの社会に戻ってその統治下に暮らすなど、考えるだけで背筋が寒くなった。なぜならば、望む通りの孤独な生活を送っていれば、せめて自分の想いに浸り、あの無類のフウイヌムの美徳を心楽しく思い返し、わが種族の悪徳と腐敗に頽廃してしまうこともなくてすむからである。

船員たちが共謀して私を船室に監禁したときのことを、読者はまだ記憶しておられるだろう。私はそこに数週間監禁されたままになって、どの方向に進んでいるのか分からず、長艇で上陸させられたときにも、船乗りたちは、嘘か真実か、一体世界の何処にいるのか見当もつかないと誓言していた。しかし、彼らの話す漠然とした言葉から察するに、マダガスカルに航海するつもりが南東の方向に外れてしまい、喜望峰の南約十度、南緯四十五度くらいにいるように思えた。もちろんこれは推測の域を出ないものではあったが、針路を東に取ることにして、ニューホランドの南西岸、もしくはその西に位置する、私の望むような島に着ければいいと思った。風は真西で、夕方の六時までには恐らく東方向に少なくとも十八リーグは進み、その段階でさらに約半リーグほど先にごく小さな島を発見して、その島に辿りついた。そこはむしろ岩と言うべきものにすぎなかったが、嵐の力で自然にできた入江がひとつあった。そこにカヌーを入れて、岩の一角によじ登ってみると、その東側に、南から北に向って陸地が伸びているのがはっきりと見える。その夜はカヌーの中に身を横たえ、翌朝早く同じように航海を始めて、七時間でニューホランドの南東の端に辿り着いた。このことは、各種の地図と海図がこの国を実際よりも三度は東に置いているという年来の私見を裏書きしてくれるもので、もう何年も前に畏友ハーマン・モルにこの考え方を話し、その理由まで説明したのだが、彼は他の著述家たちの意見を今もって採用している。

私が上陸したところには住民の姿は見当たらなかったが、なにしろ武器ひとつないわけなので、奥に踏み込むのには不安があった。かと言って、原住民に発見されるのも恐いので、海岸で貝を見つけて、火を起こさずに、そのまま生で食べた。食料を節約するために丸三日牡蠣とカサ貝ばかり食べていたが、運よくきれいな水の流れる小川を発見して、大いに胸を撫でおろした。

四日目を迎えて、朝早く、少し遠くまで足をのばすと、距離にして五百ヤードもない高台に二、三十人の原住民がいるのが眼にとまった。男も女も子どもも真っ裸で、煙が昇っているところからすると、火を囲んでいたのだろう。そのうちの一人が私に気がついて、他の者をつつくと、女子どもを火のそばに残して、五人がこちらへ近づいて来た。私は一目散に海岸に向けて走り、カヌーに跳び乗って漕ぎだしたが、野蛮人どもは私が踵をかえすのを見て追いかけにかかり、十分海に出てしまわないうちに矢を放ち、それが私の左膝の内側にぐさりと刺さってしまったのである(その傷痕は墓に入るまで消えないだろう)。毒矢ではないかという心配があったので、矢の届かないところまで漕ぎ出すと(風のない静かな日であった)、私はなんとか傷口を吸って、出来るだけの包帯をしておいた。

私としてはまさか同じ上陸地点に引き返すわけにもゆかず、頭を抱えてしまい、ともかく北に針路を取りはしたものの、微風とはいえ、北西の向い風であったので、櫂に頼るしかなかった。安全な上陸地点を探しているうちに、北北西の方向に帆影がひとつ見え、しかもその姿が刻々とはっきりしてくるのだが、それを待つべきか待たざるべきか、私の中にはある種の迷いがあって、しかも最後にはヤフー族に対する強い嫌悪が勝ちを占めたので、カヌーの向きを変え、櫂と帆で南に向かって、朝出た入江に戻ることになり、ヨーロッパのヤフーのもとで暮らすよりも、この蛮人たちの中に入ってゆくことに賭けることになったのである。私はカヌーをなるたけ岸の方に引き寄せておいて、それから、前にも話した、きれいな水の流れている小川のそばの岩の背後に身を隠した。

問題の船は入江から半リーグもないところまで来ると、清水を汲むための容器を載せた長艇を出したのだが(この場所のことはよく知られているらしかった）、私の方はそれがほとんど岸に着くまで気がつかなくて、もう別の隠れ場所を探す余裕などなかった。海の男たちは上陸するときに私のカヌーに気がついて、あちらこちらといじくりまわした挙句に、持ち主が遠くには行っていないと推定した。しっかりと武装した四人が岩の割け目や隠れ家になりそうな洞穴を虱潰しに調べ回って、とうとう岩蔭にぺったりと顔から伏せている私を発見した。皮の上着、木底の靴、毛皮の靴下という異様かつ無様な格好に彼らもしばらくは唖然としていたが、ともかくこの服装から、私はすべて真っ裸のこの土地の原住民ではないようだと結論した。海の男のひとりがポルトガル語で、立て、一体何者だ、と言った。この言語ならよく分かるので、私は二本の足で立ち上って、我輩はフウイヌム国より追放された哀れなヤフーである、どうかこのまま放っておいてもらいたい、と答えた。私が彼らの言葉で答えたものだから、彼らとしても驚いたようであったが、顔を見るとヨーロッパ人に違いない、しかしヤフーだとか、フウイヌムだとか、何のことやら分からないし、馬の嘶きに似た奇妙な喋り方には吹き出してしまうしかなかった。その間も私は不安と憎悪で震えが止まらず、もう一度放っておいてくれと言って、静かにカヌーの方へ行こうとしたのだが、彼らは私を押しとどめて、どこの国の人間だ？　どこから来た？　と質問責めにする。私は彼らに、我輩はイングランドの生まれである、五年ほど前に国を出た、当時は諸君の国と我輩の国は平和な関係にあった。それゆえ我輩を敵扱いはしないでほしい、危害を加えるつもりはない、我輩は一介のヤフーであって、不幸なる人生の残りをどこか荒蕪の地で送ることを求めている者である、と返事した。

　彼らがまた喋り出したときには、これほど不自然なものは見たことも、聞いたこともないと思った、なにしろそれはイングランドの犬や牛が喋る、フウイヌム国のヤフーが喋る、というくらいに奇怪なものであったから。もっとも正直なポルトガル人の方も、私の奇妙な服装と、意味はよく分かるにしても、奇天烈な言葉の発音法に、等しく仰天していた。そして、とても人間味のある調子で私に話しかけ、うちの船長なら金なんか払わなくてもリスボンまで乗せてくれるから、そこからイングランドに帰ればいいさ、ともかく二人が船長のところに戻って、見たことを報告し、命令をもらって来る、それまでは、逃げ出さないと誓わないかぎり力づくで拘束する、と言う。これは同意する手だな、と私は思った。彼らはしきりと私の話に探りを入れようとするのだが、納得のいくことをほとんど話さないので、不運続きで理性をやられたんじゃないかと想像したりしていた。二時間すると、水を汲んだ容器を積んで帰った長艇が、私を連れて来るようにという船長の命令を持って戻って来た。私は両膝をついて、自由にしてくれと頼んではみたが、まったく効き目がない、それどころか男たちは私を縄で縛りあげて長艇に放り込み、その次には本船にあげられ、そこから船長の船室送りとなった。

彼の名前はペドロ・デ・メンデス、いかにも礼儀正しい、心の寛い人物で、あなたの話を少しうかがいたいと切り出し、何を食べますか、飲み物は、と訊いてくれたり、私と同じ待遇ですよと言ってくれたり、その他なにかにと親切な言葉をかけてくれるので、ヤフーからこれだけの歓待を受けるのは驚きであった。しかし、私は黙ってふてくされていた、彼及びその部下のひどい悪臭で悶絶しそうだったのだ。とうとう自分のカヌーから食べるものを取って来たいと言いだすと、彼の方で鶏肉と上等の葡萄酒を持って来させ、そのあと私の眠る清潔な船室を用意するように命じた。服を脱ぐのは嫌なのでそのまま寝具の上に横になっていただけだが、三十分ほどして乗組員が食事をしていると思える頃合に、こっそりと抜け出して船縁に寄り、海へ跳び込もうとした、ヤフーの中にいるくらいなら、命賭けで泳いでみようと思ったのだ。ところが海の男のひとりに押さえられて、船長のところへ連絡が行き、船室に繋がれてしまう結果となった。

▼食事の終わったところでドン・ペドロが戻って来て、かくも無謀な試みに出た理由を知りたがり、出来るだけ役に立ちたいと思うだけなのだと言って、誠意のこもった口のきき方をするので、こちらとしてもしまいには多少は理性のある動物として扱ってやるしかなくなった。それで、航海のこと、部下が共謀して叛乱を起こしたこと、或る国の海岸に置き去りにされたこと、そこで五年暮らしたことなどを手短かに話してやった。ところが相手はそれは夢か幻かという態度なので、私は激怒した。何のことはない、ヤフーが威張っている国には彼ら特有の嘘をつく能力があること、そのために、同じ種に属する他の者の語ることの真実を疑う性向があることをすっかり忘れていたのである。私は彼に、あなたの国にはありもしないことを言う習慣があるのかと詰問してしまった。そして、我輩は虚偽の何たるかをほとんど忘れてしまった、かりにフウイヌム国に千年暮らしたとしても、どんなに卑しい召使の口からも嘘を聞かされるなどということはなかったろう。あなたが信じようが信じまいが、どうでもよろしい、さりながら、あなたには親切にしてもらったから、本性の腐敗というものは大目に見て、そちらの異論には答えないでもない、それで真相が容易に知れるはず、と大見栄を切ってしまった。

▼船長は実は賢明な男で、私の話のある部分ではしきりと揚げ足を取ろうとしたものの、最後には私が本当のことを言っているのだと認め始めた。ただし、付け加えて、そこまで徹底して真実だと仰有るのなら、この航海中はもう命を危険にさらすような真似はしないで大人しくしていると誓約していただきたい、そうでないと、リスボンに到着するまで拘禁したままということになりますよ、とも言う。私は要求通りの約束はしてやったが、それと同時に、帰ってヤフーどもと一緒に暮らすよりも、地獄の辛酸をなめるほうがましだとも言ってやった。

航海はこれといった事件もなくて進んだ。船長には感謝していたので、その懇望に負けて、ときどき二人で話をすることもあり、そういうときには人間に対する反感を隠そうとするのだが、それでも度々吹き出してしまうのを、彼は見て見ぬふりをしてくれた。しかし、それでも一日の大半は船室にこもって、船員の誰かに顔を合わせないようにした。船長はその野蛮な服はやめたらどうかと何度も言っては、自分のいちばんの衣服を貸してもいいのだと言う。私の方は、ヤフーの背中を蔽っていたものを身につけるなど厭でたまらず、この申し出を受ける気にはならなかった。結局清潔なシャツを二枚貸してほしいと頼むにとどめたのは、彼が着たあとで洗濯してあれば、そんなに汚らわしいものでもあるまいと思ったからである。それを私は一日おきに着替えて、自分で洗った。

リスボン到着は一七一五年十一月五日のことである。上陸のとき船長は、ヤジ馬が押し寄せて来るのを避けるためと称して、外套を無理矢理にはおらせた。私は彼の家に連れて行かれ、こちらの懇望もあって、裏手のいちばん上の部屋に案内された。私は彼に、フウイヌムについて話したことは誰にも口外しないでほしい、ああいう話が少しでも洩れたらどっと人が見物に来るだけでなく、異端審問の手で投獄されるか、火炙りにされるか、どちらかの危険にぶつかるから、と頼んでおいた。船長に説得されて新調の服を受けとることになったときも、仕立屋に寸法をとらせはしなかったが、ドン・ペドロと私はほぼ同じ背丈だったので、うまく体に合った。他の必要な品もすべて新調ということになったが、使う前には必ず二十四時間風にあてた。

▼

船長には奥さんはなく、召使も三人きりで、その三人とも食事の席に出てくることは許されていなかったし、きわめて人間味のある理解力があるのに加えて、全体として実に思いやりのある態度なので、同席していても本当に我慢できるようになりだした。その彼に言われて、裏の窓から外を覗いて見ることもできた。それから少しずつ別の部屋煙草を。

に引っぱり出されるようになって、そこから通りを覗いてはギョッとして首を引っ込めたりしていた。一週間後には、誘惑されて、入口のところまで引っぱり降ろされた。恐怖は薄らいだが、憎しみと軽蔑はつのるような気がした。そしてとうとう蛮勇を奮って、彼と一緒に通りを歩いてみたが、それでも鼻孔にはしっかりと芸香(うんこう)を詰めた、ときには

　十日が過ぎると、ドン・ペドロは、私の家庭のことも少しは話していたこともあって、祖国に帰って妻子と一緒に暮らすことこそ名誉と良心にかなうことではないかと言い出した。しかも、今入港しているイングランドの船がもうじき出る、必要なものはみんな手配しようと言う。彼の議論と私の反論をいちいち繰返していたら退屈なことになるだろう。つまるところ彼の議論は、私が住みたいと言うような無人島を見つけることはおよそ不可能、家に帰って、好きなようにして、納得のゆくまで世捨人をやればいいだろうということであった。

　ほかに次善の策があるわけでもないので、結局私もその案を飲むことにした。そして十一月二十四日、イングランドの商船でリスボンを発ったが、船長が誰であるのかを訊いてみる気は起きなかった。ドン・ペドロは船まで送ってくれて、二十ポンドも貸してくれた。彼は別れぎわまで親切で、最後には私を抱擁してくれたので、私は必死に耐え抜いた。この最後の航海のときには、船長とも乗組員とも交渉をもたず、気分が悪いと称して船室にとじこもったままであった。ダウンズに投錨したのは一七一五年十二月五日の朝九時頃で、同じ日の午後三時にはレッドリフのわが家に無時に辿りついていた。

　妻も家族も私は死んでしまったと思い込んでいたので、ビックリ仰天すると同時に大喜びであったが、忌憚のないところ、彼らの姿は憎悪と嫌悪と軽蔑の念を胸一杯にかきたてただけでなく、彼らとの関係が近いだけに、余計にそ

うであった。というのも、不幸にしてフウイヌム国を追放されて以来、なんとか我慢してヤフーの姿に耐え、ドン・ペドロ・デ・メンデスとも交渉を持ってきたのだが、私の記憶と想像の中にあったのはあの高潔なるフウイヌムの美徳と理念だったからである。そのために、ヤフー種の一匹と交合してさらに子どもを作ってしまったことを考えるだけで、たまらない恥辱と困惑と恐怖に襲われるのであった。

▼

家に足を踏み入れた途端にうちの奥方が両腕で抱きついてきて、接吻して離れないので、もう何年もこんなおぞましい動物と接触していなかった私は、ばったり悶絶すること小一時間。今私がこれを書いているのは、イングランドに帰国してから五年後のことで、初めの一年など、奥方とお子さんたちが眼の前に来ると耐え難かったし、彼らの悪臭たるや我慢など出来るものではなかったし、ましてや同じ部屋で食事をとるなど許せるわけがなかった。今日、この時にいたるまで、連中には私のパンにさわらせないし、同じカップで飲むこともない、この手を摑まれることすら容認できない。私が最初にお金を投資したのは二頭の若い種馬を購入するためで、今は立派な厩で飼っているが、この馬の次に私がいちばん好きなのは馬丁である。彼が厩でつけてくる臭いをかぐと、わが元気が蘇る。私の馬たちはまあまあ私を理解してくれて、彼らとの対話は少なくとも日に四時間には及んでいる。手綱も鞍も彼らには縁がなく、彼らと私は大変仲が良く、相互に友愛のうちにある。

第十二章

筆者の誠実さ。本書公刊の計画。真実を踏み外してしまう旅行家への批判。本書を執筆するにあたって悪意などないということ。反論への答え。植民地開拓の方法。その良き例としての筆者の祖国。筆者が取りあげた諸国に対して国王が正当な権利を有すること。それらの国を征服することのむずかしさ。筆者から読者への別れの挨拶、将来の生き方について語り、有益な忠告を残して、結論。

親愛なる読者よ、私はこれまで十六年と七ケ月を越えるわが旅の物語を忠実に語ってきたのだが、気を配ったのは文飾よりも、むしろ真実の方であった。ひょっとすると、他の人々のように、到底ありえない不思議な話をして読者の度胆を抜くこともできたのかもしれないが、面白おかしくすることではなく、伝えることを第一の目的とした手前、なるたけ単純な筆致と文体で事実そのままを語る方をとることになった。

イングランド人や他のヨーロッパ人が滅多に訪れることのない遠い国々に旅行する者にとっては、海や陸の不思議な動物のことを記述するのは何でもない。しかしながら、旅行家の主要な目的は、異郷の地に見い出した可否の例によって人々を賢くし、善良にし、その精神の向上を図ることのはずである。

旅行家はすべて、その旅行記の出版を許される前に大法官の前に出て、自分が発表しようとしていることは、自分の知りうる限り、すべて絶対の真実であると誓約することを求める法律が制定されることを私が心から願っているのは、もしそうなれば、自作の受けをよくしようとして、無用心な読者にとんでもない嘘をついてみせる書き手が中に▼はいるにしても、世間も今ほどは騙されなくなるからである。私自身、若い頃には幾つかの旅行記に眼を通してとても面白がったものであったが、爾来世界の大抵の部分に足を運び、自分のじかの見聞に照らしあわせて荒唐無稽な話の嘘を知ってしまうと、この種の読み物には強い嫌悪感が湧いて来るし、人間の信じやすさがここまで破廉恥に悪用されるのを眼にすると、ある種の憤懣を禁じ得なくなる。それに対して、わが知人たちは私のささやかな努力がわが国のために益がないわけでもないと思ってくれるようなので、私はひたすら真実につくということを決して踏み外してはならないということを格言としてみずからに課してきたし、長きにわたって話を聞く光栄に浴したわが高潔なる主や鑑と仰ぐべき他のフウイヌムの教えと手本がこの頭に残っている限り、そこからフラフラと逸脱してしまうことなどはあり得ないのである。

▼たとえ運命がシノンを不幸にしようとも
嘘、偽りを口にさせることはできない。

天才はいらない、学問もいらない、それどころか、確かな記憶か正確な日誌以外にはどんな才能もいらないという▼ような著作で名声が得られるものでないことは、重々承知している。旅行記の作者は、辞書の編纂者と同じで、あとから来て、いちばん上に乗る連中の図体の重みで下に沈められて、忘却されてしまうことも判っている。それにまた、私が本書で報告した国々をいつか将来訪れた人物が誤りを探りあて(もしあればの話であるが)、しかもみずからの新しい発見をたくさん書き足して、私を人気の座から押し出して、私に取ってかわり、ついには私という作者がいたことすら世間の記憶から消してしまうであろう。もし私が名声目あてに書くのだとしたら、これはあまりにも大きな屈辱となるだろうが、しかし私の唯一目的とするのは**公益**であるので、全面的な失望などということはあり得ない。なぜならば、私が輝かしいフウイヌムの特性として指摘した諸々の美徳の話を読んで、この国を理性をもって統治する動物を以って任じている誰が、みずからの悪徳を恥じないでいられるか? とも言えるからである。今ここでは、ヤフーの支配する遠い国々のことはとやかく言わないことにするが、ただし、その中でも最も腐敗の少ないのはブロブディンナグの人々であり、道徳ならびに統治に関するその賢明な格言は、もしそれを守ることができるならばわれわれの幸福に裨益するであろう。しかしこれ以上の議論はさし控えて、それへの論評、それの適用は賢明なる読者にゆだねることにしたい。

私のこの著述はいかなる非難も受けるものではないので、その点については少なからず満足している。貿易、外交折衝いずれの面でも何の利害関係もない遠い国で起きた事実のみをそのまま語る作者に対して、一体どんな反対があり得るというのだろうか? いわゆる旅行記作者がよく犯しては、当然ながら批判を受けているような誤りは、私としては十分に避けるようにした。さらに、私はいずれかの党派とのつながりはまったくなく、特定の人物もしくは集団への特別な感情、偏見、悪意など混じえずに書いている。私の掲げる高邁なる目的とは人間を教え導くことであるが、群を抜く教養を身につけたフウイヌムと長期にわたって接触した結果得た諸々の利点があることを考えれば、その人間に対して多少の優越感を持ったとしても、増上慢のそしりを受けることはないだろう。私は儲けようとか、褒めてもらおうと思って書いているわけではない。中傷めいた言葉はひとことも使っていない、きわめて怒りっぽい人を少しでも怒らせるような言葉も使っていない。だから、胸を張って、書き手としての私には非難されるべき点はまったくないと言えると思うし、その私に対しては、反論族、検討族、観察族、中傷族、暴露族、論評族といえどもその腕をふるうべき材料を見つけだすことはできないはずである。

▼ある国の臣民が発見した土地はすべからく国王に帰属することになっている以上、帰国したらすぐに大臣に覚書を上申するのがイングランドの一臣民としての私の義務ではなかったのかと耳打ちしてくれる人もあったのは事実である。▼しかし、私が紹介した国々の征服は、フェルディナンド・コルテスが裸のアメリカ人を征服した場合のように簡単なことであったのだろうか。リリパットを征圧するために艦船と軍隊で攻撃をしかけることはあるまいし、ブロブディンナグに手を出すことが賢明であるか、安全であるか疑問が残るし、あの飛ぶ島に頭上を飛び回られたのでは、イングランドの陸軍も安穏とはしていられまい。フウイヌムは、戦争術などというものをまったく知らないわけだから、確かに戦争の用意など、とりわけ飛び道具に対する用意など、あまりないようにも見える。しかし、もし自分が国の大臣であったなら、とても侵略を進言できないと思う。彼らの用心深さ、団結力、怖れを知らぬ気性、祖国愛は戦争の技術上の欠陥を補って余りあるだろう。彼らが二万、ヨーロッパ軍の真ん中に突入してきて、あの恐ろしい後足の蹄で蹴りまくって、隊列を大混乱に陥れ、戦車を転覆させ、兵隊の顔という顔をぐしゃぐしゃに蹴り潰してしま▼う光景を想像してみるといい、四方を見守りて蹴り散せりというアウグストゥスの性格を彼らも十分に具えていると言えるだろう。あの高潔にして寛大なる民族の征服を提唱するどころか、むしろ私は彼らがヨーロッパを文明化する

のに必要な数の住民を派遣する力もしくは性向を持っていて、名誉、正義、真実、節制、公共精神、忍耐、純潔、友愛、善意、忠誠といった第一原理を教えてくれることを願うものである。こうした美徳はすべて、その名前だけはわれわれの大抵の言語に名残りをとどめており、古今の作家の中でめぐり会うものであることは、私の乏しい読書からしても断言できることである。

　国王陛下の領土を私の発見によって拡大することにどうも気が進まなかった理由がもうひとつあって、それははっきり言ってしまえば、こうした場合の国王の正義の配分の仕方について、私には幾つかの逡巡があったということである。例えば、海賊の一団が嵐のためにどこへともなく流され、その挙げ句に、檣頭にのぼっていた水夫が陸地を発見し、上陸して掠奪をほしいままにするが、そこの住民たちは襲って来るわけでもなく、暖かく歓待してくれ、海賊の方もその国に新しい名前をつけ、国王の名のもとに正式に領有し、腐った板か石ひとつを記念に建て、原住民を二、三十人殺し、見本と称して一組の男女をかっさらい、国に戻って赦免をうける。そして、神権によって獲得された新しい領土が誕生することになる。機会さえめぐって来ればすぐさま船が派遣され、原住民を追放もしくは殺戮し、王様を拷問にかけて金のありかを白状させ、およそ人間のものとは思えない残酷かつ貪婪な行為もすべて公認され、大地は原住民の血煙に蔽われ、そのような敬虔なる遠征に加わった呪うべき虐殺者の群れこそが、野蛮な偶像崇拝者たちを改宗させて文明化するために送り出される現代の植民者とされるのである。

　しかしながら、このような説明が決してイギリス国民に関わるものでないことは明言しておきたい、なぜならば、植民地を作るにあたって示す賢明さ、周倒さ、公正さにおいて、宗教と学問を前進させるためとあれば資金の援助を惜しまず、キリスト教の布教のためには敬虔で有能な牧師を選び出し、各地域に人を送るにあたっては母なる王国から生活、言動ともに真面目な者のみを慎重に選び、植民地全域にきわめて能力が高く、まったく腐敗を知らない役人を配して行政を行ない、正義をきびしく貫徹し、そして何よりも、みずからが支配する民衆の幸福と主君たる国王の名誉以外のものには気を取られることのない炯眼有徳の総督を派遣する点において、イギリス国民は全世界の模範となり得るからである。

しかしながら、私の紹介した国々は、植民者によって征服されたい、奴隷にされたい、殺されたい、追放されたいという希望を持っているようには見えないし、金も銀も、砂糖もタバコもあり余っているわけではないから、われらの情熱、われらの勇気、われらの利害のしかるべき対象にはなり得ないのではないかと愚考する。しかし、さらなる関わりをお持ちの方々がそれは違うと仰有るのであれば、そして正式な呼び出しがかかったとするならば、私以前にこれらの国々を訪れたヨーロッパ人はいないと宣誓してもよろしい。もちろん、住民たちの言うことを信用しての話ではあるが。

しかし、国王陛下の御名の下に正式に領有を宣言するということはただの一度も私の頭には浮かばなかったし、かりに浮かんだとしても、当時の事情が事情であったから、ひょっとすると慎重を期して、死にたくはないから、もっといい機会が来るまで先送りにしたかもしれない。

以上をもって、旅行家としての私に向けられうる唯一の異議に対しては答えたことにしてもらい、親愛なる読者とはここでお別れということにして、レッドリフのわが家のつつましき庭での瞑想に戻り、フウイヌムから学んだ素晴らしい美徳の教えを実践し、わが家のヤフーたちに、どこまで言うことをきく動物か分からないが、ともかくあれこれ教え、またなるたけ鏡で自分の姿を確認して、できればそのうちに人間という生き物の姿に慣れるようにし、わが国のフウイヌムの獣性を嘆きつつも、わが高潔なる主、その家族、その知人たち、さらにはフウイヌム族全体のことを想って、彼らにはつねに敬意を払うことにしよう。わが国のフウイヌムは、知性こそ退化してしまっているものの、その顔つきはそれにしてもよく似ている。

ようやく先週になって、食事のときに、妻が長いテーブルの反対の端に坐って、私の幾つかの質問に答える(但し、なるたけ簡潔に)ことを許可することになった。とは言っても、ヤフーの悪臭のひどさは相変らずなので、鼻の孔は芸香かラヴェンダーか煙草の葉でしっかりと塞いでいる。人間、歳をとると、古い習慣を捨てることはむずかしくなるものの、近所のヤフーと一緒になっても、今のように噛みつかれやしないか、爪をかけられやしないかという不安を持たずにすむ日がいつか来るのではないかという期待がないわけでもない。

もしかりに一般のヤフー種が自然の許した悪徳、愚行のみで満足しているのであれば、彼らと和解するのもそれほどむずかしいことではないだろう。私は弁護士や掏摸、大佐や道化、貴族、賭博師、政治家、放蕩者、医者、証言屋、買収人、訴訟の代理人、裏切り者の類を眼にしたところで少しも苛立ちはしないのであって、それは当然の成り行きというにすぎないが、心身ともに歪み切った万病の塊りが高慢ちきな顔をしているのが眼にとまると、途端に堪忍袋の緒が切れてしまうし、どうしてこういう動物とこういう悪徳とが合併してしまったのか、どうしても分からない。理性をもつ生き物を飾るにふさわしい美質に富む、賢明にして徳の高いフウイヌムの言語にこのような悪徳をさす名称がないのは、ヤフーにそなわる唾棄すべき特質を言うもの以外に、悪を表わす言葉がないからではあるが、それにしてもヤフーにこのような高慢さがあるのを見抜けないのは、この動物が支配する他の国々の場合のように人間性が露呈することがなく、その理解が徹底しないからである。しかし私にはもっと経験があるから、あの野生のヤフーの中にその芽をはっきりと認めることができたのである。

しかし、理性の統治の下に生きているフウイヌムが、みずからの持つすぐれた特質を自慢することはない、私だって足が欠けていない、手が欠けていないと言って自慢することがないのと同じである、もちろんそれが揃っていなければ惨めではあるだろうが、揃っているからと言って自慢する正気の人間はいないだろう。私がこの問題を長々と論じているのは、イングランドのヤフーとのつき合いを何とか少しでも耐えられるものにしたいからであるが、そこでこの愚劣な悪徳に少しでも感染している皆さんにお願いしたい、図々しく我輩の前をうろつかないでくれ。

■岩波オンデマンドブックス■

『ガリヴァー旅行記』徹底注釈　スウィフト
本文篇

2013年8月29日　第1刷発行
2016年11月10日　オンデマンド版発行

訳者　富山太佳夫（とみやまたかお）

発行者　岡本厚

発行所　株式会社 岩波書店
〒101-8002 東京都千代田区一ツ橋2-5-5
電話案内 03-5210-4000
http://www.iwanami.co.jp/

印刷／製本・法令印刷

ISBN 978-4-00-730517-7　Printed in Japan